乡味缭绕

辜建格 ◎ 著

团结出版社
UNITY PRESS

图书在版编目（CIP）数据

乡味缭绕 / 辜建格著 . -- 北京 ：团结出版社，
2023.5

ISBN 978-7-5234-0090-6

Ⅰ．①乡… Ⅱ．①辜… Ⅲ．①散文集－中国－当代
Ⅳ．①I267

中国国家版本馆 CIP 数据核字（2023）第 057661 号

出　版：团结出版社
　　　　（北京市东城区东皇城根南街84号　邮编：100006）
电　话：（010）65228880　65244790
网　址：http：//www.tjpress.com
E-mail：65244790@163.com
经　销：全国新华书店
印　刷：湖北金港彩印有限公司
装　订：湖北金港彩印有限公司

开　本：170mm×240mm　　16开
印　张：19.75
字　数：332千字
版　次：2023年5月　第1版
印　次：2023年5月　第1次印刷

书　号：978-7-5234-0090-6
定　价：98.00元

作者简介

　　辜建格，男，1966 年农历六月十九日出生于湖南省澧县闸口乡街道涔水河畔，1977 年随父母迁居到相邻的王家厂镇，1990 年从吉首大学中文系毕业后进入行政机关工作，现系津市市交通运输局四级调研员。工作闲暇之余，读书打字，开有个人微信公众号"老辜的自留地"，闲话吃喝玩乐，顺便风花雪月，做生活家。

序

诗人和美食家的邂逅

田茂军

我认识作者辜建格已经很久了。掐指一算，这个"很久"的概念居然是35年的荏苒时光。

在我心目中，他就是一个诗人。诗人什么时候开始成为美食家的？好像从他的个人微信公众号开通，就走上这条美食之路了吧。

说来话长，暂时择要说。我1986年6月参加工作，大学毕业直接走上大学讲台，他1986年9月考上吉首大学中文系，就是我工作的单位。也是有缘，系里分配我担任他们的班主任，他好像很不情愿地担任了一届班长，后来因为沉迷于诗歌与阅读，对于打扫卫生、检查寝室就寝这些杂事不屑一顾，就辞职不当了。在我眼中，他的话语不多，老成持重；通过接触，我发现他很爱读书，有自己的思想，不人云亦云——这点我很欣赏。尤其是他还爱写诗，和班上几个文学爱好者创办了一份《白河》杂志。在这份班刊上，他发表了不少的诗，就是他现在说的——"为赋新词强说愁"罢。我那时年轻气盛，意气风发，也是经常和他们一起开会、劳动，和他笔下所云的村长、山仔等几个学生走得比较近。那时候，我还没有结婚成家，住在图书馆下面的青年教工宿舍，可以在走廊里自己做饭。周末有空时，他们自己买来肉和菜，在我那里动手打平伙，我反倒搭到他们打一餐牙祭。我还记得，有次我和他们到花果山做户外野炊，当时从牛奶场过河，没有桥，是拉拉渡，用一根铁缆系一只木船，乘客自己动手拽缆过河。我背着满满一背篓的蔬菜、粉条、猪肉、牛肉，还有锅铲、碗碟等。同学们争着拽船，也许兴奋过度，突然船一个趔趄打横，系船的铁缆将船头几个人一下扫进河中。我身先士卒，不幸中头彩，连同一背篓的东西全部跌进河中。好在河水不深，同学们连忙跳进河中，嘻嘻哈哈地打捞食物，一会儿摸出一块肉，一会儿摸出一个碗。那些狼狈而又快乐的往事，如今想来，还是如此的清晰和美好！

后来我参加学校的支教队，到怀化芷江一中支教去了。我把宿舍的钥匙留下来，他们周末就到我那里继续"改善伙食"。据"可靠情报"，他们有时候也会将教工家属在校园山坡上种的白菜、萝卜偷偷"顺"几棵。最严重的是，他们居然看上了某老师家属养的一只老母鸡。在一个"月黑风高"的夜晚，他们"偷袭"成功，结果美餐一顿。这些都是我后来知道的，就如同汪曾祺先生写西南联大的学生那样——我的鸡呢？我的鸡呢？主人一直在寻找，结果在宿舍床脚下扫出一堆鸡毛。我回到学校后在门角落看见几块鸡骨头。

辜建格在吉首大学读书四年，也许主要读书写诗去了，写湘西的美食篇什不多。那个时候，几乎都是拮据的穷学生，也没有条件大快朵颐。最多是物美价廉的馅饼、米粉，接触过一些地方特色饮食，如乾州鸭、鲊辣椒、洋荷等。这些在他笔下亦有生动的描述和回忆。

回到这本书的重点上来。书写篇幅较多的还是他家乡澧县、津市一带的食物，多是儿童时代，即我们缺吃少穿的 20 世纪 70 年代。这些文字，围绕着生存必需的"吃"，写出了时代踉跄的脚步，有饥饿岁月里温馨美好的回忆。这也引起我的共鸣，我比他们大几岁，我们有那么多的似曾相识，比如用棉籽油炒菜，某餐馆买牌牌吃面的场景，用腊骨头招待同学的快乐，满满的都是难忘的舌尖回忆。

说得好，不如做得好。我知道他也是做得很好的，属于"家庭煮夫"，也将家里的夫人、千金培养成了资深吃货。他最拿手的都是家乡湘西北一带的地方美食，有荤有素，有主食，有副食，洋洋大观，灿然可餐。他不仅能做会烹饪，而且还善于描写，抓住了食物的精髓和文化内涵以及附着在食物以外的社会背景。在食物的色香品味以及人文诸多方面，娓娓道来，张弛有度，写活了津市美食的市井表情和草根风味，文字颇有晚明小品的风致，也颇具张岱、袁枚等古代美食家的心性与雅趣。比如，写他自己发明的"干煎"，写红烧肉的品鉴七法，写百姓淳朴厚道的残菜和渣，写母亲的豌豆酱，写岳父的"三国演义"，写津市的卤菜圈和杂烩钵，写橡子豆腐，写泥蒿、豆酱坨、屎黄皮，写富有传奇往事的二伯等。书写食物之外，不忘写人记事，这里有视角的宽度，也有人文的温度，比一般饮食文字更有高度，已然超出美食的文笔之外，有象外之致，意外之旨。可喜可贺，可圈可点。

书中多次写到了令人向往和念念不忘的津市钵子菜，钵子可能是津市的美食特色，既是加工烹调的工具，又是突显饮食热量和口味的加持大法。很多篇幅都写到了津市的炖钵子菜。他说"对于津市人来说，没有什么问题是炖一个钵子不能解决的"，真是道尽了津市钵子的万千风情和超级功能。我知道津市的钵子炖米粉好吃，还没有欣赏到辜笔下如此丰富多彩、琳琅满目的炖钵子菜呢！看来必须实地考察体验一番，也学习一下他"呼之啦之"和"裸吃"的神韵。

张岱在《陶庵梦忆》中曾说，人无癖不可与交，以其无深情也；人无疵不可与交，以其无真气也。这里着重讲的是"深情"和"真气"。读本书，处处可以感受到辜诗人兼美食家的深情和真气。比如，他就大胆直言喜欢吃肥肉，喜欢用猪油炒菜。他说，"人生苦短，及时吃肉，肥肉就是我的梦。"在他的笔下，红烧肉、回锅肉、扣肉，可算是老生常谈，且常谈常新；在选材上他都讲要"夹精夹肥"。好像很多诗人墨客都是美食家，比如苏东坡，民间传说东坡肉是他发明的，他还以"老饕"自居。还有如袁枚、曹雪芹、鲁迅、林语堂、梁实秋、汪曾祺，等等，杯盘叮当，不胜枚举，都是文坛上光照千秋的巨匠，也是赫赫有名的美食家。二者水乳交融，可谓文催食美，食孕美文吧。在本书中还可以读到很多古典的诗文和美食典故，化用一下唐人王勃的诗，有道是——笔头与舌尖齐飞，墨韵共菜品一色。

本书还有很多金句箴言，摇曳生姿，十分有趣，我是非常喜欢。不妨摘录几句，与诸君共欣赏：

美食和美女一样，不可辜负。

关于美食，如同美酒、美文、美女，我一直是个乐观主义者。

做菜如同生活，如同工作，如同爱情，如同作文。不讲究不行，过分拘泥也不行。

剩饭与剩菜，剩男与剩女，火星碰地球，不来点猛烈的火花都不好意思吱声，剩饭剩菜也可能逆袭成独特的风味。

乡下办酒席，没有特殊原因，我都必须去，一为感情，二为扣肉。

天天吃的会腻，隔三岔五吃的会想，一年半载吃一次的会追忆，一生难得吃几回的会疯癫。

因地制宜没有毛病，美食往往诞生在千变万化之中。

不紧不慢，吃一口喝一口，吞云吐雾，也算小康。

吃肉啃骨头，三教九流，各有各的滋味。

美食是天生尤物，美食也是相由心生，从来不拘一格，没有定式。

人在历史面前，一文不值；历史在人面前，就是一钵菜。

猪油渣炒青辣椒，好像一场醉人的风花雪月。

我看书，那些字就像猪油渣，一粒粒滚到我的面前。

看到残菜和渣，我不由自主地哼起了《野百合也有春天》。

……

这样令人莞尔的文字太多了，不一一枚举，赶紧打住！正是吃饭时刻，起身去厨房，学着辜诗人的办法，炒回锅肉去了。

2021 年 2 月 9 日于吉首大学

田茂军，吉首大学文学与新闻传播学院教授、硕士生导师，湖南省文联副主席、民间文艺家协会主席，湖南省非物质文化遗产保护研究专家，著有《锉刀下的风景》《工艺民俗》等。

目录
Contents

第二辑 家的味道

第四辑 街巷菜单

第五辑　菜园采摘

第六辑　灶边随记

第一辑

流水席上

红烧肉

单位搬迁之后不久就办起了食堂，食堂掌勺的大厨是单位同事小马的丈母娘，或许真正的掌做大师傅是他岳父吧，没有问过，做的都是农家菜式，荤素搭配，朴实无华，我们吃起来都感到蛮合口味。荤菜既要考虑味道，也要考虑成本，所以黄干子炒肉几乎是三两天就有的主打菜，但隔三岔五，也还变点花样，或者盐菜扣肉，或者红烧肉焖土豆，或者红烧鱼，或者鸡肉鸭肉炖萝卜粉条之类。这里其他不表，只说说红烧肉。

红烧肉是无肉不欢的吃货们的最爱，就连我家吃这吃那都怕长肉的小丫对红烧肉都来者不拒，可以说是百吃不厌。小城和平路北边"黑瓦屋"里开有许多"小钵钵"馆，知名的有"小天源""小利顺德""左手"，等等，借大饭店的招牌，开自己的小馆，也是有滋有味。其中对他们做的红烧肉就印象深刻。都是选的五花肉，每一块都是拇指见方大小，夹精夹肥，颜色酱红酱红的，看一眼都来口水，吊足胃口。那时一家三口逢周末只要是去那里吃饭，肯定要点一个红烧肉，一小钵子，炖点土豆什么的，再来一小碗冷鲜辣椒糊，炒一个小菜，我们三人吃饭就足够了。可惜后来拆除"黑瓦屋"，进行商业开发，那几家餐馆各奔东西搬了家，我们也尝试去他们的新地方吃过几次，却体会不出先前的那种熟悉味道，后来就再也没有去过。真是怪哉，难道搬家连味道也搬家了？

红烧肉起源何时，不得而知，我的阅读视野也就知道一个东坡肉，大概接近我们所说的红烧肉。宋朝在中国历史上地位特殊，文学也是鼎盛，唐宋八大家，那可不是牛皮哄哄胡编乱造吹来的。苏东坡才高八斗，却在官场吃不开，过得狼狈，拳脚无法施展，处处遭受非议，连连遭受贬谪，不过并不影响他对生活的热爱。作为坦然自得的肉食者，他对猪肉情有独钟，他居然舍弃文人骚客的斯文，写了一篇打油调的《猪肉颂》，绘声绘色，抑扬顿挫，是戏谑？是反讽？还是苦中作乐？自得其乐？反正至今读来仍然满是趣味：

净洗铛，少着水，柴头罨烟焰不起。待他自熟莫催他，火候足时他自美。黄州好猪肉，价贱如泥土。富者不肯吃，贫者不解煮。早晨起来打两碗，饱得自家君莫管。

老苏喜欢风雅的竹子，却颂扬俚俗的猪肉，真是人生讲信念，无肉也不欢。雅俗之间，游刃有余，他闲暇之余能够匠心独运，熬出大品牌"东坡肉"，也就一点也不奇怪了。

如今，红烧肉是一道非常简单的家常菜，每家每户都有人可以把它做得非常可口。这里录一个我做红烧肉的基本配方，简单、实用，有关作料的增减，也还是全凭个人喜好，是否自己炒色也看个人水平或兴致，没有国标。其实，做菜如同生活，如同工作，如同爱情，如同作文，不讲究不行，过分拘泥，束缚手脚也不行，随心随情，随机随缘，往往会有意外之喜。"文章本天成，妙手偶得之。"

五花肉、姜、蒜、八角、桂皮、花椒、干红椒、冰糖、盐等。五花肉切成大小适合的坨坨，焯水捞起备用；姜蒜切片，干红椒切段；烧锅，打底油，放入冰糖，炒色到冰糖融化冒泡泡；入肉翻炒至变色，加姜、桂皮、八角、花椒、干红椒继续翻炒；翻炒至金黄色，加水，大火烧开，转小火煨炖，到肉烂时，加蒜片、盐等作料，收干汤汁，即可开吃了。

不过且慢，吃红烧肉还是要讲究点规程，囫囵吞枣，那是暴殄天物，肯定吃不出红烧肉的独特韵味。

怎么吃？观、闻、拈、咬、嚼、吸、咽，七个关键字，也就是七个关键程序，一个都不能少。

观：当然是远观，美食给人的第一印象当然是颜色，是外观，吃货也是"外貌协会"的。颜色酱红，黄里透红，酱里透红，油迹闪亮为第一品相。颜色黯淡就是失败。

闻：还是近点好，五香味浓，沁人心脾。特别注意事项是，闻的时候千万控制好喉咙、嘴巴，不要乱流涎水，滴到菜里面就大煞风景了。

拈：夹红烧肉要用筷子，用筷子轻轻拈起一块块红烧肉，感受那种隐隐的弹性，也是别有一番情趣。如果用勺子舀，显得粗俗，就差了品位。

咬：红烧肉入了口，也不能心急，"心急吃不得热豆腐"。不要松开筷子，还是要用筷子掌控，牙齿一张一合，都要讲究，缓缓咬上一口，油汁慢慢溢出，满嘴香味回旋。

嚼：无论是丰腴的肥肉还是瘦肉，要停留在嘴里，仔细咀嚼，方可品出滋味。如果狂嚼，腮帮起伏，没有吃相，也因为过于猛烈，破坏了食材的口感，还是斯文一点好。

吸：经过吃货嘴巴牙齿的反复加工，红烧肉香味已经冲淡，此时类似深呼吸，暗暗再吮吸一下香味，那种留恋不舍藕断丝连的情怀就油然而生了，可是怎么的也已经到了最后关头。

咽：最后就是顺势而为，慢慢吞下红烧肉，万种牵挂，都进了肚肠，余香袅袅，往事如烟，已是后话。

红烧肉最好吃的部分其实是肥肉，瘦肉有嚼劲显得柴，没嚼劲显得渣，容易夹着牙缝，吃得并不爽快利落。而肥肉肉皮晶莹透亮，肥肉绵软滑润，肥而不腻，无骨无刺，汤汁饱满，落口消融。所谓肥美，所谓丰腴，大约也就是这个滋味了。如果是上好的五花肉，夹精夹肥，齿咬舌推，千回百转，软硬兼顾，更是一种莫名的刺激。由不得人们不浮想联翩想入非非，以为到了云遮雾绕的人间仙境。

不管怎么处理，红烧肉给人的印象还是肥腻。为了中和红烧肉的这种肥腻，人们通常会搭配一些"吃油"的食材，效果还是很不错。比如土豆、板栗、芋头、萝卜、高苞（茭白）、盐菜、胡萝卜、豆腐干、干香菇、干豆角、干冬笋，等等。要提前将食材处理成半熟，再加到红烧肉里，文火炖开，让油汁浸润，食材慢慢熟透。

也有加油炸豆腐的，那油炸豆腐经过油炸，蓬松酥软，加进红烧肉里，尽情吸收红烧肉肥腻的汤汁，肉香、酱香、豆腐香、八角香、桂皮香、花椒香、辣椒香、蒜头香、葱花香，层层叠加，香上加香，油上加油，油脂如此醇厚，却又极其可口。趁热下肚，酣畅淋漓，大受欢迎，大快朵颐，算是一道十足奇葩的大荤菜。

红烧肉可能不是完美的下酒菜，喝酒是耗时间的游戏，品咂一口酒，就要拈一筷子菜，用红烧肉下酒，再怎么吃也只能吃那么几块。但是吃饭却是绝配，特别是泡那汤汁拌饭，汤汁与饭粒交汇，如同帅哥遇靓妹，顿时闪电大作。所谓邂逅，所谓艳遇，大致不过就是这种境界，足以让你享受到人生的美妙。

　　不过，苏东坡吃肉，弄了个《猪肉颂》，还创新了个流芳百世的"东坡肉"。我等吃的红烧肉都长了肚皮，这是一个问题，我总是一边吃一边思考这个重大问题，但是至今没有答案。不过回头一想，几个凡夫俗子，吃个红烧肉，做个深沉状，逗一逗，哄一哄，聊一聊，疯一疯，醉一醉，就 OK 了，还要什么答案呢？

　　　　　　　　　　　　　　　　　　　　　　2015 年 12 月 3 日

盐菜扣肉

刚在电脑上打下这个题目，就情不自禁地吞了口涎水，扣肉的那种诱惑力真的是如此持久。原先在武装部工作时，一年一度民兵训练，一般每次规模至少有百来号人，大伙食大章法，每餐十几桌。那时候经济条件不比现在，要隔三岔五才有扣肉吃，还是属于改善伙食打牙祭的范畴。民兵基本上都是些青壮劳力，训练一般选在夏天，天气炎热，训练量大，人的饭量也就大。一盘扣肉大约就是10块，一桌10人，每人只能吃到一块，剩下的就是盐菜豆豉之类了，解一下馋可以，离刹瘾还遥远。因此，内心深处对扣肉一直保持渴求的状态。

现在吃扣肉，一般要到酒席宴会上。湘西北农村里办红白喜事，只要经济条件允许，是必须杀猪的；办流水席，从上午到晚上，前客让后客，车水马龙，川流不息。平时很少有机会交流来往的，此时遇到，也是寒暄、点头、握手、哈哈、勾肩搭背，推杯换盏，积怨或许就此化解，有些老大难的事情或许就此搞定。我们其实大可不必妄自菲薄，中国聚会和外国party同样有滋有味，而我们的聚会酒席更为酣畅淋漓。流水席必有扣肉，我非常喜欢乡下流水席上的扣肉，因此遇到同事朋友家里有事在乡下办酒席的，没有特殊情况我都必须亲自去，一为感情，二为扣肉。有一年一位同事家里老人仙逝，老家在小城近郊，交通方便，当天下午一下班我们就心急火燎赶到那里去作吊。磕完头却发现还没有开流水席，厨子们还在紧锣密鼓地准备，我看到那些扣肉坯子都已经做好了，几大筲箕，看得我眼睛直冒绿光，喉结乱滚，看得到吃不到，又十分沮丧，只好灰溜溜回去找个路边店随意吃点饭了事。

扣肉，名副其实，自然离不开扣的环节。这个环节就是一个上菜的花式动作，无关肉的制作，无关肉的味道，但还是会直接影响扣肉的外观形象，后面再叙。

制作扣肉要选上好的新鲜五花肉，到菜场你说是做扣肉，肉案师傅会将你选定的五花肉砍成大小一掐（即拃）见方，"一掐"是湘西北的俚语，掐读作 ka，指民间最简单的度量方式，大约就是拇指与食指自然撑开，两个指尖的距离，这种度量也只能是个估计数值。五花肉夹精夹肥，吃起来口感才好，当然肥瘦五层的五花肉难得搞到，三层四层就已经非常不错。现在菜市场有现成的扣肉坯子买，看样子也还不错，对于想吃扣肉怕麻烦的人来说，这是福音，也有切好肉配好菜的，回去直接上锅蒸，更为简便。

买回来的肉要先把肉皮那面用火烧一烧，烧去残存的猪毛，用刀刮洗干净，放入锅里加水用大火煮，煮肉时可以加姜、蒜头、桂皮、八角、花椒，也可不加。肉煮到用筷子可以轻松戳进猪皮即可，捞起、沥干、冷却，猪皮那面抹上酱油和蜂蜜，用蜂蜜是扣肉成色好歹的关键。酱油不能过多，多了肉皮显得黑不溜秋；也不能太少，少了颜色调不到位，露出苍白，病恹恹的，不好看。炒锅里放油烧热，将猪肉肉皮那面朝下置于油中，炸至肉皮均匀起皱，也就是所谓虎皮皱纹，颜色变得赤黄，迅速起锅，沥干油，冷却。肉完全冷却之后切片，厚薄全看个人喜好，将肉片皮朝下方整齐码到碗里，边角余料置于两边，肉上面放一两颗八角，一两片碎桂皮，喜欢的还可以放几粒花椒，干红辣椒切段，放上几段，撒些姜末，撒点浏阳豆豉，再覆盖一层配菜，适可而止，不可堆得太满。也有先把配菜调制好的，大批量制作的一般如此。

一切准备停当，就上锅，大火蒸。蒸扣肉的火候要恰如其分，过了太烂，欠了一分嚼劲；时间不够，火候不到，咬着费劲，吃相狼狈。火候的掌握，没有章法，全凭经验。蒸好的扣肉盖上盘子，迅速反转过来，翻手为云，覆手为雨，一步到位，一气呵成，技术娴熟得如同变魔术，眨眼之间，不洒半滴油汁，整整齐齐，热气腾腾，撒点胡椒面，撒点细香葱，端上桌来，正好下箸。如果扣的时候犹犹豫豫，缩手缩脚，那偏偏是担心什么就发生什么，扣肉散乱，油汁飞溅，那个场面，够你救的。

扣肉的配菜花样百出，但很少用新鲜食材的，基本上都是制作过的干菜腌制菜系列，可以是梅干盐菜扣肉、腊八豆豉扣肉、干豆角扣肉、萝卜干扣肉、笋干扣肉、豆腐干扣肉、芋头扣肉，风味变化多端，但扣肉为主、配菜为辅是不会变的。津市许多年前的凤尾盐菜，声名远播，风行一时，可惜近年来已经少见，即使有，味道也是大不如前。扣肉配凤尾盐菜，猪肉配凤尾，尽管是歪配，可是歪打正着，效果不错，听这个名字就口水直流了。与之类似又有自己特色的是"揪耳朵盐菜"，坨坨菜的茎叶晾干之后，用盐揉制，再晒至半干，装坛储存即可时刻取出来食用，揪耳朵盐菜的根茎部分揪头揪脑，给我最深的记忆是那股浓郁的菜香和酱香。

　　扣肉配盐菜，是典型的高低配、差距配。正因为有差距，才有互补，才有和谐。如同婚姻，如果男女都是博士，都是高官，都是富二代，高富帅，白富美，针尖对麦芒，生活处处个性飞扬，和谐的可能性基本为零。扣肉肥美，油汁丰厚，盐菜清淡，刚好吸油，扣肉不腻，盐菜味浓，相得益彰，天造之和。可是有些梅干盐菜，可能存储太久，过于发干，尽管泡发到位，还是不尽人意。有些酒店酒席用这种大众货的梅干盐菜，如同黢黑的草根，我觉得是糟蹋了扣肉，真是明珠投暗，每次碰到，我都为之暗暗可惜。

　　配菜也有用红枣的。灵泉镇街道铺有家餐馆，叫"老周酒店"，老板兼大厨姓周，年纪一把了，还在忙前忙后。虽远在僻壤，他的餐馆生意尚好。这个红枣扣肉，扣肉配红枣，有点创新，甚是奇葩，却是绝味。几次去那里吃饭喝酒，这个红枣扣肉是一定要点两份的。如今灵泉镇已经合并到新洲镇，政府治所撤了，那个街道也去得少了，那种扣肉不知还在蒸否？

　　正想着这一口，机会就来了，我这个人天生的有口福。那个星期天几个人跑到户外看油菜花，到了中午，我坚持说到灵泉吃午饭，说吃那个周记红枣扣肉去。刚好同行的文联林主席在灵泉工作过，也说那扣肉是特色，于是几个就被我"绑架"到了灵泉。不过那天的扣肉有点咸，而且不知道是火候原因，还是冷藏原因，肥肉入口即化，精肉却有些柴，夹牙齿，肥瘦天壤之别，口感不如以前爽。扣肉的火候一定要把握好，入口即化，对扣肉而言，不是最恰如其分的境界。肥肉与精肉外观看起来要丰润饱满，用筷子拈要有弹性，要拈不断，蒸得一塌糊涂软趴趴的扣肉看起来就会让人没有了食欲。

　　有的人特别是女士们害怕吃扣肉，其实，扣肉经过大火蒸过之后，大量的油脂已经消耗到了配菜里面，吃一块两块是没有多大问题的，何况也没有谁天天餐餐吃。天天吃的会腻，隔三岔五吃的会想，一年半载吃一次的会追忆，一生难得吃几回的会疯癫，穷尽一生都吃不到的会张狂。所以，该吃时就吃，遇到了就吃，坚决往饱里吃，不刹瘾不放手，无所畏惧，无所顾忌，一往直前，吃了再说，不要错过，不留悔恨。吃扣肉要趁热，因此盐菜扣肉也就不是什么正儿八经喝酒混光阴的菜，而是吃饭的菜。咬一口夹精夹肥的扣肉，那种温热，那种绵软，那种饱满，那种黏而不腻，那种醇厚的肉香，你才能够深深体会到"肥美"这个词语的魔力。吃完扣肉，那些油汁，那些配菜，趁热拌饭，必须狼吞虎咽，三下五除二，个中滋味，难以言表，不用多说。

2016 年 4 月 5 日

粉蒸肉

　　小时候，偶尔去家公（外公，读音 ga gong）那里玩耍蹭饭。家公是卫生院的药剂员，已经退休多年，一个人独居一间单位的房子。自小我就没有家家（外婆，读音 ga ga）概念，后来才知道我有两个家家，亲家家在我母亲小时候就去世了，后来家家也没有长寿。家公以前是开小药铺的，据说是一个非常节俭抠门的人。但我每次去了，家公应该还是很高兴的，满脸笑眯眯的，一到饭点就马上拿起一叠饭菜票到食堂去端饭端菜，一般都是要买个荤菜的，如果有口福，就可以吃到粉蒸肉。一个小小土钵子，实际上作古正经的猪肉并没有几块，更多的是骨头杂碎、筋头巴脑和米粉子，油光粉亮，喷香扑鼻，使人食欲大开，常常吃得精光，钵子都要用饭再擦一遍，最后还要舔嘴巴嗒舌头，总是一副不满足的样子。

　　后来读书，吃学校大食堂，隔三岔五，也有粉蒸肉吃，半肉半粉半骨头，香味依然。参加工作后，有些饭局也有粉蒸肉，不过比之大食堂自然是要讲究些的。有的是纯粉蒸肉、纯粉蒸排骨；有的则加了芋头土豆红薯之类；有的用钵子；有的用瓷碗；有的用木桶、竹筒；有的用荷叶包裹，五花八门，万变不离粉蒸口味。但是粉蒸肉做得好的店子不多，海辰国际那边的"津津有味"算是一家，红薯块铺底，码上一层五花肉，颜值颇高，味道正好。只是肉太少，如果人多，就不能尽情。

　　粉蒸肉实际上是个大众菜，最初可能是为了不浪费食材，肉皮骨头，边角余料，弃之可惜，加些粉子来蒸，不需要什么高超的技艺，结果既解馋又果腹，容易保温，加热也方便，冷了重新蒸一下就可以，可以反复蒸，不会走味。

　　常常经过和平菜市场边的蒸菜馆，看到那些一小钵一小钵的蒸菜，特别是那粉面油光的粉蒸肉，总是涎水直流，大有进去撮一顿的冲动，一直没有付诸行动。有一天在那边上等人，看到一位民工坐在一个角落，要了一钵粉蒸肉，要了一杯谷酒，吃一口粉蒸肉，抿一口谷酒，然后长舒一口气，和老板娘没头没脑地搭几句腔，甚是惬意，看得路人艳羡。酒喝完后，粉蒸肉也所剩无几，就叫老板娘来一钵米饭，将粉蒸肉全部倒入米饭，拌了几下，还是热气腾腾，趁这热度，呼之拉之，就吃得干干净净了。酒足饭饱，又掏出一支烟，点燃，深吸一口，云里雾里，一天的辛劳大概已经烟飞云散。

突然想吃粉蒸肉。周末一个人在家闲来无事，出去吃早餐后便去买了块肉，买了蒸肉粉，自己来做。

肥瘦各半的猪肉洗净，切寸把长宽的肉片，加适量的姜末、蒜末、葱白、生抽、老抽、味精、料酒（加甜酒也可）、调和油、干椒段、豆瓣酱，腌制几分钟，加入已经制好调味的米粉子，粉子可以先用微火炒香，粉子不含盐就加点盐，拌均匀，如果太干，加适量的水调和至浓稠适宜，放入蒸锅，大火蒸半个小时左右出锅。

以上的作料可以根据个人喜好增减，喜欢颜值的还可以加腐乳汁替代料酒，蒸出来颜色红亮；有喜欢的也可以用小米代替米粉，蒸出来满是金黄也是可爱；如果惧怕腻人，可以将芋头、土豆、红薯之类素菜切成小块，或者和肉粉混合拌匀，或者作为铺底，一同蒸熟，可以扯些油腻，相得益彰，风味更是别具一格。

满屋子都是香味，粉蒸肉出锅，撒香葱、香菜末，滴几滴芝麻油，米饭也熟了。我决定认真学习民工的吃法，而且更为极端，盛了满满一碗饭，将粉蒸肉直接扣到米饭上，油汁即刻渗透，搅拌均匀，饭粒透亮，肉香，粉香，饭香，葱香，各种调味料香，呵呵呵呵，吧嗒吧嗒，停不了嘴的节奏，三下五除二，一碗饭就一扫而光。自己动手，丰衣足食，放之四海而皆准，真的是好刹瘾。

2017 年 3 月 17 日

氽汤鱼

　　最近读龚曙光先生的散文集《日子疯长》，里面有篇文章《李伯与金伯》提到了他老家梦溪镇常见的"水煮青鱼"这道菜，写得活灵活现，勾起人们的食欲，也很有仪式感："金伯做水煮青鱼，先将青鱼去鳞洗净，然后开膛破肚，一把将内脏掏出来，横着两刀剔下脊骨，和血将鱼肉剁成拇指头大小的鱼块，顺势把鱼块往烧开的滚水里一倒，用勺子顺时针搅三转，逆时针方向搅三转，立马用漏勺起锅，浸在装了凉水的缸钵里。再将烫过鱼块的热水倒掉，用冷水涮三次锅，将锅上粘的鱼腥味完全洗掉，倒入冷水加火烧，烧到锅里冒出小气泡，放少许海盐、一勺猪油，然后从凉水里捞出鱼块倒进锅里，煮到锅里鱼汤沸腾，用木瓢连汤带鱼舀出来，装入洗净去腥的缸钵里，先撒姜末、蒜米，再撒葱花。如此做出的青鱼，鱼汤清淡鲜美而不腥，鱼肉嫩滑微甜而不腻，葱姜清香而不掩鱼味。"

　　龚曙光先生是我的大学老师，澧县梦溪人。《日子疯长》里面的文章多是记述梦溪小镇的那些人事，他描写的这道"水煮青鱼"实际上是我们湘西北著名的老味道，我的老家澧县王家厂一带叫"氽汤鱼"，唯一的差别是我们老家的氽汤鱼要放欢喜，也就是白米醋，老家把白米醋称为欢喜大概是避讳"愁"的谐音。

　　老家办红白喜事赈酒都是开的流水席，吃的十大碗，鸡鸭鱼肉，各有千秋，鱼是氽汤鱼，鲜美无比。今年端阳那天和母亲闲聊，不知道怎么地就谈到了氽汤鱼，母亲说，真的好吃，自己试了几哈，就是搞得不像，硬是缺那个味。母亲平时很少吃鱼，每次一起在餐馆吃饭，不管是煎的鱼、炖的鱼、蒸的鱼，都很少吃。大哥喜欢钓鱼，每次回来要给她鱼，她都是一口回绝，但是谈到老家流水席上的氽汤鱼却是如此兴趣盎然，可见老味道的影响之深。氽汤鱼我也只是在 30 年前曾经吃到过一次，印象特别深。当时四哥结婚，在老家赈的酒,开的流水席,就有这道籴汤鱼,可惜的是在酒席上,差不多每个人只能吃到"一坨",吃到心里还有一点点欠欠意思,还差那么一丝丝,总是觉得不刹瘾,时刻处于饥渴状态可能也是感觉好吃的原因。

各种酒席上鱼是不能缺少的大菜,但是更多的是煎的鱼、蒸的鱼、炖的鱼,估计除了老家的流水席,一般地方都不太可能吃得到籴汤鱼。说着念着籴汤鱼,就来了个吃籴汤鱼的机会。不久前,同学家双的母亲逝世,在王家厂办丧事。家双是个大孝子,在老家治丧,一切都是按照老规矩和他母亲生前的交代办的。现在正是移风易俗治理社会风气时期,家双作为公职人员不得不低调。但是再怎么低调,起码的孝心、礼数还是得尽到,来作吊的人来人往,流水席还是得开,鸡肉、牛肉、羊肉、坨坨肉、扣肉、籴汤鱼……十大碗的配置,极其丰盛。我和一群同学胃口极好,吃扣肉、吃坨坨肉、吃籴汤鱼、吃羊肉、吃牛肉,等等,都还是老王家厂的味道。籴汤鱼,一坨坨的鱼,一大海碗,看起来清汤寡水,吃起来肉嫩汤鲜,原汁原味,却并不太腥。30年后再次吃到,还是体会到了老家的滋味。

这酒席上的清汤鱼块之所以叫籴汤鱼,而不是水煮鱼或者清炖鱼,在于做法和用料上的区别。我们熟悉的川菜水煮鱼是麻辣红油重口味,而我们平时经常吃到的家常炖鱼则是将鱼先煎后炖,炖到鱼的蛋白质大量析出,汤色变得乳白,还要加大蒜、辣椒、紫苏,还可以炖白豆腐、千张之类,味道十分醇厚。现在有些餐馆也做汤锅菜鱼片这道菜,清淡手法接近籴汤鱼,但是籴汤鱼是厚实的鱼块,汤锅菜鱼片是薄薄的鱼片,而且还用蛋清调和,用菜鱼的骨架炖汤,汤里炖有蔬菜,做法上与我们老味道的籴汤鱼还是有比较大的差异,口感自然就有不同。

籴汤鱼讲究原生态,精简到极致,汤汁清澈,鱼肉鲜嫩,带些甜味,所以尽量少放调料,以免调料遮盖了鱼的本味。因此对鱼的品质要求也比较高,当然最好是大湖、大河里的。我那天吃的应该就是王家厂水库的鱼,精养池养殖的鱼土腥味太重,不宜做清淡口味的籴汤鱼。鳙鱼肉软、鲤鱼肉粗,做籴汤鱼也十分勉强,一般选用肉质细嫩肉芯肥厚的草鱼、青鱼,也就是白鲩、青鲩为最佳。将选好的鱼去鳞,去头掐尾,只要厚实的肉身部分,剁成小块,洗净,沥水,置入盆中,可以加盐,料酒抓几把,暴腌几分钟可以使细嫩的鱼肉变得紧实一点，汆熟后就成为一瓣一瓣的，也更好入味，为了保持鱼肉鱼汤颜色清白，不要加任何酱油。炖锅加水，放生姜丝、蒜末，大火烧开，将鱼块下入锅中，保持大火，再次炖开，放化猪油、欢喜，放盐、胡椒粉、味精，撒葱花，即可出锅。注意煮的时间不可太长，鱼块下锅，炖开即关火，鱼肉炖老嚼起来就木巴木草不好吃了。

　　写完以上汆汤鱼的做法，因为这道菜从来没有做过，心里还是有些打鼓。实践出真知，为了验证，周末特地到菜市场转悠，买了一块草鱼，鱼老板信誓旦旦说是毛里湖的。顺便买了紫苏、香葱。酒席的汆汤鱼是不放紫苏的，我特别喜欢紫苏的香味就买了。回到家里实战做了锅汆汤鱼，一切都按照老味道规程做，没有现成的化猪油，专门用肥肉炸了点油，放进汤里，油脂飘香，吃了一坨，鱼肉没有想象得那么鲜嫩，大概是鱼质的问题，但总体还是感觉神清气爽，应该还是接近老味道。喝了口那清淡的鱼汤，淡淡的鱼香，淡淡的醋香，淡淡的紫苏香，淡淡的葱花香，一切都是淡淡的。经不住这淡淡的诱惑，顿时使人味蕾大开，停不了嘴，当然酒是不喝了的，就着这鲜香的汆汤鱼吃了两大碗米饭，整个晚上整个人都感觉到十分踏实，所谓心满意足，不就是如此吗？

2018 年 9 月 10 日

老家红油羊肉

"敕勒川，阴山下，天似穹庐，笼盖四野；天苍苍，野茫茫，风吹草低见牛羊。"每次读到这首人们熟悉的《敕勒歌》，心底总是要翻起一阵波澜，不是因为那广袤激荡的诗情画意，我更惦记着的是那羊，是那羊肉。羊肉，想想这两个字，都觉得一股肉香扑面而来，就忍不住吧嗒嘴巴、翻滚喉结、吞咽涎水。吃货的矜持总是保持不了三秒，闻到香味就稀里哗啦直接崩溃。

羊为六畜，很早就被人类驯化放养，羊肉是一样古老的食材，历来也被当作天然补品。只是因为带有膻味，有的人避而远之，其实大可不必。我们的古人聪慧，古法就有用核桃来去除膻味，何况"无限风光在险峰"。汉代许慎《说文解字》释字："美，甘也。从羊从大。"明末清初屈大均《广东新语》："东南少羊而多鱼，故字以'鱼''羊'为'鲜'。"羊大为美，鱼羊为鲜，如此赞誉、献媚之词，浩瀚典籍之中不一而足。挂羊头卖狗肉，是欺瞒之罪，众人鄙视，可以道德谴责，甚至可能惹来牢狱之灾。古希腊时期人们用羊皮当纸记录经典，算是为文化传承作了贡献，所以羊的位置一直较高，虽然终究是被人吃掉。

湘西北多是肥美的山羊，丘陵、河滩到处可见人们散养的山羊，不时听到远处传来山羊咩咩的叫声。羊肉的吃法因地域不同而有差异，煮羊肉、炖羊肉、炒羊肉、涮羊肉、烤羊肉，东西南北中，白煮红烧，白汤红汤，可以说是真正的百花齐放。我们湘西北老家最有特色的吃法自然还是红油羊肉。红油羊肉一般要在酒席上才吃得到，大概因为流程稍微烦琐，要制作红油、煮羊肉、拆骨切片做钵子，家里做红油羊肉的少，基本上就是连皮带骨剁小块红烧而已，那又是另外风味。

红油羊肉能否成功入味的关键是制作红油。很多人习惯用干红辣椒段或者干红辣椒粉末制作红油，焦香辣香交错刺激味蕾，只是炸制时一定要控制火候，否则辣椒已经炸煳，油还不红不香，那就特别煞风景。老家炸制红油是用剁红辣椒，菜籽油入锅大火炸到冒烟，改用小火，倒入鲜艳的剁红辣椒，慢慢搅拌，剁辣椒有的都被搅拌成茸，红色慢慢晕开，一股酸辣香味扑鼻而来，不久油的颜色变红，就可以出锅盛到碗里备用。剁辣椒制作的红油，不像川菜红油那样放花生碎或白芝麻，看起来色泽鲜艳，显得更为简洁、透亮、清新，自带酸味，风味独特，和羊肉算是绝配。

相对而言，煮羊肉并无多少技术含量，用点香料去除膻味，把握煮的时间即可。用带皮羊肉做红肉羊肉才正宗，选新鲜带皮的本地山羊肉，剁成两三寸宽的条块，用清水泡一段时间，泡出血水，洗净之后，冷水入锅，加些老姜桂皮花椒之类香料，大火炖煮。羊肉细嫩，不能煮过度，否则肥肉容易软烂如泥，瘦肉容易散乱成末，所以煮到筷子可以戳进羊肉表皮就好，及时捞出锅，趁热拆骨，待到羊肉冷却后，再切成肉片备用。切羊肉片一定要注意厚薄，半厘米左右为宜，太厚吃起来有些腻嘴，太薄吃起来又找不到感觉。

冬天温度低，羊肉油脂凝结速度很快，因此红油羊肉当然也是要做成钵子炖着吃。做钵子时，将适当分量的羊肉装到钵子里，不必回锅炒烩，用原汤最好，汤要多一点，一次性加到位，再加事先制好的剁辣椒红油、生姜、大蒜，喜辣的还可以放点干辣椒段。大火炖开之后，剁辣椒红油与汤汁已经完美融合，满钵汤汁成为一片红海，再放适量的白米醋去腥提味，老家将醋称为"欢喜"，大概是为了避讳那个"愁"的谐音。大火炖开后端上桌上炉，用小火煨起即可，可以根据自己的喜好放青蒜、葱花、芫荽之类。

红油羊肉都是用拆骨后的净肉，羊肉瘦肉多脂肪少，肉质细嫩，汤鲜肉美。羊肉炖开之后，那些带皮的羊肉片受热，羊皮变得有些卷曲，浸泡在红色的汤汁里，十分养眼，吃起来肉皮Q弹，肥肉软糯，瘦肉细腻而不失劲道，口感刚好，香辣酸爽，非常刹瘾。羊肉吃得差不多后，那个汤可以用来下菜，红薯粉丝、白萝卜丝、千张丝（豆腐皮丝），甚至面条都是标配，红油羊肉面是我童年的一个美好记忆。

吃肉喝酒，讲究氛围。"绿蚁新醅酒，红泥小火炉。晚来天欲雪，能饮一杯无？"白居易的这首《问刘十九》千古流传，其实流传的就是那种喝酒的氛围，只是不知道那个晚上炖的什么钵子菜，这么受人追捧。我倒是希望那是一钵红油羊肉，在冬日冷冰冰的夜晚，炖一钵红油羊肉，咕咕地翻滚着泡、冒着热气，满屋都氤氲着羊肉的气味。三五个朋友围炉而坐，一钵菜，一杯酒，喝那鲜香的红油羊肉汤。一丝淡淡的醋味，一丝淡淡的欢喜，一丝淡淡的羊肉味，祛除寒冷，祛除寂寥，浑身温暖，浑身爱恋，不过是人生的一个小日子，也算是人生的一个小巅峰。推杯换盏，面红耳赤，额头冒汗，吃到撑，喝到醉。你一言，我一语，扯一些不着边际的话语，谈谈人生，谈完初恋谈暗恋，与天下无关，清醒地糊涂着，优雅地粗鲁着，日子就在你我之间被碾压，应该就是最幸福最惬意的事情。

2020 年 1 月 4 日

不要凉了黄花菜

黄花菜是一道古老的菜,最早记载于《诗经·卫风·伯兮》篇:"焉得谖草,言树之背。"谖草,即萱草,又名忘忧草、黄花菜、金针菜。萱草古典而雅致,似乎与爱情有关,蔡文姬在《胡笳十八拍》中感叹:"对萱草兮忧不忘,弹鸣琴兮情何伤。"因此嵇康说"萱草忘忧"。萱草的英文名是 Day Lily,意思是"一日百合",这名字耐人寻味。湘西北一带俗称"黄花",是黄花菜花蕾的烘干品。黄花菜富有粗纤维和各种营养元素,特别是卵磷脂含量高,又有养胃、补血、通乳、健脑等功效,一直深受人们喜爱,老少妇幼咸宜。在缺少肉食产品的年代,黄花菜是餐桌上的"网红",弥补了人们营养结构的诸多不足。

可惜后来一些不法商人为了黄花菜干品卖相好看和防虫,大量使用硫黄熏烤,致使人们对此心存狐疑,不敢多吃,市场就大幅萎缩,餐桌上见到黄花菜的机会比之以前越来越少,黄花菜,有些凉了。即使爱情,也经不住这种冷落,淡了,凉了,也就散了,无可奈何花落去。

平常吃的黄花都是干货,需要泡发,并且要掐去黄花尾巴上的一截硬硬的茎蒂,一根一根地掐,有些麻烦。可我小时候就喜欢干这活,择一根,掐一下,觉得好玩。泡发的黄花恢复了饱满状态,冲洗一下就可以了。母亲的拿手菜品是精肉氽汤下黄花,选新鲜猪肉,肉皮和少量肥肉切细备用,另将肥肉精肉剁成肉泥,炖锅烧水,放姜末,下肉泥氽汤,炖开,撇去浮沫,下黄花菜,煮几分钟。另起炒锅烧热,放入肉皮肥肉炸油,等到猪油焦香关火,将猪油盛入炖锅里,放酱油、胡椒粉、葱花即成。黄花菜粗纤维丰富,嚼头十足,加上猪肉,香气扑鼻,开胃下饭。

我已经很久没有吃过黄花菜,如今家里已经没有这些干菜储备,餐馆、食堂也极少遇到，倒是在乡下流水席上偶尔可以遇到黄花菜。在乡下吃红白喜事赈酒的流水席，大肉大鱼之间，有一道白豆腐黄花菜，亦菜亦汤，做法精简，纯粹素味，口感清爽。这道菜的搭配匪夷所思，源自哪里不知道，黄花菜和白豆腐，一干一鲜，几乎是八竿子沾不上边，就这么懵里懵懂地配在一起，干香遇到鲜香，相互激发，碰出了味道，这是美食界的包办婚姻，平平淡淡，意味悠长。酒席上的这道菜都是大批量做，干黄花菜泡发洗净，白豆腐切细条，大号钢精锅放水、姜末，炖开后放入黄花菜、豆腐，加盐、油、少许酱油、胡椒粉，用小火煨起，酒席开席时可以随时舀到汤碗里端上桌，稍微堆点尖，撒上葱花，白色、黄色、绿色相间，也是养眼。有的厨师用肉骨头汤来做这道菜，香味更为浓郁。

最惊艳而刺激的当然是吃新鲜黄花菜。科学研究证实，新鲜黄花含有秋水仙碱，吃进人体内转化为二氧秋水仙碱使人中毒，花蕊秋水仙碱含量最高，所以要掐去花蕊。人们真是有趣，"拼死吃河豚"，嘴巴馋到命都不要。不过饕餮大师们总是能够两全其美，办法总比困难多。吃前焯水、高温炖煮都可以解决新鲜黄花菜的毒性问题，剩下的事情就尽管交给炉子钵子筷子，纵情推杯换盏。

我记得第一次吃新鲜黄花菜时还是个小学生，那天我在父亲工作的镇政府大院玩耍，和几个小伙伴满院子追赶，看到院墙边绿油油的一片，有的开出了鹅黄色的花，有的还是绿里透黄的花蕾，长长的，笔直朝天，大人说这是黄花菜，那花有毒，千万不要放进嘴里嚼。中午跟着父亲吃食堂，干部职工围了一大桌子，居然就有一钵菜是肉丸黄花菜汤，肉丸酱红，黄花菜绿中透黄，色彩极其鲜艳。新鲜黄花菜汁水饱满，吃起来脆嫩，那汤汁味道极鲜，带有甘甜。

新鲜黄花菜凉拌了吃最为刹瘾。将新鲜黄花蕾掐去花蒂花蕊，冲洗干净，另用器皿倒入冷开水或纯净水备用，炖锅加水烧开，将黄花菜倒入，滴几滴植物油，几分钟后起锅，倒入冷开水或纯净水里冷却。注意全程不要过多搅拌黄花菜，避免损坏黄花菜的外观。黄花菜凉后，装盘摆整齐，生姜、大蒜瓣、新鲜红辣椒切细剁末，用适量酱油、色拉油调成汁，浇在黄花菜上，撒

上葱花，再淋几滴麻油，不用放味精。凉拌新鲜黄花菜，看一眼都口舌生津，口感鲜嫩脆爽，夏日风味十足，烈日当头，突然出现一片荫凉，款款走过一位女子，穿着绿中透黄、碎花点点的连衣裙，那带着神秘香味的凉风扑面而来，像一首朦胧诗，你便醉了，何以忘忧？萱草忘忧。

2020 年 6 月 6 日

想起乡里的蒸蛋卷

中国是个人情社会，遇到同事朋友家的红白喜事，无论贵贱贫寒，规模大小都要赈酒，大家都要参加，上的份子钱就叫"人情"，饱吃一餐，我们叫"吃酒"。街上赈酒大多在酒店里，摆上十几几十桌，菜品千篇一律，没有什么特别，有时候上了人情也懒得去吃。倒是到乡下去吃酒，只要时间允许，我一定去，遇到好的厨子，可以大快朵颐，快乐无以言表。

乡下红白喜事赈酒都是开的流水席，人来人往，热热闹闹，空气飘着肉香，尽是人间烟火气。流水席的菜大都是请当地知名厨师掌做，杀猪宰羊，现杀现做，十足的乡里风味，满桌子大肉大鱼，这是乡下的饕餮盛宴。吸引我的除了酱红欲滴的扣肉，还有那金灿灿香喷喷的蒸蛋卷。以前，母亲在春节时也做蒸蛋卷，一次做得比较多，那时没有冰箱，但冬季温度低，足以储藏好几天。正月初几家里来客，蒸蛋卷还是一道很撑门面的菜，说明主人待客是经过精心准备了的。如今一般家庭里还拉起架势费工夫做蒸蛋卷的少了，蒸蛋卷已经成为儿时的味道记忆。

做蒸蛋卷要经过几道工序，难度系数并不大，只是有些麻烦，需要耐心，烹调其实就是一件拼耐心的事情。首先要调制好肉馅，选新鲜猪肉肥瘦比例适当剁成肉泥，装在碗里，生姜、蒜粒、葱白剁成细末放入肉泥中，加入料酒、酱油、香油、胡椒粉、盐，搅匀就成蛋卷的肉馅。和调制饺子馅一样，蛋卷馅料也可以适量加入一些香菇丁、荸荠粒、大葱末、胡萝卜粒等素菜，丰富口感，也使蛋卷不至于过于腻口，吃起来更为清爽。

其次要摊好蛋皮，鸡蛋打在碗里，打散至蛋清蛋黄融为一体的蛋液，用平底煎锅，微火，擦适量油，舀入蛋液，转着锅摊薄成圆饼形，煎片刻翻面再煎，蛋皮即可出锅，冷却备用。有人将蛋液中加入适量芡粉，增强黏合，避免蛋皮破损，口感不会有大变化。将蛋皮摊开，放入调好味道的肉馅，均匀抹平，覆盖蛋皮，馅料厚薄要适度，太厚容易破损，"穿包露馅"，太薄显得瘦不伶仃，过于"骨感"，吃起来没有感觉。肉馅铺好，压紧压实，将蛋皮卷起来，结合处黏合好，就成为蛋卷坯子。

做好的蛋卷坯子，要马上装在盘子里，放入蒸锅，大火蒸熟，出锅冷却。蒸熟冷却之后蛋卷坯子变得紧实，用刀切才不会散。将透凉的蛋卷坯子均匀切成两厘米左右厚的蛋卷，刀法随心所欲，可以正切，可以斜切，斜切造型更受欢迎。切好的蛋卷，层层叠叠，一圈蛋皮，一圈肉馅，有些晃眼睛，也勾人魂魄，惹人喉结翻滚。

流水席上的蒸蛋卷一般有个扣碗的环节，就和扣肉一样，切好的蛋卷依次码在碗里，放入蒸笼大火蒸。出笼时用菜盘子盖住蛋卷碗口，说时迟那时快，一个花式动作，眨眼之间，盘碗翻转过来，蛋卷就扣在盘子里，整整齐齐码着，呈一个宝盖形，撒上葱花就好，有的还淋上一层芡汁，晶莹透亮，雍容华贵。当然家庭里蒸蛋卷如果没有这种扣碗技术，简单装碗里盘里蒸就是，没有必要如此花式，免得汤汁四溅，烫伤自己，场面还弄得十分难看。蒸蛋卷闻起来香气逼人，吃起来松软细腻，毫无障碍，把猪肉和鸡蛋拼在一起，这是货真价实的强强联合，营养的巨无霸，无骨无渣，不需要生拉硬扯，不需要狂咬烂嚼，老少咸宜。那蒸蛋卷的汽水成为别具特色的汤汁，油花荡漾，葱绿点点，味道极鲜。

津市杂烩钵子远近闻名，一般来说那金黄的蛋皮不可或缺，有的店家直接用的蛋卷，显得更加高大上，蛋卷炖在杂烩钵子里，味道尤为鲜美，缺点是容易炖散，蛋皮和肉馅脱节，到最后几乎是面目全非，一塌糊涂。所以杂烩钵子里的蛋卷要炖得恰到好处，既要炖到馅料热透入味，饱吸汤汁，又不能炖散了架。刚刚好的时机，就要抢先吃、抢鲜吃，才能抓住青春的尾巴，不负韶华，滋味完美。

2020 年 7 月 4 日

胖头家鱼脑壳

老家毗邻王家厂水库库区，溇水的一条支流从屋前流过汇入水库，水涨水落，带来丰富的鱼类。大湖里的鱼，肉质更好，大鱼小鱼，小虾小蟹，吃了不少。读书时上生物课，知道有"四大家鱼"：青鱼、草鱼、鲢鱼、鳙鱼。鳙鱼又叫花鲢，脑壳较大，湘西北一带称之为"胖头家鱼"，"胖"要念去声，"家"要念"嘎"音，音效很是有趣，这种鱼市面上比较常见。胖头家鱼，顾名思义，肥美鲜活，吃新鲜的最好，炖胖头家鱼脑壳很受欢迎。过去讲"鱼头肉尾"，解释各异，有一种说法是说鱼要吃头，猪肉要吃臀尖，鱼头活肉多，臀尖膘厚肉嫩，都是老饕的大爱。

剁椒鱼头属于湘菜，口味咸鲜、酸辣，红红火火，显得喜庆。我们这里的酒席大都有这道菜，吃完鱼头，还可以用那汤汁拌点焯水面条，深受追捧。剁椒鱼头好吃，毕竟蒸起来还是麻烦，而且酒席上的剁椒鱼头的鱼头并不大，吃起来总是感觉不刹瘾。其实在乡下有一种简单的吃法，大大的胖头家鱼脑壳、甚至可以是一整条胖头家鱼，不需要太多的作料，就是大锅大火炖，简单、粗犷，吃肉喝汤，饮酒下饭，谈天说地，随心所欲。

选大湖里的胖头家鱼一条，刮去鳞片，抠去鱼鳃，从肚皮处剖开，剔去黑膜苦胆肠子，鱼泡鱼油等鱼杂留用，冲洗干净，居中斜砍，一分为二，单做鱼头，还是一起炖，全看吃饭的人多人少。

大火烧锅，起烟时放油，最好用菜籽油，可以适当加一些熟猪油混合，炸到冒烟时将鱼头下锅煎，两面煎时撒一点盐，煎至略带焦黄色，放生姜片，一次性加够水，水量一般以覆盖住鱼头鱼身为准，稍微超出一线，中途不要再加水，将鱼杂下入一起炖。有人认为必须加热水、开水；有人认为炖煮时要加盖，煮出的鱼汤才能析出蛋白质，变得奶白，其实并非如此，关键是要大火炖煮。大火烧开，到汤汁渐渐变白，盛到铁锅或炖钵里转到桌上炉，放青辣椒段、蒜子、胡椒粉，依旧保持猛火炖。开吃之前撒葱花，更重要的是还要滴几滴白醋，我们老家叫"欢喜"，既可以压一下鱼腥气，又可以提鲜味。这是一般家常口味，就一个字："鲜"，汤汁浓郁，鱼肉雪白，鲜香扑鼻，吃鱼肉喝鱼汤都是绝妙，鱼肉鱼汤都带有一丝甜味，到最后可以下一些白豆腐或者千张，嫩肉嫩豆腐吃起来满嘴的妩媚。

有的老饕比较豪放，这当然是能够吃辣椒的人，直接将剁辣椒加到鱼汤里，简直成了炖煮版的剁椒鱼头。剁辣椒颜色红艳艳的，味道酸酸的，直接刺激你的味觉，肉嫩汤鲜，酸辣爽口。还有的人喜欢放些花椒、紫苏、香菜，这都是为了压鱼腥味，也让鱼汤味道层次更为丰富。

我小时候家里也偶尔炖一大钵胖头家鱼脑壳，母亲会在鱼汤里放一种乡下特有的老坛盐菜，这是乡下进坛子腌着的盐菜，用剁碎的青菜做成，时间稍微久一点，就变得黢麻黑的，酸气扑鼻。加一些到胖头家鱼脑壳汤里，味道更加酸鲜，那个鱼头汤喝一碗两碗远远不够。现在这种乡下老坛盐菜难得碰到，一般人们就加四川泡酸菜，如果切得细一点，口感、味道也不错，但是我总感觉不如那种乡下老坛盐菜，这种老坛盐菜正是胖头家鱼的灵魂伴侣，总是能让你酣畅淋漓。

整个胖头家鱼脑壳简直就是老饕的一个宝，除了鱼骨头鱼刺几乎就再也没有什么可以浪费。胖头家鱼的眼珠，许多人想吃不敢吃，滑滑溜溜，让人彷徨犹疑，心存芥蒂，可老饕舌头一卷就吞进肚里。鱼脑髓，白玉无瑕，如同果冻，滑嫩肥腴，有人怕肥，可老饕嘴巴一抿，那鱼脑髓倏地就吸得干干净净。鱼鳃下面半月状的肉像凝胶，雪白透明，富含胶原蛋白，细嫩可口，鱼颈肉鲜活细嫩，鱼软骨晶莹透亮带些嚼劲，这都是老饕送酒的好东西，一口酒，一口菜，一口汤，享受得眯缝着眼像个活神仙。

吃完鱼脑壳，剩下的汤也不会浪费，最绝的是煸鲊辣椒糊。鲊辣椒是湖湘饮食界的王炸，像神秘的老情人，大红大紫，看一眼就流口水，餐餐惦记，偷偷摸摸，忐忑忑忑，酸辣到最深最深的心坎上。嗦鱼骨头，吮鲊辣椒糊，酸得味蕾大开，鲜得要掉眉毛，辣得满头冒汗，舔嘴嗒舌，手舞足蹈，欲罢不能，意犹未尽，不悔此生。

2020 年 10 月 15 日

陈伯烧蹄子

四妈是母亲的闺蜜，四妈住在澧县县城，两位八十大几的老人至今还经常津市澧县跑来跑去串门。四妈的丈夫我们喊作陈伯，陈伯去世已有多年时间，在我的印象里他成天只做三件事：做菜、喝酒、打麻将，边做菜、边喝酒、边打麻将时边哼荆河戏，那种惬意可能别人无法体味。陈伯喝酒上脸，喝不了多少，稍微一劝就会被人灌醉。他最拿手的事还是做菜，这是他的吃饭手艺，他做的菜在小镇上得台面，从来没有听到过什么负面反应，记得烧蹄子是他的拿手好戏。30年前，四哥结婚，在家里赈酒，开的流水席，掌做的大厨师傅就是陈伯。侄女诗情出生后，四嫂在家里坐月子，大菜厨子还是请的陈伯，如今偶尔回忆起那段时间，四嫂说真是吃够了烧蹄子，可是真的好吃，硬是吃不伤。

烧蹄子和扣肉大同小异，小镇把扣肉也叫烧肉，烧蹄子也就是扣蹄子，可以说就是扣肉的蹄子版，这也是一脉相承。烧蹄子好吃，但是做起来有些麻烦，既费时间，又要耐心、细致、讲究，和制作扣肉一样，煮、烧、蒸、扣，几个基本环节一个都不能缺。

选一只新鲜完整的猪蹄子，蹄髈、猪爪几个部位一起要。过去一般是用烧红的火钳将猪蹄上下烫一遍，烧去残存的猪毛和一些不可描述的东西，现在菜市场里都用火焰枪，快速，高效，然后放到热水里泡几分钟，再用刀刮洗干净。洗净之后将猪蹄砍开，剔去大骨，砍成几节，丢到大锅里炖煮，锅里放些桂皮、八角、花椒、老姜之类作料，当筷子可以不费劲地插进肉皮，酌放适量的盐，翻动几下后就可关火，捞起猪蹄，放置一旁冷却。冷却后的猪蹄肉皮上抹一些酱油、蜂蜜，可以用牙签戳一些小眼，利于蹄子更好地入味。

所谓"烧"其实就是走油锅"炸"。油锅烧热，将猪蹄肉皮朝下放进油锅里炸，注意火候、时间，炸到肉皮变成酱黄色，有了虎皮皱纹，翻转将其他部位略炸一下，即起锅，搁到一边再次冷却，这就是烧蹄子坯子。

将冷却后的烧蹄子坯子切成大小适宜的方块，脚爪还带有骨头的也砍成小块。准备好乡里自家晒制的揪耳朵盐菜，泡洗干净，梗梗叶叶，切细剁碎，加生姜末、大蒜粒、干红椒段，用少许酱油、味精拌匀，如果太干燥就稍微洒点水，使盐菜变得湿润。

用大小适中的普通菜碗，将切好的猪蹄方块整齐码在碗里，记住要把虎纹皮那面朝下，碗沿四周与猪蹄上面再装上猪爪之类散货，然后覆盖一层调好味道的揪耳朵盐菜，浅浅的一层即可，太厚就会喧宾夺主。

一切就绪，上蒸锅，大火蒸，时间自己掌握。蹄子大火蒸过之后，进一步入味，脂肪又被蒸出了一些，那些油汁渗透到揪耳朵盐菜里面，盐菜浸入肉香，盐菜更为美味，用这满带油汁的揪耳朵盐菜拌热米饭真是绝配。

烧蹄子蒸好之后端出来，准备一个海口大碗或盘子盖上去，然后快速反扣，这需要一点点技术，主要是快准狠，就能成功，不洒一滴油汁。扣好的猪蹄虎皮纹齐整，颜色酱红，油润亮丽，热气腾腾，香味缭绕，撒点胡椒面、葱花，即可端上桌，趁热吃，味道尤为舒畅。烧蹄子软烂脱骨，糯滑鲜香，肉味醇厚，是一道喝酒的狠菜，尤其是那些蹄筋，暗香浮动，深藏嚼劲，一拉一扯，欲罢不能，回味无穷。可惜的是，如今满大街餐馆可见各种风格的卤蹄子、红烧猪蹄、清炖猪蹄，就是从来没有遇到过这种方式这种口味的扣碗烧蹄子，真实令人唏嘘，不禁想起已经逝世多年的陈伯。

2020 年 11 月 14 日

芋头娘，芋头儿

芋头在湘西北地区是常见的食材，芋头饱含淀粉，微量元素丰富，过去粮食不足，芋头还充当了半边粮的角色。袁枚的《随园食单》里记载："芋性柔腻，入荤入素俱可。"芋头可以各种形式端上人们的餐桌。

在我们老家把大芋头称为"芋头娘"，小芋头称为"芋头儿"。芋头娘个头大，肉质含纤维多，口感粗糙一些，切开后颜色乳白之中布满紫色斑点斑纹，算是芋头界的颜值担当。芋头的黏液含有皂苷，能刺激皮肤发痒，因此生剥芋头皮切生芋头时需小心翼翼，最简单的办法是随时用水冲洗，可以减少黏液刺激。广西荔浦芋全国有名，早年是皇家贡品，切成薄块夹在扣肉里面蒸，是宴席上的特色佳肴。我们这里的芋头娘，不知道属于什么品种。在我的记忆里，母亲是将芋头娘去皮洗净后，切成细丝，再用青红椒丝清炒，吃起来味道不错，放冷之后再吃，别有滋味。

那时候母亲每年都要做一坛子鲊芋头丝，和做鲊辣椒类似，新鲜芋头娘丝加米粉子加盐拌和均匀，装进陶坛子，压紧压实。多日之后芋头丝粉子就会发酵变酸，吃的时候也和炒鲊辣椒末一样用菜油炒制，几乎可以不需要任何其他作料，就是一道风味独特的下饭菜。

干芋头丝则是另一种储存方式。过去，遇到大太阳天，母亲就从菜市场买回一筐芋头娘，将芋头娘去皮切丝，放到大太阳地下暴晒，芋头丝水分蒸发枯干，卷曲萎缩，颜色变得灰暗，长时间储存都不发霉，可备青黄不接不时之需。吃的时候只需要用温水泡发，就慢慢唤醒了那淡淡的芋香，用青椒红椒切丝来炒就好，如果喜欢味道重一点，就用干红椒末，加一些青蒜、姜末，混合在一起炒，味道醇厚。

芋头儿肉质细嫩，颜色纯白或者带点灰紫色，温润如玉，吃法就很丰富。芋头儿淀粉含量足，更为细腻，和肉类是绝配。牛肉炖芋头是岳父的拿手菜，可惜岳父逝世后再也没有吃到过。常见的排骨炖芋头，将排骨和芋头一起炖，一点姜、一点盐、一点葱花，汤汁浓郁清鲜，排骨酥烂，芋头软糯。

剁椒蒸芋头十分简单，芋头儿去皮洗净，如果个头偏大，可以切成两半，装一菜碗，略微堆尖，然后舀几勺鲜红的剁辣椒覆盖在上面，上锅大火蒸数十分钟，出锅淋一点热油或香麻油，撒一些葱花，即成。有人在上锅蒸时就放一坨化猪油，也可。剁椒蒸芋头朴实无华，芋头的细腻与剁椒的酸爽碰撞，咸香酸辣，让人味蕾大开。

青菜芋头糊前些年特别流行，甚至赈酒流水席上都能看得到它的倩影，汤汤水水，有果有蔬，受人追捧。选芋头儿泡洗去皮，洗净后放入锅中加水煮，熟透之后捞出锅，用锅铲将芋头碾碎成芋泥，青菜随个人喜好选时令新鲜绿叶蔬菜，洗净后切细剁碎，倒入锅中，加适量的水，加点姜末、蒜末，一起煮开，搅匀，加盐、葱花、味精、胡椒粉，盛入大碗中上桌即可，绿白相间，风光无限。趁热喝下一碗青菜芋头糊，酣畅淋漓，用来醒酒没有二话说，可以接着喝酒。

现在城市餐馆里大多有一道粗粮，芋头儿、山药棍、玉米棒之类装一笸箩，那芋头儿是连带皮一起水煮或蒸的，原汁原味，大受食客欢迎。但是，我还记得过去在农村时，把芋头儿埋进灶膛灰烬里，利用余热很快就煨熟，闻到一股焦香味道。从灶灰里扒出芋头儿还很烫手，慌不迭地左右手交替呵呵地拍灰，剥去粗糙的表皮，露出灰紫色的芋肉，热气腾腾，芋头香味扑面而来，那时候肚子缺油水，经不住饿，剥开芋头一口就囫囵吞进肚里。现在回想起来。烧芋头这么纯粹的吃法，真是值得在闲适散漫的时候慢慢回味，轻咬一口，细细咀嚼，尽是田园风情，满是生活禅意。

2021 年 3 月 21 日

炖鲇鱼

改革开放社会经济复苏，我们家里的经济条件也开始好转。平常家里吃肉吃鱼不再是稀罕事，母亲有时就会买鲇鱼回来给我们炖了吃，鲇鱼其貌不扬，肉质鲜美，十分下饭，我们吃得有滋有味。

鲇鱼生存力强，湘西北的河、湖、池塘、溪沟等一些地方大都有鲇鱼。鲇鱼无鳞，皮上多黏液，摸起来滑溜溜的，大脑壳，大嘴巴，长有胡须，凶神恶煞的样子，不讨人喜欢。鲇鱼是肉食性鱼类，肉质细嫩少刺，美味浓郁，富含蛋白质和脂肪，营养丰富。可是由于鲇鱼的生存环境和食物结构原因，很多人心有忌惮，不吃鲇鱼，因此鲇鱼在美食界的地位极其尴尬，各类饮食文字也绝少看到鲇鱼的踪迹，就这样与美食擦嘴错过，真是替他们感到可惜。

其实尴尬的是那些养殖鲇鱼，养殖鲇鱼背部灰黑，俗称"黑壳鲇鱼"，据说是引进的外来品种，类似"清道夫"的角色，生存不拘环境，不拘饲料，养殖成本极低。前些年有一段时候黑壳鲇鱼大行其时，虽然肉质土腥味重，但物贱价低，蛋白质丰富，自然受到追捧，家庭餐桌、红白喜事酒席上多有一钵红烧重口味的黑壳鲇鱼。此一时彼一时，现在逐渐被人们嫌弃，餐馆里已经很少见到黑壳鲇鱼。

"萝卜白菜，各有所爱"，真正的老饕不会忘记鲇鱼。和"黑壳鲇鱼"不同，野生鲇鱼背部灰黄、灰白，皮肤上有斑点，生活习性也和"黑壳鲇鱼"多有不同。春天正是吃鲇鱼的好时候，民间有"春鲶夏鲤"说法。春天里的鲇鱼肉质细嫩，鱼子特别多而鲜，清蒸、红烧、炖汤都是美味，给我印象最深的还是母亲做的那种炖鲇鱼。

活鲇鱼处理干净，大鲇鱼剁成前段、中段、尾段三节、小鲇鱼横中剁成两节，炒锅烧热放菜籽油，可以加一点化猪油，冒烟时放入鲇鱼段，略煎片刻，翻面续煎，放入姜片，有的放一些花椒粒，加冷水到淹没鲇鱼为好，大火炖开，加盐、酱油、白醋，盛到钵子里，加青椒片、大蒜粒，转小火炖，吃之前撒白胡椒粉、葱花。吃肉喝汤，极其美味。吃到最后，还可以下一些白豆腐、酸盐菜，都是绝配。母亲通常是预先下一些酸盐菜和鲇鱼一起炖，味道酸鲜开胃。酸盐菜那时在农家十分常见，将芥菜一类青菜叶子剁细末加盐揉制，放进带水槽的普通腌菜坛子里，一层层夯密实，坛口用草纸或塑料布密封扎紧，盖好坛盖，压上一块石头，水槽放满水，多日后盐菜变成黢麻黑，酸气袭人，是那时农村人家的下饭菜。

更为刺激的是直接用剁辣椒来炖鲇鱼。剁辣椒是湖南人做菜的"撒手锏"，调制任何菜肴都不会逊色。有剁辣椒就有家乡，乡愁的味道不过就是一勺酸辣咸的剁辣椒。湘菜里的剁椒鱼头一直大出风头，剁椒鱼头是蒸，剁辣椒炖鲇鱼是炖，小异大同，殊途同归，鲇鱼用钵子炖更具湘西北地域特色。这道菜做起来十分简单，剁辣椒炖鲇鱼而不是鲇鱼炖剁辣椒，剁辣椒为主，鲇鱼为客，如上操作，鲇鱼煎好，多舀几勺剁辣椒放入鲇鱼汤里，大火炖开即可。趁热喝汤，鲜辣四射，望着一片惊艳的红海，可以说是心旌荡漾，嘴巴说"恐怖"，心里却诚实，抵挡不住这醉人的诱惑，不由自主拿起汤勺舀汤，滚烫得呼呼直叫，却怎么也停不住起伏张合的嘴巴。鲇鱼汤炖到最后变得浓郁、黏稠，盛一碗白米饭，浇上几勺红红的鲇鱼汤汁，搅拌均匀，几下就扒拉进了肚里，满嘴酸香，浑身火辣，最矜持的人都会手舞足蹈，直呼过瘾。

现在长江流域正处于禁渔期，市场上偶尔见到的野生鲇鱼应该来自那些钓鱼客，一时显得极为珍贵。不妨择个春日黄昏，邀三五好友，聚于小城旮旮旯旯的餐馆，要老板娘用剁辣椒炖一钵野生鲇鱼，下点酸盐菜、白豆腐之类，喊几个"小雷雷"酒（小瓶子），吃到饱嗝连连，汗水涔涔，点一支烟，吞云吐雾，谈一些不相干、不负责任的话题，人生漫漫，春风拂面，酣畅淋漓，几多快活。

2021 年 4 月 18 日

清炖牛肉

津市人对牛肉情有独钟，吃牛肉多有讲究，口味上有红烧、麻辣、酱汁、清炖；烹调方式有煨炖、小炒、回锅、蒸扣、卤制、油爆、火锅、烧烤；外观形式有牛肉片、牛肉丝、牛肉块、牛肉丸子，有经过腌制烟熏的腊牛肉，还有特别制作的五香牛肉干，可以说是百花齐放，令人眼花缭乱，口味各异，风情万种。但唯有清炖牛肉，大道至简，美味至淡，不时出现在乡镇流水席上，如同闹市静处的女子，一身素颜，清新袭人，经久不腻。

清炖牛肉说来简单，做好不易。有的老饕用一种极简的方式，不用作料，漂洗干净的新鲜牛肉剁块放入瓦罐，加足冷水，慢火煨炖，吃的时候只需加点盐，地地道道牛肉的本味，这是"望天收"的做法。津市人做清炖牛肉不会如此潦草，还是讲些章法，先要将牛肉煮熟透，煮牛肉要搭配一些牛骨头，相互提鲜，牛骨头也可以使汤汁稍微浓厚，但是家庭制作这道清炖牛肉一般就少了牛骨头，味道寡淡许多，很多人感叹在家里硬是做不出馆子里的味道。

选夹精夹肥的新鲜牛肉斩大块，牛大骨斩断，冲洗干净，用冷水泡去血水，放入冷水锅里，冷水一次性放足量，除老姜之外，蒜粒、桂皮、八角、香叶、草果、陈皮之类作料尽量少放，以不压倒牛肉的本来味道为准。大火炖煮，撇去浮沫，不一会儿就能闻得到一股牛肉的清香，等到用筷子可以轻松插入牛肉时即可出锅，放置到一边冷却。

冷却后的牛肉才好切，清炖牛肉最好切薄片，要注意牛肉纤维的走向，一般要与纤维方向横着切，横断面花纹层层叠叠，十分惊艳，咬嚼方便，口感更好。煮牛肉的汤最好过滤一下，过滤掉那些作料渣子和一些悬浮物，大批量制作的基本上用作料包，就可以免了这道工序。

用土陶钵倒入大半钵汤，抓几把切好的牛肉片放进去，酌一些盐，一个原汁原味的清炖牛肉钵子就是如此简单，端到桌上炉小火煨起。过滤后的牛肉汤清澈见底,薄薄的牛肉片漂浮其中,一半是汤,一半是肉,摇曳生姿,不用酱油,保持汤汁清白,细细的油花荡漾,吃的时候,撒些白胡椒粉、葱花,风味十足。可以加些辣椒,干红椒段、末均可,有的也加新鲜青红椒块,加些芫荽菜,也是别具风味。

吃清炖牛肉先闻香,再吃肉,后喝汤,一步一步,不疾不徐,才能品出个中真味。天然的牛肉鲜香扑面而来,如沐春风,汤鲜肉嫩,舌尖轻轻一卷,还满带弹性的牛肉就滑进了肠胃,余香袅袅,浑身舒坦。泡发的红苕粉丝,氽水的白萝卜丝,都可以和清炖牛肉搭配,相得益彰。津市人喜欢吃牛肉米粉,无论"碗粉"还是"炖粉"都极具特色,这雪白的米粉简直就是为清炖牛肉而生,红颜也好,蓝颜也罢,不舍不离,无不是清炖牛肉别样清欢的灵魂伴侣。

清炖牛肉是一种情怀,一种回归,红红火火,刺刺激激,喧哗骚动之后,浮华散去,素面朝天,一切归于沉寂。有人把人生设计得极端复杂,其实人生不过一个旅程,路漫漫其修远兮,吾将上下而求索,结果是什么,只有走过千山万水,这个历程才是你最耀眼的时光。人生苦短,命运蹉跎,舍弃奢华,无欲无求,自然至简,返璞归真,平淡冲和,得到人生的大彻大悟。田园将芜,胡不归?归去吧,夕阳西下,三五好友,不如炖一钵清炖牛肉,来一杯辣嘴的谷酒,来一碗热气腾腾的牛肉汤,神清气爽,可歌可泣,这恣意的生活虽然来得慢了一些,但还不迟。"莫道桑榆晚,为霞尚满天",人生的下半场,依然可以精彩。

2021 年 10 月 10 日

红油牛杂

31 年前，我大学毕业分配到津市参加工作，单位在闹市区，斜对门就是津市街上赫赫有名的贺记牛肉粉馆，每天从早上到中午，这里人声鼎沸，热闹非凡。当我厌倦食堂的单调枯燥时，隔三岔五，我也去那里解决早餐，清炖、红烧、麻辣、酱汁、牛杂、牛排骨，各种口味，轮换着吃，吃得比较多的还是牛杂。一碗白晶晶的米粉，浇上红艳艳的汤汁，盖上牛杂码子，撒上葱花，几筷子搅拌均匀，吃一口米粉，嚼一口牛杂，喝一口红油闪亮的汤，浑身通透，别提有多舒服了，那些时候整条街上空气里都飘荡着牛肉和作料的香味。

在津市，有些餐馆将牛杂做成干锅牛杂、红油牛杂等钵子菜，食客倒也吃得酣畅淋漓。可惜津市好吃的钵子菜太丰富，琳琅满目，餐馆里的牛杂钵子还是难得留下深刻印象。口味正宗的红油牛杂要在牛肉米粉馆里才有得吃，红油牛杂香辣爽口，老少咸宜，是圈粉无数的当家码子之一。牛肉米粉馆做的牛杂一般包含有牛肠、牛肺、牛腰子、黄喉等内脏杂货，也有牛肚，但牛肚比较复杂，有四个胃，一般只取三个，而瓣胃因为特色突出要单独做成牛百叶，牛筋头也是单独做，牛肝、牛心、牛舌都卤制凉拌成佐酒的小碟子菜。

新鲜牛杂第一道工序就是"整"，"整"牛杂要细心，耐得烦，不能走捷径借助药水之类，那只会影响口感，威胁健康，败坏名声。牛肠、牛肚、牛肺、黄喉、牛腰子，剖开，剔去黏膜，刮去多余的脂肪和一些污秽之类，用面粉、小苏打反复搓揉，用清水浸泡，可以去掉大部分血水和腥臭味道，反复冲洗，直到比较干净灵醒为止。

锅里放水烧开，倒入冲洗干净的牛杂焯水，倒入料酒，再次煮开，捞出用清水冲洗干净，锅里的水弃掉不要，洗净，再次加水烧热，将八角、桂皮、陈皮、甘草、草果、丁香等香料装进白纱布袋里扎紧，和生姜一起放入锅中，倒入已经焯过水的牛杂，讲究的店家还加些斩断的牛大骨和牛肉，可以更好地增加汤的牛肉鲜味。大火烧开猛煮，到七八分烂熟时，关火捞出牛杂，煮牛杂的汤留下备用。等到牛杂差不多凉透后，将牛杂改刀，牛肺牛腰子切小片，牛肠黄喉牛肚之类切寸段细条，如果用些牛筋头就切小块、小坨，牛杂的主料基本完成。

另起炒锅放菜籽油烧热，用豆瓣酱或者用干红辣椒来炒制红油，有的老师傅用剁辣椒制红油，咸鲜、清香、色浓、味道酸辣爽口。用土钵或者小铁锅，倒入大半钵原汤，倒入一大碗改刀切小的牛杂，以汤汁能淹没牛杂为准，放一勺炼制牛油，加姜片、蒜果、新鲜青红椒块、青蒜、葱花，淋点酱油，撒些白胡椒粉，牛杂钵子就已做好，再配几碗光头米粉，就可以开始吃炖粉。用大火炖开后改中小火煨起的牛杂钵子，红油翻滚，香气氤氲，极具诱惑，让人垂涎欲滴，你哪怕只是多看一眼都不行，那就是一个美丽的陷阱，一条不归路，使无数天天碎碎念减肥减肥减肥的女子立马放弃抵抗，自甘堕落，还没来由地哼起王菲的那首《传奇》聊以自慰：只是因为在人群中多看了你一眼／再也没能忘掉你容颜／梦想着偶然能有一天再相见／从此我开始孤单思念……

将米粉下到钵子里，那些米粉赴汤蹈火，随着红油牛杂翻滚，炖粉盛宴开启。牛杂口感交织，牛肚厚、牛肠软、牛肺绵、黄喉脆、牛筋糯，嚼劲和舒缓同时袭来，汤汁清鲜，味道香辣，口腔里像在举行一场音乐会，你会情不自禁，与美食手舞足蹈。阳春白雪，下里巴人，山高水长，曲径通幽，柳暗花明，引人入胜。毫不起眼的牛杂，曾经被人嫌弃的牛杂，甚至有些不明不白的牛杂，经过老饕们的改造，一下子逆袭成人见人爱的美食，再次书写包装改变命运、吃喝毫无道理的故事。

2021 年 10 月 24 日

酱汁牛排

秋阳杲杲,正是郊游的大好季节,也正好借机吃喝会友,谈天说地聊人生,人生若只如初见,炖个钵子赛神仙,不妨就来一个津市口味的"酱汁牛排"。津市酱汁牛排其实指的是牛排骨头,并非洋人们动刀动叉的牛排,酱汁红烧,香辣刺激,风味十足,在津市的街巷大小餐馆、各家牛肉米粉馆里都有,极受欢迎。

酱汁牛排大多选材牛排骨和前端软排骨,最好的肋排骨也被称为"凤凰翅",讲究的店家做牛排钵子就选这种"凤凰翅"。当然也并非全部用牛排骨,还得掺加一些肩胛骨、牛脊骨、关节骨等其他杂骨,倒也相得益彰,但大筒子骨加得少,大筒子骨一般用来煮牛肉原汤。将牛骨头剁成小块、小节,用清水冲洗污物和血水,放清水中浸泡一段时间,再漂洗干净后,倒入不锈钢锅,加满冷水,淹没牛骨头,大火烧开,加料酒继续煮,捞起用水冲洗干净,焯水后牛骨头的腥味可以去掉一大半。

餐馆里做的牛排骨头先要用酱来炒炸,起锅放些打底油,放入生姜、花椒、桂皮、八角、干椒段等作料,稍炸片刻,将焯过水的牛排骨倒入,翻炒煎炸,炸出油汁,炸出香味,加入豆瓣酱、酱油,继续翻炒上色,加水煨煮,待到基本酥烂,加盐,盛到钵子里,改用桌上炉煨炖,吃的时候再放一些蒜粒,根据个人喜好放胡椒、味精、青蒜、葱花、新鲜的青红辣椒块、芫荽菜。

牛肉米粉馆做的牛排骨头一般不炒不炸,牛骨头焯过水后直接入锅煮。煮牛骨头的香料作料比较繁多,有的图简单就用"十三香"也可以,桂皮、八角、花椒、辣椒、生姜是最基本的,其他如当归、香叶、栀子、白芷、黄芪、香籽、陈皮、丁香、山楂、砂仁、白扣、大茴、小茴、草果、孜然、荜拨、甘草、玉果、沙参、党参、山奈、良姜、草蔻之类,多一味,少一味,可以随意搭配,装入纱袋,放入锅里,倒入牛骨头,加水炖煮,接近酥烂后加盐加酱汁调味，改用小火一直煨炖着，随吃随舀，汤汁浓郁，卤煮入味彻底，骨头酱香醇厚。

无论哪种方式都是殊途同归，并没有高下之分，只是都要把握火候，不过也不必刻意，稍微注意即可。火候不到，牛肉不烂，软骨不酥，咬不动，啃起来费劲，火候过了软骨和牛肉煮得完全脱了骨，骨肉分离，吃起来松松垮垮，没有一点儿拉拉扯扯的感觉。如同平铺直叙的文章、波澜不惊的爱情，毫无起伏跌宕，没有山穷水尽，没有辗转反侧，差了咬嚼，缺了激情，有些乏味，无法刻骨铭心。

津市口味的牛排骨头钵子，当然是要用炉子炖着吃才刹瘾。牛排骨头用小火煨炖着，牛骨头浸煮在深邃的汤汁里，显山露水，若隐若现，从外到内温度颇高，有些炙热，吃起来会烫嘴，所以不能性急，得慢慢来，不疾不徐。一钵好的牛骨头，要有肉、有筋、有软骨，当然更有骨头。贴近骨头的肉带有汤汁，入口湿润细嫩，贴骨的牛筋头炖得酥烂，但还是有些嚼劲。更为让人着迷的是软骨，软骨已经煨烂，一口咬下去，软骨刹那间山崩地裂，香辣劲爆，汁水四流，在口腔的炸裂感让人几近眩晕，回神过来，颗粒满嘴，细嚼慢咽，口感得到极致满足。最后剩下纯粹的骨头，味道似乎已经渗透进了骨头，人们不甘心直接扔掉，还是要情不自禁地嗦几下吮几口，盐味辣味，牛肉余味，袅袅不绝，如同品读一首诗歌，反复品咂，不断寻味。吃个牛骨头能够如此如梦如幻，真是醉了，不亦乐乎。

牛排骨头作为碗粉的码子，自然是非常好的选择。一碗米粉，一勺带汤汁的牛排骨头，满满一碗，十分敦实，撒上葱花，香气扑面而来，嘴巴蠢蠢欲动，无不挑逗食客的心思。但是，用牛排骨头作为炖粉锅底下米粉却总显得不是那么搭，究竟为什么，我也说不清楚，就是一种直观感觉。倒是乡下那种泡发的红薯粉丝正好下牛排骨头火锅，酱赤色的牛排骨头，灰暗色的红薯粉丝，在翻滚的红油汤汁里相遇，波涛汹涌，激情澎湃，相爱相杀，交汇着浓郁的酱香，真正是天生的灵魂伴侣。食材的搭配就是如此奇怪，自然而然，如同人世间的各种不可思议的婚姻，一般人穷尽一生也弄不明白。

2021 年 11 月 7 日

飘逸的牛百叶

人们从何时开始食用牛百叶？有人考证始自长江上游的纤夫和码头搬运工们，也不过是一家之言，说从此发扬光大倒有可能。牛百叶是美食界的谦谦君子、窈窕淑女，不时出现在酒店餐馆大排档，成为大家宠爱有加的食材，拥趸万千，不知迷倒多少饮食男女粉丝。

牛百叶是牛的瓣胃，牛是食草动物，需要反刍，有四个胃，瘤胃、网胃、瓣胃、皱胃。有的人容易把牛百叶和毛肚混为一谈，其实大有区别。牛百叶是瓣胃，毛肚是瘤胃；牛百叶毛肚的确相差无几，表面都粗糙，有凸起的小颗粒，不过牛百叶层次丰富，皱褶颇多，肉芯薄一些，也叫"千层肚"，毛肚稍微光滑一点、肉芯厚一点；漂洗干净后牛百叶米黄透白，毛肚灰绿发黑。市场上有些牛百叶外观雪白闪亮，那多是用碱水或者其他什么药水泡过的，吃起来让人狐疑。

牛百叶必须先期处理好，才脆爽可口。新鲜牛百叶经过搓揉泡洗等程序处理干净，用清水泡着，大锅放水，烧开后放入牛百叶，汆几十秒钟就迅急捞起来，用凉水冲洗，再用冰水泡着，保持百叶的鲜活饱满。层层叠叠的牛百叶切成细条，一条条像梳子状，裙裾飘飘，晃晃悠悠，还未入锅，就勾起人们的食欲。牛百叶自身并没有特别的味道，外在形式决定它的味道，所以大多是用重口味将其包裹，吃法花样繁多，常见的就是酸辣爆炒、下火锅。凉拌牛百叶在南方倒是并不多见，汆水后的牛百叶用冰水或冰块冰镇，而且大多要用花椒油、山胡椒油，足够的生姜末、蒜泥、芫荽、葱花，形成麻辣辛辣芳香多重口味，吃起来极为奔放，冰爽之感沁人心脾，是醒酒提神的良器。

餐馆里多有酸辣椒爆炒牛百叶，将农家泡辣椒切段略剁，干红辣椒切段，生姜丝、蒜片、芫荽、葱花备用。炒锅烧热，放菜籽油，烧到起烟时，放入生姜丝、蒜片、酸辣椒、干红椒爆香，倒入汆水冲凉切细的牛百叶，猛火翻炒，加一点料酒、酱油、细盐继续炒，起锅前可撒一些胡椒粉、味精，加入芫荽，装盘后撒上葱花。酸辣椒爆炒牛百叶酱红、米白、翠绿相间，酸辣鲜香，滋味浓郁，是一道颜值较高下饭下酒又消磨时间的菜。有人还搭配一些酸萝卜丝或者冬笋丝一起炒，增加酸鲜，口感清脆，吃起来味蕾大开，一点也不腻，也是非常好。

牛百叶、毛肚是四川重庆火锅店里的当家食材，一如既往的麻辣重口味，火爆火辣火麻。饮食男女一大桌子涮火锅时七上八下的快乐，让食客们乐此不疲，只是吃过火锅后浑身一股牛油豆瓣酱味道，挥之不去，如影相随，经久耐闻，到有些场面就难免尴尬万分。

津市人独辟蹊径，牛百叶下火锅又有自己的特色吃法。津市牛肉米粉馆用牛肉牛骨头熬制的底汤，大多选择清炖牛肉和牛百叶"两馋"，"两馋"是津市俚语，两种食材混搭之意，一半煮熟切薄的牛肉，一半汆水切细的牛百叶，牛肉和牛百叶一起炖，可以增鲜提香，也使口感不至于单调。加蒜粒、新鲜青红椒片、青蒜，加炼制牛油、麻辣红油、酱油，大火炖开，小火煨起

牛百叶不能久炖，炖久了就咬不烂，所以必须抓紧时间吃牛百叶，吃得差不多之后再下米粉，大火炖开后就可以吃。津市牛肉米粉馆的牛百叶火锅汤色红亮，牛百叶在汤中翻滚舞蹈，身段柔软，轻盈飘逸，婀娜多姿，热气腾腾。最有趣的是那些直抵舌尖的颗粒，那种细密浅浅的磨砂感觉，让人想入非非，沉醉其中，口齿生津。一口咬下去，脆爽弹牙，嚼劲缠绵，千转百回，风味独特，既能过足狂咬大嚼牛百叶的"嘴瘾"，又不留下任何不堪回首的后遗症，恰如秋风扫落叶，不留踪与影，岂非快活哉？

2021 年 11 月 21 日

麻辣牛肉

记不得是什么时间的事了，基哥喊我喝酒吃饭，小城街巷里的一个不起眼的小钵子馆，几个人点了一满桌子菜，独独有一道干炸牛肉给我极深印象，煮熟后的牛肉切薄片，先用菜籽油、姜片、花椒、干红辣椒干炸，起锅时用些青蒜烩锅炒一下，肉色酱红，吃起来富有嚼劲，焦香怡人，满嘴麻辣味道，至今记忆犹新。

正宗的麻辣牛肉却是在牛肉粉馆，麻辣牛肉大概算得上是津市牛肉粉馆的镇馆之宝，却又是津市牛肉界一个活生生的另类。津市大街小巷都在炖着小钵子，而麻辣牛肉却不可以也不需要炖钵子煨着吃，有意思的是麻辣牛肉冷与热之间存在味道的天壤之别，搁冷了吃更显得滋味悠长。

制作麻辣牛肉的技术含量较高，但是更需要足够的耐心，只要稍微有程序不到堂的地方，麻辣牛肉的口感味道就会大打折扣。准备新鲜牛肉，不必太拘泥于牛肉来自哪个部位，只要相对而言牛筋头、牛肥肉少就好，切成小块，先用清水泡洗一段时间，将血水泡出来。大锅倒入凉水，放入大蒜果、生姜片、桂皮、八角、花椒、麻椒、草果、香叶等作料，放入洗净的牛肉，大火炖煮，煮到牛肉用筷子可以轻松插进去，抽出来的时候没有血水，捞起沥干。等牛肉完全凉透，改刀切成薄片，麻辣牛肉经过干炸会有一些收缩，所以牛肉片的大小厚薄要适宜，太大太小太薄太厚都不好，而且要尽量逆着牛肉纤维横切，切出的牛肉横断面有天然的纹理，也保证咬嚼的顺畅口感。当然顺着纤维切的也无不可，反倒是用手撕着一条条的吃别有风味。

一切准备就绪，开火将锅烧热，倒入菜籽油，注意油量一定要多，不要吝啬。油烧热后将生姜片、桂皮、八角、花椒、麻椒、干红椒等作料下锅炸香，倒入切好的牛肉片，开大火爆炒，逐渐变色后转中小火，榨干水汽。还可以加入五香粉、胡椒粉、孜然粉不断翻炒，接着放干辣椒粉继续翻炒，注意一定要耐心用小火翻炒，不要糊锅。要保持锅里有足够的油，牛肉一定要多油，吃起来才油润顺嘴，口感不柴。快炸好时，可以根据自己的喜好，撒一点白芝麻，然后放入盐，可酌放一点酱油、味精，翻炒拌匀。麻辣牛肉的味道深浅由人们自己决定，微辣微麻，中辣中麻，重辣重麻，软和油润、焦香干彻，都随个人喜欢来调节。待到油渐渐变少香味越来越浓之后，就可以起锅，盛到容器里装好，用炸牛肉的油泡着，让其自然冷却后再盖盖子。麻辣牛肉的麻与辣完美结合，色泽酱红，泛着油润的光芒，让人垂涎欲滴。

津市人吃麻辣牛肉米粉大多是"干挑"，烫一碗米粉，不放汤汁，再在米粉上覆盖几片麻辣牛肉，浇上一勺麻辣牛肉里酱红的油汁，放一点盐、酱油、味精，滴几滴小磨麻油，再撒上一些葱花或者芫荽，一碗麻辣牛肉米粉就是如此简单，端到面前，喷香扑鼻而来。吃一口麻辣牛肉，吃一口米粉，麻与辣交汇，干与湿相遇，软与硬碰撞，仿佛整个口腔都处于爆炸燃烧的亢奋状态，时而紧张，时而松弛，犹如漆黑的夜晚行走在乡间小道上，听着蛙声虫声，深一脚浅一脚，兴奋又刺激，村庄永远在你的前方，闪烁着一丝丝光亮。

很多女性把麻辣牛肉当作休闲的零食来吃。吃麻辣牛肉需要细嚼慢咽，任何囫囵吞枣，任何浅尝辄止，都无法品味出味道精华。所以休闲是吃麻辣牛肉的必备心境，可以惊心动魄，可以慢条斯理，可以无所顾忌，不拘场合，不拘坐姿，撩腿搁脚。看着冗长的电视剧，听着不明觉厉的音乐，呼之拉之，麻乎乎、辣乎乎，麻得舌头发紧，头脑燥热，辣到嘴巴泛红，眼睛迷离，还是尖叫舒服，停不住嘴巴。像饮食男女的人生对话，高山流水，酣畅淋漓，意犹未尽，欲罢不能。

纵有山山水水万千，不如麻辣牛肉半碟。一碟牛肉，一杯酱酒，一壶红茶，一本可以翻阅许久的书籍，放慢生活的脚步，闲情逸致，自在洒脱。望望寂寥的星空，想些儿女情长，想些盛世浮华，那些人，那些事，那些欢笑，那些泪水，那些血汗，那些爱恨交加。子在川上曰，逝者如斯夫，一辈子就这样静静地过着，百年孤独又有何不可，个中味道真是妙不可言。咀嚼一口麻辣牛肉，整个世界都被抛在身后。

2021 年 11 月 28 日

红焖乌龟

　　记得过去在乡下，时不时就在稻田里田坎边踩到乌龟，很容易捉到，一股骚臭，拿到大队代销点，可以换些食盐、煤油，这些生长在湘西北的乌龟多是中华草龟。千百年来乌龟被视为灵物，作为放生的首选，许多人并不吃乌龟肉，但是在民间江湖，因为乌龟长寿，乌龟肉也成为延年益寿的药膳佳品，乌龟的香味一直勾住了不少老饕们的魂魄。致使乌龟身价不断攀升，成为餐桌上的珍馐佳肴。

　　安乡黄山头的乌龟钵子闻名遐迩，价格不菲，开车去端钵子的人络绎不绝。其实民间里乌龟肉做得好吃的厨师多的是，而且每个厨师都有自己的独门做法，八仙过海，各显神通，都有自己忠实的粉丝。津市的后湖边上有家"兵子哥"餐馆，江湖小有名气，餐馆地方不大，同时只有三五桌的接待能力，遇到天晴桌子就摆到了后湖游道边，食客们有滋有味地吃喝，常常惹来散步人群的艳羡或嫌弃的目光。馆子里尽是一些家常菜，没有什么花架子，做法、味道实实在在，钵子菜有腊牛肉、翘排鱼之类，最出色的狠菜则是红焖乌龟，油厚色浓，辛辣味重，带牙签的那种，牙签上串着龟鞭龟肠之类的东西，极受老饕们的欢迎，再也不用舍近求远。那牙签像是一种装饰，也像是一种宣示。无来由就想起卞之琳的那首《断章》："你站在桥上看风景，看风景人在楼上看你。明月装饰了你的窗子，你装饰了别人的梦。"看风景和做美梦，多少人一辈子都在为之沉浸，心旌荡漾。

　　做一钵子红焖口味的乌龟肉当然还是有些技术含量，选几只喂养的活草龟，宰杀之后，揭去底板和背壳，掏出乌龟肉冲洗干净，用滚开水烫，撕去表层老粗皮和黏膜，改刀剁小块，内脏清理洗净，用牙签串上备用。宰杀乌龟之前，将黄豆倒入热锅炒熟炒出豆香，加清水泡发，泡到一定时间待黄豆达到半软状态后，捞起沥干，作为乌龟钵子的铺底食材。记住一定要用发水黄豆工艺，不能图简单用水煮黄豆，终极口感会截然不同。

炒锅洗净放水烧开，将乌龟肉下锅飞水，倒些料酒，搅和几下即起锅沥干水气，可以去掉大部分血腥味。炒锅洗净再开大火烧锅，放足量的菜籽油，混搭一定的化猪油。一起炸到冒烟时，下姜片、桂皮、八角、花椒，其他作料随个人喜欢，将作料略炸片刻，倒入乌龟肉，倒入料酒，迅速翻炒，炒干水气，放豆瓣酱、酱油、蚝油，继续炒炸到油吱吱直响，香味溢出，倒入内脏，放干红椒段、蒜粒炒，加适量水或者高汤，大火烧开后转中小火焖。等到差不多收汁时，将牙签放在龟肉上面，炙热的龟肉差不多会将"牙签"煳得半熟。选一只土钵子，倒入先前准备的发水黄豆铺底，浅浅的一层即可，不可太厚太多，那会喧宾夺主。将炒锅里的乌龟肉和汤汁盛到钵子里，注意那些"牙签"不要弄散，择出摆放在乌龟肉上面，撒些胡椒粉、葱花，味精放不放根据个人喜欢。端到桌上炉用小火煨起，让油汁满满渗透发水黄豆，热力传导，继续煨乌龟肉，等到热气腾腾，油汁呲呲，即可开吃。吃的时候，搅拌一下，满屋子弥漫肉香、酱香、葱花香。

乌龟肉大多腿爪相连，没有多少大块的肉，一钵子龟肉显得比较零碎，吃的时候就要费些耐心，舀一勺子到碗里，有腿的没腿的，绝不能囫囵吞枣，必须一口一口细细咀嚼。麻黑的龟皮咬一口Q弹，嚼起来软糯；酱红的龟肉丝丝缕缕，口感细嫩；那神秘的龟鞭酱香醇厚，入口软脆，回味暖昧。龟肉在嘴巴里左右腾挪，牙齿轻啮，舌尖微转，慢慢理出细小的骨头，倒是别有一番趣味。煨到最后，那黄豆饱吸汤汁，晶莹油亮，香味浓郁，舀一两勺来拌米饭，层次分明，风味十足。

2022 年 1 月 9 日

翘鱼：干煎或者干锅

翘鱼是我们日常生活中常见的淡水鱼，很多地方叫翘嘴鱼、白鱼，学名"翘嘴红鲌"，细分种类繁多，在湘西北统统被叫作"翘排""翘鱼"。上翘的大嘴，突出的眼珠，颀长的身体，掠过宁静的水面，像一道银色闪电穿越孤寂的夜空，似敦厚却凶猛，似细腻却粗犷，浑身充满矛盾，尽是咄咄逼人的性感，春光无限，魅力四射，看着就让人蠢蠢欲动，牙齿痒痒，口水泛滥，喉结翻滚。津市大街小巷的餐馆里都有翘排鱼这道菜，干煎红烧，干锅香辣，各领风骚，广受食客喜欢，经久不衰。

做好翘排鱼首先要讲究鱼的剖法，湘西北方言不叫"剖鱼"而叫"持鱼"，这里只取"持"的读音，意思大概来自"劙鱼""脆鱼"。翘鱼最好从鱼脊背剖开，这样翘鱼可以平摊着煎、煨，更好煎熟、煨透，入味更为彻底。当然也有人剖鱼肚腹，这并没有定式。剖好的翘鱼视大小可以斩为两段、三段，方便冷冻存储和煎制。剖好的鱼不用清洗，直接抹盐腌制，这叫"暴腌"，到下锅煎时再清洗干净、沥干水气。将腌制后的翘鱼放到阳光下晒一下，或者通风处凉几天，不用管它，让翘鱼稍微有些发酵，翘鱼的肉质会更为紧实，口感尤佳。

新鲜翘鱼肉质洁白细嫩，可以直接清蒸，味道鲜美纯粹，但是津市人吃翘鱼还是习惯于用干煎、干锅的方法，口味虽然偏重，肉质依然不失细嫩。干煎要选小一点的翘鱼，一条鱼刚好一盘，下锅煎到二面焦黄，用一点姜蒜辣椒稍微焖一下就好。最极致的干煎翘鱼是自始至终不用一滴水，类似于一种"糍粑干"鱼的做法。选一尺左右长短的翘鱼，从鱼脊背剖开，用盐、料酒、姜片腌制一段时间，清洗干净后下锅摊开先煎鱼背那面，煎到焦黄，翻面再煎，等到焦黄后再次翻面，将鱼背那面朝上，依次放一层生姜末，一层大蒜末，一层干辣椒末，一层葱花，用些蒸鱼酱油、胡椒粉、味精、浏阳豆豉随个人喜好酌放，转小火将作料炕熟，最后淋一圈小磨香油，小心将鱼起锅装盘，不要弄散作料。干煎翘鱼颜值吸引眼球，吃起来咸香鲜辣，回味绵长。如果搁置到冷透了再吃，用双手撕着吃，配一杯酒，配一壶茶，也是别有一番情趣，好吃得让人停不住嘴巴。

干锅翘鱼味道最为浓郁醇厚，做法大同小异，只有作料种类的多寡。用大火烧锅下菜籽油，油量适度多一些，下鱼煎炸，榨干水汽即刻改中火慢煎，煎至两面焦黄改小火，将生姜末、蒜果末、青椒红椒末、花椒粒一起下锅，用热油炙出香味，覆盖鱼身。另用一大碗清水，放蒸鱼酱油、蚝油、豆瓣酱、胡椒粉搅拌均匀，倒入锅中，淹没整个鱼身为准，大火收汁，视情况将鱼翻一下面，便于入味，事先腌制过的鱼不用再放盐。不喜欢味精、花椒、豆瓣酱的可以不放，不影响味道大局。

选平底铁锅或浅底的陶钵，现在很多店子用洋葱铺一层垫底，这是新做法，可以避免翘鱼煳锅，还能增香。将煎好的翘鱼平摊放到锅里，倒入汤汁作料，摊铺均匀，汤汁绝对不能太多，只要浅浅的一层。端到桌上炉，用小火煨起，撒上一些紫苏、葱花，有人喜欢芫荽撒一些也可以，五彩斑斓，油汁嗞嗞，热气缭绕，香辣爽口，令人味蕾放飞。

在凛冬之夜，干锅翘鱼用小炭火炉子煨起，把酒倒起，把茶泡起，把三五个朋友约起，围炉而坐，热热乎乎，不担心翘鱼冷却，不惧怕时光流逝，尽可以边吃边喝边聊，东西南北，家长里短，天马行空。大一点的翘鱼其实细刺并不多，但吃鱼天生是个慢功夫，不妨放慢节奏，除了筷子不能放下其他都可以放下。右手筷子夹鱼，左手拈细鱼刺，嘴巴翕动细抿，条分缕析，不得浮躁，不得囫囵吞枣，不然一不留心也还是会卡鱼刺，有鲠在喉，弄得浑身尴尬不自在。这倒像饮食男女的恋爱，一马平川没有滋味，必须是披荆斩棘，然而攻城略地，也要循序渐进，有张有弛，有疯有癫，谜一般的味道，醉一样的感觉，水到渠成，欲速不达。

和许多钵子菜一样，煨到最后，锅里只剩下一层酱色油汁和鱼骨头姜蒜辣椒末，盛一碗热米饭，舀一两勺油汁作料，择去鱼刺鱼骨头，搅拌几下，米饭变成酱色，晶莹油亮，香气扑鼻，三下五除二米饭一扫而光，喝一口热茶，满脸惬意，全身通透。和朋友们挥手作别，整个晚上就可以睡得极其安稳了。

2022 年 1 月 23 日

荷香粉蒸排骨

又到了荷花盛开的夏季，"接天莲叶无穷碧，映日荷花别样红"。荷叶、荷花、莲子，一年一度，满眼尽是熟悉的身边风景。当年读书时《西洲曲》也早就给我们打下深深的烙印：采莲南塘秋，莲花过人头；低头弄莲子，莲子青如水。那情那景，极其诱人。天下一大吃场，此等娇嫩风物，自然也不例外。如今许多地方搞起农家乐，推出湖乡风味的"荷花宴"，围绕的主题无非就是吃荷、吃莲、吃藕，荷叶鸡、荷叶鱼、荷香粉蒸排骨、粉蒸肉、粉蒸肥肠、鸡肉炖莲子、银耳莲子羹、排骨炖莲藕、清炒藕带、风味藕丸子，品种琳琅满目。我曾经在不同场吃到过荷香粉蒸排骨、粉蒸肉、粉蒸肥肠，荷叶并不直接入菜，看起来也就是借着荷叶玩个噱头。荷叶只不过是一个容器、一个包装，但是由于有一个大火蒸的环节，让荷香与食材充分融合，互相映衬，荷香充分渗透，氛围浓厚，因此留有深刻印象。

荷香粉蒸排骨做起来比较简单，基本程序到堂，味道不会走样。从菜市场买来的新鲜排骨，大多已经砍剁成小节小块，只需取回家先用冷水泡去血水，最后可加些淀粉用温水来清洗，洗去血水、杂质。洗干净后沥干水气，加细盐、姜末、蒜末、料酒、老抽、生抽、蒸鱼豉油、胡椒粉、豆瓣酱、小磨香油、蚝油、味精、鸡精放与不放随个人饮食习惯，喜辣的可加一些新鲜红米椒圈或干红椒末，增加辣味，添加颜色。再倒入一些买来的蒸肉米粉子，有些蒸肉米粉子是已经加入香料调好味的，前面排骨调味就要淡一些。米粉子不能放得太多，如果太干，适量加些冷水，保持湿润，搅拌均匀，静置腌制数分钟。将排骨换作五花肉、肥肠，调味腌制方法大致相同，肥肠在处理干净后要先加生姜桂皮八角煮到熟透，拌料时都还可以加些红薯、芋头、南瓜、土豆，特别是可以加些新鲜嫩莲米，丰富口感，减少油腻。

这时准备荷叶，将采摘来的新鲜荷叶用流水冲洗干净，放进开水里稍微烫一下，再置于凉水里冷却。焯水后的荷叶变得柔软，方便包裹食材，不会破洞"穿包"。用瓷盘或竹制蒸笼，将荷叶铺上，最好铺垫两张荷叶，免得油水香气跑冒滴漏，将腌制好的排骨整齐码好，剩余料汁全部倒入覆盖排骨，将荷叶合拢包装好，放入蒸锅，倒入先前焯过荷叶的开水。那些开水还有荷叶香味不要浪费，烧大火蒸，一般半个多小时即可，关火出笼打开荷叶撒上葱花合拢后端上桌，吃的时候打开荷叶还是热乎乎的。有些餐馆一年四季都有"荷香粉蒸排骨"这道保留特色菜品，他们在夏季储存了足够多的干荷叶，以在没有新鲜荷叶的季节使用，只需要先泡水泡软后就可以，荷叶的那股清香依然很浓。在冬天的傍晚，寒风凛冽，吃到这款荷香粉蒸排骨，全身温暖。

有的人更为讲究一点，将荷叶剪成方块或扇形小块，一块包裹一节沾满米粉子的排骨，还夹带三两粒新鲜嫩莲米，像包粽子一样包好。为防止散脱，用细线或棕叶条包扎一下，再放入蒸笼码好，用大火蒸，虽然味道依旧不变，只是形式略为变化，精致一些，就显得更为高端大气。蒸好之后，荷叶变成灰绿色，取出摆盘，端上餐桌，荷香袅袅，真是出水芙蓉一般，原汁原味原生态。一人一个小小的荷叶包，吃起来也极为方便，放在小碟上，缓缓揭开荷叶，带有一种开盲盒的神秘感、兴奋感，非常刺激人们的味蕾。

荷叶、荷花、莲子一直大受文人骚客的追捧，与莲荷有关的美食天生充满了诗情画意，和那些炖得翻滚热气腾腾的钵子菜相比，朴素、低调、婉约，静如处子，别具风味。荷叶打开，如铺张的裙裾，绽放的荷花，人们眼前一亮，鲜活之气扑鼻，肉香、粉香、荷香，阵阵袭人，恰似荷塘里吹来一缕凉风，正如朱自清说的仿佛远处渺茫的歌声，月色朦胧，湖光潋滟，清新隽永，沁人心脾。排骨鲜嫩多汁，粉子软糯浓香，油润而不腻，味道饱满绵长。无论喝酒，还是吃饭，回味旧时光的故事，坐而论道，附庸风雅，细嚼慢咽，津津有味，其乐融融。一道荷香粉蒸排骨，都是佳配，啃了排骨，过了嘴瘾，还满带一身的风花雪月。可以把我们的情绪带到乡下的荷塘边，江南可采莲，莲叶何田田，翠绿片片，荷花点点，乡野风光，惹人沉醉。

2022 年 7 月 2 日

红煨羊蹄

青云的儿子今年高考，紧张的考试结束后，同事胡老毛请他一家人到邻县城一家店子吃饭喝酒，有幸邀请我作陪。满满的一桌子大鱼大肉，海鲜、河鲜，应有尽有，我却对其中一钵红煨羊蹄情有独钟。那羊蹄子一只一只的，颜色油亮，吃起来酥烂脱骨，味道醇厚，满嘴留香，我十分贪嘴，毫不客气地吃了两只。其实南方人吃羊肉的人也多，但是吃过纯粹羊蹄子的人恐怕不多。过去乡下宰羊处理羊肉，有的只是简单粗放地以腿计量，连着羊腿，砍成四大块，一条腿一大块，所以常说"一腿羊肉"。羊肉做菜，也是肉与羊腿一起做，一钵炖煮，腌腊羊肉也是一腿一腿地腌，没有分开。只有在城里菜市场，各取所需，才进行细分，羊蹄才有机会独立出来。

南方多山羊，有人见人爱的小长腿，羊蹄指的是羊腿关节以下部分，本来属于边角余料，但是处理得当，又是风味美食。清朝老饕袁枚说："煨羊蹄，照煨猪蹄法，分红、白二色。大抵用清酱者红，用盐者白。山药配之宜。"两种颜值，两种味道，口感还是以醇香软糯为主。羊蹄少肉，多为皮和蹄筋，含有丰富的胶原蛋白，脂肪含量低，美容养颜抗衰老，成为人们追捧的保健食品。羊蹄一般以煨为主，红煨、白煨，我们常见的是红煨羊蹄。

选新鲜羊蹄，将羊蹄用火烧一遍，烧去残余羊毛和羊蹄爪处的污垢，羊蹄爪从中劈开，如果有毛囊要去掉，将烧黑褐的表皮刮干净，用水冲洗干净，砍断成两节、三节，或者砍成寸长小段，倒入清水里，泡去血水后捞起。锅里放水，倒入羊蹄、姜片、蒜粒、葱结，倒料酒、白醋，大火烧开，滚几水后捞起，沥干水气。可以按照古法，在煨煮羊蹄时，放几粒核桃或杏仁，帮助去一些膻味。

起锅放油、冰糖炒糖色，冰糖熔化起泡冒烟时倒入羊蹄，迅速翻炒，使羊蹄上色后，加足量的水，加料酒、酱油、桂皮、八角、茴香、香叶、草果、陈皮、红枣、干红辣椒、花椒粒。嫌麻烦或不会炒糖色的就用各种酱油调色调味，作料选取也有简单的办法，可以直接用十三香或卤药，即使是超市里卖的那种"大众卤"也无不可，也可以只用姜、蒜、葱、花椒、桂皮、辣椒等简单几味。煨煮制作到位，反而更为纯粹，羊蹄味道更足，所谓家传秘方，大多就是些噱头，秘而不宣，却也华而不实。

将羊蹄用大火炖开，羊蹄只有一根主骨，肉少，大多是皮和筋，大火炖得太久，会成为"皮包骨"，变得没有咬嚼，必须改为小火慢煨，直到羊蹄酥烂，几近脱骨又未脱骨时，加葱花，端上餐桌，用桌上炉文火煨起保温。羊蹄煨到酥烂脱骨更方便吃，但是没有一些拉扯，一马平川，顺风顺水，如同没有波折的爱情，没有悬念的体育比赛，反倒缺少了刺激惊险的趣味。所以，羊蹄煨到只是接近酥烂为好，留有空间，犹如国画里的留白，让食客自己去尽情发挥，跌宕起伏，空山回响，无人之境，才能更好地勾起雄心勃勃的食欲。

红煨羊蹄煨到最后，酥烂熟软，汤汁浓稠，肥腴醇香，吃的时候，既要趁热，又要慢一些，否则一不小心就会烫到嘴吧，因此适合放慢节奏，正好消磨时光，是独具风味的下酒菜、辣口的白酒、浪漫的红酒、养生的黄酒、豪爽的啤酒，随心所欲，无一不可。羊蹄多胶原蛋白，是女人一见倾心的美容养颜佳品，所以邀女人吃羊蹄是极好的。不油不腻，慢慢咀嚼，细细品咂，缓缓一口吞下，黯然销魂，意犹未尽。剩下一根骨头，硬邦邦的，丢到碟子里，砰砰山响，浮想联翩，逗起大家阵阵笑声。羊蹄的胶质冷了之后会黏嘴巴，用普通餐巾纸揩嘴巴会粘连留下纸屑，场景比较尴尬，所以吃羊蹄最好先准备一些湿巾。此时，你绅士般给女人递上一块湿巾，英雄救美，自己心静如水地抿一口酒，嘴巴一片暧昧，目光满是迷离，说一些笑话，其乐融融，真是生逢其时，恰如其分。

2022 年 8 月 13 日

一钵甲鱼香天下

　　"小寒"时节"凛冬已至"。许多人在身体恢复过程中会有些虚弱,炖一钵甲鱼补一补,正当其时。甲鱼富含蛋白质、不饱和脂肪酸、多糖、多种微量元素及维生素,味甘、性平,有滋阴补肾、清退虚热的作用,可以提高人体的免疫力,治疗调理伤中益气、虚劳羸瘦等多种顽瘴痼疾,多年来被那些饱受病魔折磨摧残的人们视为"救命之星"。

　　湘西北属于鱼米之乡,盛产甲鱼,汉寿是闻名遐迩的甲鱼之乡,津市毛里湖的甲鱼也小有名气,早已形成完整成熟的甲鱼养殖产业链。甲鱼学名叫中华鳖,不过日常里人们叫鳖的少,叫甲鱼、水鱼、团鱼、脚鱼的多,甚至更粗俗一点就喊做"爬爬""王八",这些名字不时从人们嘴中溜出来,鲜活谐趣,满满的烟火气息。

　　过去,老人们常说:"甲鱼是叫花子吃的。"此话真假难辨,当不得真。其实,甲鱼早已成为人们追捧的盘中佳肴。清朝老饕袁枚对甲鱼情有独钟,在《随园食单》里一下子记录了"生炒甲鱼""酱炒甲鱼""带骨甲鱼""青盐甲鱼""汤煨甲鱼""全壳甲鱼"等6种做法,津津乐道,香气缭绕。实际上甲鱼做法五花八门,清炖的、清蒸的、红烧的、黄焖的、爆炒的、卤制的,应有尽有。江湖上好多人都可以闪出这样那样吃甲鱼的经,有些还可以算得上是偏方、怪方、绝方,不一而足。甲鱼可以配新鲜五花肉炖,五花肉稍炸后和甲鱼一起炒,可以增香,激发甲鱼的鲜味,有的则是选用腊肉、火腿、鸡块一起炖,味道各有千秋。津市毛里湖镇上的西湖酒家,甲鱼钵子一直是主打菜,高汤是猪蹄、大骨之类加作料熬制,甲鱼焯水加桂皮、八角、姜片炒好,大火稍煮,过滤掉作料渣子备用,土钵子里用煮熟的黄豆铺底,放入炒好的甲鱼,再加高汤,加蒜果、青椒调味点缀,小火煨着,胶原蛋白更为丰富,吃起来口感极为顺滑,一直深受食客们的欢迎。

作为一名湘西北人，我最喜爱的当然还是家常口味的甲鱼钵子，香辣适度，口味纯正，原汁原味，百吃不厌。邀几位老友，来几斤甲鱼，做一大钵，用炉子小火煨起，炖到咕咕作响，热气腾腾，满屋飘香，令人口舌生津，吃一口甲鱼肉，喝一口烈酒，真是快意人生。

选鲜活甲鱼几只，最好是三斤左右的，甲鱼的裙边才肥美，太小的腥味重，太大的肉质柴，三斤左右的刚刚好，一只正好做一钵。甲鱼杀好清理干净之后，剁小块，甲鱼壳视大小剁成四块或六块，甲鱼内脏装碗里备用。炒锅加水，大火烧开，倒入甲鱼、料酒焯水，时间把握，不短不久，适合就好，倒入漏勺沥干。炒锅烧热，加入菜籽油烧至冒烟，加入桂皮、八角、生姜，略炸，倒入甲鱼，反复翻炒，炒干水气，炒到腥味渐淡，香味溢出，根据口味，加些酱油继续炒，再加水或者高汤，大火煮开，再盛入钵子里用文火炖，炖到一定时候，再把内脏、蒜果、青椒块放进去，炖开再换小火煨起就可以吃了。家常口味的甲鱼汤汁不糊，肉质细嫩，裙边软糯，吃起来香辣满口，回味无穷。

甲鱼肉吃到差不多时，来一碗用开水稍稍煮过的面条，倒入剩余的甲鱼汤汁里，拌和均匀，用小火煨煮，让面条充分吸收汤汁，香气扑面而来，来一小碗，趁着正热乎乎时吃，黏嘴，喷香。如果你独辟蹊径，将一些米饭倒入甲鱼汤汁里，搅拌后用小火煨，待闻到一丝丝锅巴焦煳香味即可，大米饭拌甲鱼汤汁，又是别具风味。

如果想吃到更为原汁原味的甲鱼肉，澧县有位老兄曾经告诉我一个简单的方法：甲鱼剁块，焯水沥干，选一瓦罐，菜油打底，生姜切块，和桂皮、八角、干椒一起架在钵底，放入甲鱼，层层码好，加清水没顶，文火煨起，有木炭火、谷糠火更好，上午煨起，不管不顾，晚饭时吃，加入蒜瓣、青椒，再煨片刻，撒点盐、胡椒面、葱花，就可以吃了。此法简朴，菜油到位，时间到位，味道到位。可能这才是真正的"爬爬"肉，慢火煨炖，把甲鱼交给时间，熬出胶原蛋白，熬到香味四溢，熬到食客心里的馋虫直挠痒痒，慢慢爬到嗓子眼，喉结翻滚，美食就在眼前，一切等待都是那么值得。

2023 年 1 月 5 日

第二辑

家的味道

豆 腐

豆腐是我们中国人的发明，是我们中国人生活中不可或缺的家常菜。豆腐这个东西，博大精深，特别神奇。

小时候，经济落后，物资紧缺，什么东西都要凭票供应，粮票、布票、肉票、糖票、豆腐票，我都见过。大概以豆腐票最为朴素，方寸大小，白纸红字，加盖公章就是了。我也经常受父母之命，带一张豆腐票，去小镇上的豆腐店排队买回豆腐，去迟了常常缺货。那时候保障供给的能力有限，吃一餐豆腐，如同吃一餐肉，十分奢侈。

豆腐在我们湘西北一带多被俗称为干子，源于何处，没有去考查，如此称呼大概总有如此称呼的道理。奇怪的是，我们这里却是"豆腐""干子"混着叫的，两种称呼用法切换灵活自如。比如餐馆里点菜，只叫"家常豆腐"，不叫"家常干子"，只叫"麻婆豆腐"，不叫"麻婆干子"，酱油染色的豆腐，叫"黄干子"而不叫"黄豆腐"，那么卤制了的"黄干子"也就只叫"卤干子"，而不叫"卤豆腐"的。还有一些衍生产品，本质其实也还是豆腐，叫法各异。豆腐皮子，唤作"千张"，九澧一带，澧县道河千张名气最大，有人考证说是道河的水好。豆腐卷，唤作"豆鸡"，肉炒豆鸡，津市市政府旁边有家叫申桐餐馆的，肉炒豆鸡最香，鲜嫩可口。

豆腐也可以做成腊货，称为腊干子。做腊干子的豆腐本来就压得干，还要在太阳下晒些日子，日晒夜露，然后烟熏，我们这里说起小镇渡口的腊干子，都赞不绝口。每次去小镇办事，就餐时少不了点那个肉炖腊干子。小时候，也还吃过母亲做的一种叫"肉糕"的东西，其实应该叫豆腐糕，也就是熏制的放大版豆腐丸子。用剁好的肥猪肉加上豆腐加上一些调料混合搅拌，一个一个做成椭圆形状，拳头大小，再上笼蒸熟，凉透，风干，再置于小提篮中，挂到灶屋上空接受烟熏，熏成暗黄金色，隐隐地泛着油光，样子就已经十分诱人。吃时取出洗净外表的烟尘，切成薄片，加上辣椒大蒜烩炒就好。陈年豆香难免勾起人们对旧事的回味。

豆腐为菜的做法很多。干煎、爆炒、下汤、凉拌均可。干煎，就是家常豆腐了。铁锅烧辣，放油，豆腐切三角形块，两面煎至焦黄，煎时撒点盐，然后放入姜蒜青椒末等作料，焖一会儿，撒葱花，即好。如果喜欢浓味，可以再加点豌豆酱。如果比较奢华一点，还可以用猪肉来炖，属于锦上添花，豆香扑鼻，诱人垂涎。我小时候就开始学习做菜，做得最好的就是煎豆腐，放点母亲自制的豌豆酱，小火炖着，喷香四溢，就是那汤汁也能下半碗饭。爆炒，川菜麻婆豆腐是代表。各种做法各有特点，万变不离其麻，这里就不赘述了。下汤，最为简便。有猪血豆腐汤，有鱼头下豆腐，等等。凉拌，北方有"小葱拌豆腐——一清二楚"，都有歇后语为证，应该是名菜、大众菜。我们这里夏天有皮蛋拌干子，松花皮蛋加豆腐，拌匀入味，吃一小口，一丝清凉，滑过齿间，沁人心脾，久久难以释怀。凉拌千张丝，撒点小磨香油，也是消暑美味。江浙人喝茶，吃的豆干丝，也是豆制品，应该就是豆腐晾干制成，那种滋味，简洁、隽永。

肉炖煎豆腐是一道简单易学的菜，煎好豆腐炒好肉，二者再合作一起炖，荤素搭配，吃起来十分解馋。很多人也喜欢吃油炸豆腐，油炸豆腐炖红烧肉，将菜市场买来的油炸豆腐对半一切为二，倒入做好的红烧肉，不需要再加什么作料，用炉子煨起，均匀入味，油炸豆腐吸收红烧肉汁，味道格外醇厚，喝酒，吃饭，极其快意，感觉人生就是美美的。

还有一些花式做法，让人眼花缭乱，味蕾大开。比如肉酿豆腐，挖空豆腐填上肉馅，味道自然差不到哪里去。其实我倒不以为然，这么朴素的菜朴素点吃最为原生态，花式过于复杂没有多大意思。至于日本豆腐、鸡蛋干之类，小孩子喜欢的东西，可能与豆腐已经相差太远，八不相干，姑且不提。

豆腐很柔弱，需要小心呵护，否则就会外貌受损，味道变腻变酸变馊变臭。豆腐掉到灰尘里，吹不得打不得。不过，人们总是有解决的途径。长沙的臭豆腐另辟蹊径，闻起来臭吃起来香，算是别出心裁。豆腐霉变为豆腐乳，也是另有风味，是下饭的好菜，算是废物不弃，只是那种霉现在越来越让人狐疑，豆腐乳渐渐有被人淡忘的趋向。纵使人们如何贪嘴，面对有毒的绝味，还是不敢乱惹的。人处于食物链顶端，但是人对大自然还是带有一种莫名的敬畏。

豆腐，在生活中却有了另外的含义。鲁迅笔下有"豆腐西施"。董桥在《旧日红》里也有"老豆腐馊了，还吃"的打趣。而我身边这个地理区域，"打豆腐"就是一句货真价实的黄色俚语。

如今崇洋媚外，忘了是哪一年某地就有公费出国的豆腐考察团，月亮是外国的圆，豆腐是外国的好。正儿八经，让世人笑掉大牙，匪夷所思。

但是，在食品安全防不胜防的今天，这个事情却也很微妙。我总是感觉现在的豆腐没有过去的那么豆香四溢，为什么，有人说是添加了什么东西，我没有调查没有发言权，只是味觉不好，有心理阴影。所以，现在，虽然想吃，但是怕吃，我吃豆腐的兴趣越来越只是停留于一种想象、一种回忆。

2013 年 9 月 1 日

回锅肉

　　刚参加工作那时，我单身，喜欢跟着同事朋友蹭饭。记不得是哪一年哪一日了，跟着朋友到乡下去玩。中午吃饭，主人家准备了满满的一大桌子菜，可是什么土鸡钵、鲜鱼头钵，都吸引不了我的眼球，独有一大碗青椒炒猪肉，大块的肉，夹精夹肥，鲜香无比，看起来就十分顺眼可口，喉结滚动，涎水直流，内心焦急地等待主人发话开饭。偏偏主人是个教师出身，斯文秃顶，生成的慢性子，端菜，摆碗筷，拿酒杯，开酒瓶，都是那么故作优雅慢吞吞，时不时还来句之乎者也，真是急死个人。那天就是因为这道菜，我多喝了一杯酒。吃到最后碗里只剩下浅浅的一点残羹冷炙，看起来油腻，可泡到米饭里却是让人食欲顿开，我毫不犹豫一不做二不休地吃了一大碗饭，破除了酒后不吃饭的习惯。这道菜就是大名鼎鼎的回锅肉，这之前我还真没有吃过这么正宗的回锅肉。20多年过去了，仿佛依旧肉香缭绕。

　　回锅肉是我们这里的家常菜，凡是在厨房掌锅铲把的基本都会做这道菜。这道菜的特色主要是香辣可口、烂而不柴、油而不腻。讲俗一点就是外观吓人，香气诱人，味道迷人。回锅肉虽然普通，但是做到极好却也不是那么容易的。

　　后来调了单位，单位边上有个小饭庄，有时单位有客就去那里。老板和老板娘，40岁左右，是湘鄂边界的人，讲话带有湖北口音。那里的菜与其他餐馆没有多大的差别，唯独一个回锅肉与众不同，成为特色。大块的肉，香气扑鼻，每次在那里吃饭，这个菜是绝对不能不点的。后来去的次数多了，闲谈之余，得知老板和老板娘是组合家庭，人生第二春。"难怪回锅肉做得这么好吃。"有一次，一位客人一边饮酒，一边调侃，话外有话，故弄玄虚，笑喷了旁人。

　　我自己家里开锅火做饭的时间比较少，偶尔做饭时自己嘴馋了，也尝试做过几次回锅肉，逐渐摸索出了一点套路，也算是自成一家吧。回锅肉，回锅肉，顾名思义，离不开肉，也是要进两次锅的。

第一次进锅当然是煮肉的时候。锅里加水，放入生姜、花椒、桂皮、八角、大蒜、干辣椒等调料，烧开后，将带皮的五花肉放入，煮至肉皮可轻轻插入筷子即可，捞出凉干备用。注意一定要用带皮的肉，也不能过度酥烂，否则就不正宗，口感也会差之千里。

煮好的肉还要切好才行。在厨房里刀工也是很重要的，直接影响菜品的外观形象，有的甚至影响口感味道。将冷却的五花肉切成大小适中、厚薄适宜的肉片，要连皮连肥肉连瘦肉。青红辣椒各半切块，大蒜果切片、新鲜大蒜切小段，姜切片或丝。其他配料如浏阳豆豉，豌豆酱或乡村麦子酱备用。许多人做回锅肉是用郫县（现为郫都区）豆瓣酱的，我不太喜欢那种豆瓣辣椒一塌糊的感觉，我还是喜欢用母亲做的豌豆酱。

小时候每年母亲都要制作豌豆酱，这里的豌豆实际上指的是蚕豆。乡下制作豆瓣酱、麦子酱主要环节一是发酵发霉，二是暴晒，三是腌制。豆瓣怎么发酵生霉我不知道，听说关键是温度、湿度和有关覆盖物，记得有一种覆盖在豆瓣上的植物是叫"黄荆楂"的，学名似乎就叫黄荆，一定要用到，还有丝茅草芭茅草之类，等等，几天后就长满黄色的霉，如果是黑霉就报废了。豆瓣清洗干净、晾干，加盐、凉白开腌制，再装入缸钵里，趁六月天太阳火爆开始暴晒，我们这里叫作"晒酱"。

一大钵腌好的酱坯子，用个蜘蛛丝网盖盖好，这个网盖是用竹条扎一个圈，做几个花架支撑，然后大清早寻找完整的蜘蛛网，整个的网下来，一般一两个蜘蛛网就可做好一个网盖，主要是防止苍蝇蚊虫掉入酱钵。寻找蛛网这是我们兄弟们的事情，屋前屋后地找，也算是好玩得很，给我们贫乏苍白的童年带来些许乐趣。酱晒热之后就千万不能搅动，也不能滴入生水，否则就会变酸变臭报废。暴晒不用几天，酱香就会越来越浓郁，酱晒到何时为好的判断完全是靠经验。此时，就准备配料。豌豆酱：加入冷却的干紫苏梗水、洗净晾干后剁成碎末的红辣椒、姜切丝或末、干花椒、桂皮、八角，搅拌均匀之后上坛即可，几天之后就可食用，豌豆香味浓郁，舀一勺就米饭都可吃一碗。豌豆酱作为面条的作料也是绝配，很长时期我的中餐就是清水面条，作料就是盐、油、酱油、味精、胡椒粉、豌豆酱，味道鲜美。麦子酱只要加入红椒碎末就可，可上坛也可不上坛，不上坛就直接用玻璃瓶装好放到冰箱里，随吃随拿，十分方便，后来到城里我用麦子酱抹全麦面包片，夹一个煎蛋，风味独到，特别舒服的早餐。

还是回到回锅肉。万事俱备，这时候该开火炒菜了，先得把辣椒块干煸、放点盐后盛起备用，目的是断生增香。烧锅，放油，姜丝爆香，放入切好的肉片，这就是第二次进锅了，翻炒几下，加入豌豆酱麦子酱和酱油出色，稍微煎炸，使肉片吸收酱的味道、色泽，增香减腻，再加入豆豉等配料作料炒匀，最后加入干煸过的辣椒块，加入大蒜片，再炒几下，加味精、加点水焖干起锅就可。

如果喜欢浅色就少放酱油或不放，豌豆酱已有基本酱色。喜欢配菜就放蒜薹、豆角、泥蒿之类均可。不吃味精可不放。回锅肉做法千变万化，万变不离其宗，突出一点就是把肉要弄好，闻到肉香了吗？

2014 年 10 月 30 日

鲊辣椒

看到鲊辣椒三个字，估计有人已经口舌生津喉结翻滚满嘴香了。鲊，最初与鱼有关，也就有了这个从鱼的鲊字，是古人保存、深加工新鲜食材的一种方式。大致做法就是将食材晾干，加米粉子之类，加盐、装坛储存，隔些时日，食物发酵，有些酸味，就可以吃了。湘西北一带常见的鲊菜有鲊辣椒、鲊肉、鲊鱼、鲊肥肠、鲊芋头丝，这其中最家喻户晓的当然就是鲊辣椒。每年秋夏之际辣椒丰收时，湘西北农村几乎家家户户都要做几坛。一般用红辣椒，也有用青辣椒的，青椒鲊辣椒如今见得少了，在农村里还有。粉子一般用粘米粉子，用糯米粉子的少，算是一种风味，可是太黏，不大好炒，口感滑腻，很多人不喜欢。在湘西那边，人们做鲊辣椒用的是苞谷粉子，因此叫苞谷酸，苞谷酸粉子颗粒较粗，口感粗放，嚼头更足，凸显出大山的风味。在吉首大学四年没有少吃苞谷酸炒鸡蛋，印象很深。

鲊辣椒的家常做法一般是炒成鲊辣椒末，虽说是末，却不能炒得细成粉末，要保持米粒黄豆一般大小，吃起来才有一种粗粝口感。炒鲊辣椒末不能吝啬油，油少了鲊辣椒末吃起来显得枯干，所以鲊辣椒末要多炒几次味道更好。无非是每次炒都要加点油，炒得油光闪闪，晶莹透亮，酸香可口，单独光吃或者炒鸡蛋、炒肥肠、炒鱼子都是很好的下饭菜。干煎鱼块配上一些鲊辣椒末，加点水稍微焖一下，格外开胃，千年古镇新洲的甲哥餐馆就有这个菜，极为普通，却很受欢迎。我在家里下面条吃时，如果有现成的鲊辣椒末，也会放几勺，那个味道立刻提升一个档次，估计很多人不懂这个味。

但是鲊辣椒最开心最放肆最恣意的吃法还是煳鲊辣椒糊。前些年，津市的"小利顺德""小天源"一类小钵子馆生意极其火爆，都有自己的特色菜，特别是都有一道共同的冷菜，就是鲊辣椒糊，早就煳好了，用小碗装着，颜色红艳，十分惑人。我们每次去吃饭，别的菜随便，这道冷菜必点，有时候去迟了还吃不到。可惜，现在这些小店子因为旧城改造搬迁，各奔东西，生意也一落千丈，那么温馨的冷菜少有机会吃到了。

鲊辣椒糊炖着趁热吃则更是刺激，鱼煳鲊辣椒、菌子煳鲊辣椒在我们这里十分常见。鱼钵子、菌子钵的干货吃得差不多后，留点原汤，把鲊辣椒加水搅散拌匀，倒入钵子，不停搅和，颜色变红变深就熟了，现做现吃，鲊辣椒糊拌饭，就是下饭神菜。丫头和红妈都喜欢喝鲊辣椒糊，便故意煳稀一点，吃的时候还有些烫嘴，痛快淋漓的样子，看得旁人羡慕嫉妒恨。丫头还开红妈的玩笑：放点葱花，就更爽了。红妈不吃葱，丫头是有意讨骂，几个一阵哈哈，那鲊辣椒糊就吃完了。有人煳鲊辣椒糊时，常常把钵子里的剩货挖出来，把大的鱼刺鱼骨头择出来，其实大可不必，就着鱼刺鱼骨头糊最好，鱼刺鱼骨头都是满满的鲊辣椒糊，拈一根鱼骨头放到嘴里，嗦去嗦来，满口香辣，软乎乎，硬骨头，舌尖、嘴唇、牙齿，相互交错，反反复复，欲罢不能，个中滋味，不亲自尝一尝怎么能知道？

有一年，各区县市交通运管的同行们邀约一起去桃源县，既是交流工作，也是交流感情，落脚在吃点当地的特色菜。桃源县交通运输局的老漆兼任县运管处主任，接待非常热情。临近中午几路大军陆续到齐，几个下车握握手简单寒暄几句，又都钻进车子，老漆的车在前面带路，我们几个的车子跟着。老谭一边开车一边嘀咕：这个老漆，吃个饭也跑这么远。七弯八拐，也不知跑了多远，才知道是在凌津滩水电站边上吃饭。沅水河里的鳜鱼、鲇鱼，山里的土鸡炖了几大钵，满满一桌子菜。特别是那个鳜鱼，肉质鲜嫩，汤汁浓郁，放了山胡椒油，味道鲜明，提神醒脑。老谭连呼好吃，说是不虚此行，先前的嘀咕都抛到了脑后。喝酒到最后，老漆交代服务员："把鸡汤里煳点鲊辣椒。"看我们一个个都瞪着眼，老漆笑道："百汤都可以煳鲊辣椒。"说完将服务员端来的一碗加水调好的鲊辣椒全部倒进鸡汤钵里，用勺子不停地搅拌着，很快就熟了，颜色红亮，浓稠适宜，我们迫不及待一人盛了半碗，一尝，味道还真是好，一桌子人就着这鸡汤鲊辣椒糊又干了一杯。

百汤就是指任何汤都可以用来煳鲊辣椒糊，我们这里常见的还有小鱼虾米鲊辣椒糊、地木耳鲊辣椒糊、萝卜丝鲊辣椒糊、萝卜菜鲊辣椒糊、瓢儿菜鲊辣椒糊，等等，做法大同小异，焦点都是鲊辣椒。瓢儿菜，我的老家叫"菠菜"，或许叫剥菜，不是那种也叫扯根菜的菠菜。瓢儿菜叶茎肥硕，叶肉厚实，说是"波菜"，意思就是指一个大字，那个"波"字，大家都懂的，或许就是这么类比着来的。瓢儿菜口味一般，过去蔬菜品种少，吃的人还多，现在基本上就是一个养猪饲料。瓢儿菜洗净，手撕成大小长短适宜的细条，手撕的比刀切的口感差异并不大，只是外形略为豪放一些。锅里放油烧热，爆香姜蒜，将瓢儿菜放入，翻炒几下，断生出汤汁之后，加入调好的鲊辣椒，和瓢儿菜搅拌均匀，熟透之后起锅，撒点香葱即可。也可以盛到钵子锅子里，用小火煨起，炖得冒起泡泡，红绿相映，香飘四溢，风味更足。据长辈们讲，陈年的鲊辣椒是发物，应该少吃。不过现在城里人家或餐馆自己做鲊辣椒的并不多，都是在市场上买的，陈年的鲊辣椒大概不多，尽可放心去吃。

2016 年 4 月 19 日

鲊 肉

有个周末，丫头和我出去蹭饭，路过小城的开放小区新村一个巷口时，不知道从哪栋楼里飘出一阵阵猛烈的肉香，酽酽的，酸酸的，丫头鼻子故意一吸，夸张地吧嗒了一下嘴巴，朝我一望，惊呼道："老爸，鲊肉！"这是一种我们曾经十分熟悉的香味，但是已经很久没有吃到过鲊肉了。

鲊肉在前些年倒是不稀罕，母亲每年都要自己做一些。我看母亲做鲊肉基本是将买来的新鲜肉，最好是五花肉，加点桂皮八角花椒干椒之类作料，大火煮到熟透，取出冷却，切成小块，包裹上拌了盐的米粉子，米粉粗细要合适，不能太粗，不能太细，一块一块地放入腌菜的陶坛里压严实，将剩余的粉子都倒进去，覆盖住猪肉，坛口用块粗草纸密封，盖上盖，坛盖上压上一块石头，坛槽再加水，将坛子放到背光阴凉处，大约等待十天个把月的时间就鲊好了。母亲就会找个周末休息时间，通知我们去吃饭，煎上一大碗鲊肉，不加任何作料，香喷喷的，带一丝酸气，味蕾顿时大开，赶快盛饭趁热吃几块。经过微生物发酵，肥肉不腻，瘦肉不柴，那些粉子也饱浸油汁，像小酥饼，焦香扑鼻，非常爽口。就是那些面渣油汁，也可以拌一碗热气腾腾的米饭，不用其他菜，你都可以吃完，一点也不腻。那些面渣油汁即使拌饭也吃不完也不要紧，留下来放到冰箱里，等到下面条吃时就放这个油，结果味道出奇地好，和那鲊辣椒末下面条有异曲同工之妙，甚至其他什么码子都可以直接省略。

"鲊"是过去乡下保存菜蔬的方式，我们熟悉的有鲊辣椒，湘西北农家必有的坛子菜。以鱼加盐等调料腌渍之，使久藏不坏，古代称为"鲊"。本为古人防止鲜鱼变质，加以处理的一种方法，《说文·鱼部》："鲊，藏鱼也。"我在湘西吉首读书时，同寝室的张同学每次回家带来的必有鲊鱼，他们叫酸鱼，一种小鲤鱼，放了小米和盐等作料腌制而成。据他说，将鱼拌好作料后放入坛中，一段时间之后小米会变得红黄透亮，就像熟透的鱼子。张是典型的湘西人，勤劳勇猛，桀骜不驯，却又善良淳朴。张勤奋好学，后来考上研究生，走出了湘西，现在广州一所高校传道授业解惑。有一年我在广州过春节，他已返回湘西老家，与他擦肩而过，甚是遗憾。我已很久没有吃到湘西乡下的酸鱼了，估计他远在广州也是很怀恋故乡的美食吧。大湘西也有鲊肉，和鲊鱼叫酸鱼一样，鲊肉他们也直接就叫酸肉，制作可能大同小异，但是米粉子之类放得少甚至不放，吃的时候是加辣椒大蒜回锅炒，好像没有煎的那么香。我吃过几次，青椒大蒜炒酸肉，肉肥油重，又没有米粉子之类来解腻，面目软塌，看起来还有些可憎，印象没有湘西鲊辣椒"苞谷酸"那么好。

其实过去做鲊肉应该基本是出于被动的，以前称肉是要计划的，发的肉票，而且小镇的肉食站并不是一天到黑都有肉买，有时候还要隔三岔五才杀头猪，想吃肉要有票证计划，还得碰机会。如果家里来了客人，临时称肉，可能没谱。于是如果家庭条件允许，家里总是储存一点肉食，以备不时之需，当然杀鸡另当别论，那一定是来了更为尊贵的稀客。夏季之前有腊肉，夏季之后，腊肉基本吃完，不吃完也是开始变得一股怪味，端上桌去有时候会得罪客，便要开始吃新鲜肉。但那时冰箱还没有普及，新鲜肉不好保鲜，就按照传统的办法，做鲊肉，既好保存，吃起来也方便，又别有风味。那时吃肉有回数，平日谁也不轻易吃这个菜，所以鲊肉腌制时间得到确保，瓜熟蒂落，水到渠成，酸爽到位。

吃的时候掰出一碗鲊肉，加适量的水调匀，水不能多，以米粉调得浓稠鲊肉沾得上为好。锅里烧热放点打底油，这时选择两种办法，一种是把鲊肉连米粉浆一起倒进锅里，像煎饼一样摊一个大圆饼，或者一块一块地沾满米浆下锅，两种方式都是要等到米浆水气收干，煎出油汁，翻面再煎，煎到二面焦黄就可以了，不需要添加任何作料，已是满屋飘香。有人喜欢在鲊肉煎好后，再加些大蒜辣椒之类作料回锅炒，菜的颜值可能有所提升，口感却抢了鲊肉本身的酸香，有些得不偿失。

现在，有些餐馆里也有鲊肉，但是可能都是在菜场买来的，批量生产的抢了时间赶了效率，有的甚至加些醋精酸汁催化，那种需要时间沉淀的味道没有出来。还有的人做鲊肉喜欢颜色好看，就放些红曲，这样煎出来的鲊肉颜色红艳，外观好看，也诱惑胃口，也算是一种风格。

　　过去母亲做鲊肉都极其简单，不添加其他作料，或许是当时条件所限，有点肉，有点粉子，有点盐就非常不错了。除了鲊肉，母亲原先还做过鲊肥肠、鲊芋头丝之类，做法大同小异，味道各具风味，精美奇异，酸香为主，都是开胃下饭菜。鲊肥肠十分惊艳，炒熟后油脂丰厚，色泽金黄，芳香四溢，拌热米饭吃是绝美，估计很多人从来没有尝过这个味道。鲊芋头丝炒熟后有些鲊辣椒风味，冷的都可以吃，我记得小时候嘴馋就吃过碗柜里没有吃完的冷鲊芋头丝，一把一把地用手抓着吃，真是惬意无比。不过近年来母亲年纪大了，就不再做了，虽然我们没了口福，但是老人得到了休息，也好。

2016 年 6 月 13 日

精肉氽汤

精肉氽汤是不折不扣的儿时回忆，想到精肉氽汤总是感到满满的温馨，爽爽的惬意。

我喜欢吃肉，这是小时候养成的习惯。丫头去看奶奶时，奶奶总是告诉她，你爸爸出生后家里经济条件就稍微好转了，隔奶的替代食品就是饺饵，一碗饺饵要吃得干干净净，汤都要喝得索索里里，丫头就笑话我现在长得壮巴肉坨是从小就打好了厚实的基础。在湘西北一带饺饵就是馄饨，又叫作"包面"，实际上是"包肉"——薄薄的面皮包上手工剁好的精肉，除了调点盐味，再什么也不需要添加，那个时候这还是显得十分珍贵。

我记得这之后的童年少年时代，母亲做得最多的一门菜，好像就是精肉氽汤。当然，更多时候是添加了黄花菜、丝瓜之类，弥补精肉分量的不足，也使营养更为全面，口感更为丰富。我们平时吃到的黄花菜多半是干黄花菜，极少吃到新鲜黄花菜。新鲜黄花菜色泽金黄，氽肉汤后依旧金碧辉煌，菜品十分好看。黄花菜细脆馨香，嚼起来有种沙沙的口感，氽汤的精肉嫩滑爽口，肉汤的味道更为鲜美。黄花菜，古名萱草，极其浪漫，富有诗意，嵇康说"萱草忘忧"，所以又名忘忧草，喝了这新鲜黄花菜氽肉汤大概真是可以忘忧的。不过，黄花菜鲜花中含有秋水仙碱，可以使人中毒，所以新鲜黄花菜必须熟透才能吃，否则中毒了大概会忘了一切。

如今，我无论已经怎样肥胖，自称喝水都长肉，可是端起碗来就情不自禁地满桌扫描，绝对是"肉食动物"，无肉不欢。如果有谁邀我吃饭，不喝酒不行，不点个狠肉更不行，直接差评，直接纠错，当场喊店小二追加什么大蒜炒腊肉、回锅肉、农家肉，也不管请客主人的脸面往哪里搁，也算是相当地任性。不过欣慰的是每次追加的菜还是大受欢迎。

精肉氽汤是湘西北最简单的家常菜，百度说氽是一种烹饪方法，把食物放到沸水中煮一下，随即取出，以防食物养分因高温烹调而流失，或食物本身变老、变黄。我这里说的精肉氽汤还是略有不同，食材不需要取出，汤菜合一，有肉有汤，营养丰富，老少咸宜，是小孩喜闻乐见的下饭菜，也是大病初愈之人恢复身体的滋补神菜，也叫"氽汤肉"。基本的形式是精肉氽汤，肉坨坨下汤，注意这里的精肉一定要手工剁，不用加过多的淀粉，不用预先制作，味道新鲜，口感纯粹。这道菜基本上是爷爷奶奶带下下一代的保留菜谱，因此不论你现在会不会煮饭做菜，这个精肉氽汤一定要学会，一定要学好，一定要学出特色，退休之后带孙儿孙女就会排上用途。

选肥瘦相间的新鲜猪肉，用水冲洗干净，取精肉十之八九，去皮的肥肉十之一二，先切片切丝，然后剁成肉泥，一定要加适量的肥肉，一定要手工剁，不要偷懒，菜市场现成的是绞肉机绞的，一是肉质带疑，不放心；二是绞肉机绞得过于细腻，成了肉糜，失去了粗粝古朴口感。剁肉时可适量加盐，可以加少许酱油调色，喜欢生姜的可以把少许姜切成细末后放入肉中剁，肉剁到用刀背或手指轻轻一碾，没有大颗粒肉了就好，盛入碗里，加少许生粉汁，搅拌均匀待用。有的还加些蛋清使肉质更加滑嫩，不过我绝对不加的，主要是为了保证精肉味道的纯粹。

将炒锅烧热，把剩余的肥肉及肉皮切成小块，放入炒锅里炸油，炸至肥肉金黄，略带焦煳色，香味四溢，马上关火，猪油盛到碗里备用，油渣或者盛出丢弃不要，或者留着炒白菜，白菜的口味立马会升上一个档次，其实用猪油炒任何蔬菜都可以增香增味。

炖锅里放适量的水，加入生姜末，大火烧开，用筷子或者汤匙调羹将精肉团成一个个如拇指头大小并不一定规则的肉坨坨，快速下入开水中，如果手忙脚乱忙不赢可以关小火，下完肉坨坨再次大火烧开，撇去泡沫，加盐、加酱油、加味精或鸡精、加白胡椒粉，加自己炸好的猪油，油花荡漾，十分抢眼，极其芳香，撒点葱花，即可出锅。注意千万要把握火候，否则氽汤肉要么不熟，要么老柴，就大煞风景败口味了。如果喜欢清淡口味，就不用自己炸油，直接放一点色拉油麻油就可以了。如果炖汤时加点虾米墨鱼丝之类，或者加点拍碎的大蒜末，风味又是大不一样。

实际上，现在生活水平提高之后，做纯精肉氽汤的时候还是较少了。一般的都会在汤里加入一些蔬菜，多姿多彩的混搭，营养更加多样。如小白菜、木耳菜、扯根菜（菠菜）、西红柿、萝卜秧芽、丝瓜、葫芦、木瓜，等等，可以加入新鲜豆腐或者豆腐脑，可以加入农家酸盐菜，也可以加入泡发干菜，如黄花菜、紫菜、蘑菇、粉丝，等等，这里鲜蘑菇、干蘑菇都可以加入，制作程序大同小异，万变不离其宗，下锅先后根据蔬菜食材性质而定。比如丝瓜汤，比如蘑菇汤，甚至西红柿汤，都可以把丝瓜、蘑菇、西红柿先炒一下，炒出浓汁之后再加水，炖开之后下精肉，汤色浓稠，味道更为醇厚。如果不炒一下，清汤寡水，水至清则无鱼，汤至清则乏味。有人欢喜清淡，有人嗜好浓味，众口难调，各有所爱。

有的餐馆干脆用桌上炉子炖着钵子，现做精肉氽汤，调好味道，再根据客人要求，配些时令蔬菜，边吃边下，随下随吃，显得非常新鲜，也是极好。

夏季天气酷热不想出门，宅在屋里，无精打采，茶饭不香。此时自己动手做个精肉氽汤，喝碗精肉氽汤，出身臭汗，酣畅淋漓，不亦快哉。

2016 年 8 月 15 日

红烧蹄髈

　　津市人过年正月间里喜欢吃"转转席"，正月十五之前，上班之类都是浮云。家庭兄弟姊妹多的要转上好多天，除了长辈一级，有的晚辈成家立业了的也开始融入"转转席"计划，不为别的，就是为了亲情，为了热闹。"转转席"也没有什么特别的名堂花样，就是一大家子在一起打打麻将、喝喝茶、聚聚餐、饮饮酒，讲些家族历史趣事，有的也可以借机化解一些兄弟姊妹亲戚之间的抵牾。"转转席"就是一个家族家庭维系亲情的纽带，就是一个满是温馨的亲情圈。

　　我自从和红结婚以后，每年过年，我都要参与她们一大家子的"转转席"，除夕团年也是轮流，一年一转，然后正月初几里是依次一家一天，也还要转几天。这包括去涔澹农场（津市监狱）场部，红的一个远房伯伯家里，两位老人，性格极好，他们老家是长沙那边的，在涔澹农场工作生活了大半辈子，还是乡音难改，一口地道长沙腔。火爆的长沙腔居然能够听出满满的温和来，我感觉还是极其不容易的。

　　每次去农场印象都很深，主要是可以吃到两位老人专门精心制作的主打大菜红烧蹄髈，几乎就是一年到头"转转席"的压轴之作。他们称之为"髈"，谈起就眉飞色舞，我戏称为"涔澹蹄髈"。一只颜色酱红油亮的蹄髈，个头肥硕饱满，竖立在大钵子中央，像一座酱红色的湖中山峰。四周汤汁徐徐翻滚，热气腾腾，散发着浓郁的混合香味，蹄髈下面四周铺垫配置的是自家制作的揪耳朵盐菜，切得细细的盐菜正好吸收蹄髈的油汁，真是绝配。据老人说一只蹄髈要用小火煨很长时间，不能用急火大火，要煨到蹄髈肉质酥烂。每次都是先天约好了来的具体时间，就去买来新鲜蹄髈，第二天早上就烧制好，然后置入炖锅，用小火煨起。小城到场部并不远，乘车半个小时左右的路程，我们一般是 9 点左右就到了。喝茶、寒暄、扯家常、打麻将，这时候就已经闻得到蹄髈的肉香了。等到午时，香味越来越浓，蹄髈煨得酥烂入味，还是那么饱满的样子，只是筷子轻轻一戳，就可以撕开，肥肉不腻，入口消融，瘦肉一口咬下去，细嫩多汁，肉香满嘴，也可以撕成一条一条的，慢慢咀嚼，一点也不柴，有点鸡肉的味道，正好下酒。那种揪耳朵盐菜咸淡适宜，拌饭简直就是极品，那些汤汁也是不浓不稠，不咸不淡，不油不腻，舀到碗里直接喝，鲜香可口。

现在两位老人已经先后离世多年，那种味道的红烧蹄髈我再也没有吃到过，"浒澹蹄髈"应该是已经失传了的，或者说只是已经没有谁用心去做这个蹄髈了。在外面吃饭时偶尔也会遇到吃蹄髈的机会，要么色泽处理欠缺，颜值不高，看相不好，倒了胃口；要么表面光鲜，可是吃一口感觉如同嚼蜡，味道差之千里，只好作罢。现在，嘴馋的时候也只能回味追忆一下，那些远去的旧时光，竟然如此惹人唏嘘。

做红烧蹄髈并没有过于复杂的技术，也不需要赶时间，所需要的就是更多一点细心和耐心，慢工出细活。蹄髈也叫肘子，就是猪腿的上部分。新鲜蹄髈买来，要仔细用镊子拈去细小漏网的猪毛，也可以将猪皮放在明火上稍微烧一下，再用刀刮一刮烧黑了的部分，清洗干净，冷水入锅炖煮几分钟，起锅冷却。用酱油、料酒涂抹周身蹄髈，用蜂蜜涂抹蹄髈猪皮部分，尽力按摩渗透，这样蹄髈色泽更亮，口感更好；锅里烧热放油，油烧滚后，将蹄髈置于油中，炸至蹄髈猪皮出现细细的皱纹变为酱红色即起锅，沥干余油；炖钵里放生姜、桂皮、八角、花椒、干红椒、大蒜果，将蹄髈横置于钵中，放足量的水刚好淹没蹄髈，大火烧开，换小火煨，中途记得给蹄髈翻个身，直到筷子可以很轻松地插进猪皮了，就将切好的揪耳朵盐菜放入钵里，将蹄髈竖立放置到炖钵中央，再继续用小火煨一段时间，即可开吃。吃时放些鲜大蒜、香葱、香菜之类，可以增加点鲜香，也给枯燥的冬日添点绿色。

随着经济发展社会变迁，人们的生活方式也在不断演变，如今的"转转席"也渐渐转移战场。很多家庭把叙茶聚餐的地方换到了茶馆酒肆里，图的是简单方便，可是过度的形式化、程序化，反倒忽略了主题内容，一些家庭的滋味越来越淡。

2016 年 9 月 4 日

臭豆豉

记得中学时曾经学习过贾平凹的散文《丑石》，一块其貌不扬的丑石被众人嫌弃、蹂躏，却被天文学家视为至宝，回头来看，贾大师的文章也就是一碗热气腾腾的鸡汤。不过无论怎么说，"丑到极点就是美到极点"的奇谈怪论也算是在我年少的脑海里深深扎下了根，影响可以说是波及大半辈子。

仲秋的一个周末，和韵儿去奶奶那里，还未进门，韵儿就大呼乱叫：好臭好臭。我笑着：不是臭呢，是香，酱香。进了屋就看见了摊在簸箕上的豆豉，母亲自己煮的黄豆，经过自然发酵，拌了米粉子，摊在簸箕上晒干。母亲反复讲这豆豉只有在农历九月间的气候才"沃得来"（发酵得好），其他月份都"沃不成器"（发酵不成功）。这种豆豉酱香浓郁，韵儿称之为臭，我闻起来却是一股奇异的酱香，这种酱香十分具有冲击力，这难道是臭到极点就是香到极点？很多人不喜欢喝酱香型的酒，说是一股烂豆豉味道。有人说臭豆豉和臭豆腐差不多，其实与臭豆腐还是有些不同。臭豆腐是闻起来臭，吃起来香，豆豉是闻起来香，吃起来更香。只是有些人不喜欢这种猛烈的香型而已。香菜的命运和臭豆豉有一拼，香菜又叫芫荽，而我们老家直接称之为臭菜。那股浓郁的味道有些人避之唯恐不及，有些人却是趋之若鹜，真是有人欢喜有人愁。

大豆是个神奇的存在，可以炒熟直接成菜，可以打成豆腐豆渣，可以腌制成腊八豆黄豆酱，可以酿制酱油，可以制作豆豉。豆豉，湘西北一带叫豆食，是黄豆或者黑豆发酵做成的。豆豉制作历史悠久，像浏阳豆豉之类就是中外闻名，浏阳豆豉是黑豆豉，是极好的调味品，也可以炒猪肉或者单独成菜。我这里讲的臭豆豉是黄豆做成的，黄豆煮熟，经过发酵，可以激发黄豆的蛋白质，营养丰富，口感适宜，更好消化，是我们在乡下时的主要下饭菜。过去这是缺肉年代吸取蛋白脂肪的替代品，现在基本上是属于嘴馋而好这一口。

豆豉汤：汤钵里放水适量，加姜末，烧开，抓几把豆豉放到碗里，加点水搅拌化开米粉，使其浓稠不成坨，放入锅中，搅匀烧开，加盐、油，淋点麻油、撒些香葱就可出锅，吃味精鸡精可酌情放点，因为酱香很浓，可不放酱油，汤色浑白，也是养眼，味道极足。豆豉汤喝一口满嘴酱香，用来泡饭更是绝佳。此汤主角是豆豉，关键在葱花、葱花、葱花，重要的事情说三遍，你也可以不吝惜地撒三把葱花，绝对不会多，千万记住。

大蒜炒豆豉：豆豉加水调匀，鲜大蒜、青红椒、生姜切末，大火烧锅，放油，下豆豉翻炒，炒干水汽，炒至豆豉粉子变为褐色，下大蒜、辣椒、姜末，迅速翻炒。大蒜豆豉拌米饭，不需要其他菜，可以连吃几碗没问题。

肉炒豆豉：肥瘦相间的猪肉半碗、豆豉半碗，鲜大蒜切段，辣椒切片，姜切末。现将豆豉加水调匀，放油下锅翻炒，加盐，炒干水汽，炒至豆豉粉子变为褐色。换锅炒肉，放入姜末、辣椒、大蒜，加盐酱油，下豆豉。肉和豆豉相遇，即刻翻炒出香味，此时可加一点水，稍微焖一下，即可出锅。困难时期这属于奢侈品，下酒下饭可以撑起半边天。这个菜冷透了吃，并不油腻，暗香依旧，味道更加绵长，咀嚼感觉更足，小时候偷吃过的剩菜中，对冰冷的豆豉炒肉记忆深刻，满是温馨。

煮熟发酵好的黄豆如果不拌米粉子，就是俗称的水豆豉、腊八豆，基本吃法是拌剁辣椒或者炒大蒜辣椒，豪华点就作为蒸扣肉的铺垫底菜，都是下饭精品。更简单的是黄豆现煮现拌，没有经过发酵，味道也好，津市的左妈水饺、瑞园炒码粉等早餐店都有这个极其普通的佐餐菜。

向左是臭，向右是香，忽然是香，忽然是臭，临界点就是如此奇妙，最是那一瞬间的滋味，如同人生某种际遇，刹那之间，一步距离，天壤之别。你，闻到那股浓郁的豆豉酱味了吗？香耶？臭耶？不论怎样，都是老家味道。

2016 年 11 月 19 日

黢麻黑的风吹猪肝

　　一场突如其来的冰雪之后，接着又是几个晴天，冬日灿烂，正是小城人家晾晒腊菜的大好时机。腊肉、腊鱼、香肠、猪蹄、牛肉、腊鸡，还有一些叫得出叫不出名字的野货，品种丰富，太阳稍微大点，有的腊货晒得滴油，十分馋人，而我独独多看几眼的是那些黢麻黑的猪肝。这就是风吹猪肝、腊猪肝，人们喜欢的一样下酒菜。风吹猪肝和腊猪肝大致相似，只是腊猪肝需要烟熏才更正宗，但是现在城里烟熏腊货已不容易，加上健康因素考虑，烟熏腊货吃得也少了，盐水肉、盐水鸡、盐水鸭之类也就顺势而生，大行其时。看到这满目的风吹猪肝，不禁想到了一位朋友。

　　毛哥是我在航运公司搞工作队时认识的朋友，他长我十来岁，大腹便便，生活有板有眼，谈起吃来一套一套的。有年春节，在他家吃"转转席"，白天玩麻将，晚上喝酒，那时就在家里设宴，他向我推荐：我腌的风吹猪肝还可以的，喝酒蛮好。我拈了块猪肝，没到嘴里就闻到了一股淡淡的香味，咬一口，沙沙的感觉，不咸不淡，极其清爽，腊味浓郁，我连声称赞口感、味道都非常不错。毛哥的爱人在一边笑道，这风吹猪肝是毛哥自己腌制的，从不准别人插手的。毛哥举起杯子，笑道："喝酒喝酒，我就爱弄点喝酒的菜。蛮好，蛮好。"一桌子人都举起杯子，碰得山响。转眼之间二十几年过去了，此后再也没有吃到过毛哥亲自腌制的风吹猪肝，航运公司也破产清算关了门。他退休之后，闲不住，就去给一家保险公司打工，每次碰到他都是提着一个公文袋，行色匆匆忙忙，像一位职场年轻人。

　　其实，我很小的时候就对风吹猪肝有些印象，母亲每年都会腌制。母亲前些年还自己腌制猪肝，每年春节都有腊猪肝这个菜，或炒货凉拌，腊猪肝煮熟了冷了后切成片装在碗里，也没有炒，也没有拌，我们大人小孩都用手拿着吃，这也是我一直推崇的"裸吃"，所谓裸吃就是不要蘸调料直接吃，有时候等不到开饭，那碗腊猪肝就被当餐前零食吃得差不多了，吃了就是吃了，还想吃再切一些就是，我们家也没有什么不开饭不能动筷子之类讲究，不过我们也没有动筷子呢，动的是手指，拇指食指轻轻拈着猪肝片，一片一口一口一片的，有滋有味

腌制猪肝当然是在冬月里，选新鲜、肝页饱满的猪肝，家庭腌制自己吃，一般一副猪肝就够了。肝页较大的可以先用刀一分为二，用冷水浸泡一段时间，很多人腌腊货不沾生水的，但是猪肝一般的还是清洗一下，泡出血水，沥干水气，放到腌菜用的缸钵里，加适量细盐、海盐腌菜最好。根据喜好可以加点花椒粒和干辣椒，按摩均匀，腌制肉品之类一定注意要注意做好按摩，不能粗枝大叶、潦草敷衍，要尽量使盐等腌制料渗透进味。腌制几天后，等到逼出血水，拿出来穿上细绳，挂到太阳下晒几天。冬日的阳光很软，只是收干一下水气，再挂到一个屋檐下或阳台上当阳迎风淋不到雨的地方，就不用管它了。记得要凌空悬挂，否则，野猫老鼠之类会给你解决掉了。剩下的就交给时间，一个寒冬腊月下来，暗红色演变成黢麻黑，摸一摸猪肝已经变得有些硬，或许也是经历了一些发酵作用的过程，这风吹猪肝也就基本成器了。过去就那样自然状态保存，吃到来年炎热的夏季也不会有大问题。

吃的时候，先用温开水浸泡风吹猪肝，风吹猪肝渐渐苏醒，洗净尘埃，枯萎的猪肝回到柔软，恢复了旧日暗红的容颜。洗净的风吹猪肝用大火煮或者蒸熟，如果是和腊肉腊蹄子之类一同煮，腊味相互渗透，当然是极好，煮好的猪肝捞起来后冷却备用。

回锅爆炒。猪肝切片，加蒜瓣、花椒粒，加青红椒片，有的喜欢用干红辣椒段，烧锅放油，将猪肝与作料一起下锅翻炒，是否放点酱油与味精根据自己喜好，炒到猪肝入味，即可盛出。有的餐馆里做风吹猪肝并不蒸煮，泡发好后直接切片，先走油锅，猪肝片会稍有膨胀，表层酥起一些小泡，再回锅加作料翻炒，软硬适度，咀嚼有劲。如果加新鲜大蒜炒，风味更足，下酒过瘾。

冷切凉拌。将冷透的猪肝切薄片，有棱有角的三角形，品质好的猪肝质地细腻入微，灰色里透露些浅浅的粉红，像海水漫过的沙滩，整齐装盘码好，浇上蒜泥姜汁辣椒油，就是开胃极品了。有人为了猪肝进味，将作料汁拌得

均匀，颜值却变得乌七八糟，凌乱不堪，美丽沙滩，被游人乱丢垃圾，我不喜欢。

我更喜欢纯粹，猪肝切片，整齐装盘，随手撒点葱花，随手淋点香油，就可以了。风吹猪肝放到嘴边，一丝风吹猪肝深深的沉香，一丝芝麻油淡淡的清香，相互辉映，有或没有，如同海市蜃楼，忽隐忽现，"仿佛远处高楼上渺茫的歌声似的"。放进嘴里，满口香气，轻轻一咬，猪肝口感沙沙的，味道绵长。时间的幕墙就在你的眼前，故事都在你的脑海里，这如同一场惊艳的穿越，如同月光下在小巷的漫步，一切就在眼前，一切那么遥远，使你回味无穷，欲罢不能。

等到春暖花开，待到清明谷雨，选一个寂寞的黄昏时刻，择一处幽静的吊脚楼，泡一杯青涩苦味的双上绿芽，切一碟只淋香油的风吹猪肝，勾一杯沿壁冒汗的谷酒，邀一个对面而坐的人，看楼外那一江滚滚东流的河水。天色渐渐黯淡，而我们不疾不徐，不急不躁，不张不扬，不思不想，谈谈生活，谈谈美食。这日子，这悠闲，这情调，你羡慕吗？

2018 年 1 月 15 日

茭白炒肉

　　自从我与红妈结婚起，一直是每天下班后回到她父母家吃晚饭，韵儿就是吃着大嗲小嗲做的饭长大的。平时大都是岳母做饭，做的基本是些家常菜，岳父下厨则是做些特色大菜，比如牛肉炖芋头、红烧肉之类。红妈嘴巴一馋就嚷嚷："爸爸搞个高苞红烧肉吃哈子。"那天晚餐就必有高苞红烧肉。前些年红妈收回门面自己经营茶楼，就没有到老人家屋里去吃晚饭了。韵儿大学毕业回乡，特别是谈了男朋友、结了婚之后，我们特别交代她隔三岔五去老人家里吃饭，主要是为了陪陪他们，两个小的陪着两位老的，倒也是其乐融融。今年开春之后，岳父哮喘肺气肿老毛病反复发作，精气神大不如前。前次住了几天院，出院才一个多月，5月9日再次入院，到27日中午突然不治撒手西去。人生如此，令人唏嘘，再也吃不到老人家做的高苞红烧肉了。

　　高苞的正式学名大概是茭白。茭白是洞庭湖区常见的水生植物，各地叫的名字花样百出，澧县、津市一带叫"高苞、篙芭、茭芭、茭瓜"的都有。让你不敢相信的是在唐代以前，茭白是粮食作物，被称为苽或菰，它的种子叫菰米或雕胡，是稌（稻）、黍、稷、粱（粟）、麦、苽（菰米、雕胡）"六谷"之一。雕胡，一个很有诗意很远方的名字，人们趋之若鹜，成为文人骚客倾情描述的对象。宋玉在《讽赋》中写道，"主人之女，为臣炊雕胡之饭，烹露葵之羹，来劝臣食"，那情那景，雕胡饭未熟，人已经醉了。王维、李白、杜甫、陆游都写过雕胡。王维的《登楼歌》："琥珀酒兮雕胡饭，君不御兮日将晚"；李白的《宿五松山下荀媪家》："跪进雕胡饭，月光明素盘"；杜甫的《江阁卧病走笔》："滑忆雕胡饭，香闻锦带羹"；陆游的《村饮示邻曲》："雕胡幸可炊，亦有社酒浑"；如此等等，雕胡飘香，更是飘逸，都是满满的诗情画意。

　　后来人们在种植中发现，有些菰因感染上黑粉菌而不抽穗，且植株毫无病象，茎部不断膨大，逐渐形成纺锤形的肉质茎，不但可以食用，而且味道鲜美，这就是现在广泛食用的茭白。这种清爽、肥嫩的茭白甫一登场就大受欢迎，成为人们餐桌上追捧的时鲜。精明的人们就开始利用黑粉菌阻止茭白开花结果，刻意繁殖这种有病在身的畸形植株作为蔬菜。所以茭白其实是一种病态，生长变异而成为美食。茭白并不是个例，法国大餐鹅肝之类大概也是。人们移情别恋，爱上了肥嫩的茭瓜，诗意的雕胡就遗落了，六谷也就只剩下了五谷。

　　不过，至今加拿大等一些地方还是把它作为谷物种植，现在网上就有"野稻米"出售，这里的野稻米就是雕胡，就是菰米。我曾经网购过一袋"野稻米"，野稻米颗粒较长，有些仙风道骨。与大米一同煮饭，搭配一点湘西腊肉，吃起来味道还真不错，只是感觉不到"雕胡"的那种古色古香的诗意。

　　茭白肉质肥嫩，纤维少，蛋白质丰富，要趁新鲜吃，才鲜嫩可口。隔夜的茭白肉心就会生黑斑点，颜值、口感立马断崖式下跌，让人食欲全无。茭白可以单独为菜，切片、切丝加上青椒红椒清炒，一点油，一点盐，再不用其他作料，特别是不要放酱油，尽量保持原生状态，清香爽口，浓郁的水乡味道。切滚刀块红烧油焖，滋味游离于清新与厚重之间，如同穿越，如同漂浮，感觉也美。

　　但是茭白做菜更多的时候还是习惯与肉合作。如果说茭白是朴素的民女，那么肉就是奢华的豪门，嫁入豪门，雅与俗，奢与俭，一定碰撞出意外的味道。

　　高苞炒肉一般而言是指猪肉炒高苞，肉丝炒高苞丝、肉片炒高苞片，两种形式都比较常见，口味基本一致，只是口感稍微区别。肥瘦相间的猪肉切丝，高苞切丝，新鲜辣椒切丝，姜切细丝、大蒜果切细丝，大火烧锅，放油，烧至冒烟，肉丝下锅煸炒，姜丝、蒜丝、高苞丝、辣椒丝下锅，大火煸炒出汁，放适量酱油，加盐炒匀，酌放几粒味精起锅。肉片炒高苞片基本相同，不赘。注意的是炒肉丝或肉片不要放豆瓣酱，豆瓣酱影响高苞白皙的颜色，也使菜的品相显得凌乱，而且豆瓣酱抢味，会淹没茭白的新鲜之味。

　　高苞红烧肉是人们喜欢的菜品。红烧肉按程序烧好备用，高苞切滚刀块，焯水，加适量盐，捞起备用。炒锅烧热，倒入红烧肉和高苞块，翻炒均匀，使高苞块吸纳红烧肉油汁，颜色变得和红烧肉一样，装入炖钵，小火煨起。吃的时候，根据个人喜好可以加味精、香葱、大蒜、辣椒之类。红烧肉与高苞块相遇，相互吸纳，深度融合，味道互补，使红烧肉不再油腻，而高苞充分吸收肉汁，味道顿时变得醇厚，两者相得益彰，非常下酒下饭。

高苞烧牛肉，按照程序烧好牛肉，其他基本相似，也不啰唆了。这里简单说说牛肉丝炒高苞丝，一般来说很少有牛肉片炒高苞片的。新鲜牛肉切丝，高苞切丝，青红辣椒切丝，如果喜欢还可以切点干红辣椒丝，大蒜、生姜切丝。大火烧锅，放足油，烧至冒烟，下姜丝煸香，牛肉丝下锅，加料酒、酱油、胡椒粉、花椒粒，迅速翻炒，加入高苞丝、辣椒丝、大蒜丝，翻炒均匀，可以加一点水稍微焖一下，收干水气，根据个人喜好加味精，即可出锅。牛肉丝炒高苞丝，酱色的牛肉丝、白色的高苞丝、绿色的辣椒丝、红色的辣椒丝交相辉映，菜品颜值就率先抢了一眼。牛肉嫩滑，高苞清香，也是绝配，这个菜好吃，炒也不复杂，你不妨在家里也自己炒一个？

2018 年 6 月 6 日

牛肉炖芋头

　　岳父有四兄妹，三兄弟一妹妹，都在津市工作；岳母有三姊妹，其中两个在津市。一大家子，三代人，除了在外面工作的，在津市的也还有十几号人，于是劳动节、端午节、国庆节、中秋节，甚至一些周末，都是要聚一聚的。那时聚餐基本都是家宴，家宴也是一家一家轮流来的。作为老大的岳父岳母当仁不让，轮到的次数最多。早晨两老到菜市场买菜，上午大家陆续到来，一起准备菜肴；中午简单吃点水饺面条什么的，然后是玩麻将；晚餐才是正餐，大鱼大肉，一大家子，一大桌子，赢钱的、输钱的、喝酒的、吃饭的、站的站、坐的坐，氛围和谐。一般来讲是几个喝酒的人坐，岳父、元叔、康叔、万叔、我、斌。岳父后来不喝酒了，但是作为老大，还是得有座位。喝酒一般要喝几轮，但都是慢酒，我在外面喝酒胡作非为，算是快手，在家里他们几个都是端起杯子闻半天才抿一口的，我一个人快不起来，也只好假装斯文慢慢来，其实憋得挺慌，因为我喝不得酒，特别是慢酒。

　　时光流年，现如今一大家子的家宴早就不开了，逢年过节的聚餐都去了餐馆。原先一桌喝酒的也缺席了几位主力干将，康叔、万叔先后离世，我在去年戒了高度酒，就剩下元叔和斌还喝点白酒，再也兴不起什么风浪，父子俩偶尔在早餐时邀到一起，喝个二两，倒也是惬意。只是斌喝酒还是太多，有时候几乎是从早喝到晚，工作、家庭好像都不顺心，身体也有了些状况，红劝了几次，好说歹说，听不进去，也就罢了。今年岳父也离世而去，一大家子缺了坐庄的人，聚餐都难得一回，家宴就更不容易了，一切都成了美好的回忆。

　　津市是个人杰地灵的地方，即使是日常生活的吃喝玩乐，都是十分讲究的，慢工出细活，做事只要讲究就容易出精品。津市人喜欢吃牛肉，现在刘聋子牛肉米粉远近闻名。实际上，津市会做牛肉的很多，刘聋子、黄记、贺记、曹记、夏伯，等等，百花齐放，百家争鸣，各有千秋。在这之外，你随便到一家酒店餐馆，都有机会碰到把牛肉做出特色来的大厨。那时候一大家子每当有家宴，岳父也下厨，总要做几个撑起台面的硬菜，其中自然少不了牛肉。

牛肉炖芋头是岳父的拿手菜，虽然也就是一个大众口味的家常菜，色香味俱全，牛肉软烂，芋头糯和，辣味适当，口感舒服，老少咸宜，得到一大家子的一致认可。韵儿从小吃到大，从来没有吃腻的感觉，现在估计想到这道菜，她的眼睛水一窝就会出来。要知道岳父就是韵儿的保护伞，从小到大，老人家是听不得别人讲韵儿半句啰唆话的。

我没有跟岳父学习过牛肉炖芋头的做法，也不知道有没有什么秘方，但是也算是吃了几十年，以下记录的程序与作料选取来自家宴时的散扯以及对菜的品尝感觉，应该基本准确。

做牛肉炖芋头的关键是要把牛肉烧好。当然要用新鲜牛肉，腱子肉、牛腩肉，夹精夹肥、筋头巴脑都可以，并没有刻意要求，不过如果全部是牛筋头还是不行，总得有些精肉。新鲜牛肉切成大小基本规则的小块，两三厘米见方即可，不可太小不可太大，加水浸泡一些时间，以便泡去血水，炖出的牛肉才清爽。

在菜市场选取新鲜小芋头，我们这里也叫芋头儿，不要菜市场卖的那些刮了皮的，那种泡得雪白的芋头有些可疑。有人说用了什么药水浸泡，也不知道真假，还是带回来自己刮皮放心一些。刮皮时要注意保护自己，芋头黏液可能引起有些人皮肤瘙痒，如果是过敏皮肤最好戴手套刮皮，刮皮的芋头儿要及时清洗，用清水泡着，不让它氧化变黑。

炒锅加水烧开，将牛肉放入焯水，稍微多煮一会儿，捞起沥干水气。炒锅洗净烧热，放油烧至冒烟，将生姜片、桂皮、八角适量放入，爆香，倒入焯过水的牛肉，放料酒、酱油、干红椒、花椒、胡椒粉，大火翻炒，待到炒干水汽，色泽金黄，加足量水，大火烧开，转入小火炖煮，时间长短不等，以牛肉接近炖烂为好，慢火煨制的牛肉口感柔和，不夹牙齿。

泡好的芋头儿洗净，选一个陶制钵子或金属炖锅均可，加水大火烧开，倒入洗净的芋头儿，加适量盐，煮几分钟，以芋头接近熟透为好，也不可太烂，否则与牛肉混合后再炖再煨就会糜烂得一塌糊涂，破坏菜的品相，口感也不会好，万事都要留有一些余地。

芋头儿煮好后倒掉多余的水，留下芋头儿铺底，连汤倒入烧好的牛肉，加大蒜果、加少许盐，大火炖开后转小火煨起，牛肉汤汁冒着泡泡，热气腾腾，芳香四溢。牛肉汤汁会立刻渗透进芋头里，芋头的淀粉之类也会融合到牛肉汤汁中，汤汁变得有些浓稠，味道交错，荤素搭配，口味互补。此时此刻，撒上芫荽、香葱、味精最后调味，呼朋唤友，斟上酒，盛好饭，就可以大快朵颐了。不过，岳父做牛肉炖芋头是从来不用香葱的，因为红不吃葱。

有人喜欢豆瓣酱味道，在烧牛肉时加豆瓣酱，炒出红油的色彩，也别有风味，但是我个人不太喜欢。一是豆瓣酱的辣椒末多，显得杂乱，损害菜的颜值；二是豆瓣酱容易抢味，我还是喜欢牛肉味道纯粹一点，芋头味道浓郁一点。当然如果你对自己的厨艺水平不自信，不妨用些豆瓣酱，可以为你的味道兜底。

只要牛肉烧好了，配菜可以自己选搭，把芋头儿换成土豆，就是牛肉炖土豆，换成扁豆就是牛肉炖扁豆，换成别的，就是牛肉炖……也可以下红薯粉，当然更可以下津市米粉，味道都是非常正宗，反正花样太多，就不一一说了。

2018 年 6 月 23 日

啃猪尾巴

我们湘西北一带常常把"吃猪尾巴"称作"啃猪尾巴"，应该没有什么特殊缘由的，无非就是"吃"过于斯文，"啃"更加贴切，十分感性，有清晰的画面感。啃一般与骨头联系比较多，猪尾巴也是有骨头，所以用啃字没毛病。实际上啃猪尾巴比之啃猪骨头要有味道得多。动物的尾巴常常是上下左右忙个不停，摇头摆尾，大约是有些活动量的，有活动量的部位肉质就好，口感就佳。猪尾巴有皮有肉有骨头，满满的胶原蛋白，营养丰富，所以深受人们欢迎。

我们小时候正赶上物资匮乏的时代，吃一星点肉都是"打牙祭"。猪尾巴属于边角余料，那时杀猪少，吃到肉不容易，吃到猪尾巴更不容易。大人总是逗我们：吃猪尾巴了不流鼻涕的，不流鼻涕才找得到媳妇儿。我们懵懵懂懂真假不知，反正遇到有吃猪尾巴的机会，总是要抢着夹几节。猪尾巴油光水亮有些滑溜，筷子不听使唤，就直接用手去拿去抓，然后赶紧埋到米饭里面，找个安静安全的旮旯地方坐着，慢慢地啃，用湘西北的土话讲就是一嘟地二嘟，美滋滋的晚上睡觉都会笑出声。心里想着多吃几节猪尾巴，不仅过了吃肉的瘾，又可以减少流鼻涕，小帅哥总不能因为鼻涕影响了形象吧，那时候再穷再苦，也还是要讲颜值的。

那时候在乡下吃的猪尾巴，多是腊味的。乡下杀年猪时猪尾巴并不剁下来，就留在半边屁股那块肉上，也就是我们所说的坐膀肉、兜儿肉，随猪肉一起腌制、晾干、烟熏。每当看到灶屋檩子上悬挂的那块带着尾巴的兜儿肉，都情不自禁地要多望几眼，不知道吞咽了多少口水。烟熏火燎一段时间之后，这腊猪尾巴就成了。我们那里兜儿肉一般过年时才吃，整块肉带猪尾巴一起煮了，煮熟后，有的大人会趁热把猪尾巴剁下来，剁成几小节，分给小孩子们去啃。也可以剁成小节后用新鲜大蒜、辣椒回锅炒，乡间待客也就多了一碗下酒的特色菜。腊猪尾巴皮色有些黝黑，黑里泛红，晶莹透亮，皮下肥肉已经变成奶酪黄，瘦肉变成暗红，白色的主骨和几条分叉，像是船的舵轮，动物尾巴大概本来就有掌握方向把舵的功能吧。

现在市场上猪尾巴供应充足，大都是从肉联冷库里出来的，现做现吃很是方便。猪尾巴的毛一般都刮得不干净，必须再处理一下，用镊子一根一根地拔。小时候我就帮着母亲干过这事，一捏一扯地倒是有趣。图省事的直接放到明火上烧一下，现在烧一下的居多，有经验的厨子说将皮烧一下更香，猪毛烧焦的味道闻起来也算是一种生活的味道，并不是那么恐怖。烧好的猪尾巴用刀刮一下，刮去烧得黢黑的表皮，清洗干净就可以做菜了。

猪尾巴一般是红烧，选新鲜猪尾巴两三根，烧毛刮洗处理好之后，先剁成小节，炒锅烧开水焯一下，倒出沥干，再把炒锅烧热，放打底油，爆香姜片、桂皮、八角，喜欢花椒味道的可以放点花椒，注意不要把这些作料炒煳了。香味一出及时将猪尾巴下锅翻炒，加料酒、老抽，有的还加一些豆瓣酱，这根据自己喜好，炒至猪尾巴颜色变深，香味四溢，油汁滋滋，加足水，大火炖开。稍煮几分钟后将花生米或者板栗、黄豆之类倒入拌匀，继续炖煮，至汤汁浓稠、猪尾巴和配菜开始酥烂，改小火煨，加干椒、蒜粒、味精、香葱之类调料，开吃。假如你对自己的厨艺很自信，可以自己用冰糖炒色，颜色更加红亮，风味又增一层。

口味要求清淡一点，可以做成猪尾巴汤，类同于清炖猪蹄。减少作料的种类和分量，不放或者少放辣椒，水一次性加足，另加花生米、黄豆、嫩玉米段、山药块、胡萝卜块均可。如果用电汤煲，加好料加足水按下相关按钮，基本上就不用管事了。小家庭做十分方便快捷，味道也差不到哪里去，可以说是不会做饭炒菜一族的大救星。

在津市，当然最有风味、最具特色、最富激情的还是卤猪尾巴。卤猪尾巴的工艺流程和卤其他肉食差不多，只是记住一定要整根整根地卤，待到吃的时候再剁成小节。津市街上吃卤猪尾巴基本上是在夜市大排档，卤菜店也有，香辣麻辣，口味大同小异。但是根据我的经验，回家吃或者在大排档吃，环境氛围不同，好像口味稍微有些不同。

也就是说，宅在家里、躲进包房里啃猪尾巴肯定是没有味道的。炎热夏夜，人心烦躁，难得入睡，却正是坐夜市的好时候。邀三五个朋友，在夜市摊，露天场地，摆张桌子坐下来，撩腿搁脚，剁几根卤猪尾巴，用手拿着一节一节地啃，粗的细的随你的便。先咬一口皮，软糯弹牙就刚好，喝一口酒，再咬一口就是肥肉脂肪和瘦肉了，肥而不腻，瘦而不柴，肉香满嘴，再喝口酒，就剩下用牙齿和舌尖在猪尾巴骨头缝里寻找着肉屑。几经反复，早没有肉了，仍然舍不得丢弃那个骨头，恨自己没有细长尖利的牙齿，探索不到那骨头里面的风景，只剩下一点越来越淡的卤味盐味，忍不住还是要用舌尖去舔几下，坐夜市本来就是酒足饭饱之后的花絮，可能要的就是这个闲味。那种生活，不紧不慢，吃一口喝一口，点上一支不健康的纸烟，吞云吐雾，也算小康了。胡诌一通天文地理国际国内，或许为某个远在天边的观点还争个面红耳赤，或许为某位近在眼前的女文青还来点争风吃醋，你讲经济，我问哲学，他谈人生，东扯葫芦西扯叶，真真假假，如此如此，时间慢慢流过，岂不快哉？

2018 年 8 月 10 日

吃腊肉的几种境界

前几天手机又被冰雪天气预警刷屏，天气严寒，雨夹雪、小雪、大雪，依次到来，有关部门又着实紧张起来，学校放假，高速封路，公交停运，整个社会，如临大敌。科学技术越来越发达，人们却越来越脆弱，经不得风霜雨雪，经不得悲欢离合。不过这么冷的日子，户外乱窜不方便，正好邀三五孤寂闲散之人，炖个钵子，下点青菜，特别是被大雪掩埋过的大白菜、菜薹儿、扯根菜之类最好，喝点烧酒，不谈政治，不谈贸易战，把有限的一点自由留给自己的人生，谈点吃喝玩乐，谈点文学艺术，谈点风花雪月，也是难得的惬意。

当下，吃不是问题，问题是吃什么。跨年之际，寒冬腊月，正是各家各户腌腊肉、灌香肠的时候。雪后初晴，开始化雪水，有点太阳晃晃，就可以将腌肉、香肠挂出去晒，几天之后就风干水气，就可以熏制。城里不比乡下，没有大锅大灶，没有烟熏火燎，只能几家讲伙弄个废铁桶，或者搭个架子，挂好腌肉，上端四周稍微密封一下，在下面堆些柴火，加些锯末、柚子皮、橘子皮之类有香气的东西，点燃之后，熄灭明火，只要慢慢燃烧制造烟雾，熏一天半天左右就成，呛了烟的肉才算是腊肉，否则就是盐水肉而已。急火急烟，一股扑鼻的烟味，显然赶不上乡里腊肉那种入心入脑的口感。严格地讲，腊月间腌熏的肉在过去写作"臘肉"，读作 là 肉，而写作"腊肉"的则是指干肉，读作 x 肉，只是现在已经没有什么人还去纠结这个问题。腊肉好吃，得来不易。一般来说，吃腊肉也就是煮、炒、蒸、炖几种方式，风格境界各异，但是怎么变花样都是万变不离其宗，腊肉味道必须占主导地位。过去乡下人家冰箱没有普及，储存腊肉就是靠纯天然办法，就那么吊挂在灶屋的檩子上，可以防鼠，可以熏烟，熏得黢黑巴黑，一过六月，腊肉就带了些哈喇味道，用这满带哈喇味的腊肉炒菜炖菜，照样喷香，照样吃得有滋有味，这就是一种纯正的乡里味道，倒是十分亲切。湘西乡下有些人家把腊肉放在谷仓里储藏，跨过年后再吃，那种腊肉味道也是别具一格，特别是瘦肉已经一点都不柴不夹牙齿。

有一年我回到湘西吉首，和几位同学吃饭，满满一桌子菜，其中有一碗腊肉最打眼睛，是煮熟后切片的，肥瘦相间，透明发亮，色泽鲜艳，肥的颜色金黄，瘦的酱红，吃起来喷香扑鼻，肥而不腻，瘦而不柴，司机小刘直呼好吃。我的老家在过年时也是将腊肉先煮到熟透，再切片吃，不过一般都要回锅炒，大蒜炒腊肉，加些青蒜、辣椒，味道也是出奇地香。有些餐馆将腊肉生切后直接炒，干煸炸出油后再加大蒜炒加点水焖一下，味道、口感又不一样。

蒸腊肉是我们这边冬季家户人家的当家菜、寻常菜，制作简单，味美醇厚，下饭下酒，很受欢迎。砍一刀腊肉，洗净之后切成薄片，装到碗里，可以加点姜蒜末，也可以什么都不用放，直接放到蒸锅里蒸到熟透为止。不需要另外调味就可以直接吃，吃新鲜米饭时不妨夹一块腊肉，掭一坨冒着热气的米饭，刚好一口，直接送到嘴里，腊肉和米饭的香味双重涌来，轻轻咀嚼，十分可口，几乎可以不用别的菜，就可以吃下一碗饭。这种蒸法用五花腊肉最好，光肥肉或者光瘦肉都不行，从口感来讲肥腊肉更有滋味，而且多数人在蒸腊肉时要用腊八豆铺底，这两样东西简直是天造地设的一对。腊八豆蒸腊肉，腊肉的油汁香味渗透进腊八豆里，那个腊八豆你一粒一粒吃是粒粒香，你一勺一勺地吃是勺勺香，你拌到米饭里面吃是碗碗香。

当然我们湖南人可能更喜欢腊味合蒸，腊肉切薄片，香肠斜切薄片，腊鱼剁小块，将三种食材放到碗里依次码好，加姜末、蒜末、干椒末，可以适当用一点酱油、香醋，也可以加点腊八豆，有的是加一点浏阳豆豉，有的则是图省事放一些超市买来的老干妈豆豉，香辣全部有了，也是可以的。不过老干妈豆豉有些抢味，吃蒸腊肉差不多就是吃老干妈拌饭，有些亏。不管怎么配方，一定要大火蒸到食材熟透，腊味合蒸肉香鱼香混合交错，令人胃口大开。有趣的是腊味合蒸多蒸几次后风味更足，那个汤汁拌米饭也是香辣至极。

小舅子有个同学小名黑二，在"东湖林语"小区门口开了家小店子，自己琢磨了些家常菜品，算是私房菜性质，我去吃过几餐饭，菜品的色香味都还好。有一道菜是腊肉钵，津市的餐馆里一般不做这个菜，选的五花腊肉，应该事先煮过，再回锅做成的钵子，只加了些辣椒、大蒜，没有加别的配菜，全部是腊肉，用小火煨着，一大钵子，煨到最后油滋滋地响，吃起来香，特别舒服，酣畅淋漓。我吃的时候感觉有点小瑕疵，就是腊肉可能煮得有些过度，所以再煨炖之后腊肉的口感就有些过于软烂、疲塌，齿间停留时间不够，食客可能来不及体会腊肉的那种咬嚼、弹牙、咸香，也使腊肉外观显得黏糊、口感偏于油腻，也不知道现在有不有改观。据我的经验，如果做腊肉钵子，腊肉要么只适当煮一下，给钵子煨炖留些空间，要么不用事先煮，直接切片炸香后转钵子煨炖，可能更好，而且腊肉不能切得太薄。

其实更多的时候人们喜欢用腊肉配素菜来吃，荤素搭配，相得益彰。腊肉炒泥蒿、炒蒜薹，腊肉炖莴笋、炖菜心、炖笋子、炖四季豆、炖腊干子都是常见菜。做的方法简单，腊肉洗净切片，炒锅烧热后倒入腊肉，炸几分钟，炸出油、炸出香味，加姜丝、干辣椒，花椒、桂皮、八角等根据自己喜好可加可不加，翻炒几下后，倒入事先准备好的素菜，继续炒，再加水炖，或者盛到钵子里用炉子炖，适当调味，加些青蒜、鲜辣椒都可，就可以开吃。不过素菜的刀工要注意，莴笋切滚刀块为好，菜心不能切得太薄，也不能久炖，腊干子最好切薄片后再泡一下水，好去些盐分，否则一般都比较咸，春笋之类要先焯水，去掉苦涩味道。

腊肉下菜蔬儿方便快捷，有荤有素的，不需要太高的烹调技巧，借助腊肉本来的香味，随便下些什么菜都可以，口味也坏不到哪里去。吃的人可以为所欲为，无拘无束，所以好像这道菜从没有人说吃厌过。

2019 年 1 月 6 日

猪油渣

　　小时候家里经济条件不好，那时候吃的油比较紧张，食用油凭票供应。很多时候只有棉籽油吃，没有提纯的棉籽油，除了炒现饭好吃，炒菜吃起来有些苦涩。就连这些油也有接不上的时候，但总还是要吃一些油水，不然肚皮经不住饿，家里的粮食不经吃，营养也跟不上。于是家里偶尔要用一点肥肉膘炸出点油脂来润锅再炒菜，那时候称肉也要凭票供应，也没有那么多钱称肉，因此吃肉的日子稀，但是偶尔还是可以买到一些肥肉泡之类边角余料的东西。炒菜时，就把肥肉泡冲洗一下切成小块，炒锅烧热后将肥肉泡倒进锅里，炸得直响，冒出一股烟，炸出油后，香味扑鼻而来，马上倒入白菜萝卜之类翻炒。这样炒的菜十分香，无论炒白菜，还是炖萝卜，我们都吃得有滋有味。那些炸得焦煳的油渣，是我们吃饭时的最爱，那时候吃肉不容易，吃到一点油渣子，就是开了大大的洋荤，能够在菜里翻找到一丁点猪油渣子，就像发现了宝，眼睛都会放绿光。

　　后来，家里的经济条件稍微有些好转，每年总要炸一两回猪油。母亲都是买的猪板油，先切成小块，再倒进锅里，放一点水，水气收干就开始出油。不一会儿满屋就油脂飘香，炸好的猪油趁热舀进瓷缸，冷却后猪油就凝固了，白花花的。化猪油拌米饭特别香，再来一点酱油或者是母亲自己腌制的豌豆酱，现在想一想都还有食欲。小镇上的一位小学同学，家里做裁缝的，当时条件算好的。有一次去他家邀他出去玩，他说肚子饿了要吃碗饭，就盛一碗冷的米饭，加了两勺红糖，又从碗柜里找了坨化猪油，拌进饭里，倒了些开水，热气直冒，猪油的香味也随着飘到了我的鼻子里，我不由得吞了下口水。不过那时候一般的家庭化猪油还是只能用于炒菜炖菜，当时植物油供应还是紧张，肉食也稀少，化猪油就是最奢侈的东西，只能搭配着吃，吃得很精细。一瓷缸化猪油常常要吃大半年时间，吃到最后都满带了哈喇味道，也就是这猪油确保了我们成长时期的营养相对均衡。

　　炸猪油后剩下的猪油渣子，就是我们的美食了。猪油渣子盛到碗里不加任何作料就可以吃，原汁原味的喷香，趁热吃是酥，冷了吃是脆，如果用点盐、椒盐当然就更为美妙。盐是调味佳品，有了盐，有了猪油渣，就可以喝酒，比花生米、兰花豌豆之类不差分毫。

　　用猪油渣来炒鲊辣椒，先将鲊辣椒炒干炒散炒熟成末，再将猪油渣倒入，炒均匀，炒到锅底一层油，猪油渣的油脂香和鲊辣椒的酸辣香充分融合交汇，这一场相遇简直就是"天仙配"。酸辣咸香，绝妙的下饭菜，用那热气腾腾的大米饭拌，你可以吃到忘乎所以。

　　直接用猪油渣炒饭，美味效果与拌化猪油饭相似，但是更多了一些焦香味道，加上来点酱油、胡椒粉、辣椒酱之类，撒点葱花，饭粒晶莹透亮，色香味俱全，让人垂涎欲滴。没有吃过猪油渣炒饭的，可以说一生都会留有遗憾。

　　更多的餐馆里是将猪油渣子用青辣椒来烩锅，猪油脂香和青椒的香味相遇，无疑又是一场醉人的风花雪月。当然炒这道菜要注意时间火候的掌控，猪油渣和青椒的相遇，必须相逢其时，火候必须恰到好处。我炒猪油渣，先将青椒下锅干煸一下，出了辣味、香味，盛到碗里备用，再将猪油渣倒入锅里，受热炸出一些残油，倒入青椒，放一点盐，翻炒均匀就好。猪油渣和青椒一起合炒，早了、迟了，火大了、小了，口感都会受到影响。猪油渣保持酥脆和油脂香味，又融入青椒的草本香气，就是最好的味道。有些餐馆的厨师不讲究，结果猪油渣和青椒都被炒得一塌糊涂，猪油渣变得软沓，既无颜值，也无口感，处处败笔。津津有味餐馆的青椒猪油渣，用的猪大肠油渣，一圈一圈的，形状保持得好，口感也保持了酥脆焦香，唯一的是好像盐和味精用得比较足，味比较重，不爱味精的肯定不能接受。

　　猪油渣炖和渣，我戏称之为"双渣汇"，和渣是我们湘西北的叫法，也就是豆渣。打豆腐后剩下的渣子，粗纤维丰富，残余蛋白，又有豆香，营养还是不错，也很下饭。炖和渣过去是我们的家常菜，现在作为菜吃的已经不多了，大多作为喂猪的饲料，吃和渣的猪都养得膘肥体胖。有些餐馆用大豆水磨后直接作为和渣做菜吃，其实不正宗，或者是叫真正的豆渣，我们所称的和渣一定是打豆腐后过滤剩下的那些渣子。过去乡下赈酒开流水席之后，没有用完的肉汤烧肉熬肉之类残菜就用来炖一大锅和渣，叫"残菜和渣"，煮好之后一钵一钵分好，送给赈酒帮忙了的邻居，十分受欢迎，吃的时候只需要加些青菜末葱花炖得泡泡滚就好。炖和渣要有耐心，看着热闹地冒气泡，实际上里面还是冷冷的，所以在乡下和渣有"假滚"的名声。猪油渣炖和渣相对纯粹一些，猪油渣改刀剁成碎末与和渣一起炒，炒出焦香味道，加汤加水都行，加青菜末、辣椒面一起炖，炖得越久越好吃。吃的时候撒点葱花，盛一碗饭，舀一瓢和渣浇在米饭上，汤汁顷刻渗透，拌匀，趁热吃，油渣的焦香和渣的豆香青菜葱花的香，一起扑面而来，极其刹瘾，转眼之间，一碗米饭就会一扫而光。有的餐馆用肉末炖和渣，其实大可不必，肉末处理不好就柴，攥在和渣里面影响口感，远不如猪油渣末那么绵软柔顺、焦香隽永。

但是，美食也是硬币的两面。现在人们越来越注意食品健康，很多人忌讳吃猪油，害怕胆固醇，猪油渣因为是高温下的产品，可能产生了这样那样的一些有害物质，所以人们逐渐冷落了猪油渣。其实，也大可不必风声鹤唳，偶尔吃一餐吃一点解解馋是无所谓的。不禁想到古人可以"拼死吃河豚"，有了心惊肉跳，才能体会到美食的极致滋味，我们却连一点猪油渣也不敢吃，真是有些悲情。

不久前有位朋友给我送了点黑猪肉，这黑猪养得膘肥体壮，肉膘确实很厚，就提了瘦肉，去了粗皮，剩下的肥肉切成小方块，炸了一满碗猪油，留下一小碗直冒热气的猪油渣，金黄油亮。看得喉结翻滚，忍不住想吃，摸摸自己的肚皮，又有些犹豫。一个人在客厅里走来走去，也不知道干什么，反反复复，转了几圈，转进了书房，摊开一本书，可是一个字都看不进去，那些字就像些猪油渣，一粒一粒地滚到我的眼前。书房里也满是那油脂香味，真香啊，真香啊，又出来，转进了厨房，鼻子吸了几下，又出来进了书房，可是那香味太浓郁了，又进了厨房，我摸了一下碗，还是热乎乎的，就不由自主打开橱柜拿出糖缸子，掐了两勺子白糖盖在猪油渣上面，拌匀，用手指拈一颗放到嘴里，轻轻一咬，很低弱的咔嚓一声，暖暖的，沙沙的，猪油渣就融化了，脂香带着甜蜜顺着舌尖滑到了心灵的深处。此时、此刻，此情、此境，澎湃的心情才渐渐平复下来。

2019 年 1 月 26 日

残菜和渣

　　每次到母亲那里去小坐，总是东扯葫芦西扯叶地聊些老家的事、人物、旧事、吃喝，以及我们几兄弟小时候的糗事。聊到吃喝，总是感叹人老了没意思，这也吃不得，那也喝不得。感叹过去没有现在这么好的条件，缺吃缺喝，也还是把五个儿子抚养成了人，都是读完了高中，就叹息父亲没有福气，走得太早，没有赶到现在不缺吃不缺穿的好时候。"那时候又没有什么好吃的，吃一餐残菜和渣都像过年。"话题就转到了残菜和渣，记忆深处放不下的老味道居然是残菜和渣，也是让人大跌眼镜。

　　说着和渣，在饭局里就遇到了和渣。如今年味有多淡，但亲朋好友之间的"转转席"还是要转，不过多数家庭将饭堂转到了餐馆，正月间里，就是吃喝玩乐。正月十二是大哥的生日，按照往日规矩，一大家子都要聚一聚。近几年开始由侄女安排，我们一大家子负责吃喝。聚会，母亲自然要参加，可是每次到一个地方吃饭，母亲总是嘀咕，菜不好吃，印象中没有什么店子的菜得到过她的肯定。但这次在凤凰路西头的又一村酒家，虽然桌子小了点，其实是我们人多了点挤了点，母亲却连声说这里的菜可以，好吃。也确实，一大桌子菜，其中有一钵和渣，青菜肉末加和渣，被我们吃得钵子朝天精打光。

　　实际上在我的记忆里，残菜和渣是一道让人念念不忘、欲罢不能的菜，使人如痴如醉。就是残菜，就是和渣，几乎是要被抛弃的它们，一旦相遇，就那么碰撞出惊艳的火花。这或许是一种自我救赎，这或许就是生活的本来面目，浓郁的烟火气息无疑比任何人生哲学都要来得纯真而踏实。我不由哼起《野百合也有春天》那支曲子，其实这支曲子与残菜和渣八竿子打不到一起。

　　"和渣"就是豆渣，是打豆腐时磨的豆浆过滤后留下的残渣，和渣是湘西北一带的俗名。但是现在有些餐馆，也有一种叫豆渣的，是用黄豆专门磨制的，磨得细细的，并不过滤做豆腐，直接作为豆渣做菜。其实，它们还不是渣，蛋白含量都还原汁原味，所以口感也就更为柔和、细腻，没有和渣的那种粗粝感。人的牙齿是个贱骨头，柔和的、细腻的没有咀嚼的感觉，必须咬点粗粝的、坚硬的，才有挑战的刺激。"残菜"就是乡下赈酒流水席剩余的一些荤菜和油汤。过去乡下赈酒都要杀猪宰羊，开的流水席，从上午到晚上，人来人往，川流不息，轰轰烈烈，热热闹闹。但是人们也注意节俭，未吃完的荤菜，只要是干净的，都会用铁桶子收纳集中，扣肉、猪蹄、羊肉、牛肉、鸡肉之类什么的都有，只有鱼不能收进来，鱼有刺，混杂了吃起来不方便。乡下赈酒一般也要专门打一些豆腐、压一些千张，宴席上要用，就会剩余一些和渣。和渣和残菜油汤一起倒进大锅里，用大火煮一煮，搅拌均匀，用炖钵分好，帮厨的人、隔壁左右帮忙了的都可以分到一大钵。

这些残菜和渣带回家，可以根据自己口味喜好，再加点切细剁碎的青菜叶子、辣椒、葱花，炖开之后，香飘满屋。盛一大碗米饭，将热气腾腾的残菜和渣搲到碗里，覆盖住米饭，残菜和渣堆成尖，油汁迅速渗透进米饭里面，将米饭与残菜和渣拌匀，如果不是有些烫嘴，几大口就可以一扫而光。残菜和渣由于混合了各种肉类各种味道，混合出了更加醇厚的香味，粗粝的和渣则刚好中和了残菜的油腻，两相互补，恰到好处，这真是将废物利用到了极致。和渣之所以好吃，和渣吃油，油水充足，和渣口感柔和才好吃，否则，枯糙、干巴、寡淡，索然无味。所以残菜就大显身手了，油水厚重，咸辣充分，炖和渣就没得讲的了。和渣特别容易吸收外来味道，简直是天作之合。

母亲也做过残菜和渣，不过就是过年时，将一些吃剩下来的荤菜、煮过肉的油汤之类收集到一起，到豆腐店买来和渣一起煮，再用个大缸钵装着，放在那里，随吃随取，搲一钵加些开水青菜葱花炖开就可以了，和渣里面有许多碎肉碎骨头，那时候吃肉还很稀罕，能够在残菜和渣里吃到一些肉屑也是可以快乐一整天的事情。那一缸残菜和渣在正月间里要吃好多天，吃到最后残菜和渣都有些泛酸，也不要紧。炖出来的味道变得更加独特，酸爽口感更为开胃，比之吃臭豆腐、霉豆腐（豆腐乳），更有风味。

现在做残菜和渣的少见了，有些餐馆还做些肉末和渣、猪油渣和渣，味道都好。大火烧热炒锅，倒入和渣，翻炒加热，炒到豆香溢出，和渣变得有些焦黄，加盐，加辣椒面，讲究一点的辣椒面研磨后一定要过筛，口感才好。

加水或者肉汤要多一些，保持和渣浓稠适宜，大火烧开，盛入炖钵，加入剁成碎末的青菜、葱花，小火煨起，即可，酱油、味精之类可以忽略。一钵冷和渣，放到炉子上遇热就鼓泡泡、冒热气，还溅得到处都是，看起来热闹非凡，实际上里面还是冷的，不过是假滚而已，有人笑称和渣是"虚情假意"。只有等到炖得泡泡滚时才可以开始吃，浓郁的香味扑鼻而来，吃起来停不住嘴。

2019 年 3 月 30 日

一根腊肉骨头的乡愁

乡火：好久没有吃到腊肉骨头了。

野哥：有机会回来吃，乡下多得是。

乡火：还记得那个腊筒子骨煮粥，想起都香。

野哥：你回来我们去乡下找腊筒子骨，给你煮粥解乡愁。

端阳节晚上，远在广东佛山的小学同学乡火在微信上和我聊天，有一搭没一搭地，估计他又喝高了，突然就说起了腊肉骨头，我仿佛闻到了那股浓浓的乡愁味道。

我的父母在下放不久就陆续返回原单位上班，家里的经济条件也开始好转，家里养的猪除了交公家的"派购"任务，还可以留一头年猪，腊月间里杀了过年。杀年猪后就要腌肉，灌香肠，灌血儿，做肉糕。猪排骨还是连在大块肉上，不会特别剔下，而猪杂骨就熬汤炖萝卜了，只有猪筒子骨要剔下，也和肉一起腌了，成了腊肉骨头，一般的时候也还顾不上吃它。那时候腊肉吃得细，不来贵客不会上腊肉。往往到了夏季，过了端阳，腊肉都有了些哈喇味，却还有大块腊肉没有吃完，那筒子骨自然也就还悬挂在灶屋的檩子树上，熏得黢黑黢黑的，风一吹来，晃荡晃荡的。虽然腊肉骨头并没有什么肉，却也容易引起一些风波，惹得我们和屋里屋外的猫狗浮想联翩。

那是在暑假里，乡火来我家里和我屋前屋后玩了大半天。到了快吃晚饭时分，肚子咕咕叫了起来，才发现屋里没有什么菜吃，最后看到灶屋檩子树上还挂着的那根腊肉骨头。我心中就有了主意，便把骨头取下来，洗净黢黑的尘烟，用斧头从中间斩断，丢到锅里，加了几瓢冷水，淘洗了一碗米倒进去，灶里架起大火开始煮，腊肉骨头煮粥，盐味油味香腊味全都有了。也不知道熬煮了多久，满屋开始飘香。粥熬好后，又到菜园地里扯了些青菜秧儿，掐了一些香葱，洗净后切成碎末，撒到锅里，翠绿点点，香味更加浓郁。天气炎热，煤油灯下，两节骨头，一人一节，我们啃着骨头，喝着稀粥，满头大汗，至今还记得那股烟熏味道。

现在人们腌制腊肉骨头只会选择纯粹的肋排骨，从菜市场买来剔好的猪排骨，用盐腌制几天，在冬天温和的阳光下晾干，再用松木屑、橘子皮、柚子皮燃烧的烟熏制。随着时间的流动，使腊排骨自带了浓香。

蒸腊排骨是比较简单的吃法，将腊排骨洗干净，剁断成小节，一般寸长为好，整齐码到碗里，然后排骨上面铺一层辣椒、豆豉、姜蒜末，如果觉得排骨太瘦，可以加一勺化猪油，大火蒸好之后，撒上葱花端上桌即可。有些人图方便，用老干妈来蒸，辣椒、豆豉、油都有了，当然也是非常不错的。只是老干妈有些抢味，那种强烈味道的入侵，使你不能完美地吮吸腊排骨的那种陈香。

腊排骨一般腌制得比较咸，蒸腊排骨最好配些少盐或无盐的素菜，凤尾盐菜、干豆角、腊八豆、笋干之类都好，香干、泡发香菇也行，可以冲淡腊排骨的咸味。把素菜放到碗底，再码放腊排骨，最后放一些姜蒜末、化猪油覆盖在排骨上面，蒸好之后油汁会渗透到底层的素菜里，荤素搭配，相得益彰。撒上葱花，咸香扑面，有荤有素，营养、口味都可以得到兼顾，可以说是百吃不厌百吃不腻，十分下饭下酒。

津市地处澧水尾闾，渔产丰富，人们喜欢腌制腊鱼，也可以剁几块腊鱼与腊排骨合蒸。腊鱼、腊排骨、腊八豆一起合蒸，有的还要加上腊肉、腊香肠，这豪华版的"腊味合蒸"，肉香鱼香咸香混杂，交错浮动，思绪飞扬，风味尤为独特，吃起来更为恣意。

但津市人更多时候是把腊排骨做成钵子炖着吃，腊排骨洗净，剁成寸段，炒锅烧热，放一点打底油，倒入腊排骨、生姜，翻炒到焦黄黏锅时加水覆盖，大火烧开，直到排骨炖烂，收干汤汁，加入大蒜米、青辣椒，改小火煨起，即可开吃，其他作料尽量简化，以保持腊排骨原汁原味的香味。和蒸腊排骨一样，人们习惯选用一些素菜铺底，莴笋是腊排骨之类熏腊菜的绝佳拍档。莴笋切滚刀块或片块都可，可以先焯水，不用加任何东西，捞起直接倒入煨炖排骨的钵子，铺在钵底，再将炒制好的腊排骨连汤汁一起倒入，上炉煨炖，不久即可开吃，荤素搭配，吃起来津津有味。煨到最后用那油滋滋的汤汁拌米饭，极其解馋。如果换用黄瓜，做法基本相同，只是黄瓜水分充足，容易炖熟，不宜切得太薄，也不用先焯水，直接与腊排骨炖即可。

　　腊排骨大火炖有大火炖的味道，小火煨有小火煨的口感。现在用一种电紫砂煲小火慢煨也不逊色，汤汁饱满，肉质柔软细嫩，只是煲的时间要把握好，不能煲得太久，否则，排骨煲到骨肉彻底分离，没有了啃骨头嚼劲吃肉的那种拉拉扯扯、缠缠绵绵，倒是失去了很多不可言说的趣味。有时候吃食物，过于直截了当，就没有什么咀嚼回味，倒是"欲速则不达""看得到吃不到"带来了挑战的刺激，万种风情也就由此而来，吸引无数食客乐此不疲。所以有的人吃一节排骨，是要喝二两酒的，这排骨就不能炖得太烂，要留点余地。咬一口排骨的肉，喝一口酒，再咬一口排骨肉，再喝一口酒，三下两下，排骨已经啃得很干净了，可还是情不自禁地把那个骨头放进嘴里，盐味、香味、辣味一点都不缺，又喝一口酒，一杯酒，就这么下肚了，真是回味无穷。

　　猪筒子骨大多是吃新鲜的，用来煲汤炖玉米、炖粉丝、炖胡萝卜、炖白萝卜都可以。筒子骨有些腥味，煲汤要加些花椒、桂皮、八角等香料来压腥，所以有的餐馆干脆就用剁椒、用酱汁来红烧，啃骨头，吸骨髓，酣畅淋漓。如今腌制腊筒子骨的已经少见，不过腊筒子骨炖莲藕、炖萝卜，汤鲜菜美，也不腻口，满带着浓浓的乡土气息。到湘西北农家餐馆里如果能遇到这道菜，你就是有口福之人，一根旧年的腊肉骨头，不经意间的那股暗香，悄然就消解了你心头的那股乡愁。

2019 年 6 月 10 日

雁南飞，雁窝菌

40 年前，斯琴高娃主演的主旋律电影《归心似箭》火遍大江南北，随之流行的是电影插曲《雁南飞》，那种复杂挣扎的情愫极富感染力，至今听起来令人神伤：

雁南飞 / 雁南飞 / 雁叫声声心欲碎 / 不等今日去 / 已盼春来归 / 已盼春来归 / 今日去 / 愿为春来归 / 盼归 / 莫把心揉碎 / 莫把心揉碎 / 且等春来归……

一年又一年，大雁南来北往，那人字队形愈飞愈远，春节也就近了；一年又一年，大江南北，人来人往，熙熙攘攘，聚了，又散了。

白露之后，大雁南飞，天气愈加凉爽，一夜秋雨一夜凉，就到了出雁窝菌的时节。雁窝菌在湘西北一带区域也叫枞树菌、重阳菌的，有的地区叫寒菌、松乳菇，树林里还有绿豆菌之类品种，湘西北把这些山上野生的蘑菇统称为菌子，而人工种植的就叫这菇那菇了。雁窝菌生长在松树林茅草丛中，颜色浅棕、暗绿、暗红，状如雨伞，小如钱币，大如碗碟，质松肉肥，一股野香，鲜嫩可口。街上菜市场卖菌子的就多了起来，大妈们也就忙碌起来。平常大妈们买什么横竖好歹都要讲一番价，但是买菌子讲价的不多，成功率也低，有的基本上就是一口价。现在这种野生菌子稀罕，要的人多，所以看到品质好的，下手就要快。这和饮食男女谈恋爱道理一样，看准了就要迅速下手，你犹犹豫豫，就成了别人碗里的菜，再磨磨唧唧，季节就过了。

记得是在读初中时，我也跟着几个同学上山去捡过菌子。老家王家厂水库边的宝塔山封山育林抓得早，树木成荫，遮天蔽日，林中荆棘遍地，茅草丛深。有经验的同学告诉我们，雁窝菌就在茅草丛里，发现一个就会是一窝。不过我实在惭愧，大半天下来，翻山越岭，又累又饿，也只捡到大小几个菌子，可能也就是别人遗漏的，都凑不到一碗。不过也没有糟蹋，晚餐时母亲用这几个菌子烧汤焖了一钵鲊辣椒，满屋飘香，就着这鲊辣椒糊我狠狠吃了三大碗饭。

后来母亲每年都要买些菌子来炸菌油，那时候哥哥们陆续到津市参加工作，也算是离家出了远门。那时候交通不便，回来一趟不易，母亲就给他们带回去一瓶子菌油，补一补大食堂伙食的不足。平常在家里下面条吃，放一勺菌油，撒一撮葱花，金色油花荡漾，没有肉码子也好吃。吃腌大苑萝卜之类腌菜时，放一勺菌油，拌一下，也是奇香，那炸干的菌子吃起来焦香松软，一点也不腻，生津开胃。用菌油拌热米饭，不用其他的菜，都可以吃一海碗。

现在的大妈们买菌子大都也是要炸菌油，这些妈妈的儿女多在外面打拼，每年给他们炸点菌油，妈妈们不厌其烦，也就是妈妈们牵挂儿女的一种最朴素的方式，妈妈的味道最能消解乡愁。炸菌油需要耐心，慢工出细活。菜市场上的菌子总是大小掺杂不一，买来之后要择出大小，分类处理，小如钱币的"宝宝菌"肉质饱满炸菌油才合适，太大的菌子已经有些空心了炸菌油不行，只能做菜吃掉。菌子择好，用水漂洗几次，再用清水泡个大半天，泡出菌子里的泥土杂物，这样菌子才不生沙，不坏口感，所以母亲炸菌油都是在晚饭之后。菌子泡了大半天后之后表面十分润滑，沥干水气，切些姜丝、干红椒段备用。大火烧锅，倒入大半锅油加热，炸菌油用菜籽油、茶油为最好。油温升高，倒入菌子，不断翻炒，榨干水汽，继续炒、炸适当时间，到菌子萎缩收干，有些黑黄，有些焦香，加入姜丝、干椒段，有人加入桂皮八角花椒，这随个人喜好，有人还加蒜粒，蒜粒有水分，处理不好对菌油保管有影响，可以加点盐，小火继续炸一会儿，注意不要将菌子、姜丝、干椒段炸煳。到听不到炸的响声了，就可关火，接近冷却后再盛入器皿，装菌油的器皿最好选玻璃、陶瓷材质的，彻底冷却后加盖密封即可。

五花肉炖菌子在湘西北是地道的家常菜，菌子天然好味道，做这道菜难度系数为零。新鲜五花肉切片，入锅翻炒煎炸，不需要炸焦，以炒出香味炸出油来为好。加入姜丝，倒入泡洗干净的菌子一起炒，炒出菌子的野香，炒出菌子的汤汁，加适量的水，大火烧开，盛入钵子里放置到桌上炉炖起，可以加蒜粒、新鲜辣椒，适量盐、酱油、胡椒粉调味，可不放味精，吃的时候撒一些葱花。炖的菌子当然是趁热吃，咬一口菌子汁水饱满，满嘴是香，经验告诉吃货（食客）汁水丰富的都极其好吃，只是注意不要烫着了嘴巴。菌子汤里可以炖点白豆腐，菌子吃得差不多时，调和一碗鲊辣椒，倒入菌子钵，用点火力，搅和均匀，片刻之间，菌子鲊辣椒糊炖得开始冒泡泡，热气腾腾，这就好了。用菌子鲊辣椒糊拌米饭，菌子的野香，鲊辣椒的酸辣，闻一下都是口舌生津，可以好吃得忘乎所有，无忧无愁。如果光吃菌子鲊辣椒糊，趁热，嘴里打一个转，特香，吞进肚里，辣味翻腾，此时，两颊微红，脊背冒汗，浑身通透，如同一场艳事之后，呼吸都有些喘。

菌子要吃新鲜的味道才鲜美，可是菌子无法生鲜保存，有的人就将菌子晒干了保存，吃的时候用热水泡发，再用新鲜青红辣椒大蒜炒来吃，也蛮有山野风味，但是与吃新鲜菌子的那种酣畅淋漓已不可同日而语。

于是小城的妈妈们就开始想办法。买来菌子，择好泡洗干净，炒锅烧热放油，放姜丝爆香，倒入菌子翻炒，放适量的盐，再翻炒片刻，关火，让菌子自然冷却，再按照做钵子的量用食品袋一袋一袋分好，炒制菌子的汤汁也盛进去，搁到冰箱里冷冻起来。等到过年要吃时，将食品袋拿出来自然解冻，苏醒后的菌子，焕发青春活力，一袋刚好做成一个钵子。五花肉炖菌子，吃菌子喝汤，依旧清香，炖白豆腐，煳鲊辣椒糊，味道如新。

因此现在过年时，很多家庭的餐桌上就多了这个野生菌子钵，这是一年一度的味道，这是只有老家才有的味道，这是妈妈们珍藏起来的味道。归家的儿女们吃着菌子，连声称道：好吃！好吃！还是小时候的味道！谈笑之间，看到父母的两鬓白发，看到父母乐呵呵的笑容，这些在外打拼奔波的儿女，再也忍不住泪眼婆娑。

2019 年 9 月 14 日

老家鱼干

　　大学毕业参加工作那年在津市航运公司参加"社教"工作队，刚进驻公司就听到反映，说是公司一些运输船舶偷盗运输物资，侵占客户利益，致使投诉不断，损坏了公司形象，队长便安排我和公司一位年轻人跟船调查，了解掌握一些情况。我们选了一艘值得信任的钢驳船，午饭后从津市上船出发，要一直搭到茅草街。钢驳船是一家人承包的，男主人和儿子负责驾船，女主人负责做饭、洗衣。儿子比我还小两岁，女主人嘴巴一撇，告诉我说是读书不狠，跟老倌子驾船来得一夹股，高中混不毕业，只好跟着跑船，几年工夫也算是有了点名堂，准备娶媳妇了。男主人胡子巴渣的，大概因为河风吹多的缘故，显得饱经沧桑，其实也就刚到中年。到了下午时分，他右手端着一个搪瓷茶杯，左手拿了一条生的鱼干，河里常见的那种刁子鱼，轻轻地咬一口鱼干，嘴巴还要吧嗒一下，喝一口酒，嘴巴又抿一下。就这样，澧水河在静静地流淌，船儿在缓缓地前行，他有滋有味地，一边和我们搭腔闲扯，一边咬咬鱼干，不知不觉地喝完了一杯酒。喝完酒，他就准备接手掌舵了，这应该也是一种酒驾吧，不过那时候没有人管，何况还是水上。

　　对于鱼干我并不陌生，我的老家在澧水支流之一的涔水河上游，澧县王家厂水库建成之后，涔水上游地区涨水退水成为常态，退水之后，河滩边的"甩亩"田沟里尽是"上水"的鱼虾。小时候随父母回到老家，当时条件差，吃肉不容易，解馋之物就是哥哥们摸的小鱼小虾小螃蟹，新鲜的吃不完就晒成了鱼干。

　　田沟里基本上没有大鱼的，半尺来长的就很了不起了，大大小小，都被哥哥们撮进鱼篓里，回屋之后那些鱼儿就由母亲来处理。稍大一点的鱼，拿到集市上去卖，没有卖掉的带回家，从背部剖开，抠掉鱼鳃、内脏，抹点盐，直接摊到簸箕上搁到太阳地里暴晒。手指来长的鲫壳鱼、刁子鱼、鳑鲏鱼（"屎黄皮") 等杂鱼也要掐去内脏，鱼鳃不用抠，也可以不抹盐，丢到簸箕里暴晒。再小一些的鱼虾，不用处理，也不撒盐，直接摊在簸箕里暴晒。晒鱼的簸箕搁到太阳地里不到一分钟，那些苍蝇什么的就顺着鱼腥气从四面八方飞来，一天到黑叫个不停，所以讲究一点的要用丝网之类遮盖住簸箕，这样就放心地把这鱼儿交给太阳和时间，鱼儿也在悄悄地发生变化。太阳暴晒一两天，鱼儿就成了鱼干，肉硬如壳，轻轻一掰就断，十分干燥，就可以储存起来，以备不时之需，随时可以拿出来做菜。如果太阳不烈，就要多晾几天，风干的味道也是差不多。鱼干的腥味十分浓重，有的甚至是有些臭味，但是有经验的老饕都知道，由于微生物发酵的作用，只要是还没有腐败，稍微有些臭味的鱼干其实肉质更为细嫩。

鱼干不是一道惊艳的大菜，但怎么说也算是一道荤菜，有模有样的，端得上桌面，关键时刻可以救急。鱼干的吃法其实很简单、利索，放点干辣椒蒸，或者用青辣椒炒，香辣酥脆，都是极其下饭的菜。谈不上什么档次，但含有各种营养元素，让我们多少补充了一些蛋白质、钙质，也丰富了我们那时比较空洞的餐桌。

大一点的干鱼，先要斩为两截或剁成小块，用温水泡发一段时间，泡软和后，沥干水气，炒锅烧热放油，将鱼块放入煎炸，煎到两面焦黄模样，加入姜末、蒜末、辣椒，如果是没有腌盐的鱼块就加些盐，翻炒均匀，加一点水，焖煮片刻，收干水气后即可出锅。这种鱼块咸香兼备，味道可口，可以用手拿着慢慢撕着吃，一块鱼干就可以喝完二两酒。

对于手指长短的刁子鱼、鳑鲏鱼、毛哈鱼，寸把长的小鱼小虾，泡发时间不宜过长，泡发久了容易使肉质过度松软，再经过煎炒，致使干鱼身首各异、乱七八糟，成了鱼渣，颜值、口感都会大打折扣。因此只要简单冲洗去掉灰尘即可，做法基本和干鱼块大同小异，适当煎炸几分钟，最好让鱼刺都煎炸得酥脆，再用青椒、大蒜、生姜来炒，可以加浏阳豆豉，增加酱香，用点水焖，收干水气就好，没有了鱼刺的困扰，吃起来毫无障碍。鱼的腥香加上辣椒的辣香、豆豉的酱香，风味混沌浑厚，刺激味蕾，极其下酒下饭。

不管是大一点的干鱼块，还是纤细的小鱼小虾都可以蒸，将鱼干用水冲洗干净，装到碗里，将蒜末、姜末、辣椒末覆盖在鱼干的上面，干辣椒、鲜辣椒都可以，再加些浏阳豆豉，淋些蒸鱼油、色拉油，也可以等到出锅时浇淋热油，上锅大火蒸，出锅时撒些葱花，吃时搅拌，咸香扑鼻，勾人口水。现在有人用"老干妈"来蒸，一碗鱼干，几勺"老干妈"，不再需要用其他作料，简单快捷，味道也并不差，特别适合那些小懒人、大忙人。

煎炸焖炒或者蒸的鱼干，都可以放冷了吃，鱼干的汤汁虽然很少也会凝结为鱼冻，和鱼干依附在一起，吃起来别有一番爽滑咸香，可以佐酒，可以拌米饭，可以闲暇之余作为零食来吃，风味独特，十分解馋、刹瘾，比之鲜鱼做的鱼冻不差半分半毫。现在有些速食鱼干鱼仔之类，麻辣鲜香，与之有异曲同工之妙。

任何事物都有两面性，从现代营养学角度看，那些经过腌制的鱼干盐分较重，就容易生成致癌物质"亚硝胺"，不能多食。人们闻之色变，避而远之，其实也是反应过度，偶尔调节一下口味未必不可。鱼干并不是如何出色出彩的美食，腌制、晒干，烟熏、火燎，没有什么秘制做法，如邻家妹子一般质朴，不涂脂抹粉，却是那么亲切，特别具有烟火气，真正是普通老百姓自己家里的一碗菜，因为一种淡淡的乡愁，伴随那种浓浓的鱼腥味，永远留在了我们的记忆心底。

2019 年 10 月 21 日

一勺鸡油香满屋

近日网上翻书，读到康熙年间进士沈朝初专门写苏州的一组《忆江南》词，有一首写道："苏州好，茶社最清幽。阳羡时壶烹绿雪，松江眉饼炙鸡油。花草满街头。"鸡油炙烤的饼子，这小令整个句子都是一股香味，旧时苏州的富足闲适真是让人羡煞。

鸡油并不是什么稀罕东西，过去乡下人家来了贵客，就要杀鸡待客，自己家里养的鸡长得都壮实肥硕，肉芯厚，板油多。我记得母亲每次在炒鸡肉之前，总是先将那些细腻浑黄的鸡板油切成小块，放到锅里炸，炸得满屋飘香。待到鸡板油块成渣，有了一锅底鸡油后，就盛出半碗油放置到一边，再捞出鸡油渣，锅底剩余的鸡油就用来炒鸡肉。剩余的鸡油当天并不会吃，要留下来以后炒菜吃。那时候食用油紧缺，要凭票计划供应，家里常常断油，所以各种油都得省着点吃。

鸡油含有一些特殊的氨基酸成分，既有脂肪香气，又有鸡肉鲜味，常常用来制造鸡精、鸡粉、鸡汁之类调味品。因此有些餐馆专门炸制鸡油来做一些特色菜，直接将鸡油当作一种调味油来用，和香麻油类似。厨师炸制鸡油一般都很讲究，先把鸡板油放到开水锅中焯水，除去部分水分及异味，然后将炒锅烧热，下入鸡板油、姜块、葱节，用小火炼制，待炼出鸡油后，过滤去渣盛入碗里冷却，这样炼制的鸡油香味十足。一般家庭里炸制鸡油不需要采取这样复杂的程序，就可以炼得喷香的鸡油。将肥厚细嫩的鸡板油用水漂洗干净，切成小块。将炒锅烧热，倒入鸡板油，翻炒不让粑锅，渐渐就炸出油来，香味四溢。继续炸片刻，就在鸡油渣子变得焦黄、香味更足、快要变焦黑时关火。用锅瓢将鸡油舀到碗里或其他什么器皿里冷却后保存，注意一定要用陶瓷玻璃材质类的器皿。鸡油有点像如今的色拉油，冷了之后，鸡油就凝结成了黄色，鸡油的黄是非常厚重的，古玩里面的"鸡油黄"是专用称呼。凝脂如同奶酪，如同果冻，但也不会那么干，还是有些稀稠。熬制鸡油的渣子也不会浪费，留在锅里，再开大火，冒起烟时，倒入洗净切好的大白菜，翻炒熟透放盐，出锅，寡淡的白菜口味顿时得到升华。

鸡油炒蔬菜上得席面的特色菜有鸡油炒丝瓜、炒豌豆尖、炒菠菜等。选鲜嫩丝瓜，去皮洗净切片，或者小条块，或者滚刀块，新鲜红辣椒切丝或块，葱花备用，炒锅烧热，放一勺鸡油，化开，冒烟时倒入丝瓜、红椒，大火炒，放点盐，炒出汁，撒点葱花，出锅装盘，或者装盘后再撒葱花点缀均可。辣椒、葱花只为稍微增色增味，不吃辣与葱的可忽略。鸡油炒丝瓜，鸡油提鲜增香，丝瓜的汤汁浓厚，口感甘醇，略带滑腻，不失清爽，拌饭极好。鸡油炒豌豆尖或者菠菜更为简单，一勺鸡油、一把豌豆尖或菠菜、一点盐，大火爆炒，青翠欲滴，清香扑鼻，让人食欲大开。

竹笋是人们喜欢的食材，竹笋纤维丰富比较吃油，用肉汤来炖极好。有一道香脆可口的鸡汁笋丝就是用鸡汤之类高汤来做的，但是乡下人做菜专门熬制高汤的少，其实可以直接用鸡油来做。鸡油打锅底，姜丝炸出香味，加水炖汤，烧开后下入处理好的笋丝，炖开再适当调味，撒上葱花，一样爽脆，一样鸡香，满满的大自然风味。

我的二姨年轻时随军到北京，每次回老家探亲，总是给我家带这样那样的东西，其中总少不了几包细如发丝的面条。那时候粮食紧缺，我们平常吃到一点制作粗糙的宽面条都不容易，这细如发丝的面条真是稀罕。母亲下面条时，大火烧半锅水，水开后下面条，青花瓷碗里放点盐、酱油，放一小勺鸡油，舀半碗面汤，面条煮好用筷子捞出来，装到碗里，也没有其他什么荤素码子，撒上一点葱花即可。细腻的鸡油配上细如发丝的面条，可以说是前生今世的绝配。吃的时候，用筷子搅动几下如发丝的面条，汤面上飘着黄色的油花，配着绿色的葱花，细细碎碎，热气腾腾，鲜香袭人，便顾不得斯文，三下五除二，就吃完了，连汤都不剩，都笑话我"连碗都会吃了"。至今我吃面条米粉之类时汤要喝得干干净净，估计就是那时候养成的习惯。

给我深刻印象的还有小时候的一碗鸡油炒饭，鸡油、酱油、盐，再掺上一些自家腌制的盐菜，撒上葱花，自然纯粹的乡里乡气，不可拒绝的鸡肉香味，至今在我的心底缠绕。海南岛、泰国那边风行鸡油饭，也就是鸡油煮饭，还带有鸡肉块，鸡油炒饭只有鸡油没有鸡肉，煮饭炒饭，口感香味大有区别，各自风流。现在家里很少炸制鸡油了，只有在外面小餐馆吃饭，碰到有炸好的鸡油，就会叫老板来一碗鸡油炒饭，来解一下魂牵梦绕的嘴馋。鸡油炒饭操作简单，炸好的鸡油、冷米饭是必备材料，火腿肠、胡萝卜、土豆、洋葱、芹菜、香菇、鲜红椒之类可以随意选择添加，火腿肠、蔬菜切小粒，蔬菜粒焯水接近熟透，捞起沥干水气，生姜切细末，香葱切细葱花，可拍几粒蒜米。大火烧锅，放适量鸡油，化开之后，放一点姜末、蒜粒，稍炸，出香味，转中火，倒入米饭，炒散成粒，等到米饭吸油热透，再放一勺鸡油，放入火腿肠和蔬菜粒，大火合炒，淋小许酱油，磨点胡椒粉，继续翻炒，直到米饭粒油光黄亮，晶莹透明，撒些葱花，起锅即成。喜食辣椒的，如果有红红的剁辣椒，放一勺进去炒，那股酸辣爽口，那种惊艳颜值，又已非同一般。吃完这碗鸡油炒饭，你会销魂失魄，浑身激情，蠢蠢欲动，许多故事就悄悄从这一碗鸡油炒饭开始。

2019 年 11 月 9 日

芋荷梗是个什么梗

小时候看到母亲从小镇菜市场买菜回来，提着一捆暗红色的菜梗，长长的，半圆半扁的，叫芋荷梗，于是，中午或者晚上吃饭时就必定有一道菜：用铁耳子锅炖的芋荷梗。芋荷梗肉芯厚，容易吸收汤汁，炖得泡泡滚，吃起来软乎乎的，有一种肥肉的感觉，吃进嘴里，舌尖有一点点的麻，这种细微的刺激，使人欲罢不能，回味悠长。母亲说如果用肉炖还好吃些，可惜那时候吃肉的机会不多，我很长时间并没有吃到过肉炖芋荷梗，也没有深究这芋荷梗究竟是个什么梗。

直到高中毕业那年我到乡下同学家里去玩，看到他家菜园子有一片大叶子植物，暗红色的茎梗细细长长，叶子犹如荷叶，同学告诉我这是芋头，才知道那怪头怪脑的芋头就长在这大叶子下面，那长长的茎梗，就是我们俗称的芋荷梗。

芋头在湘西北乡间随处可见，水田旱地都可以栽种，人们收获芋头时也收获了芋荷梗，自然不会浪费。李时珍《本草纲目》中记载："芋梗，辛、冷、滑、无毒，除烦止泻。疗妊妇以烦闷、胎动不安。民间多用作暖胃、止痛之食疗。"现代科技分析，芋荷梗里面含有皂角苷，会刺激人的咽喉和肠道，对肠胃有一定的刺激。经高温炖煮皂角苷失去活性，吃的时候才会不刺激人的肠胃，熟透之后才能更好地吸收营养成分。芋荷梗的植物纤维丰富，可以促进人体的新陈代谢，还有祛风、利湿、解毒、化瘀等功效，药疗价值受到人们青睐。但是在乡下，更多的时候是把它作为菜品，用来佐酒，下饭果腹。

现在常见的是五花肉炖芋荷梗。芋荷梗有红皮、青皮两种。新鲜芋荷梗要撕去表皮，芋荷梗里面有一种天然黏液，不小心接触皮肤之后会对皮肤产生刺激，出现痛痒或者红肿，撕皮过程中应该注意及时清洗。将芋荷梗掐成手指长短小节，流水冲洗干净，大火烧锅，用油打底，倒入芋荷梗翻炒，放一些花椒粒，可以去腥味、去麻涩味道，炒软之后，盛起备用。炒锅放入切薄片的五花猪肉，炸出油来，加入生姜、酱油、盐，继续炒片刻，倒入芋荷梗，一起翻炒，加一些干红椒段，加适量水，盛入钵子里，加蒜粒、胡椒粉、新鲜辣椒，端到桌上炉炖。中国菜讲究味道的融合，芋荷梗一定要炖到位，炖到五花肉酥烂，芋荷梗软塌，五花肉和芋荷梗才达到完美融合境界，才能去腥、去麻、去涩味。如同爱情的彻底爆发，越炖越好吃，细腻绵软，丝丝缕缕，肥腴润滑，落口消融，满嘴草本和油脂混合的香气，十分开胃。遗憾的是很多时候在餐馆吃饭都匆匆忙忙，时间不够，火候不够，芋荷梗炖不到位，软不软，脆不脆，基本上品不出芋荷梗的那种神奇的滋味。

过去母亲买回来的一捆芋荷梗一餐是吃不完的，又不能长时间搁置，母亲便稍加处理酸芋荷梗，泡酸芋荷梗可以更好地去除苦涩味道。芋荷梗撕皮、掐成筷子长短，洗净，晾干，再放到有老酸水的坛子里，几天后芋荷梗颜色变得更为红艳，也就可以吃了。如果简单一点，就直接将洗净的芋荷梗放到一个盆子里，撒一点盐，再用煮饭的热米汤或者开水冲烫，冷却后就这样继续浸泡着，几天后芋荷梗也就发酵变酸了。吃时将芋荷梗冲洗干净，切成小段或者剁成碎末，用辣椒来炒，极其酸爽。夏日炎炎，口味寡淡，炒一碗酸芋荷梗，红艳闪亮，酸汁欲滴，看一眼，闻一下，味蕾也会大开，就已经十分下饭。

如果想把芋荷梗保存到冬天里吃，可以晒干芋荷梗。将处理好的芋荷梗切成细段，散摊着放到太阳底下晒干，储藏备用。晒干后的芋荷梗轻飘飘的，一捆芋荷梗其实晒不到多少干芋荷梗。到了冬天，就可以随时拿出来吃。吃的时候抓小半碗即可，用温水泡发，舒展的芋荷梗，又仿佛回到青春时代，依旧带有草本植物的暗香，洗净尘埃，沥干水气，再用辣椒、青蒜来炒，如果加肉丝肉末来炒更是绝妙，又是一种风味。

不管是红皮的还是绿皮的，不管是吃鲜的还是吃酸的吃干的，芋荷梗就是一个地地道道充满乡里味道满带乡愁记忆的美食梗。

2020 年 6 月 23 日

青蛙跳水

　　有一次在宾馆餐厅陪客吃饭，满桌子菜，山珍海味，本地特色，基本都有，大家客客气气，推杯换盏，氛围甚浓。这时服务员又端上一个大钵子，搁置停当后，向大家介绍这是"青蛙跳水"。大家一头雾水，我定睛一看，那钵子里朴素得很，乳白的汤，浮现一些灰白色的面坨坨，大小不一，隐隐约约，之间夹杂着一些绿色的黄瓜条。其实这就是乡下再简单不过的灰面坨坨，湘西北很多地方叫它"面杂儿"，和北方的面疙瘩汤一个系列。

　　一个灰面坨坨，进了城市餐厅，居然有了如此诗意的名字。我记得日本俳句大师松尾芭蕉的名句："闲寂古池塘，青蛙跳入水中央，扑通一声响。"难道这名字来源于此？估计不大可能，青蛙跳水，在夏日的乡下这也就是个寻常场景。不过青蛙跳水的情景确实能勾起许多人童年的回忆，咬一口灰面坨坨，喝一口面杂儿汤，扑面而来一股浓浓的乡愁。

　　小时候随父母下放到乡里，我们小伙伴们就盼望着布谷鸟叫，"豌豆巴果，嗲嗲烧火，阿公阿婆，割麦插禾"。布谷鸟叫了，南方的农事开始繁忙起来。割麦子，插早稻，乡亲们忙得不亦乐乎。南方种麦子的比较少，种的一点冬小麦越冬后开始疯长，大致在端午节前后收割。新麦子连带秸秆收割后，摊在碾场暴晒几个日头，再用一种叫"连枷"的农具击打脱粒，继续晒几天，麦粒干索后就背一袋子到大队部的打米厂磨面，电动磨面，速度极快。乡下把面粉叫作灰面，灰面出来后，我们也就有好东西吃了。南方人吃面食少，也就是主食大米的一个补充，吃一个新鲜、稀奇。擀面条、蒸粑粑、包饺儿都还比较复杂，讲究也多，最简单的吃法就是水煮灰面坨坨。

　　灰面坨坨做起来非常简单，做法也各种各样，在家随时可做。用盆子装面粉适量，加少量水用筷子搅拌，不追求过度均匀，干湿相间，形成一些不规则的小面坨坨。锅里加水烧开，将面坨坨依次下入，坨坨不要过大，过大了难得煮透心，指头大小为宜，最后剩余的面疙瘩都一起倒入，加入切滚刀块的黄瓜，大火炖开，煮几分钟，加一点盐即可，喜欢的可以滴几滴小磨香麻油。汤汤水水，清清爽爽，主食与菜蔬完美结合，能吃饱肚子，也还营养均衡，方便快捷，风味十足。炎热的夏日黄昏，喝一碗烫嘴的面杂儿汤，流一身热汗，浑身通透，酣畅淋漓，真是舒服。犹如乡村的爱情，简单、淳朴、直接，散发出生机勃勃的田园气息，满是实实在在的生活趣味。

我后来在家里偶尔也做做灰面坨坨，解解嘴馋，不过我一般做的带了点花式，将面粉、玉米粉、荞麦粉按照差不多 3∶2∶1 的比例混合，打一两个鸡蛋，掺适量的水搅拌，揉成面团，锅里水烧开后，用筷子或者干脆用手将面团揪扯成一个个小面疙瘩丢进开水里，扑通扑通的，这时大概是最接近"青蛙跳水"的吧。灰面坨坨入锅后，加入黄瓜或者白菜、西红柿之类的蔬菜，加入姜、蒜、葱花、油、盐、胡椒粉、豌豆酱，香气浓郁，口味变得厚重，这和北方的面疙瘩汤就更接近了，灰面坨坨口感又有不同。

还有一种极致的吃法，在我的记忆里一直挥之不去。我们全家在乡下时口粮极其紧张，母亲每月必须统筹考虑，不折不扣地"忙时吃干，闲时吃稀"。那时煮饭是柴火大锅灶，米下锅煮到半熟时沥米汤，再倒入锅里小火焖，会有焦香的锅巴，将米饭盛起来，剩下锅巴铲到一堆，倒入米汤"搭"锅巴粥，加一个草把，轰燃的火立马就把锅巴粥煮开了。如果遇到锅巴粥米汤搁多了太稀了，母亲就用点灰面加点水一搅和成面疙瘩，一起倒进锅巴粥里，再加把火，锅巴粥变得更加黏稠，灰面坨坨充实了口感，清新的麦香汇入锅巴的焦香，味道又是一绝，不要任何菜就可以喝一海碗。本来只是一个挽救方法，却意外产生了一道食之不厌的美食。现在有人煮稀饭时也加淀粉面粉之类来让稀饭浓稠一些，却没有做出这种口感。如今农村很多家庭煮饭也都用电饭煲，早就没有了锅巴粥。但有些休闲农庄为了吸引城里人，特意保留了大锅灶，用老办法煮饭，煮些锅巴粥，不知道还有没有这种锅巴粥加面杂儿的吃法？

2020 年 8 月 9 日

砂罐煨鸡

　　我家曾经有一种砂罐，像个稍微变形的大号茶杯，有个尖嘴，有个耳子，黑灰色，不上釉，质地粗糙，有些砂眼，密密匝匝，并不渗水，形态各异。煨饭菜，熬稀粥，煎中药，烧开水煮大叶子茶都用得上，用久了被烟火熏烤得黢麻黑，油迹腻呇，邋里邋遢，我一直对这砂罐没什么感觉。

　　记住这种黑砂罐是因为一场与我无关的爱情。读高中时，暑假里同学陈来邀我到乡下一位女同学家去玩，他正在追求那个女同学，他是要我去给他当"电灯泡"。女同学家离小镇有十几里路远，我们搭了辆拖煤的货车过去，下车后走过几丘田才到她家。女同学的妈妈非常好客，一定要留我们吃晚饭。那时乡下买点荤菜还极不方便，到了三伏天家里的腊肉腊鱼都已经吃完，她就捉了只老母鸡，麻利地宰杀洗净，剁成小块，放到一个黑砂罐里，也没见放什么作料，倒了些水，盖上一只碗，将黑砂罐大半截埋进灶膛的灰烬里，那灰烬乡下叫火屎，火力仍然旺盛。整个下午，我陪着他们在屋后山林子里转，更多时候我在一边看蚂蚁打架，或者望着天空发呆，直到太阳落山我们才回去，还没有进屋就闻到了鸡肉香。晚饭就是一砂罐鸡汤配几个小菜，极其简单，却鲜美、香嫩，没想到黑砂罐居然能煨出味道这么好的鸡汤。三伏天喝一碗滚烫的鸡汤，汗流浃背，酣畅淋漓，炎热带来的疲惫顿时烟消云散。

　　如今有了现代化的电紫砂煲之类器具，煨鸡煲汤，差强人意，总不及黑砂罐煨出的那种旧时滋味。市面上也还有黑砂罐卖，但有了黑砂罐也不一定煨得出好味道。没有老土灶，没有火屎灰，藕煤炉子勉强可以用来做砂罐煨鸡，受热显然没有火屎灰谷壳火四周围着那么均匀，味道还是欠了一点。

　　有的人将鸡肉炒炸之后再用砂罐来煨，鸡汤油香浓郁，鸡肉味道醇厚。将母鸡宰杀收拾干净，鸡肉剁成小块，鸡血鸡杂留用，鸡油切块，炒锅烧热放菜籽油炸香，放入鸡油块，炸到焦香，捞出鸡油渣弃掉，倒入鸡肉，加生姜片、豌豆酱、酱油、白醋、料酒、干辣椒皮、花椒、桂皮、八角翻炒，水气炒干，开始粑锅时，放入适量的水，放少许盐，装入黑砂罐，倒入鸡血鸡杂，煨制一段时间后，加入蒜粒、青椒段继续煨制，撒胡椒、葱花，即可开吃。有的还泡发一些干蘑菇、黑木耳，或者几粒干红枣，加到砂罐里煨，鸡肉鸡汤味道更为甜美，肥而不腻。这种做法其实与家常口味如出一辙，最后装进砂罐，形式大于内容，未必触及砂罐煨鸡的灵魂。

　　砂罐煨鸡的灵魂在于自由散漫，无为而治，简约朴素，返璞归真。慢火煨炖，最大限度保留土鸡的原汁原味，根本就不需要过多的调料。只要有货真价实的散养土鸡，只要有农家传统的老土灶，当然有谷糠粗壳最好，将鸡肉直接把放到砂罐里，鸡肉，清水，一点姜，一点盐，将砂罐口随意盖上一只青花瓷碗，尖嘴处刚好漏了个出气孔，再把砂罐半埋进火屎灰烬里，周围再堆满谷糠粗壳，一切交给时间，就可以放心去干别的事情，你可以不管不顾，放任自流。"月上柳梢头，人约黄昏后"，等到傍晚时刻，人间至味，水到渠成，屋里已经满是鸡肉香气。把黑砂罐从灰烬里端出来，揭开盖砂罐的青花瓷碗，香气扑鼻，汤色黄亮，清澈见底，油花荡漾，撒上一些葱花就足矣。喝一口鸡汤，味道特别鲜，吃一口鸡肉，软烂嫩滑。此时此刻，月光明媚，寒意袭人，情不自禁，就只想喝一杯，没有酒伴，一个人喝也无不可，有的时候，难得一独。独食、独饮、独醉，一样的人生乐趣，一样的雨露滋润，美味佳肴，生活情趣，全在心态。

2021 年 1 月 3 日

桂花汤圆

过年要吃汤圆，如同一种仪式，深深地刻在人们的心底。湘西北将汤圆喊作"汤丫儿"，前些年津市街上有位大姐走街串巷，到处听得到她的吆喝声："汤丫儿浆，碗甜酒——"仿佛香味随着声音穿透而来，一点也不输现在的电喇叭。

小时候母亲做的是桂花汤丫儿。那时糯米稻稀罕，但父亲总有办法弄到几斤糯米，母亲将糯米暴晒几个大太阳天，然后装到陶缸里储存起来，直到腊月里这糯米才重见天日。母亲在过年时做桂花汤丫儿，要提前磨好晒干糯米粉。桂花汤丫儿香糯可口，吃起来柔顺滑溜，可惜我们也只能在元宵节那天可以饱餐一顿，其他时候，基本上只有眼睛直勾勾地看客人吃的份，忍不住悄悄地吞涎水。

桂花汤丫儿好吃，做的工序也是复杂、细致。过去做桂花汤丫儿，全程纯粹手工操作，泡糯米、磨浆、吊浆、晒粉、过筛、做馅、滚汤丫儿、煮汤丫儿，任何一道工序都不能马虎，母亲一般前前后后要忙上好几天。

磨汤丫儿浆是老工艺，糯米加上一定比例的黏米，具体根据自己喜好，喜欢软糯一些就多些糯米，不喜欢那么黏牙就少些糯米，多些黏米，不过糯米占比要适当，做出的汤丫儿才好吃。糯米黏米混合后淘洗干净，用清水浸泡，等到米粒含水已经有些饱满，就开始磨浆。那时都用石磨，一个人推磨，一个人喂磨，推磨拉磨，反反复复，乳白的米浆就源源不断从磨孔流出，人也累得满头大汗。磨好的浆倒入布袋吊浆，沥干水分，放到太阳下晾晒，枯干之后捏散成为糯米粉。

其实湿润的汤丫儿浆就可以直接做汤丫儿了，汤丫儿浆用手搓、捏、揉，就可以做成圆的扁的糖汤丫儿、肉汤丫儿，或煎或煮就行。但是做桂花汤丫儿要用"滚"的方法，之前要先做馅料，桂花汤丫儿馅原料大致有白砂糖、冰糖碎、干桂花或者桂花酱、化猪油、炒熟的白芝麻和花生碎、橘子皮制的红丝，等等。将这些原料混合，加化猪油搅拌均匀，再捏制成拇指头大小的丸子备用。

小时候看母亲滚汤丫儿，她先要用最细密的箩筛将糯米粉全部过一次筛，避免糯米粉子里有大颗粒，米粉子里混杂大颗粒影响汤丫儿的口感。"滚"汤丫儿要用过去那种圆圆深深的簸箕，细篾片编织的，一点也不担心撒漏。摊上一层糯米粉，另用一个大碗装上干净的冷水，用筷子夹着汤丫儿馅丸子沾水，再放到簸箕里，一次可以放十几二十来个，不能太多太挤。准备停当，双手端上簸箕，左倾一下，右倾一下，东摇西晃，馅料丸子滚来滚去就紧紧地裹上了一层糯米粉，再一个个夹到碗里沾水（有的是直接喷洒水，也可），然后放进来转，一层一层，反复多次，就像滚雪球一样。滚到圆溜溜的接近乒乓球大小即可，拿出来搁到一边的大簸箕里，又开始滚下一批，如此循环，直到桂花馅料用完。那碗水里沉淀了不少的糯米粉子，还含有一些桂花馅料，不要浪费，可以沥干水后，直接放到油锅里塌粑粑，加点红糖，就是货真价实的糖油粑粑，油光红亮，香甜黏牙。

煮汤丫儿就简单了，加一锅水，大火烧开，将汤丫儿倒下去，每锅煮的数量根据锅的大小来定，不能过于拥挤。大火煮开，压第一道冷水，继续大火煮开；压第二道水，继续大火煮开；压第三道水，继续大火煮开，白色的汤丫儿在水中翻滚，场面也是壮观有趣，此时关火。一般压三道水后，汤丫儿一个个浮在水面上，就已熟透，用碗盛起来，舀一些煮汤丫儿的汤，就可以开吃。一般饭碗可以装三四个，作为正月间里的待客点心，已经足够。如果自己吃，肯定要用大碗，母亲经常念叨，二哥最喜欢吃桂花汤丫儿，那时一餐可以吃二十来个，现在想来简直不可思议。

都说吃汤丫儿不能心急，热乎乎的汤丫儿十分烫嘴，可是放冷了吃总是感觉缺少一些什么。所以汤丫儿还是要趁热吃，男欢女爱，猴急猴急才出味道，如果男女都出奇地冷静，那画面太寡淡，不堪忍睹，空等闲白了少年头。用调羹舀着滚烫的汤丫儿，先吹口气，又吹口气，第三下再也憋不住，直接咬开汤丫儿，里面的馅料已经融化，桂花香气扑面而来，汤丫儿细腻柔和，馅料浓香甘甜，忍不住一口吞下去，烫得嘴巴连连呵呵，那热度已经一直滑到了肠子肚儿深处，刹那间，连话都不会说了，两眼发呆，黯然销魂，忘乎所以，那桂花香气还滞留在嘴角，就迫不及待又舀起一个汤丫儿，送进嘴里。

2021 年 2 月 15 日

牵肠挂肚

在湘西北老家，猪肠、猪肚统统被称为"下水"，价格比之猪肉要便宜得多。小时候父母隔一段时间就提一副下水回来，一副下水就是一头猪的肚子、大肠、小肠，满满一大竹篮。提回来后需要清洁处理，叫"整下水"，用菜油渣、面粉一类东西搓揉、冲洗，直到干净，没有气味，"整"干净的"下水"先下锅焯水，叫"紧水"，煮几分钟起锅，稍微冷却改刀后就可以做菜。

母亲用"下水"做菜，永远是小肠、大肠、肚子一起炖，一大钢精锅，我们可以饱餐几顿。猪下水油脂含量高，那几天我们会满脸吃得油光水亮，货真价实打一场牙祭。做法很简单，将"紧水"后的猪小肠切花刀、猪大肠切寸长小段、猪肚子切条，大火烧锅，可以放一点打底菜籽油，也可以不放打底油，倒进炒锅，快速翻炒，加一点水，继续炒至水气收干，油脂开始炸出，香味开始溢出，放生姜片、八角、桂皮、干红椒、花椒粒、盐、酱油，继续炒到有些粑锅，加足量的水，炖开后盛到大钢精锅里，放到藕煤炉子上继续炖，快炖烂时放入大蒜粒，吃时先撒一把葱花，香味更加浓郁。猪小肠大肠肚子"三合一"，珠联璧合，相得益彰，原汁原味，吃起来极其酣畅淋漓。可惜自从母亲年纪大了不再动手做这些菜，这种口味就已经再也没有吃到，内心真还有些牵肠挂肚。

现在餐馆里也有猪"下水"吃，大多是分类料理，干锅肥肠、卤大肠、腊猪肚较为多见，处理干净、味道中规中矩的，也可以解解馋。

干锅肥肠一般用猪小肠，"紧水"的猪小肠冷却后切斜花刀，两厘米左右长短。炒锅烧热，放点打底油，将生姜、桂皮、八角、花椒粒、干辣椒段放入稍炸一下，倒入切好的猪肠，迅速翻炒，出油，略炸，香味四溢，放一些酱油或者好的豌豆酱，继续炒炸片刻，直到有些煳锅，再加点水，炒匀后盛到钵子里，放蒜粒、青红椒块，炖开后改小火煨起，香喷喷的干锅肥肠就大功告成。

卤大肠的确可以称得上是十分惊艳的大菜。鲁菜有一道九转大肠，一般是宴席的压轴，但是看到那一层油腻的挂汁，我是胃口全无。南方人还得吃南方菜，湖南人还得吃湘菜，咱津市澧县人还得吃津市澧县的土菜。卤大肠也要先下锅"紧水"，再进卤汁锅里卤制，煮几分钟，入味，酥烂适度，起锅，搁置冷却后切寸长小段。其实这时就可以吃了，有人用些蒜泥姜汁酱油之类做成蘸料，将卤大肠蘸料后吃，我习惯"裸吃"，不用蘸料，直接吃，感觉异常纯粹，更加刹瘾。当然，这与那些老饕痴心热捧的猪大肠刺身还是差了几个时空距离。

更多的人还是习惯将卤大肠炖着吃，将切小段的猪大肠放入钵子里，也不用加别的什么作料，一点姜末、蒜粒、葱花足矣，不用大火，小火煨着即可，煨到最后油汁呲呲，芳香四溢，整个屋子都是温馨而暧昧的味道。卤大肠适合放肆张扬地大吃大喝，不由想起魏佳艺演唱的《忘川的河》："从此爱也婆娑恨也婆娑，多少前尘往事再无瓜葛，我只身跳进忘川的河，忍痛断了三生的执着，但愿千年孤独千年寂寞，能换一次和你相濡以沫。"此生吃到如此美艳的卤猪大肠，也是三生有幸，什么风花雪月，什么寂寞孤独，去他们的吧，我要和猪大肠"相濡以沫"。喝一口辛辣的酒，咬一段绵软的肠，嚼得满嘴流油，浑身溢香，浑身骚动，情不自禁，边吃边喝，手舞足蹈，其乐融融，十分恣意。

相对而言，腊猪肚就是一个温柔敦厚的存在，像那些默默无闻磨子压不出一个屁来的老男人，旮旯就是他们的归宿，平日总是女人奚落的话题，可偏偏也不见谁丢了甩了，可能个中好处谁体验谁知道。往年在老家母亲腊月里总要腌几个猪肚，用一些海盐、花椒、干辣椒、桂皮、八角搓揉猪肚腌制，几天后放到太阳下凉晒干水气，再放到灶屋里冷烟熏制。吃的时候，将腊猪肚洗干净灰尘，煮到半熟，冷却后切成细条。大火烧锅，放菜籽油，倒入腊猪肚条、干辣椒、大蒜粒、青蒜、鲜鲜辣椒丝，迅速翻炒，即成。腊猪肚有表皮、有脂肪、有肌肉，层次分明，咸香袭人，口感醇厚，软脆交错，耐人咀嚼寻味，最适合安静地细嚼慢咽，真是让人无以言表。无论送酒还是下饭，都可以吃到目瞪口呆，忘乎所以。

2021 年 6 月 1 日

汤色妖艳

汤的口感细腻入微，喝汤是人体天然的爱好，也是人体天然的刚需。湘西北流行的钵子菜，从来不缺少各种各样各色各味的汤汤水水，清汤、浓汤、白汤、红汤，可谓花样繁多。往年的流水席上，常常有一钵人们喜闻乐见的三鲜汤，惹人不时想起。记得小时候用三鲜汤泡饭，有菜有汤，一大海碗，吃得津津有味、干干净净。经济欠发达年代，食材花色品种单调稀缺，或许是为了"菜不够，汤来凑"。三鲜汤是一道暴露年龄的菜，曾经带给人们孩提时代的欢乐，给人们留下了美好的味蕾记忆。

追根溯源，"三鲜汤"属于江浙菜系。所谓"三鲜"指水发海参、水发鱿鱼、笋尖。但是任何美食并非一成不变，在湘西北地区，过去由于经济条件局限，地理环境因素，"三鲜"并没有固定统一的食材，做法也因人而异。我记忆中的三鲜汤食材选择比较宽泛，就是鲜精肉、鲜猪肝、黄花菜、木耳、笋子、干香菇、鲜香菇、青菜、丝瓜、鸡蛋、豆腐、粉丝一类食材，加上姜末、蒜末、葱花，盐、酱油、猪油、香麻油这些基本调料，根据实际，随意组合，就可以鲜掉眉毛。过去也有用一些干海鲜来做汤，干墨鱼、海米、干贝、海带、紫菜，等等。用鸡、鸭、鱼、蛇、猪肚、心肺、排骨之类食材炖汤的，则是另外一种口味。这些食材无论怎么做，都是一个"鲜"字。

所以三鲜汤的基本做法并不神秘，技术难度系数一般，比较大众化，适合一般家庭操作，而且三鲜汤口味老少咸宜，营养十分丰富。做一钵口味纯正的三鲜汤，我觉得把握好几个细节足矣：一是用姜蒜末烧水做汤；二是要用猪肝，增鲜、增醇厚；三是用肥猪肉炸油，增香；四是要用葱花，增香、增色，添加颜值。有的人做三鲜汤，也先炸油，将食材炒一下，这样做出的汤比较醇厚。

那时候母亲也喜欢做三鲜汤，汤里主料一般放有新鲜精肉和猪肝，配菜是有什么配什么，因地因时制宜，水发的黄花菜、木耳，菜园子里摘来扯来的菠菜、白菜、生菜、萝卜菜之类青菜。汤锅放水，放姜末、蒜末，大火烧开，放入水发黄花菜、木耳之类，煮开片刻后，再依次将瘦肉片、猪肝片放入，再次烧开，略煮几分钟，加入青菜，烧开即关火，加盐、酱油、味精、胡椒粉调味。

差不多同时，用一点肥肉切小块，下炒锅炸油，必须炸到油渣金黄有些焦煳意思，此时猪油才香。闻到浓郁的脂香，就将炸好的猪油盛到汤锅里，水花油花飞溅，注意不要被烫到，随即撒上葱花就可，喜欢香麻油的还可以滴几滴香麻油。炒锅里剩下的猪油渣可以留着炒白菜或者萝卜丝，味道极好，正合了素菜要用猪油炒的道理。

三鲜汤就这么简单，怎么做不是问题，关键是如何喝。广东人喜欢餐前喝汤，规规矩矩，讲究程序，有一种仪式感；湖南人习惯餐后喝汤，差不多已经酒足饭饱，再来一碗汤，更多的是一种满足感。斯文人用调羹一口一口地喝，不那么讲究的人直接用碗喝。如果不是极其特殊的场景，"装与不装"，无所谓妥与不妥，适合自己的方式就是妥当的方式，怎么舒服怎么喝，把汤喝进嘴里胃里才是硬道理。

滚烫的三鲜汤端上桌，魂牵梦萦的汤就在面前，你能够感受到炙热的气息，闻得到阵阵袭来的香味，青翠之间，雾气缭绕，如同仙境。猪肝差不多是三鲜汤的灵魂，放了几片猪肝的三鲜汤，汤色有丝丝缕缕的浑浊，层层叠叠，飘飘忽忽，油花荡漾，闪耀妩媚的光彩，味道鲜美，汤色妖艳，恍然如梦，勾起饮食男女无限的欲望。三鲜汤要趁热喝，不要怕烫嘴，吹一吹就可以喝，趁热喝一碗，似乎要窒息，流一身汗，浑身通透，神清气爽，眉飞色舞，如痴如醉，好像经历了一场今生今世难以忘怀的缠绵恋爱。

2021 年 6 月 6 日

汽水肉

初冬的一天晚上，在长沙打拼的津市籍青年才俊正浩先生，在微博上晒他亲自蒸的汽水肉，看样子真心不错，味道肯定鲜美。美中不足的是蒸得有些干，没有什么汤水，这与津市的汽水肉相差较远，津市汽水肉给人的印象总是肉馅饱满细嫩，汤汁丰富鲜美，清香淡雅，让人嘴馋。

津市早餐闻名遐迩的牛肉炖粉基本上属于重口味，一定令人荡气回肠。而这之前，讲究的津市人加了一道前戏，一小碗热气腾腾的汽水肉，用猪瘦肉做成，彻头彻尾的清淡口味，与火爆鲜辣麻的牛肉炖粉背道而驰，牛肉炖粉从一碗汽水肉开始，让人大跌眼镜。汽水肉好像是老饕们不折不扣的红颜知己，一丝丝的小情趣，一点点小偷欢，清清淡淡，有些神秘，有些惊艳，恰如其分地补充，恰逢其时地闪现，缺一不可，少了魂不守舍，了无滋味，多了喧宾夺主，天下动乱。因此去吃炖粉的大都要点汽水肉，每人一碗，雷打不动，好像约定成俗成了吃炖粉的规定程序。

其实汽水肉不折不扣是家庭味道，工艺并不复杂，在家庭里自己就可以做，这也是津市满大街的大嗲小嗲们对付吃饭挑食的孙儿们的秘密武器，百战百胜，屡试不爽，很多人都有幼小年代吃汽水肉的温馨记忆。选猪瘦肉加上极少的肥肉冲洗干净，有的用五花肉其实有些奢侈，加肥肉是确保汽水肉润滑不柴，有瘦有肥就可以，不必苛求。将猪肉上砧板稍微切小块后用刀剁，自己手工剁的比绞肉机打的口感要好。剁成碎末后淋生姜水或生姜汁，撒少许盐，盐度要把控好，宁愿淡点也不能咸，咸了就废了。继续反复剁成肉蓉后，再用一点酱油、一点芡粉，家庭制作少有放蛋清的，搅拌均匀，如果相信肉质足够好也可不用过度调味。

将剁好的肉蓉做成一个小饼状，放到陶瓷碗里，薄薄的，分量适中，将肉蓉用双指挤个小窝，浅浅的即好，之后加一些清水。讲究的店子是加事先熬好的猪骨头清汤，刚好淹没肉蓉，有的在肉蓉上打一个鸡蛋，蛋清的渗透使肉质更为细嫩，圆圆的蛋黄增添了汽水肉的颜值，有的加些海米粉，都是各具风味。

最后上蒸锅，用大火蒸。蒸锅一定要清洗干净，蒸馏汽水是要撒落到汽水肉碗里的，因此放蒸锅里的底水一定要干净，产生的蒸馏汽水才清澈透亮，汽水肉口感才纯粹。汽水肉蒸好后关火，不揭盖子，保住汽水肉的温度，吃的时候才用三脚夹子将小钵碗夹出锅，撒上胡椒粉、葱花，不需再放酱油，保持清纯浅浅的肉色，味精鸡精随个人喜好，滴几滴小磨香麻油，即可上桌。

吃汽水肉得慢慢来，不能性急。刚出锅的汽水肉热气腾腾，香味缭绕，肉嫩汤鲜，汤汁和肉都很烫嘴，连蒸肉的小钵子碗也是滚烫的，常常有人中招，烫得搓手嘬舌，不过还是不言后悔。拿起调羹，先轻轻搅划几下，将葱花胡椒粉香麻油荡开，舀一点汤，吹吹，吸吸，嘴巴一张一弛，喝一口汤，吃一口肉，温热滑爽，满嘴惬意，浑身通透。如果遇到有宿醉的，绝对又是满血复活。

先喝汤还是先吃肉这是食客自己的事情，随心所欲，没有定式。一般来说，建议先喝汤吃肉后再开始吃炖粉，先清淡，再重口，一步一步，酸甜苦辣麻，像是看一部古典的折子戏，一折一折，一幕一幕，层层铺垫之后，才子佳人，英雄救美，故事逐渐展开，惊险依次而来，渐入佳境，浓墨重彩，最终沉溺其中。虽然曲终人散，仍然喟叹不已，依依不舍，抹着泪水替戏中人担忧。很多事情就是如此，你一旦进入，即已无法后退。

2021 年 12 月 5 日

亲爱的米豆腐

　　小时候没有什么零食，菜品缺乏，味道单调，母亲就想办法变形式、换口味。米豆腐是一种与我们最亲近的食物，解馋又饱腹，深深铭刻在我的童年记忆里。做米豆腐要用到生石灰，也有的用草木灰、稻草灰之类，就是借一点碱性。现在都是从菜市场直接买米豆腐成品，但有些农户还是习惯用生石灰来做米豆腐，米黄、淡绿、灰白，各色各样，老旧的口感，回甘的味道，保留了乡下的一丝清欢。

　　电影《芙蓉镇》里刘晓庆的惊艳表演让天下人知道了湘西王村和米豆腐，至今"刘晓庆米豆腐店"还是网红打卡之地，热闹非凡。米豆腐吃法丰富，每个地区每个人都有自己的拿手好戏。最简单的是凉拌，很多地方吃凉拌米豆腐，沁人心脾的凉爽让人乐此不疲，不过湘西北地区好像比较少见。在钵子菜流行的地方，人们还是喜欢食物炖得泡泡滚，吃起来热乎乎、烫嘴巴，入味充分，尤其刹瘾。

　　餐桌上最常见的要数煎米豆腐。那时候母亲将米豆腐切成薄片，锅里放油，将米豆腐片煎至两面焦黄，再用新鲜辣椒末、姜蒜末一起烩锅，煎米豆腐外焦里嫩，细腻如脂，清香四溢。一大碗米豆腐，很快就被我们几兄弟一扫而光，连一点渣渣末末都不剩，那层焦黄的锅巴壳特别香，咬起来酥脆，细碎咔咔的声音，仿佛还在耳畔回响。

　　后来餐馆里演变出铁板米豆腐，将米豆腐切小方块，如同麻将色子大小，太大不容易入味，下开水锅里烫一下捞起沥干，装到大碗里，放酱油、姜蒜末、胡椒粉、豆瓣酱、新鲜青红辣椒末，用筷子轻轻搅拌均匀备用。将特制的平板铸铁容器烧到炙热放到木板上，容器内放打底油，倒入调好味的米豆腐，平摊均匀，盖上盖子利用铁板热量来焖，很快米豆腐就炙热熟透。端上桌后揭开盖子，撒上一些葱花，热气腾腾，香味飘飘，这与煎米豆腐算是殊途同归。但多数厨师做铁板米豆腐要用肉末，直接将肉末下铁板担心不能熟透，就将肉末加米豆腐预先炒好之后再倒入烧热的铁板里，铁板变成一个噱头，只起一个保温作用，那种油炸裂的趣味显然大大减少，口感比之原汁原味的居然也差了一大截。

其实用肉末配米豆腐直接焖、煨就好，炒锅烧热放打底油，放姜蒜末、豆瓣酱炒香，肉末下锅翻炒变色，倒入切成小方块的米豆腐，加盐、酱油、青椒末炒均匀，加少量的水，大火焖煮收汁，盛到陶煲、钵子里，改用小火煨起，让米豆腐入味，上桌前撒些胡椒粉、葱花。肉末米豆腐饱含浓郁汤汁，软和而醇香，吃起来停不住嘴巴。

煮米豆腐可以是菜可以是小吃可以是主食。米豆腐切小方块，津市本地炮制的一种称为"苏萝卜"的酱萝卜切细粒，或者用一些凤尾盐菜切细剁碎也可以。汤锅里放大半锅水，大火烧开，倒入米豆腐块，煮开之后，再加苏萝卜粒或盐菜，再次烧开，根据咸淡加盐、酱油、化猪油，加胡椒粉、葱花，盛到碗里就可以吃了，喜欢麻油的可以滴几滴麻油，喜欢吃辣的可以放一勺剁辣椒，有的用熬制的猪骨头清汤单独开汤，盛入煮好的米豆腐，味道更浓厚。米豆腐滑润，苏萝卜粒软脆，汤汁清新咸香，让人味蕾大开。津市还有一种小吃，叫"百粒丸"，本质也是米豆腐，不过是在制作之初将米糊挤成蝌蚪形状，万变不离其宗，吃法与煮米豆腐如出一辙，深受人们的欢迎。凛冬岁月，雪花飘飘，围坐在火炉边，吃一碗百粒丸，喝一碗热汤，嘴巴和肠胃都得到安慰，一整天都精神饱满，一点也感觉不到寒冷。

亲爱的米豆腐，今晚的夜饭，我要吃你，我要放飞自我，我要飞得更高，哈哈哈，新年嘴巴一定要更快乐！

2022 年 1 月 1 日

茈米小炒肉

茈米，古代叫凫茈、凫茨，《尔雅》称之为"苀"，也就是荸荠、马蹄，茈米是湘西北一带的俗称，也有写为茨米的。有的人认为本地方言土里土气，还故弄风雅刻意将"茈米"读作"荠米"。却不知道湘西北方言里本来就传承保留了许多古音古意，十足的古香古色，湘西北并不说"荸荠"，自古以来，茈米就是茈米，这倒真是让人大跌眼镜。

茈米在浅水田里栽种，污泥之中，茁壮成长，茈米就是其地下球茎，有一层薄薄的表皮，大多为栗色或黑色，里面果肉厚实，雪白清脆，汁水甜蜜，有助消化打积食的功效，有"地下雪梨"的美誉。科学研究表明茈米含的磷比较高，能促进人体生长发育，维持生理功能的需要，对牙齿骨骼的发育大有裨益，特别是可促进体内的糖、脂肪、蛋白质的代谢，调节酸碱平衡，口感细腻，非常适合儿童食用。

古人们早就知道茈米可以食用、药用，生食熟食皆可，南宋刘一止《非有类稿》中有诗写道：南山有蹲鸱，春田多凫茨；何必泌之水，可以疗我饥。

我记得小时候在过年时，父亲总是要买回来一大箩筐茈米，还带着湿润的黑泥巴。那时水果种类极少，茈米就是过年期间的主打水果，特别是酒足饭饱之后吃一些茈米，解渴消食，清热祛火，滋润咽喉，最为舒服。有人忌讳茈米外壳隐藏的寄生虫，就将茈米煮熟后剥开皮吃，又是一种体验，肉质灰白，晶莹剔透，脆中带糯，浆汁丰富，是风味独特非常解馋的零食。

周恩来总理十分推崇淮扬菜狮子头，过去是国宴的招牌菜。做正宗的狮子头一般就离不开茈米，茈米切丁和肉料混合，相得益彰。茈米吸油，又脆又甜，使狮子头的口感变得复合多元，韵味无穷。在湘西北，茈米作为菜品端上餐桌最常见的大概是茈米小炒肉，这曾经是我母亲的一道拿手菜，早些年过年期间我家里有客人吃饭时，一定会有这道茈米小炒肉，腊肉腊鱼之中更显得特别新鲜清淡，客人们都说好吃。

　　茈米小炒肉一定要用鲜活饱满的茈米，已经蔫软的茈米弃之不要，先用水刷洗茈米外表残存的泥巴，用小刀削去外壳表皮，留下雪白的果肉，这是我小时候最喜欢做的家务事，用小刀转着削皮，一边削，一边吃，老是要等到母亲从厨房出来催才能削满一碗。削皮后的茈米用清水冲洗干净，切成薄片，茈米果肉很脆，当然不能太薄，否则一炒会成粉末。新鲜猪肉也切成薄片，肥瘦各半，肥肉可以增加油脂香气，也可以只用瘦肉，瘦肉最好用点芡粉抓拌一下，炒出来的肉质更为鲜嫩，用少量青红椒、生姜切细丝，切一点葱花。

　　茈米小炒肉一定要用猛火爆炒，烧锅放油打底滑锅，将肥肉下锅，翻炒略炸片刻，不要炸得太焦煳，一有焦香溢出，马上倒入瘦肉、姜丝翻炒。为了保持茈米清纯洁白的形象，最好不要放任何种类的酱油，炒到瘦肉逐渐变色熟透，将茈米、青红椒丝一起下锅，大火快速翻炒，放细盐炒均匀，撒上葱花，随即起锅装盘。这是茈米小炒肉的基本版本，就这么简单。质朴、随意，不需要复杂的厨艺，注意下锅炒的时间不要太长，有的还加些黑木耳、西芹一起炒，方法一致。这道菜荤素搭配，绿色健康，吃起来香而不腻，脆爽可口，甘甜多汁。在过年期间，客来客往，聚会连连，大鱼大肉吃得过多，肠胃负担加重，此时，过年的烟花散尽，来一盘清新亮丽的茈米小炒肉，又养眼又开胃，像一首精短的山水诗，波光潋滟，田园风情，清鲜袅袅，仿佛来到乡村，重温旧时的光阴，惹人遐思，回味隽永。

2022 年 2 月 20 日

辣椒炒肉

前些年出差在外，到了饭点总是为去哪里吃左右犯难，同事提醒有家"辣椒炒肉"连锁餐馆，生意火爆，适合吃饭，就去过几次。辣椒炒肉是必点的主打菜，味道中规中矩。辣椒炒肉和小炒肉区别不大，湖南人无辣不欢，味觉记忆深深刻进骨子里，突出"辣椒"炒肉，最抚凡人心，商机无限。用"辣椒炒肉"做招牌开连锁店，大概也是赚得盆满钵满。

辣椒炒肉营养丰富，老少咸宜，是极其普通却又骄傲的家常菜。辣椒炒肉没有什么技术门槛，也不需要什么花哨厨艺，方便快捷，容易上手，任何家庭煮夫煮妇都能炒得像模像样。当然比较要命的是味道略有差异，肉嫩肉老，天壤之别。

可能每位大厨都有自己得意的辣椒炒肉大法，殊途同归，关键在于把握两个环节：一要干煸好辣椒，才有那种亲切而迷人的焦煳香气，也就是人们所说的锅气；二要注意用足油，既不能油腻，又要保持油润，炒肉光泽闪亮，锁住肉质水分，吃起来口感才不柴不干。

最好选用带皮的新鲜猪肉，不一定非得是五花肉，只要有肥肉有瘦肉就行。将新鲜猪肉稍微冲洗，肥瘦分开切成薄片，肥肉要带点瘦肉，切好放在一边，瘦肉切好装到碗里，用酱油、胡椒粉、香油腌制一下，有的还用些蚝油、芡粉，都是为了保持肉质口感鲜嫩，更好入味增香。如果用的是五花肉或者乡下土猪肉，切片后可以直接下锅炒，不用腌制，味道也是鲜美。

辣椒一般只用新鲜青辣椒，只有新鲜红辣椒或者青红辣椒混合着用也行。最好用那种表皮比较薄肉芯不那么厚、带有辣气的辣椒，辣椒不辣炒不出味道，辣椒太辣一般人又下不了口。辣椒炒肉讲究简洁、原汁原味，差不多一半猪肉，一半辣椒，不用添加其他食材，那样只会扯味，冲淡肉香。新鲜辣椒切片、块、丝随意，生姜切片，大蒜子拍碎或切片均可。

　　至于先炒辣椒还是先炒肉倒是没有刻意的定式。大火烧锅到冒烟时，不要放油，直接将辣椒倒入干煸，直到辣椒外皮带些焦糊，又不能煸得脱皮成壳，要煸到那种最佳状态，依靠的是火候与耐心，这时候全凭经验来掌控。所谓经验来自平时的积累，平时炒得多，体会也就多。待到辣椒变软出汁，辣气呛鼻，放一些盐炒匀，盛到碗里备用。

　　炒锅刷洗干净后大火烧热，放素油打底，倒入肥肉翻炒，炸到出油，肥肉略带金黄色，冒出浓郁的油脂焦香，倒入瘦肉，"呲"的一声炸响之后，迅速翻炒到猪肉变色，可再放一点酱油，使肉的颜色稍微深一点、更好看一些，放姜片、蒜瓣片和干煸好的辣椒，放少许盐，一起翻炒均匀。视情况可适当放一点点水来炒，使炒肉入味更为均衡，同时保持有适量的汤汁，那汤汁带有淡淡的酱香，油花荡漾，看起来就有食欲，收汁起锅时根据个人喜好可以放一点味精、鸡精之类提味。有人在炒肉时还放一把浏阳豆豉，风味更为咸鲜。但是要把握好放豆豉的时机，放迟了不入味，达不到预期效果，放早了那些黝黑的豆豉被炒得七零八落，星星点点，反倒有些影响辣椒炒肉的颜值。

　　辣椒炒肉是彻头彻尾的至简主义，忌讳堆砌作料，讲究味道纯粹，猪肉的鲜香、辣椒的焦糊清香、酱油的咸香一起碰撞激发，冲击味蕾，十分诱人。这是朴素纯正的乡里味道，不禁想起漫步在乡间小路上的农家姑娘，那种素颜，那股清香，像一幅淡雅的风景画，像一首清新的田园诗，像一曲动人的乡村歌谣，让人心潮澎湃。辣椒炒肉没有远大的理想，不过就想成为大米饭的人生伴侣，过一些简单的日子。有了辣椒炒肉，可以没有推杯换盏，不能没有大碗盛饭，用带油的汤汁浇拌热气腾腾的米饭，渗透彻底，天造地设，绝妙之至，酣畅淋漓。吃完米饭，心满意足，不妨约几位老朋友去澧水河边散步，看夕阳无限好，看月亮弯弯，聊聊高温天气，聊聊久等不来的雨水，或者谈谈人生的各种鸡鸭鹅。待到夜色撩人，灯火阑珊，慢慢踏上回家的路，一切归于沉寂。希望今晚有个好梦，无论高山流水，无论花好月圆。

2022 年 8 月 28 日

第三辑

最美食忆

舌尖上的回忆

当下中国舌尖大热，我等中老之辈的舌尖已经趋于麻木，味蕾功能严重下滑，对于美食之类更多的是记忆。许多过去十分粗糙朴素的食物，现在却华丽转身成为人们趋之若鹜的美食。如同波澜起伏的人生旅途，三十年河东，四十年河西，常常上演逆袭的故事。

20世纪60年代末期，我们全家随父母下放到乡下，老屋辜家屏墙，母亲经常这样讲，读音如此，字怎么写，没有考证，也就是澧县闸口公社永和大队第4生产队，现在合并行政村之后不知道叫什么名字了。下放时期我是在3至10岁以内，有些零星记忆，还存有印象。刚下放时我们全家应该是寄住在本家亲戚家里，后来才在山坡下一块辣椒地里平整了屋场修了房子，土砖瓦屋，当时的农家住宅式样，正屋是堂屋、房间、倒儿（堂屋后面的隔断小房间），偏屋是灶屋、茅私（厕所）、猪栏屋。新屋修起不久，隔壁一户人家发生火灾，队里的人尽力抢救，还是烧了个稀烂。水火无情，那时就留下了深刻记忆。

新屋修起就要过年。那时候过年，简单得很，父亲买个猪脑壳回来就是非常不错的东西了，笋子、黄花菜、木耳、豆豉、海带之类干菜，都是些稀罕物，但多少也买了点，以备正月间里待客之用。最多的还是些萝卜白菜，肉骨头汤炖萝卜块，就是那时的美味。过年时煮猪脑壳猪杂骨之后剩下的油汤，就用来煮萝卜，萝卜熟了，就连汤一起盛入一口大缸钵里，冬天里温度低，肉汤很快就会冷却凝结成冻，储存一段时间是没有问题的。吃的时候，舀上一小钵，炖热后加上大蒜之类就可以吃了。肉汤煮的萝卜，往往是我们正月间里的主菜，要吃很长一段时间，吃到最后萝卜有点泛酸，我们依然吃得津津有味。如果能够从中找寻到一点点碎肉，那立马就要沾沾自喜、洋洋得意狂欢一番。

那时候，父母在单位工作，长期是我们五个孩子在家里，因为都还小，有时候晚上就托请本家一个姐姐来给我们做伴，打些招呼。有一次晚上，家里没有吃的油了，大米红薯一类主食也断了炊。哥哥们就在屋边自家的自留地菜园里摘了一筲箕波菜，就是瓢儿菜，不是菠菜（扯根菜），叶子一大片一大片的，估计得用"波"字或者是"剥"字，大约用"波"是指叶子之大、之浑圆厚实，或者用"剥"则可能是指取材的剥取方式。洗干净后，切成小段，煮了一大钢精锅，放几粒海盐，没有油，清水波菜，有些涩口。饥饿是最好的厨师，我们几个也还是有滋有味地吃了个精光，晚上我们兄弟几个照样都睡得出屁打鼾。

现在，波菜偶尔也是人们餐桌上的美味。波菜叶肉质较厚，一般不用刀切，而是手撕，口感更好。考虑到波菜自身苦涩味道重，主要做法是重口味的。一是红烧。红烧蔬菜，有些人或许闻所未闻。将波菜清炒之后，加干红辣椒、生姜、大蒜、桂皮、八角之类辛香料焖炖，加点酱油，味道醇厚，委实不错。二是波菜糊鲊辣椒。先将鲊辣椒加水调成浓汁备用，再将手撕波菜下锅清炒，接近熟透，将鲊辣椒浓汁倒入，拌匀，炖熟，加葱花之类起锅或直接用陶钵盛装上桌用文火煨着保温，喜辣之人直呼过瘾，饭量即刻大增。

我还吃过一种苔子尖。苔子是过去稻田里撒播的做猪饲料和绿肥用的，营养丰富，开的紫色花，和紫云英一样受人们的追捧。那时蔬菜品种不多，人们就从田里掐来苔子开花之前的嫩尖，作为下饭菜，也可以弥补一些主食的不足。我记得吃的是清炒的，那时的状况也只能清炒了。只是觉得很好吃，淡淡的草本香味，货真价实的纯朴。后来再也没有吃到过，至今也没有发现有哪家农家餐馆复古这道菜。大概是找不到原材料了吧，现在养猪都用饲料种田都用化肥了，还作古正经种苔子种紫云英的似乎已经不多。不过听说小城阳由垸还有紫云英，茫茫一大片，开花的时候吸引了一批一批的城里人去那里恋爱拍照，着实喧哗风光了几天。可惜我没有赶上花期，没有凑到这个热闹。其实，紫云英的嫩尖也是可以吃的，它的养分它的做法与苔子尖大同小异，但是记忆中我好像没有吃过。

另一种朴素而奇异的美食应该是豆酱坨。豆酱坨是湘西北乡下常见的一种菜品，或许叫酱豆渣，有地方也直接叫豆酱、叫酱粑。豆酱坨原料就是磨豆腐后剩下的豆渣，制作十分方便简单。就是把新鲜的豆渣大火下锅干炒，炒干水分，炒至熟透，炒出豆香，炒到色泽褐黄才能出锅，紧紧捏成一个个拳头大小的豆渣坨，置于阴凉通风地方，让其自然冷却、发酵，渗出酱香味道，豆渣坨就演变成豆酱坨了。喜欢腊味的还可以将豆酱坨置于灶屋，熏点烟火，酱香则可更加浓郁。保管妥当，四季皆可吃到这个菜。

吃豆酱坨大都是在菜品比较匮乏的冬季。取出豆酱坨，一个拳头大小的就可以炖一小钵了，先洗净表层灰尘之类，再用热水发散，直接入钵加水开炖，保持不稀不稠状态即可，十足炖热后就可以开始加调料。至于加什么调料完全凭个人喜好，但是为保持豆酱坨自然本色的酱香，一般不加过多作料，加点盐、油、干辣椒末、姜末、葱花，用小炉子小火煨着，那糊糊表面冒出一个接着一个的泡泡，如同火山温泉口，满屋热气腾腾，酱香葱香飘扬。偷吃一口，烫得舌尖直跳，却又舍不得吐掉，慌忙火急吞下，接着张嘴呵气，赶忙去盛一海碗饭，舀几调羹（那种瓷质的汤勺）豆酱坨糊糊，搅拌均匀，特好下饭，浑身温暖。讲究点可以加些切碎的青菜，奢侈点可以用肉汤来炖，都是增味的方式，不过如果想纯正口味还是少加别的东西。记得有年冬天，大雪过后，刚读小学一年级的我在上学路上，端着一碗豆酱坨糊糊，送给在大队代销店上班的母亲，结果路上遇到一只山羊骚扰，被拴山羊的绳索缠绕，惊恐之际泼洒了豆酱坨糊糊。那天的早饭，母亲应该就是吃的光饭，没有别的下饭菜。

湘西北各地也有一种叫"霉豆渣"的，制作方式是新鲜豆渣直接发酵霉变，长出寸长的白色绒毛，吃时做法也大抵相同，但是一个本味寡淡，一个满是酱香，口味差别已经不可相提并论。现在小城有的餐馆有这道菜，我很少吃，我还是怀恋那些褐黄褐黄土里土气香喷喷的豆酱坨。

2014 年 4 月 29 日

记忆中的油条三鲜汤

油条，在前些年是很风光的早餐食品，豆浆油条、甜酒冲蛋油条，都是绝配。可惜好景不长，人们有了更多选择之后，出于健康考虑，对油炸食品越来越狐疑，现在我就很难得吃一次油条。记忆之中最深刻的一次吃油条是在 33 年前。

1982 年，10 月份，秋高气爽，我到澧县城关镇参加全县中学生肄业班作文竞赛（就是高一高二学生参赛），带队的是聂兴洲老师，我是怎么被他们选中去参加作文竞赛的，我至今没有搞明白。

县城之外学校参赛的学生先天下午赶到县城，由组织者统一安排住宿，安排开餐。吃饭好像是在澧县一中附近的一家小餐馆，对餐馆我已经没有一点印象，但是牢牢记住了一个菜，也没有人给我介绍菜名，我称之为"油条三鲜汤"：金黄色的油条段，青绿的白菜叶，还有肉丝、猪肝片、豆腐块、蘑菇丝，汤面上飘着油花、葱花，满满一大钵。这汤看起来养眼，闻起来喷香，吃起来也鲜嫩爽口，特别是那油条，经过汤汁的浸润，油香浓郁，柔软温和，入口消融，不绵不腻。那时候我是个小镇上的普通中学生，没有见过什么世面，平时油条都吃得少，油条做菜更是头一次遇到，所以记忆比较深刻，至今历历在目，好像香味犹存。

作文竞赛在澧县一中的一个教室里举行，进教室前，我们参赛的人都在教室附近的一个球场等待。聂老师是科班出身，语文知识功底扎实，戴一副厚如瓶底的近视眼镜，络腮胡子，不大修边幅，说话铿锵有力，掷地有声，浑身男人味，可据说却偏偏是个怕老婆的狠角色。我们在校园也是经常看到他在走廊里生煤炉子，跑前跑后做家务，手忙脚乱，汗流浃背。此时，他满脸笑容，一股劲地叫我不要急不要慌，心情放松把作文写完就好，也不知他在哪弄的葵瓜子，给了我一大把，我就在球场一边踱步，一边嗑着葵瓜子，混过了临战前的那段时间。

进教室后，学生们到齐了，监考老师就在黑板上用白粉笔板书了竞赛题目——《清泉流向千万家》，要求写成记叙文。那时候我读书很杂，不管是旧版重印的书，还是新出的各类杂志刊物，我都有所涉猎。所以我的视野比较开阔，审题是没有问题的。看到题目我就悟出出题者的深意，脑海里就冒出当时唱遍大江南北的流行歌曲《泉水叮咚响》，我直接定位为记叙十一届三中全会以来农村新气象的小故事，表达对三中全会新政策给农民带来"幸福泉"的致敬之意。主题敲定，刷刷刷，"泉水叮咚泉水叮咚泉水叮咚响，跳下了山冈走过了草地来到我身旁……"，我以流行歌曲歌词作为引子，文思泉涌，马不停蹄，一气呵成，最后又以歌曲的结尾作为文章结尾："泉水叮咚泉水叮咚泉水叮咚响，泉水叮咚泉水叮咚流向远方，流向远方，流向远方。"很快交卷走出了教室。聂老师问我感觉怎么样，我风轻云淡，也不乏得意，将文章架构描绘了一番。聂老师呵呵一笑，走走走，吃饭去。中午吃饭，还是有那个油条三鲜汤，这可能是餐馆的招牌菜，不过，那天我吃起来越发觉得那个滋味真心不错。

第二天，临近午饭时，聂老师不知道从哪里站了出来，呵呵笑道："不错不错，你搞了个第一名！"我不知道我当时大吃了几惊，不过还是没有张牙舞爪"啊啊啊"。聂老师告诉我，这次竞赛的阅卷是封闭的，最高分是 87 分，拆开一看，是王家厂中学的辜建革，那时还是"革"，1986 年高考时改为"格"，所以，有人说我是真正的改"革"派。

我在全县作文竞赛上居然力压县一中、二中的选手，获得第一名后，在学校里无疑是炸了个惊天大雷。那时候王家厂中学已经风光不再，早已渐渐被边缘化。一下子意外获得这个成绩，也算是撑了一点面子。后来《澧县报》还专门发了消息，镇上不少人都知道了这件事，纷纷向我的父亲送恭喜，那几天父亲一直都是笑眯眯乐呵呵的。回到学校，我也得到了校方高规格的礼遇，当然只是荣誉性的，很快我也进入校团委担任宣传委员，我的作文也在学校广播里反复播放。不久，就有这个女生来向我借阅书籍书刊，那个女生来请教如何如何写作文……

很快我就收到了偏科的恶果，毕业时高考预考就没过关，没有高考资格，只好收拾书担，跑到澧县二中去补习。语文成绩特别是作文成绩比较好，也直接影响到政治历史地理的成绩稳定，后来在我的高考中还是起了定海神针般的作用，使我能够在补习时集中精力去恶补数学、英语。一年后，我的数学来了个大逆转，英语也算是没有拖什么后腿。预考数学题目较难，满分 120 我得了 90 几分，高考文科数学难度系数大大降低，满分 120 我得了 110 分，在一年前我是想都不敢想的。不过那年高考，政治倒是阴沟翻船，多选题搞得我晕头转向，只得了 50 几分。

后来我参加工作，混迹江湖，跟着别人也吃也喝，还是遇到过几种油条入菜，样式不奇不特，口味中规中矩，送酒下饭，都是佳品。这里记录几个经过改造的南方口味油条菜。

豆豉炒油条：油条切段、辣椒切块，连同豆豉加姜蒜末入锅翻炒片刻，如喜辣可追加干红辣椒，加点酱油、味精、葱花出锅。此菜色泽深厚，香辣可口，下饭极佳。

丝瓜炒油条：油条切段、丝瓜去皮切块、红椒青椒切丝，丝瓜下锅加蚝油爆炒片刻，下油条段、葱花姜丝蒜片翻炒出锅。此菜翠绿与金黄对比，色泽闪亮，味道清爽滑润。

虾仁莴笋炒油条：油条切小段或片，莴笋切小块焯水接近熟透，油锅炒虾仁，倒入莴笋，加少许盐翻炒，再入油条，加点生抽，翻炒出锅。此菜三色交错，三香扑鼻，意味深长。

至于油条三鲜汤，其实就是个混搭菜，"一锅煮"，大概和火锅煮麻花有点异曲同工之妙。我尝试的做法也是凭自己的喜好，按照现有的食材，七拼八凑的，大致如下：

将两根油条切成手指长短的段，适量猪肉瘦肉切丝肥肉切片、猪肝切片、白豆腐切小块，蘑菇、大白菜手撕成小片，姜切丝、蒜切片、葱切细末，其他作料备用。

将肥肉片先入炒锅炸出油，炸到肥肉颜色深黄，猪油冒香，分别盛出备用，用现炸猪油，主要目的就是增香。

炖锅（钵）加水放入姜丝，炖开；依次放入蘑菇、肉丝、猪肝、豆腐、油条、白菜、蒜片，再次炖开，稍煮片刻；加入盐、生抽、老抽、胡椒粉、炸好的猪油、味精、葱花，关火，一锅美妙美味的油条三鲜汤就可以端上桌了。有菜有汤，剩下的事情就简单了，斟酒，盛饭，大快朵颐。

2015 年 9 月 15 日

小菜半边粮

最近，世卫组织的专家们发表报告，将加工肉制品列为致癌物，红肉类也有致癌可能。一石激起千层浪，仿佛一夜之间，肉成了极其恐怖的东西，全世界全人类都为肉侧目，为肉纠结。这个报告对肉食者无疑是一声猛喝，对肉食品生产者则更是当头一棒，那些行业协会心急火燎跑出来连连发声就一点也不足为怪。其实，对于腌制品的质疑早已存在，只是人们留恋那种口味，不愿意深究罢了，何况那些历来如此吃喝的也不见得就短命到哪里去，就放了自己一把。现在挑明了话题，喜欢吃肉制品、吃红肉的大概会稍微注意一点，但是要无肉不欢的他们突然转向，岂不是要命？这吃不得，那吃不得，那我们吃什么呢？

20世纪60、70年代，我们国家的经济不景气，人们的口粮都是定量供应。我们一大家子，青春年少的5个男儿，正是吃长饭的时候，饭量可想而知。那时候不是逢年过节很少有机会吃上肉、吃上鱼、吃上蛋，吃的菜基本就是萝卜白菜，油水也普遍不足，致使饭量更大，因此大米长期不够吃。以前，为了大米可以细水长流，母亲就想办法，用瓜菜代替，就是那时流行的"小菜半边粮"。记忆中的主打替代品有灰萝卜饭、苔末饭、北瓜饭、菜叶饭、菜叶饼、面杂儿、米粉青菜糊、绿豆皮煮青菜，等等。现在已经正式升级为主粮的土豆，那时候我们这里好像倒是少见，是否吃过，印象不深。

灰萝卜饭：记得小时候随父母下放到闸口永和四队，四队在涝水河边，河滩边上有一大片沙地，种的就是灰萝卜，灰萝卜那时是普遍种植的作物，现在作为猪饲料都很难得一见。就是在那个期间，我曾经吃过灰萝卜，最典型的做法是灰萝卜焖饭，切成块块丝丝末末的灰萝卜和米饭一起焖，有些粉，有些渣，有些涩，反正充饥而已，味道怎么样也管不了那么多。不过灰萝卜饭只吃过一段时间，后来就再也没有吃过。现在如果吃，应该是难以下咽。

苔末饭：在湘西北，在一段时期，见得最多吃得最多的应该是红苕（红薯），红苕甘甜，可以直接吃，也可以熬糖，我们叫苕糖。在红苕收获季节，新鲜红苕洗净刮皮或者不刮皮，单独水煮，就是我们的主食，夹带和米饭一起煮蒸也可，放进灶火里烧烤，又是别样风味。红苕也用来做菜，鲜苕切丝爆炒，有油无油，只要放点盐，也可以作为下饭的菜。新鲜红苕总是吃不完的，就要挖地窖存储，就可以吃更长时间。我们家里还要晒些苕末，以备不时之需。红苕洗净，刮皮，剁成碎末，用水泡一泡，再沥干，晒干，就做成了苕末。苕末去除多余的淀粉，口感会更好一些，如今炒土豆丝时，切好的土豆丝也要用水泡一泡，道理大概一样。这时就有了副产品，那些泡了苕末的水，已经饱含了许多红苕淀粉，稍微沉淀，舀去浮在上面的水，放到太阳底下暴晒，不久出现白色，那就是苕粉。苕粉最简单的吃法就是煎粑粑，苕粉粑粑黏黏糊糊的，光吃或者下饭皆可，如果奢侈点，加鸡蛋煎，更是独特菜品。苕粉还可以加工成粉丝、粉片，如今这东西是重要的火锅下菜。红苕可以生吃，苕末也可生吃，据母亲讲那时候兄长们上学时口袋里经常装点苕末，苕末有些甜味，算是零食，也可解解饥饿。如果自己没有带饭，这也就是他们的午餐。到我读书时，家里条件稍微好转，我每天已经基本上有饭可带，苕末就纯粹成了零食。煮饭时，为弥补大米的不足，就差不多1∶1地添加苕末，就是苕末饭。就点咸辣的腌萝卜、缺油干炒的蔬菜，我们也要吃上几大碗。

北瓜饭：北瓜就是南瓜，我们这里为什么把南瓜喊作北瓜，我不知道。做北瓜饭要用老北瓜。老北瓜刮皮，漂洗干净，切成小块，翻炒煨煮至熟透，然后加入米饭，拌匀，加少许盐，少许油，不要其他作料，焖干水汽，就是香喷喷甜蜜蜜的北瓜饭了，北瓜饭软绵甘甜，那锅巴更是别样的焦香。

北瓜是个好东西，无论叶，无论花，无论仔北瓜，无论老北瓜。北瓜叶如今是时尚菜蔬，人们想吃蔬菜，又怕农药，只有这北瓜叶，让人吃得放心。当然摘取的是那些北瓜藤尖尖，卷曲的藤蔓，嫩嫩的叶子，切碎爆炒，可清炒，也可放点姜蒜辣椒，一盘青翠，对于现在油水丰厚的人们，既健康，又美味。带着露水的北瓜花，洗净沾点灰面（面粉），油煎或者油炸，金黄金黄的，看着就美味，令人流涎水。仔北瓜，切丝清炒或者炒牛肉丝，加点辣椒丝，加几粒花椒，美味。如果仔北瓜多了，一时吃不完，不要紧，切片，揉草木灰，晒干储存，日后食用，加辣椒炒或者加肉炒，都很美味。老北瓜就不用说了，怎么做都成，这时候不需要加什么作料都很美味。还有，老北瓜皮不要轻易丢了，洗净剁碎，加青红辣椒末姜末蒜末之类爆炒，一盘漂亮的下饭菜就有了，也是美味。

面杂儿：湘西北地区小麦种植面积不大，每年初夏，麦子收割季节，家家户户都多少磨点新灰面，偶尔做点面食，换换口味。最家常的就是面杂儿，有的地方喊作灰面坨坨，也差不多就是所谓的面疙瘩，做法稍有差别。面杂儿做法特别简单，灰面加点水，简单搅拌几下，形成不规律的小疙瘩。锅里水烧开，下疙瘩，加青菜，添作料，煮开煮熟即可，麦香扑鼻，汤汁浓郁，趁热吃下喝下，夏天流身汗，有解暑奇效，冬天这么吃，浑身温暖足以驱寒。这么简单的吃法，现在也创新了很多版本，也有时尚的名字：青蛙跳水。加的蔬菜是黄瓜片，口味可清淡可浓味，万变不离其宗，寻根归于一处。

还有菜叶饭、米粉青菜糊、绿豆皮煮青菜，烹调方法都大同小异，菜叶饼就是菜叶加灰面加作料搅拌均匀后煎的饼，这里就不再一一赘述。

小菜半边粮，让我们渡过了主粮不足的时期。这些替代品基本上是饭菜一体，不需要额外炒什么下饭菜，就可以填饱肚子，也多少满足了部分的营养需求，方便、省事、廉价，少了许多烦恼。都说巧妇难为无米之炊，那时候众多母亲充分利用大众货的瓜菜，克服了无米少米的艰难时期，变换着花样，变换着口味，让孩子们不饿肚子。虽然谈不上茁壮成长，却也还是健健康康长大成人，的确不易。

现在那些非常朴素的东西，都成了人们餐桌上的常客。"城里人一大怪，躲进包房吃小菜"。转了一大圈，转回了原点。只不过，那时是被动地充饥，现在是主动地解馋。被动应该闹些情绪，可是偏偏有滋有味；主动大概满是情趣，却还是有些寡淡乏味。人生世态，很多事情就是那么不可理喻。

2015 年 11 月 2 日

油炒饭

把年过完，小城归于寂静，便想出去走走。选个阳光灿烂的周末，到了街上，什么也不买，什么也不做，看看，看看，再看看；走走，走走，再走走。临近午时，肚子咕咕叫，就到"万利隆"之类的店子，找个临窗的位子，吃个炒饭，喝点汤，应应急。那饭就是油炒饭，加了点蛋花，加了点盐菜，口味适中。吃饭、喝汤，看窗外行色匆匆的人们，想些旧人趣事，也是有些闲适，有些欢乐，不经意间就打发了这满满的时光。

在湘西北一带油炒饭是个略带贬义的口语词，"你硬是个卵油炒饭"，有人这么咬牙切齿地痛骂，意思大概就是说屡教不改无脸无皮之类，实际上贬的程度不是十分严重，温温和和，带有嗔怪味道，还是属于人民内部矛盾之间的语词。因此也有人乐于自己炫耀：我就是个卵油炒饭，看你把我怎么地怎么地，死皮赖脸的荣光，如同油光闪亮的炒饭。

我这里要说的是真正的油炒饭，用油炒的大米饭，乡下俚语喊作油呀儿饭。早些年，我们这里没有肯德基、麦当劳、方便面、红牛、旺仔之类，鸡蛋糕枯饼干都是稀罕物，乡里的嗲嗲哄孙儿靠的就是油呀饭。"狗吧，乖宝吧，不哭哒，嗲嗲给你炒碗油呀儿饭吃。"听到有油呀儿饭吃，流鼻涕光屁股的狗吧即刻就不哭闹了，脚跟脚、手跟手地跟着嗲嗲跑到灶屋里，两眼巴巴地望着灶台，等着那碗油呀儿饭。如今，油炒饭上至星级大酒店，下至街边大排档都有，蛋炒饭、盐菜炒饭、腊肉炒饭、扬州炒饭、海鲜炒饭，等等，各类花色，应有尽有。油炒饭风味独特，炒起来简单，吃起来方便，很多人都爱这一口。

我印象最深的当数棉籽油炒饭，这是儿时的记忆。湘西北地区是重要的棉产区，种棉花的多，棉籽也就多，那时候用棉籽榨油，家里经常吃的也是棉籽油。有时候要吃剩饭，又没有菜吃，要吃光饭，就吃棉籽油炒饭。棉籽油颜色棕红，有些黏稠，看起来怪怪的，炒出来的饭还是油香喷喷，棕黄灿灿，无疑是对付剩饭的利器。那个时候，早上能够吃一碗棉籽油炒饭后去上学，就是十足的奢侈，整天好像都是劲鼓流了的。

现在吃棉籽油的很少，即使吃也是精炼过的棉籽油，主要是说棉籽油吃多了对人身体不好。

再一种是酱油炒饭。黑里透红，晶莹透亮，最为诱人的是那股浓郁的豆豉酱香，撒一点葱花，简洁、朴实，韵味无穷。还有猪油炒饭，一般也还是加点酱油，但不那么酽，如果带有一些猪油碎渣会更焦香，口感更为惊艳，回味更是奇妙。当然，如果是新煮的米饭，直接用猪油拌即可，不需要回锅去炒，味道别样，也是迷人。

前面提到棉籽油是对付剩饭的利器，炒饭要用剩饭，我们这里称之为现饭，现成的饭，隔夜的饭，吃剩下来的饭。只有现饭才能炒得散，炒得入色入味，颗颗粒粒，零零醒醒，油光发亮，色泽饱满。不过，现在有些店家并没有那么多剩饭，而是把饭煮好，冷却，甚至稍微冷藏一下，抓一把一捏就散，炒饭效果才好。

实际上，现在家庭版的油炒饭一般都是出于收拾剩饭剩菜的考虑。通常情况下，"剩"组合或许并不太科学，可是味道出人意料，结果成为"神"组合。有时候科学也要"让路给馋人的味道"，人的嘴巴就是这么执着，拼死吃河豚不就是这个理？

炒现饭不需要太多高深的技巧，但是需要有足够的耐心，需要掌握恰当的火候。没有耐心，不顾火候，要么现饭炒不热，不进味，如同沙粒；要么把现饭炒得黢黑，败坏食欲，难以下咽。炒饭用油起初可能是为了防止巴锅，后来纯粹为了色泽，为了味道。炒现饭油多了过腻，油少了干枯，嚼起来磕牙齿。恰到好处，分寸把握全凭感觉拿捏。把现饭炒出斑斓多姿，咸湿适度，口感和谐，方显厨艺水平。治国如烹小鲜，人生如炒现饭。天天平淡无奇的凡俗生活，日日有滋有味地过着，重重复复，无怨无艾，心平气和，岂不是妙哉？

现在的油炒饭基本是高配置的豪华版，风姿绰约，变化万千，可是万变不离其宗，说到底就是油炒饭，只是配料多了而已。最简单的是加鸡蛋，还可以加腊肉、加香肠、加牛肉、加虾仁、加火腿肠、加黄瓜、加香菇、加胡萝卜、加盐菜，等等，均可，但是要有所取舍，不能过度堆砌，搞得杂乱花哨。这些食材都要切成细丝细粒，那样更容易油盐进味，口感更为柔和细腻。翠绿的葱花自然是必不可少的东西，增色、增香、增味。如果你更大胆一点，撒些香菜碎末，那种味道，惊心动魄，美味殊途同归，都是狼吞虎咽，风卷残云。当然如果你不吃葱和香菜，那就只好忍痛割爱。

小时候，吃一青花碗油炒饭，喝一瓷缸子"一匹罐"大叶子冷茶，饱得肚儿浑圆，嘴巴油渍发亮，小手左右一抹，乐呵乐呵，屁颠屁颠，就是那时的最高享受了。现在，即使只是个炒饭，也是花枝乱颤，尽显土豪风采，还有配菜若干，还有紫菜蛋汤。春天里泡碧螺春，秋日里煮铁观音，却还是精神恍惚，吃什么都如同嚼蜡，寡淡乏味。时间不对，环境不对，心情不对，那人不对，味道会对？

2016 年 3 月 2 日

肉汤炖萝卜

我对过年开始有些印象时，已经是随父母下放的末期，父母重新回单位去工作，家里的经济条件也开始稍微好转，腊月间多少还是腌点肉腌点鱼。

那时习惯在除夕前夜将猪头、腊肉、猪蹄、香肠、腊肉骨头，有的甚至连牛肉、羊肉等腊货也混杂一起煮，并不串味，条件允许可以放点桂皮八角花椒之类的佐料。腊货煮熟后，剩下一大锅香喷喷的汤，这汤极其浑厚，味道绝对偏咸，直接下青菜有些涩口，但是炖萝卜是绝配，母亲就切上一大箅箕萝卜倒入锅中煮。在乡下萝卜是极其普通也受欢迎的蔬菜，"萝卜小人参"，吃萝卜要吃打霜了的，说是打霜了的萝卜甜些，究竟个中有什么讲究，至今我仍是一知半解。那萝卜不切片，要切成方方正正的坨坨，显得厚实。萝卜块倒入肉汤里煮上一个时辰，就连汤连萝卜盛入一口土陶大缸，冷却后表面都会凝结一层油脂，油脂之下的汤汁也是凝固的，晶莹透亮，那里面是满满的胶原蛋白。那时冰箱还不普及，普通人家储存食物纯粹依赖自然，就装在缸里储存，可以吃上整个正月间，不过随着春回大地温度升高，到后期那萝卜都会有些泛酸，不过吃并没有什么问题，反倒还增添了一些特别的风味。

那些日子，天寒地冻，家里如果不来贵重客人，大鱼大肉基本上不得上桌，肉汤炖萝卜就是我们的主打菜，吃起来十分方便。舀一小钵，加点大蒜叶辣椒之类，大火炖开，烤火火盆边放个铁架子，把肉汤萝卜钵端来放到架子上，小火煨着，呲呲作响，热气腾腾。一家人围着火盆而坐，盛碗米饭就可以吃了，咬上一口，汤汁饱满，肉香满嘴，热乎乎的，甜中带些辛辣，带些酸爽，十分温暖。这是一个毫无技术含量的大众菜，却是满满的老家味道，品到的是往日时光。

今年春节，有几天宅在家里，闲得心慌，便在家里想着法子做菜，突然就想到肉汤炖萝卜。现在我们平时也吃肉炖萝卜，新鲜猪肉炒一炒炸一炸，猪油香味出来后倒入萝卜片翻炒，再加水炖，味道鲜甜，但用的基本上都是粗长的所谓"洋萝卜"，水分很足，但是辛辣味不够，总感到不是原先的那种味道，没有腊肉汤的那种沉香，吃起来淡淡的不是蛮刹瘾。

现在一般家庭里已经难得遇到煮过腊肉的浓汤，我就自己做个简单版的：猪筒子骨、杂骨、猪肉皮适量，加水煮，加适量生姜桂皮八角花椒干辣椒，煮到肉骨脱离，小火继续熬，熬出胶原蛋白，再加入切好的萝卜块，如果有本地萝卜更好。大火炖开，煮到适当时辰，关火起锅储存到容器里，冷却后再放到冰箱冷藏，一定要冷藏过几天之后再吃。吃的时候，倒入小锅，大火炖开那些肉汤冻，加点大蒜或葱花，除了没有熏腊的香气，就比较接近那种老味道了，吃大坨萝卜，满嘴肉汤香味，下一口酒，吃一口饭，同样快哉快哉。

2017 年 4 月 8 日

香煎肉饼

　　小伙伴们在一起玩耍，无论玩得怎样疯癫怎样尽兴，中途一般都要发生些冲突，打架是常态，和好也是常态。"看我不把你打成个肉饼。"这是最凶最狠的口头禅，但是最后谁也没有成为肉饼。打嘴巴仗，自古以来，古今中外，大人小孩，概莫能外。毕竟，打架的后果难以预料，打架的成本摆在那里，能不打就不打，打成肉饼就是假的肉饼，我要写的却是真实可吃喷香喷香的肉饼，不过肉饼不用打，油煎即可。

　　30 年前我们在吉首大学读书时，是在大田湾老校区。进校门就是一个大长坡，出校门是 319 国道，一条有点历史的公路。公路那边是劈山形成的小街道，沿山坡而上建有一些民居，稀稀落落，那时还不成规模。公路两边开着一些早餐店、餐馆，目标客户自然还是大学校园里的人。

　　学生有个通病，喜欢熬夜，喜欢睡懒觉，上午有课没课，睡到日上三竿，长期赶不到食堂的早餐，经得住饿的有时候就直接省略了，因此学生得胃病的多，熬不住的就跑到学校外面去吃一餐。我和几个小伙伴是班上几个长期出学校吃早餐的，去得最多的地方是一家肉饼店。

　　那个肉饼店就开在靠学校那边，里外两间民房，大门边就是煎肉饼的炉子，炉子上是一个大平底锅，外间摆有几张桌子、凳子。这里的早餐品种单一，就是猪肉韭菜馅肉饼，再就是白米、小米稀饭、海带汤，非常简单。店老板是河南人，夫妻二人，带了几个孩子，闲扯中了解到他们是"超生游击队"。因为在老家政府要找他们的麻烦，他们背井离乡跑到湖南湘西吉首来了，开了个肉饼店，每天门庭若市，维持一家老小的生活应该没有问题。

　　店子是夫妻二人开的，但是女老板拖儿带女，只是收收碗、收收钱、打打杂，也帮不上什么忙，做肉饼煎肉饼的都是男老板一个人。男老板 30 多岁的样子，个子单瘦，留着小胡子，头发蓬松，胡子上头发上粘着些面粉，白花花的，脸颊瘦削，两眼惺忪，一副永远没有睡醒的样子。他一个人跑前跑后，没有住过手脚，嘴里长时间都是叼着香烟，有时候烟灰都老长了，也腾不出手来弹一下，不知道面粉肉饼里掉过烟灰没有。不过他做的肉饼大小适宜，差不多就是一个巴掌大小厚薄，当然要圆一些规则一些，馅料充足，猪肉、葱花和韭菜的比例也不离谱，味道不错。周边的人爱吃，生意就好，有时候还要等上几分钟才吃得到。那时候改革开放不久，能吃饱喝足就是大事，没有人计较这些细节。

长期在这里吃肉饼，对这个肉饼制作流程也就有了个大致了解，当然其中肉馅的制作还有没有什么秘方就不知道了。以下制作程序是我当时的观察，偶尔也和店老板有一句没一句地闲扯，虚心好学煎肉饼的工艺，只是至今还没有机会亲自实践过一次：

揉面团。店老板应该是隔夜就发酵好、揉好面的，面团发好、揉好事关肉饼的第一口感，所以不能懒手脚，必须揉到位。揉面是个体力活，常常可以使人汗流浃背，不过现在有机器帮忙，省了许多力气。

调肉馅。肉饼属于馅饼类，调好馅料十分关键。那位河南人做的肉馅基本材料就是猪肉、葱花、韭菜，如果我们自己做，各种作料当然是可以自己选配的。选新鲜瘦猪肉，适当夹杂些肥肉，手工剁成肉泥，基本作料是盐、酱油、香麻油、姜末、胡椒粉、花椒粉，葱花、料酒、蒜末、味精、虾米、辣椒粉之类根据个人喜好，有的还打几个鸡蛋，可以让精肉更加滑嫩，香菇、白菜、芹菜、韭菜、大葱、胡萝卜之类选一两样，切细剁碎，倒进肉泥，搅拌均匀。现在肉馅也是机器切机器打肉泥，机器搅拌，口感已今不如昔，如果自己在家里做，最好还是手工剁肉手工拌馅。

做肉饼。和好的面团擀成长条，再掐成适当大小的剂子，将剂子擀成适当厚薄的圆片，放上适量肉馅后捏成包子形状，用手轻轻压成肉饼，稍微擀几下，将肉饼压薄、压实、压紧，这道工序一定要到堂，否则煎制时肉饼可能会"穿包"，肉馅四溅，那就失了颜值，场面尴尬了。

煎肉饼。平底锅烧热，放植物油、猪油，冒油烟时将肉饼放入锅里煎，火势保持平稳，不温不火，不疾不徐，肉饼煎到金黄，翻面继续煎。煎几分钟后，肉饼已经是两面焦黄，围着平底锅适量加一圈水，盖上锅盖，焖干水汽，听到有油炸得吱吱作响，就可揭开锅盖，热气腾腾，浓香扑面而来，此时如果喜欢还可以撒一次葱花，就可起锅吃了。

这种肉饼馅料充足，比锅饺大，比煎饼厚，比包子薄，比酥饼软，比软饼硬，恰到好处。出了锅要趁热吃，甚至有些烫嘴巴最好，想吃吃不了，吧嗒吧嗒，猴急猴急，味道才出。肉饼面皮酥软，馅料喷香，味道醇厚，并不油腻，配上大米、小米稀饭或者海带汤，吃起来满是惬意。我那时候基本上是一碗稀饭，两个肉饼，虽然价格在当时来看好像也不便宜，但吃得舒服刹瘾。所以，只要在校报发了稿子，袋子里有了几个叮当响的毛角钱稿费，就会不由自主跑到那里去吃上两个肉饼，也算实打实打了一下牙祭。

河南肉饼要本土化，符合湖南人、湘西人的口味，才能生根发芽，畅销无阻，赚得盆满钵满。这一点放之四海而皆准，所以因地制宜没有毛病，美食也往往诞生于千变万化之中，变则新鲜，变则奇异，鬼才死抱教条，因循守旧，不知变通。毕业已经快30年了，就再也没有吃到过类似的肉饼了，小城里好像没有发现此类肉饼店，有些接近的是所谓的肉锅盔、锅饺、生煎包之类，但是味道口感不在一个档次。也有几年时间没有去吉首了，吉首大学早就搬迁了新校区，也不知道那家河南人是否还在吉首开肉饼店，时移世易，沧海桑田，也许早已经回河南老家去了。

2017 年 11 月 17 日

橡子豆腐

　　我小时候随父母下放到老家乡下，老家在涔水河畔，是丘陵向山区过渡的区域。乡下别的东西没有，地大物博，山高水长，好玩的地方多的是，菜园地、河滩、后山就是我们小伙伴玩耍最多的去处。后山荆棘遍地，到处长的枞树、栎树，我们在后山追逐嬉戏，捉迷藏、玩打战，到处是天然的隐蔽场所。

　　山上除了好玩，还有吃的。那时我们手上连买个姜糖果的闲钱都没有，嘴巴馋了，零食就在野外，一年四季都有，纯野生、纯天然，茅草花、茅草根、毛桃子、蕨根、毛栗子、松针、桑葚、拐子（拐枣）等一些不知名字的野果。当然在田地里自然就是老百姓种植的红薯、苞谷、花生、黄瓜一类蔬果，高粱秆、苞谷秆也就是我们甜蜜的"甘蔗"。

　　印象比较深的还有栎子，也就是橡子，是栎树结的果实，成熟后是棕褐色的，这个栎子与栗子是有些区别的。橡子是山林里特立独行的文艺青年，橡子上端有顶"导演帽"，也像一个倒扣的碗，有人称之为"橡碗"。橡子成熟季节，我们的口袋里常常都有橡子，偶尔可以吃几颗，对付一下饥饿的肚皮，但因为苦涩不能多吃，倒是关键时刻可以作为子弹攻击嬉闹的小伙伴，闲暇之余更是成为我们的玩具。碗端有果蒂把儿，两指将把儿稍稍一搓，迅速往课桌上轻轻一放，橡子就飞快地像陀螺一样转起来。那个橡碗转成一道美丽的圆弧，给我们单调的童年生活注入了一些靓丽的色彩。有人上课时也玩，惹恼了我们的语文老师，那位年轻漂亮的女老师就一粉笔头子砸过来，美丽外表下的凶狠样子让班上的调皮蛋们顿时寂静下来，接着就是一片哗然，一片哄笑，惹事的小伙伴免不了放学后要留下来打扫教室。

　　橡子的淀粉含量高，还含有蛋白质、脂肪，只是因为含有一种叫单宁的物质，口味偏于苦涩，难以下咽，想正儿八经当作食品还需要加工处理。不过山里的鸟儿、松鼠、野猪却喜欢吃。世界著名的西班牙伊比利亚火腿就是来自林间散养的黑猪，号称"黑蹄"，黑猪的主要食物就是橡子。这种火腿只用粗盐调味，自然风干，存放多年，是可以直接生吃的。说起来也是奇怪，单宁却是红葡萄酒的灵魂，红葡萄酒的单宁一部分来自葡萄，一部分来自储存葡萄酒的橡木桶。

尽管橡子苦涩，但毕竟淀粉可以充饥，人们在缺乏食物时也还是会用它来替代粮食或作为粮食的添加、补充。晚唐文学家皮日休的《橡媪叹》就写到当时人们食用橡子的情形："秋深橡子熟，散落榛芜冈。伛偻黄发媪，拾之践晨霜。移时始盈掬，尽日方满筐。几曝复几蒸，用作三冬粮。山前有熟稻，紫穗袭人香。细获又精舂，粒粒如玉珰。持之纳于官，私室无仓箱。如何一石余，只作五斗量！狡吏不畏刑，贪官不避赃。农时作私债，农毕归官仓。自冬及于春，橡实诳饥肠。吾闻田成子，诈仁犹自王。吁嗟逢橡媪，不觉泪沾裳。"这首诗叙述一位老农妇辛勤生产的粮米被官府搜刮盘剥殆尽，只好靠拾橡子聊充饥肠，以此揭露官吏的压榨，表达出皮日休对下层人民苦难的深切同情，也说明那时候橡子还作为粮食的替代品来食用。

橡子味道苦涩，生鲜的、煮熟的都不好吃，要经过多道工序处理才能蜕变为美食。晒干、脱帽、除壳、浸泡，浸泡是橡子脱涩的关键环节。那时候用石灰水浸泡，之后再用清水冲洗，加水碾磨、过滤、沉淀，放到太阳光下晒干、碾细过筛，制成了橡子粉，就可以用来当做粮食的补充品，我们更多的时候是做成橡子豆腐。说是豆腐，其实不是豆腐，只是外形有些像豆腐而已。用橡子粉做橡子豆腐很简单，和现在做凉粉差不多，橡子粉加水煮开，煮几分钟，不停地搅拌，不要让橡子粉成坨、煳锅，会熬得越来越浓稠，趁热倒入容器，冷却之后就凝固了，颜色深褐，有如琥珀，切成方块，用水泡着，可以储存好多天。记得小时候我们家也做橡子豆腐的，哥哥们从山上打来橡子，做成橡子粉储存，再在需要时就做成橡子豆腐，做一次管好几天，当作主食的补充。吃的时候切成小块，用一点油煎一下，放点盐、辣椒炒一炒就当作菜吃了。

橡子现在摇身一变成了原生态的绿色食品，研究表明，橡子自身所具有的生物功能因子，可抵抗、缓解、预防铅等重金属对人体的毒害，可保护人体的身心健康，提高免疫力，提高儿童的智力和发育水平，对提高人们生活质量，降低高压，减少人体胆固醇，对糖尿病，甚至对美容皮肤具有显著作用，在西欧、日本、韩国等经济发达地区和国家特别受到追捧。

人们吃橡子豆腐也讲究多了，将橡子豆腐切成小块或者小条，可以凉拌，可以素炒，可以炒肉，可以作为火锅食材，下肉汤、鸡汤均可，当然最本真的做法还是煎橡子豆腐。

橡子豆腐切成小块，锅烧热放油，将橡子豆腐放入，一块一块铺好，面层上撒点盐，煎到有些焦黄，翻面再煎，再撒点盐，加入辣椒、大蒜、生姜、豆瓣酱，翻炒均匀，加水将橡子豆腐全部覆盖，焖干水气，出锅时根据个人喜好可撒葱花、放味精，到这里已经可以开吃。

但是，如果是无肉不欢族，这显然是不够刹瘾的。过去没有条件，只能素吃，用来充饥果腹，现在加肉正当其时，橡子豆腐风味更足。将新鲜五花肉切片倒入炒锅煎炸，炸出了油，香味扑鼻，将煎好的橡子豆腐加入，放辣椒、青蒜等作料，适量水，炒均匀，盛到土钵子里，用炭火炉子煨起，热气上冒，满屋飘香，五花肉焦香软糯，橡子豆腐滑润弹牙，略带一丝苦涩，恰到好处，正好有些故乡远山的回味。

可惜我已经很久没有吃到过这种橡子豆腐了，津市这边的菜市场里好像没有遇到过，淘宝上倒是有橡子粉卖，也有橡子豆腐、橡子粉丝成品，看过几次，一直没有买，等哪天得闲了再下单吧。

2018 年 11 月 11 日

海带情结

随父母下放回老家的那年，全家挤挤嘎嘎借住在本家亲戚屋里，到了年底，家里终于修了土砖屋，耗尽了家里仅有的积累。就要过年了，当时家里我们五兄弟都未成年，收支不平衡，是生产队的超支大户，没有能力杀年猪、备年货。有一天父亲从外面回来，提回了几根猪骨头和一包干海带，这就是那年的年货。过年那天，母亲早早起来，将猪骨头洗干净之后，就放到大锅里加水煮，大火烧开之后，就将早已泡发洗净的海带切成丝，细长细长的，放到锅里一起煮，满屋都飘着肉骨头和海带的香味。吃团年饭时，我们的团年大菜就是这一大钵骨头汤海带，撒了一层细葱，飘着油花，惹得我们涎水直流，要知道我们已经是很久没有闻到猪肉香气了，母亲另外还炒了几碗菜，都是一些素菜，也就出不了什么花样，不过我们一屋人仍然吃得非常惬意，这应该是我记忆里最简单最清淡的一次过年，吃完饭后在火坑屋里烧起树蔸柴火，围着火堆烤火，尽管肚子里因为海带吃多了有些刮清水，却不感到寒冷。

后来到王家厂中学读高中，每天中午在学校就餐。这时已经是改革开放的几年之后，社会经济状况开始转暖，虽然乡镇学校条件差，但是学生伙食多少有了些亮色。礼堂边上两间破旧的瓦房就是大食堂，学生餐厅就在大礼堂，到了开餐时间，大礼堂摆满了方桌，桌上一般是四样菜，一荤两素一汤，蒸汽蒸的铁皮大盆子饭，方方正正划成八块，每块是四两，供八个学生吃。由于有偏差，导致那块饭有时候也厚薄不匀，薄一些的饭块就留给了后来的学生。北瓜（南瓜）、冬瓜、萝卜、白菜、海带、苕粉丝是几个常见的基本菜，基本是水煮，只有海带算是用猪骨头汤炖的，闻得到肉香，看到得到油花，榨菜炒肉、酸豆角炒肉是基本荤菜，当然还是肉少配菜多。只有到了月末，可能还有扣肉或者粉蒸肉吃，而且也还货真价实，算是打一场牙祭。只是菜的分量总是很少，八个人一上桌，七上八下，菜就分完了。不过，学生们大致也还规矩，总还是给没来的学生留一点菜。

有一次，班上的几个男生与社会上的几个小青年在河堤边上约架，号称是比武。当时，香港武侠片在大陆风行一时，街上录像厅一天到黑都是放的这些打打杀杀爱国情仇的片子。他们安排了几个同学给他们打饭端回了寝室，比完武回来时已经过饭点很久了，估计没有分出伯仲，他们一个个灰头灰脸，也不说话，闷头闷脑吃饭，下饭菜就是饭上面覆盖的一层海带丝，满满一碗饭，冷饭冷菜，三下五除二，风卷残云，进了肚里。

海带就是这样从小与我们一直相伴，海带碘含量充足，我们之所以没有得大脖子病，海带无疑立下了汗马功劳。海带牢牢占据了我们的心灵，我们每个人都多多少少有些"海带情结"，不过有些时候却是吃到浑身恐惧，听到说吃海带胃里就泛起清水。

海带实际上是外来物种，古人吃的海带据说都是从日本、韩国那边进口，到20世纪初期才引种过来，还不到百年历史，日本统称海带为"昆布"，很诗意化的名字，在国民食谱中极其普通。海带富含纤维素，对促进肠胃蠕动效果非常好，但是如果肚子里油水不足，吃多了海带就有些"漕心"。所谓诗意是不存在的，所以海带就经常是伴随在肉汤、骨头汤的左右，如果过于纯粹，吃起来比较难受。

现在海带翻身了，也搭帮专家们的喋喋不休，抗辐射、抗癌、减肥，如此等等，有说不完的功效。小城瑞园炒码粉、左妈水饺店都免费供应海带汤，也算是吸引顾客的一个要素。我有时候就为了去吃点海带才去那里吃早餐，去迟了就没有了。每次在左妈水饺店都可以看到大妈们用碗一堆碗一堆碗地夹海带，看样子是恨不得吃成一个海带人，也不知道她们最后都吃完了没有。其实，这样子吃海带是完全没有必要的，任何事情都要适度才好。

我们内陆地区平常食用的基本上是干海带，先要泡发，冲洗干净，小批量的可以用高压锅先压一下，海带口感更为柔软，烂而不腻。煮过的海带出锅后继续用清水泡着，吃的时候捞起来就行。

在夏天，凉拌海带丝是一样十分爽口的菜，许多餐馆都有这道小碟菜，免费赠送，高压锅压制过的海带切细丝，加盐、醋、姜末、蒜末、香油、味精、油辣椒、花椒油，拌匀即可，可撒一点葱花。

筒子骨炖海带、排骨炖海带，大同小异，筒子骨、排骨加水炖汤，有的在炖汤时加些虾米，可以增味。海带切丝、切方形菱形小块、切长条打海带结，均可，切海带丝要注意长度适宜，如果是凉拌就短一点再细一点，如果炖汤之类就稍微长一点，但不可太长，否则吃的时候扯不断线，吃货们长期打趣说是要"搭楼梯"。肉汤炖海带，用的是煮过肉的汤，也可以用肉皮之类杂货炖汤，再加切成丝的海带炖煮，汤汁油厚，适合炖海带，海带经过油汤熬煮，也容易入味，吃时用大碗盛半碗汤，再夹海带，撒上葱花就可以端上桌。过去农村赈酒的流水席上，讲究凑齐十大碗，大鱼大肉之外，其中就有一碗肉汤海带，浅黑灰褐的海带丝沉浸在油汤下，好似一片幽静的湖光山色，撒上葱花，翠绿点点，热气萦绕，非常诱人。

有些餐馆里的海带丝煲与此异曲同工，做法非常简单，将先期处理好、煮熟透的海带斩断，切成细丝，不必切太细，半公分内正好，炖锅或陶钵烧热放打底油，把姜末、蒜粒、新鲜辣椒段倒进去炝一下，倒入海带丝，用筷子翻炒几下，加几勺煮好的骨头汤，加细盐、酱油、胡椒粉，搅拌均匀，大火炖开，淋些麻油，撒上葱花，端上桌就可吃，用小火煨着更妙，满桌山珍海味，这道菜却最受欢迎。

猪脚炖海带是家常菜，与筒子骨排骨炖海带类似，更重口味的是猪脚焖海带，将猪脚处理干净，红烧，再加入切成小片的海带焖炖，可以解除猪脚的油腻。同样的道理，海带是可以搭配红烧肉之类比较油腻的大菜的。所以在一些大排档，海带也就成了下火锅、麻辣烫的热门菜。因此，海带就成为无论贵贱都喜欢的大众食材。

2018 年 12 月 1 日

麦麸子

　　母亲在闸口公社合作商店系统工作时，每年要在各个大队的代销店、饮食店进行轮换，我读书后就不断随着母亲工作地点的异动而转学，小学阶段几乎就是处于一种游击状态。那时候我们小地方是没有幼儿班的，启蒙的一年级是在古城岗大队小学读的，那里有楚国古城遗址，所以叫古城岗。不久转到永和大队小学，是我家下放的地方，临涔水的 4 队叫"辜家屏墙"。后来我家下放收回，搬回闸口街道，我又转到闸口街道附近的花园大队小学，花园大队是我的老家，那地方叫辜家湾。1977 年，因为父亲一直在王家厂公社工作，全家就搬迁到王家厂镇上，我又转到了王家厂镇校，这才安定下来。在镇校读完了小学和初中，其后在王家厂中学读完了高中。

　　在花园小学读书时，放学路上我们要经过公社的打米厂，碾米机、磨面机一开，闹哄哄的，马上就吸引了我们的好奇心。机器是柴油机动力的，那个庞然大物就在厂后门口，旁边是一个又粗又高的大木桶，称之为"黄桶"，里面是柴油机排出的冷凝水，热气腾腾的。冬天在里面泡个澡，搓搓背，非常舒服，整个冬天不长冻疮。有个同学的父亲是打米厂的负责人，他家也就在打米厂，我们经常就在那里玩耍，打米厂的空气里满是飘浮的灰糠，我们特别喜欢闻那种灰糠的气味。有一天玩得疯了，同学的爸爸妈妈十分好客，和我父母也是街道上的熟人，就留我一起吃饭，我也不讲客气，端起碗来就开始吃。

　　也没有什么特别的菜，干菜是一碗小干鱼儿，鱼儿非常小，就是些孵化出来没多久的小鱼苗，如火柴签子，我们那里叫"纤量花儿"。都是从河沟里捕获来的，撒盐腌或不腌都可以，曝晒干后做菜吃，用青辣椒末炒，浓郁的鱼腥味，重重的咸味，炸裂的辣味，很是下饭。同学的爸爸就用这小鱼儿喝酒，一根一根地拈，一口一口地抿，眯缝着眼睛哼着"临行喝妈一碗酒，浑身是胆雄赳赳"，有滋有味，有板有眼。水菜是一碗水煮豆角，煮得有些黑煳黏汤，但是味道很好。还有一道菜，让我印象特别深刻，那菜颜色深褐，好像鲊辣椒末却又不是，也是用了青辣椒末来炒的，吃起来充满麦香，主人告诉我们这是炒麦麸子。我闻所未闻，从来没有吃过，感觉十分美味。当然这应该正是应了那句话：饥饿是最好的厨师。

麦麸子是小麦磨制后的副产品，就是麦子的表皮之类东西，磨制后成为粉状片状，营养成分多，是上好的猪饲料，吃麦麸子的猪都长得膘肥体壮，毛色油亮，是货真价实的"肉猪"。但是当时生活物资匮乏，主食不足，肉食蛋类紧缺，蔬菜品种也十分单一。每个家庭为了一大家子的需求，家庭主妇必须将身边资源的作用发挥到极致，同学的家在打米厂，像麦麸子这种营养价值高的东西自然就不会被轻易放过，"近水楼台先得月"，"靠山吃山，靠水吃水"，也是没有办法的事情。

取新鲜的麦麸子，加适量的水调和，浓稠为好，炒锅大火烧热，放一些打底油，麦麸子很吃油，所以油要多放点，但是那时候吃油很紧张，炒麦麸子相放很多油是不可能的。倒入调好的麦麸子，迅速翻炒，逐渐炒干水汽，麦麸子成小颗粒状，加盐、新鲜辣椒末或者干辣椒末或辣椒粉，视干湿情况再放一点油，继续翻炒，待到颜色油亮深褐，撒入葱花或者青蒜叶末，翻炒均匀，即可出锅，香喷喷的炒麦麸子就可以吃了。麦麸子的成分也算是复杂，自然带着一种粗粝感，慢慢咀嚼，壳的感觉都可以体会出来，但是那种略显粗犷的冲击，给牙齿带来了意外的磨砂感觉。油、盐、辣椒、葱花，都是附着的元素，让麦麸子口感立体起来，味觉层次丰富起来。

无独有偶，没事在网上游荡，发现还是有地区也把麦麸子当作菜来吃的。贵州铜仁印江那边还有一些地方老百姓将生麦麸腌制半年以上，腌制方式与腌制鲊辣椒大同小异。选取干净的麦麸子加适量的盐装进坛子里，自然发酵，制成酸麦麸再炒了吃，发酵后的麦麸子口感要更柔和一些。

炒锅烧热将新鲜辣椒末干煸炒香，盛起备用，炒锅烧热放油，放入酸麦麸，翻炒成末，加入辣椒末、蒜泥、盐、葱花、花椒面，反复翻炒，油光亮色，酸香可口，一种乡村气息扑面而来。有的用猪油渣来炒，则更香更妙，令人胃口大开。腌麦麸如今成了印江的知名美食，有兴趣的吃客可以去贵州旅游一圈。美景、美人、美食、美酒，实地打卡体验，也是不错的选择。

不过将麦麸子做菜吃的毕竟还是不多，但是通过各种途径在吃麦麸子的人却不少。麦麸面包、麦麸粥，成为人们的新宠。人生来就是一个惧怕死亡的动物，所以在生命健康面前，人们从来不用号召，不用蛊惑，趋之若鹜，挥金如土。

现在风行的全麦麸皮面包，有一股小麦的天然香味，就是在面粉中混合了麦麸一类物质的面包。麦麸面包比普通精面粉做的面包有营养价值，麸皮中含有丰富的维生素 B 族，对身体大有裨益。麸皮含有丰富的膳食纤维，吃麸皮面包可提高减肥效果，降低胆固醇，预防糖尿病、动脉硬化甚至是癌症的发生，有效降低心力衰竭的发病概率。

煮麦麸粥就更简单，在熬煮大米粥时，加入一些麦麸子一起熬煮就可以。其实煮粥真是个混搭的天堂，我一般是大米、小米、红豆、绿豆、黑豆、燕麦、玉米渣一起煮，后来网购了野稻米，也就是雕胡、菰米，偶尔也加一点黑黑长长的野稻米。这样熬煮出来的粥，满是植物香气，惹人胃口大开。如果再加些肉粒鸡蛋蔬菜末，更是兼顾了营养平衡，口感更为浓郁，呼之拉之，喝粥喝到满头大汗尤其爽快，嘴巴快活，肠胃舒畅，身体健康。管它什么诗和远方，一边喝粥，或者一边翻一本闲书，或者一边在网上看一部无厘头的电影，或者一边望着窗外发呆，消磨了时光，何乐而不为呢？

2019 年 2 月 28 日

乡里腊牛肉

　　大概在40年前，牛肉才开始端上我家的餐桌，当然也就是在过年的时候，吃的腊牛肉。大年三十前夜，母亲要把一批腊货取下来洗净，其中几条黢黑仄长的就是腊牛肉，和猪脑壳、腊肉、香肠、猪蹄一起放到大铁锅里，放满水，大火煮，不一会儿就开始冒出腊肉的香气，这些腊货一起煮并不串味。煮好后，捞起来放到大缸钵里，从团年饭开始一直到正月十五过，随吃随取，也不会坏。腊牛肉切成薄片，用青蒜、辣椒炒，牛肉香，烟火味，是极好的下酒菜，正月间家里有客人来，少不了这道青蒜炒腊牛肉。

　　那时候在我们小镇，牛肉还是稀罕东西，买到好一点的牛肉更要赶早，也得遇机会。父亲那时中秋节一过就开始托人买牛肉，牛肉买回来后剩下就是母亲的事。我看过母亲腌牛肉，买来的新鲜牛肉不用清洗，直接将大块牛肉改刀，切成宽仄长短适合的牛肉条，甩到用来腌牛肉的缸钵里，撒一把盐，当时用的是大颗粒的海盐，撒一把当年晒干的新鲜花椒，倒些散装白酒，将牛肉翻来覆去搓揉，使盐、花椒、白酒涂抹均匀，就盖上木盖，搁放到猫和老鼠都够不到的高处。几天后，牛肉的血水腌了出来，这时就将牛肉条拿出来，一条条穿孔系好细麻绳，挂到屋外晾晒。晾晒不需要大太阳，冬天里也没有大太阳，白天挂出去，晚上收回来。过一段日子后，牛肉慢慢风干，收缩变硬，颜色也成了深深的酱红色，这时就可以吊到灶屋里，任凭烟熏火燎。不熏的腊牛肉，就少了一些烟香。腊牛肉经过腌制、风干、烟熏，肉质悄然发生一些变化，牛肉含有的酵素分解牛肉的粗纤维，肉质变得柔软，既有嚼劲的牛肉，口感又不失细腻。一些蛋白质分解成氨基酸，使肉质鲜美咸香，味道更为绵长。

　　腊牛肉的吃法简单，出不了什么花样。我母亲那时是先将腊牛肉煮熟后切片用青蒜干椒炒，如今很少事先煮熟的，多是直接切片炒。腊牛肉洗净，用水泡发到柔软，切成薄片，切些青蒜、干红椒或者新鲜辣椒、生姜片，炒锅烧热，放菜籽油，冒烟时倒入腊牛肉、姜片、花椒粒，翻炒略炸几分钟后，加青蒜、辣椒，继续翻炒，放点酱油，放点水，焖干即可起锅。油光闪亮，腊香扑鼻，嚼劲十足的回锅腊牛肉，吃起来有一种自得其乐的情调，不喝二两酒真心有些浪费。

最刹瘾的当然还是要做成腊牛肉钵子，炖着钵子的腊牛肉，热气腾腾，更有呼朋唤友推杯换盏的氛围。津市西河街边上有家叫"金根"的小餐馆，一直做这种腊牛肉钵子，牛肉的本味，加上腌制熏腊的香气，十分接近我小时候吃到的腊牛肉味道，每次去那里吃饭，总是少不了这个腊牛肉钵。

做腊牛肉钵子也不复杂，腊牛肉洗净，提前用温水泡软，切成薄片，炒锅烧热，放足量的菜籽油，冒烟时倒入腊牛肉、生姜片、花椒粒，翻炒略炸几分钟后，加入干红椒段，继续翻炒，放点酱油，放适量的水，大火烧开，再盛到钵子里，汤汁以刚好覆盖牛肉为准，加入蒜瓣，放到桌上炉上炖，小火煨起即可。腊牛肉自带陈腊香味，不需要过多的调料，但是食客可以根据自己的喜好，放一点桂皮、八角、青蒜、鲜青椒，还可以用些洋葱片铺底，荤素搭配，香味更浓。有的还淋些热油，可以保持腊牛肉的油润，不至于有渣巴渣草的口感。有的腊牛肉带有一些筋头巴脑，炖起来吃更妙，波折的爱情，奋斗的人生，细细咀嚼，回味无穷。钵子煨到最后，油滋滋的汤汁满是腊牛肉香味，拌热米饭，晶莹透亮，诱人胃口，当然也是绝了。甚至，你可以将残存的腊牛肉连汤汁一起打包保存下来，第二天煮面条或者米粉吃，可以作为码子，不需要添加其他调料，就已经十分鲜美，不会比津市街上任何一家牛肉米粉店的味道逊色。

2020 年 3 月 14 日

猪血灌肠

　　猪血灌肠，一千个地方有一千种做法，唯一共同的可能就是都与猪血有关。湘西北乡下猪血灌肠叫"血儿""血瓦儿""血儿粑粑"，隐隐约约满带一股苍凉冷艳的诗意。这种纯粹的乡里老味道，我已经很久没有吃到过。

　　过去灌血儿是在杀年猪之后，接的一盆猪血，除了当天的杀猪菜用些猪血，一般剩下的几乎全部要灌血儿，母亲称之为灌"一做"血儿。"一做"是湘西北方言，大约就是"一批"的意思，我经常听到她讲蒸"一做"粑粑、晒"一做"豌豆酱、揉"一做"盐菜等。灌血儿有的用猪大肠，也有的用小肠，大肠灌的比小肠灌的粗犷一些，并不影响口味。张家界那边的血儿粑粑只用猪小肠，灌的猪血和糯米。新鲜猪肠刮洗干净备用，取新鲜凝结的猪血，加适量的苦荞面，加些肥肉末、米饭粒，有些地区只加糯米饭粒，加细盐、干辣椒面、花椒面、橘子皮末，一起搅拌均匀就是灌血儿的馅料。猪血、肥肉粒、苦荞面、橘子皮，这应该是传统口味血儿不可或缺的四大元素，差一样可能都不正宗，那个橘子皮应该是血儿的灵魂。

　　用一根细线将刮洗干净的猪肠一端扎紧，另一端套住一个老式煤油灯的玻璃罩子。那种玻璃罩子一头粗一头细，作为漏斗，再将调好的猪血馅料一勺一勺地灌到猪大肠里，缓缓推进，均匀压实，然后用细线每隔尺把长就系一下，将灌好料的猪血儿分成数段，用竹签在各段扎些小眼，便于透气，防止涨破。一切妥当，就放到木甑里大火蒸，蒸熟后的血儿搁到簸箕里摊开，凉透后挂到太阳底下晾晒，晒干后的血儿更加紧实，就可以挂到灶屋里，任由那些柴火冷烟子去熏，经过人间烟火和时间的熏陶，血儿的味道越来越好。

　　血儿做菜一般来说就是干煎，煎血儿、煎血儿粑粑。吃的时候，割一截下来，将外表清洗干净，切成薄片。这时候大肠灌的与小肠灌的就有区别了，大肠灌的可以直接切成圆薄片，小肠灌的最好像切香肠一样斜着切，切成斜的薄片，不可太正、太圆。血儿的切面是暗红色，白点就是米粒或肥肉粒，密密麻麻的，很有美感。炒锅烧热放油，将切好的血儿一片一片铺在锅里，用中火煎，那个肠圈遇热就会有些蜷缩，翻面再煎，血儿片变得油黑发亮，黑里透红，注意火候，不能煎得太久，既要熟透，又要避免煎煳，外焦里软口感才好。干煎的血儿黢黑巴黑，上不了台面，就像淹没在黑夜里的爱情，看不到一缕光亮，依旧是那么美好，惹人辗转反侧，牵肠挂肚。煎好的血儿一片一片地用手拿着吃，那个肠圈有股浓郁的油脂香，嚼起来极其带劲，特别让人思念。有的人将血儿煎好后再用点青蒜、姜末、红椒丝烩锅，口感更柔和一些，也是非常美味。记得小时候，过年后长期没有荤菜吃，血儿就成为打牙祭的菜。一块血儿可以吃一碗米饭，焦香扑鼻，咬一口，有点油，有点黏，有点苦涩，嚼完吞进肚子里之后却峰回路转，舌尖涌出一丝回甘，至今记得那股清新的橘子香味。

现在乡下还灌血儿的已不多见，即使还灌的也已经没有那么讲究。大多数也不再用苦荞面，就用普通面粉替代，也不用猪肠灌制，直接将馅料调制好，像做面包馒头一样做成若干块，再大火蒸熟、晾干就行，多数也不熏制，就直接储藏在冰箱里。吃的时候切成薄片干煎或者回锅炒，圆的、方的、不规则的，五花八门，也就没了大肠圈，味道自然远远不及以前，那个肠圈焦脆喷香的血儿味道，已经成了遥远的记忆。

2020 年 3 月 21 日

这个冬天，炖一钵热气腾腾的牛筋头

多年以前我大学放寒假回家，中学同学唯君请我吃晚饭，在涔水桥头的一家小餐馆，很简陋的砖瓦房。就我们两人，他点了一钵牛筋头，配了个炒菜，要了一件瓶装啤酒。牛筋头钵子就炖在一个藕煤炉子上，我们两人围炉而坐，藕煤炉子刚换了节新煤，煤气还较重，房子密封性很差，外面进来的冷空气中和了煤气。牛筋头钵子炖开之后，才将炉子改为小火，屋子里热气腾腾，满是牛肉香气，煤气味更加冲淡。冬天里喝啤酒有些冰凉，不过几杯下肚，吃了些香辣的牛筋头，身子倒是热起来，也就没了冷的感觉。那天我们一直喝了几个小时，也忘记两人聊了些什么，牛筋头钵子吃得见了底，还下了些青菜之类，喝完啤酒，意犹未尽，最后还一人喝了一瓶橘子汁。软糯醇香的牛筋头，像咬当时流行的那种高粱饴糖，柔软却又有嚼头，满嘴香辣，吃到粑嘴巴，那种感觉刻骨铭心。

牛筋头属于边角余料，筋头巴脑，牛蹄筋、牛脚掌，有人欢喜有人愁，萝卜白菜各有所爱，处理得当也不失为美味佳肴。现在菜市场卖牛筋头多是经过初加工的熟料，用大火煮过，也没有调什么味，可以由买家自行烹饪。如果是买的生鲜牛筋头，就要泡洗干净，剔去一些粘膜杂物，牛脚掌带有灰黑的表皮，需要用火烧灼、刮洗干净，再入锅煮，加生姜、桂皮、八角、花椒、料酒等作料，少量做，可以用高压锅，可以节约时间。牛筋头成菜做法多样，炒、烩、卤、炖皆可，也可以搭配各式素菜，味道相得益彰。

津市的夜市闻名遐迩，卤菜花样之多让人眼花缭乱，卤牛筋头肯定是少不了的大菜。卤牛筋头与卤制其它菜品一样，将生鲜牛筋头切几大段，漂洗干净，冷水入大锅，加生姜、料酒，大火炖煮，到近六成软烂，即可出锅成为熟料，再放入卤药锅中卤制，大火烧开，煮几分钟，转中小火继续煨煮，浸透入味，成琥珀色，捞出，搁置冷却备用。吃的时候，将冷透的牛筋头切小块、细条、薄片，装盘，加姜蒜末、酱油、陈醋、味精、油辣椒、芝麻油，有的店家将生姜大蒜粒剁碎一起用凉开水泡着，用的时候舀一勺子淋在卤菜上，姜蒜带有汁水，能更好入味，撒上一点葱花，不需拌匀，即可上桌，这样子菜品显得有颜值，那些店家将卤菜作料一起拌匀的，说是为了入味，却显得凌乱不堪，有些煞风景。卤牛筋头配冰啤酒，就是炎炎夏夜的标配，卤牛筋头吃起来如同吃冰凉粉皮，口感滑溜，一丝清凉，一丝香辣，多的话别说，一杯冰啤酒下肚，那股子清爽直冲脑门。

到了秋冬季节，人们喜欢的是炖牛筋头钵子。一般做牛筋头钵子用煮好的牛筋头熟料，煮好的牛筋头，已经带有作料味道，晶莹透亮，温润如玉，改刀切成小段、小块、小片，装到土钵子里直接炖，有煮牛肉的原汤最好，加水也可，加姜丝、蒜粒、花椒、干红椒，大火炖开，转中火继续炖，适当加酱油、味精、胡椒粉调味，撒些葱花装点即可。牛筋头熟料直接炖，汤汁清亮，油花荡漾，和下火锅有点殊途同归，牛筋头的味道细腻，口感比较纯净。

口味更为火爆的是烩锅了再炖，汤汁醇厚，颜色红艳，咸鲜香辣，入味透彻。大火烧锅，放菜籽油，冒烟时放入几勺郫县豆瓣酱，迅速翻炒成红油，加姜丝、蒜粒、花椒、干红椒，倒入煮熟改刀的牛筋头熟料，大火翻炒，加酱油，继续炒匀，加原汤或者水，大火烧开，盛入土钵子，可以再放些青蒜、青椒、葱花、味精、胡椒粉，还可以根据个人喜好放些香菜段，放到桌上、炉上用小火煨炖。

牛筋头胶原蛋白丰富，口感Q弹劲道，可是从食材到美味却极不容易，美食和爱情居然如此相似。不可辜负的美食，不可忘怀的爱情，筋头巴脑，有些咬嚼，有些曲折，山重水复，柳暗花明，百折不挠，别有一番趣味，深受老饕们的偏爱。煨到最后，汤汁越来越混沌浓郁，牛筋头越来越软烂黏糯，味道渗入到极致，渐入佳境，一口咬下去，带些黏糊，醇香、温度、辣度一起抵达内心。炖牛筋头油厚味重，如果配一些醋泡萝卜、清炒酸菜，爽口怡人，解腻提神。再抿一口酒下肚，百转千回，从脚尖暖到头顶，浑身通透，快意人生，一切都是那么惬意，满眼都是那么美好。在这个寒冷的季节，小钵子炖起来，大杯杯喝起来，此时此刻，要有多嗨有多嗨，早就忘了屋外早来的凛冬。

2020 年 11 月 28 日

拆骨肉

"拆骨肉" —— 打下这三个字,我还是拿不准究竟是写成"撤骨肉"还是"拆骨肉",写作"撤骨肉"显然是音准而意义不准。"拆"字津澧一带读 che,"che"骨肉,满满的乡音、乡情、乡味,如果读为普通话里的 chāi 骨肉,骨头还是那个骨头,肉肉还是那个肉肉,可惜整个味道都像发生了变化,一下子没了胃口,连厨师也说不清楚,味道就这么古怪。

拆骨肉就是些边角余料,可能不登大雅之堂,却是劳动人民的饕餮盛宴。记得小时候吃肉骨汤炖萝卜,残菜和渣差不多都是打牙祭,因为里面偶尔吃得到末末肉,塞牙缝的一瞬真是特别惊艳,可以幸福一整天。这些末末肉就是煮骨头遗漏下来的拆骨肉,零零散散,炖点萝卜白菜再美不过。

剥去猪脸肉猪耳朵猪拱嘴后的猪头、脊骨、杂骨、筒子骨,都可以拿来拆骨肉,有人用排骨来做拆骨肉,当然极好,家里有矿嘛,也无可厚非。猪头、骨头洗净之后,冷水入锅,加生姜八角桂皮花椒粒,大火烧开,煮数分钟后,肉香渐渐溢出,随风飘扬,鼻子发痒,喉结翻滚。煮到七八成烂,骨肉刚好分离稍用一点力气就可以手撕下来为好。没煮烂肉撕不下来,太酥烂口感又差。拆骨肉紧贴骨头,肉质细嫩,有的筋头巴脑,有咬嚼,味道足,煮烂熟之后,骨肉分离,完全靠手撕,不需要动刀,动刀的就成了剔骨肉,像天下大同小异的爱情故事,拉拉扯扯,撕撕扭扭,烦烦恼恼,悔恨悔恨,满是尘世间的烟火气。

拆骨肉可以配蘸料"冷吃",用酱油、陈醋、蒜末、姜末、油辣椒、麻油、葱花做成蘸料,蘸一下料再吃,凉意丝丝,风味十足。在炎炎夏日,来一碟拆骨肉,来一扎冰啤酒,就是一个人的天上人间。

拆骨肉用青椒丝、红椒丝、蒜瓣,加一点酱油、一点豌豆酱,大火烩锅,醇香异常,也可以用一些凤尾盐菜来配着炒,味道更为厚实,香气更为浓郁。

有次和几个文朋诗友在一个农家乐喝酒，那位老板娘厨师用乡下的青泡辣椒和新鲜红椒来炒拆骨肉，"双椒拆骨肉"，酸辣爽口，韵味悠长。诗人阿华连吃三口，干了杯酒，憋了半天，蹦出两个字："卧槽！"

津市九澧广场东头有家叫"皮厨"的餐饮店，掌勺大师傅可能是一位潜在的诗人。他做的烩锅拆骨肉端上桌让食客们眼前一亮，一只白色大盘子，架上半边猪头骨，如同沙漠古城，残垣断壁，沟壑纵横，满目疮痍，烩锅炒好的拆骨肉从猪头骨上淋下，散落在猪头骨的上下左右，若即若离，分分合合。几点青椒、几点红椒、几点葱花，热气混杂香气，袅袅飘起，一片凄凉，沧海桑田，"大漠孤烟直，长河落日圆""大漠沙如雪，燕山月似钩"。莫名的悲怆汹涌而至，此情此景，苟且的人生，诗意的远方，嚼一口拆骨肉，不喝一口老酒都不好意思。

最恣意的是做成浓味的红油拆骨肉，大火烧锅，放菜籽油、化猪油，炸到冒烟，放几勺豆瓣酱炒成鲜艳的红油，放姜片、桂皮、八角、花椒粒、干辣椒、搅匀稍炸片刻，倒入拆骨肉，拆骨肉建议用一半纯肉、一半筋头巴脑，加一点酱油、料酒，翻炒到冒油，加入蒜瓣、青椒、青蒜，加入少量水，如果有原汁原味煮肉骨头的汤更好，烧开即盛到钵子里，用火煨着即可。钵子里可以用凤尾盐菜或洋葱铺底，或者下些黄干子（豆腐干），炖到最后，红艳的油汁直冒。拆骨肉既油润细腻，又脆爽醇香，真是下饭下酒的极品。

不由让人记起明代杨慎的那首词：滚滚长江东逝水，浪花淘尽英雄。是非成败转头空。青山依旧在，几度夕阳红。白发渔樵江渚上，惯看秋月春风。一壶浊酒喜相逢。古今多少事，都付笑谈中。话说天下大势，分久必合，合久必分……人生匆匆，有什么犹豫彷徨的？喝呗。

2021 年 5 月 1 日

记忆中的海鲜：干带鱼

湘西北离大海很远，在冷链运输不发达的年代，海鲜不过就是一个传说，如同一段浪漫的花絮，一位远在天涯的老情人，长时间只是存在于深深记忆中的回味。那时接触到最多的与海有关的物质就是海盐、海带，海盐是大颗粒的粗粝盐，腌腊肉极好，海带则是见得最多吃得最多的海产品。小时候吃的海鲜极其有限，而且大多是相对廉价的海鲜干货，比如一些不知道名字的海鱼、带鱼、海带、墨鱼、海米、干贝之类，海参、鲍鱼只闻其名未见其物。这其中对带鱼的印象比较深刻，海腥味浓郁，口感韧咸，却满是咸香。

带鱼营养丰富，却地位低贱，正因价廉物美，顺势成为老百姓的佐餐极品。明朝谢肇淛在《五杂俎》中记述："闽有带鱼，长丈余，无鳞而腥，诸鱼中最贱者，献客不以登俎。然中人之家，用油沃煎，亦甚馨洁。"美食与食材的高低贵贱关系不大。

早年母亲一直在合作商店上班，商店里也偶尔有干带鱼出售，常常是弯曲着的，干巴巴的一层白色盐渍，黯淡无光，其貌不扬。可是对我们来说干带鱼却还是奢侈品，那时我家肯定是没有闲钱来买干带鱼吃的，我家吃的淡水鱼干都是哥哥们在河沟里抓的，不用花钱。但是我记得还是吃过干带鱼的，我家的干带鱼是随军北京的二姨回来探亲时带的礼物，母亲存放很久都舍不得吃，一定要到重要节假日屋里人回来齐了，才做这道菜。虽然鱼对于我们来说并不陌生，但是海鱼还是稀罕之物，"吃海鲜"算是最高层级的"打牙祭"。

干带鱼最好的吃法也就是煎、炸、蒸，即使现在那些新鲜或冷冻的带鱼，做法也大同小异。其实那时候内陆地区餐馆如何处理烹调海鲜干货有许多讲究、许多经验，母亲不是专业大厨，不会如此纠结拘泥。普通的海鲜干货，普通的寻常人家，自然也就是按照普通的做法，海鲜干货做得既有海鲜特色又合内地人口味，只要味道纯正下饭就行，也谈不上什么高大上。

干带鱼吃之前需要处理，将带鱼干货先清洗去掉表层的白色盐渍，剁成小节，一般短的就五六厘米，长的就十多厘米，放入清水里适当泡一下，可以渗出些盐分，去些腥味，时间不要长，如果泡得太软，肉质会软烂，口感不好。

蒸带鱼简单方便，将带鱼节码好装碗，放些浏阳豆豉、辣椒酱，可以中和带鱼的海腥味。滴几滴酱油调色，就上锅蒸，如果有姜丝当然好，可是那个年代更多的时候没有这些。带鱼脂肪较多，但是蒸好出锅也可以淋些熟油，可以增香，口感更为滑润。有人在上锅蒸之前就放一坨化猪油，也恰到好处。炸干带鱼和炸鲜鱼大同小异，蘸不蘸面糊随自己喜欢，炸到焦黄，吃起来酥脆，满嘴留香，海风味十足。

最常见的还是香煎带鱼，辣椒的加入使带鱼口味完全实现本土化，也就使更多的食客接受带鱼。煎带鱼和煎鲜鱼差不多，大火烧锅，放菜籽油，冒烟时放入带鱼，一节一节放整齐，片刻后翻面继续煎。直到二面焦黄，放入姜丝、蒜粒、青红辣椒末，加酱油、料酒、香醋、胡椒粉、浏阳豆豉，加适量水，焖煮几分钟，入味，收汁，起锅装盘，撒上一些葱花。最好是放一些花椒粒或者花椒面，有人用五香粉，口感层次变得多重丰富，海腥味就不显得那么抢味。带鱼少细刺，肉芯厚，焦嫩肥美，一块煎带鱼配一碗白米饭，喷香可口，吃了差不多可以嗍瑟一整天。

我的脑海里冒出这样的画面：银灰色的带鱼在蔚蓝色的大海里畅游，摇曳多姿，娓娓而来。我盛了一海碗大米饭，还冒着热气，仿佛一望无际的银色沙滩，带鱼躺在这片沙滩上，闪耀着酱红色的光芒，我的筷子在半空中画了个夸张的圆弧，空气骤然凝结。沉浸在这咸香氤氲的梦里，我迷迷糊糊不愿醒来。

2021 年 6 月 20 日

小小银鱼滋味长

"平湖千顷浪花飞，春后银鱼霜更肥，菱叶饭，芦花衣，酒醋载月忙呼归。"这是南宋进士孙锐《渔父词·和玄真子》描写的情景，银鱼配饭下酒，那种遥远的闲情逸致跃然纸上，仿佛穿越到现代，我似乎闻得到那股浓郁的银鱼香气，看得见孙锐酒醋饭饱，在月光下手舞足蹈。

银鱼是淡水鱼，也可以在近海生长，银鱼细小，浑身略圆，形如玉簪，通体透明，柔软细嫩，无骨无肠，洁白无鳞，色泽似银。银鱼极富钙质，高蛋白，低脂肪，氨基酸丰富，肉质细腻，无鳞无刺，吃起来毫无障碍，是老少咸宜的滋补佳品。

银鱼的繁殖生存对水质极为挑剔，津市南郊的毛里湖是湖南省最大的溪水湖，浩浩汤汤，波光粼粼，水天一色。过去水质干净，时有银鱼出没，后来水质受到人工养殖投肥污染，银鱼几乎绝迹。现在毛里湖经过大力整治，水质开始好转，听说银鱼又回来了。但是很遗憾，毛里湖银鱼我没有看到过，更没有吃到过，我吃过的银鱼都是来自外地，如洞庭湖的、鄱阳湖的、太湖的，甚至有的是来自近海。

银鱼虽小，却味道悠长。只是在我的记忆里没有吃过新鲜银鱼，吃的都是干银鱼，蒸、炒或者做汤是基本吃法。记得小时候家里偶尔有一些银鱼干货，别人送的，数量极少，母亲只用来做过银鱼汤，一大钵子，清澈见底，油花晶莹闪亮。做法极其简单，锅里加水，放一点姜末，水烧开后放半碗泡发好的银鱼，炖开之后，下一些青菜，放一勺化猪油，滴几滴芝麻油，撒一点胡椒粉，更为特别的是要放一勺白醋，这是银鱼汤的灵魂。有了醋就激发了银鱼鲜味，如同爱情男女总是离不开"醋"的催化。最后放葱花，味道十分鲜香。用来泡饭，一勺羹汤浇下去，银鱼菜蔬留在米饭之上，汤汁渗透下去，味道融入米饭，吃起来津津有味，淡淡鱼腥，酸爽清新，给我留下了极深的印象。

干银鱼用青椒姜、蒜、末来炒味道中规中矩，不需要高超的厨艺。干银鱼用冷水或低温水泡发，银鱼肉质细嫩，不能久泡，要及时捞起沥水。青辣椒、生姜、蒜粒切细剁末，大火烧锅，放植物油，待油冒烟时，倒入银鱼、青椒末、姜蒜末，一起炒，酌一点盐，喜欢的可酌几滴酱油，用一点水，稍焖片刻，即起锅装盘。蒸干银鱼就更为直接，泡发好的银鱼装在碗里，覆盖上姜蒜末，辣椒用新鲜或干红辣椒末，淋一勺蒸鱼豆豉酱油，大火蒸好之后再淋一些热油，喜欢清香淡雅一点的淋点芝麻油即可。

银鱼炒鸡蛋也属于美食界的强强联合，优质蛋白叠加，口味纯粹，外观灿烂，营养价值极高，炒起来也极其简单。干银鱼泡发沥水，小葱切葱花备用，将鸡蛋打入碗里，放一点盐，放一半葱花，略微搅拌，炒锅放油，倒入蛋液，摊薄煎至金黄时翻面再煎，戳散炒熟，盛起备用。锅里再放油，倒入银鱼，翻炒后倒入鸡蛋，放入另一半葱花，一起炒均匀，即可起锅。吃辣椒的可用一些鲜青红椒切末一起炒，红黄白交错，鲜香辣融合，大饱眼福，也大饱口福，正是解馋的好滋味。

泡发后的干银鱼，焕发青春，身姿舒展，洁白无瑕，丰腴饱满，细润如初，犹如前尘旧梦，忽然苏醒，强烈的鱼香扑面而来。经历炙烤，经历风雨，最好的味道呈现在你的面前，这就是你今生的菜，这就是你旧时的梦，你还犹豫什么呢？一碟银鱼，一壶老酒，一位故人，一首歌谣，"两人对酌山花开，一杯一杯复一杯。我醉欲眠卿且去，明朝有意抱琴来。"如此有意味的文化小酌，不奢靡，不苦愁，欢愉自在，无所顾忌，怡然自得，人生足矣。

2021 年 8 月 28 日

风味猪皮冻

当下"预制菜"比较火爆刷屏，流水线生产，味道有保证，吃起来方便，受人追捧是时势所然。其实过去也有一些事先制好的"预制菜"，猪皮冻算是一种。现在，不管在家里、在餐馆，做一桌子菜，菜品丰富，眼花缭乱，总是选择性恐惧。过去不一样，过年做一桌菜总是缺东少西，捉襟见肘，不管是"八大碗"，还是"十大碗"，都需要绞尽脑汁来拼拼凑凑。猪皮冻算是废物利用，又显得高大上的菜品，事先预制，吃的时候方便，曾经风行一时。

我第一次吃猪皮冻是在岳父家里，那时岳父、岳母一大家子老老少少齐装满员，过年正月间要轮流吃"转转席"，各家各户争先恐后总要拿出几个硬菜、特色菜，起初猪皮冻大概是为了一大桌菜凑个碗数，后来渐渐就成了一种别具一格的风味。我记得岳父、岳母为了做这道菜，都要提前一天或几天就会开始准备制作，预制这道菜还是比较费时间花工夫。

选新鲜猪肉皮，过去做猪皮冻是用一些边角余料，现在菜市场有很好的猪皮卖，猪皮可能还有些残存的猪毛，要把猪皮有毛的一面靠近明火弹一下，烧去残毛，再用刀刮去毛桩污迹，用清水冲洗干净，丢到开水锅里焯水，去掉一些腥味、油腻。捞起来冷却，之后用刀刮去猪皮内层的脂肪层，不然猪皮冻会比较油腻。再将猪皮改刀切成小块，如果猪皮冻里要保留猪皮，需要将猪皮切成细丝，切好的猪皮最好用细盐再反复搓揉、冲洗，使猪皮更为透亮，做出的猪皮冻会更为清澈。

用大钢精锅，放大半锅水，倒入切好的猪皮，加生姜、蒜果、葱段、八角、桂皮、花椒、香叶、橘子皮，吃辣椒的可以放入干红辣椒，大火烧开，转中火熬煮。待到快起锅时，加细盐、酱油、味精、胡椒粉，喜欢纯色的可以不用酱油，不喜欢味精的可以忽略。有人熬煮猪皮冻时还加一些猪蹄爪、鸡爪，可以增加胶原蛋白，提升猪皮冻的鲜味。

将熬煮好的猪皮连汤过滤，滤去猪皮、作料渣子，将过滤后的肉皮汤倒入合适的容器，冷却后就成了猪皮冻。一般人们要在猪皮冻里面加入炒熟的花生米、煮烂的莲子，还有的加些核桃仁、松子、枸杞、芝麻之类，做成"五仁猪皮冻"，随自己的喜欢，多寡随意，让猪皮冻增加香气。猪皮冻颜色棕褐，不放酱油的基本上是纯粹白色，晶莹剔透，润滑清凉，像夏天里做的凉粉，花生米、莲子隐隐约约，如同一块远古的琥珀。猪皮冻含有多种有益元素，不油不腻，滋阴养血，清热泻火，还有美容功效，因此深受人们喜欢。

做好的猪皮冻，冷藏在冰箱里就行，能放较长一段时间，随时可以拿出来食用，做零食做菜都非常惹眼。在包饺子、包子时，用些猪皮冻拌到馅料里，就是许多人日思夜想的灌汤饺子、包子，吃起来烫嘴，满屋飘香，满嘴流汁，好吃得让你没有时间说话。

吃猪皮冻比较简单，切成小薄片就可以吃了。不过吃猪皮冻最好用些蘸料，一蘸一咬，斯文弥漫，咸香糅合，风味更足。葱花、姜末、蒜泥加一些生抽、陈醋、小磨香麻油，就可配成极好的蘸料，吃辣的加些油辣子，有的人直接用老干妈也行，还有的人只用一点酱油、一点醋，极简风格，和猪皮冻的纯净清凉也是十分搭。

猪皮冻固然算不上大菜，只是厨余废物利用做出的小点，但是满满的风味却无法遮挡，对于吃惯了火爆钵子菜的津市人来说，来一碟猪皮冻，恰逢其时，用来佐酒无疑最有趣味。猪皮冻闻起来暗香冷艳，轻咬弹牙，落口消融，嘴里尽是胶原蛋白，清凉在口腔里渗透。吃一口猪皮冻，喝一口火烈的烧酒，冰火两重天，温柔的盾与激烈的剑交锋，如同一种久别重逢。兴高采烈，千山万水，千言万语，不知道从何说起，忽然天上，忽然人间，滑滑溜溜，凉凉爽爽，火火辣辣，纵横交错，余味无穷。可惜现在还做猪皮冻的人已不多见，这就是一个怀旧版的"预制菜"，价廉物美，曾经带给我们不少舌尖上的满足，如今已经一去不返。

2022 年 2 月 13 日

螺蛳的记忆

不知从何时开始，螺蛳粉突然成为青年人追捧的美食。据说汤底由螺蛳熬成，可终究看不见一颗半粒螺蛳，螺蛳粉里无螺蛳，多少让人有些失望。春末夏初，又是吃螺蛳肉的大好季节，一些地方也有"明前螺蛳赛肥鹅"之说，这个季节螺蛳肉肥嫩可口，也最为纯净。过去，肉食品供应紧缺，各家各户就得自己寻找蛋白质脂肪来源，养几只下蛋的鸡，下河沟抓鱼摸虾，到黑市里买些青蛙、螃蟹、河蚌、螺蛳、斑鸠之类，都是盘中餐，能解燃眉之急，使正在长身体的我们不至于缺乏营养，螺蛳肉也成为儿时温馨的记忆。

螺蛳肉我们习惯称之为螺坨肉，过去做菜要剥壳剔出净肉来炒着吃。改革开放后螺坨肉渐渐退出餐桌，却被人们带到夜市大排档，做成"嘬螺"，风味特足，大行其时，直到近年才被红艳艳的小龙虾抢去风头。

泡洗干净的螺坨肉，烧水加盐、白醋煮开，去掉一些腥味，也保持肉质鲜嫩。螺坨肉绵密细腻，绵软Q弹，嚼劲十足，需要浓重味道来渗透、浸润，才能入味，所以一般都是做成重口味，重油、重辣、重香料。

辣炒螺坨肉最为简单，大火烧锅，放菜籽油，起烟时倒入螺坨肉翻炒，下姜丝、尖红椒段、青椒末、蒜果末，放辣椒酱或豆瓣酱、酱油、盐，大火快速炒透，螺坨肉炒老了就嚼不动，用一点水焖几分钟，更好入味，待到收汁时，放一把切段的韭菜，继续翻炒均匀，起锅就好。

也可以干炸成麻辣螺坨肉，炒锅烧热放菜籽油，倒入螺坨肉，快速炒干水汽，放盐、干椒、老姜、桂皮、八角、花椒，翻炒入味，放一点酱油调色，放大蒜末、新鲜青红椒末、紫苏叶末、葱花一起烩锅，即成喷香的干炸麻辣螺坨肉，这是难得的极品下酒菜。吃螺坨肉不能性急，囫囵吞枣，尝不出滋味，也不利于肠胃消化，要一粒一粒地拈着吃，细细咀嚼，慢慢饮酒，才有无穷的余味。

喜欢炖钵子的津市人当然不会放过任何机会，只需要简单几步就能将螺坨肉做成钵子，这就是江湖流行的干锅螺坨肉。炒锅放足量的菜籽油，放生姜、大蒜、辣椒、桂皮、八角、花椒一起炒出香味，倒入螺坨肉，加料酒、酱油、盐，加极少的水一起炒透。平底铁锅铺上一层洋葱丝，倒入炒好的螺坨肉，撒上一些胡椒粉、紫苏叶、葱花，端到桌上炉用小火煨起，煨到油汁吱吱作响，鲜、辣、香味袭人，一浪一浪冲击着味蕾，炖着这样的香辣干锅，不干几杯酒还真是有些暴殄天物。

但是，最刺激、最耀眼的还是夜市大排档的香辣嘬螺，让众多饮食男女乐此不疲。螺蛳带壳用清水养几天，清水里滴些菜末油，使螺蛳吐出泥沙杂物，敲掉螺蛳的尾巴，开一个小口子，便于"嘬螺"。螺蛳处理干净后，倒入开水锅里焯水，加料酒煮几分钟去除腥味，捞起沥干水气。大火烧锅，放菜籽油，放入生姜片、大蒜果、干辣椒段、桂皮、八角、香叶，炒香而不炒煳，放些豆瓣酱，炒出红油，倒入带壳的螺蛳，加啤酒、酱油，继续翻炒后加适量水焖煮，放胡椒粉、紫苏叶，起锅时撒上葱花，喜欢芫荽菜的也可以撒些，即可端上桌开吃。

春之夜，邀几位文朋诗友，来一份热气腾腾的嘬螺，点几扎冰镇鲜啤酒，家国天下，左邻右舍，天文地理，有趣无味的故事，认识不认识的路人，不过是简单的岁月静好。有人斯斯文文，用牙签将螺坨肉戳出来再吃，这可真是南辕北辙，离原汁原味的嘬螺十万八千里。嘬螺就是要用手直接拿起螺蛳，直接放到嘴里，螺蛳壳、手指甲都满是香辣味道，一吮一吸，一勾一引，留下螺坨肉，舍弃尾巴尖，舌尖一卷一嚼，汁水直流，满腔香辣。此情此景，左手嘬螺，右手酒杯，小嘬螺，大杯子，老朋友，旧时光，cheers！豪气冲天，漫卷诗书，这样的春之夜，一生无悔。

2022 年 4 月 17 日

一颗盐鸭蛋的梦想

　　"春江水暖鸭先知"之后就是五月初五，是端午节，过去乡下叫端阳。快乐也好，安康也罢，吃吃喝喝是必需的，鸭子、鸭蛋就被端上餐桌，此时盐鸭蛋才有机会登上热搜。盐鸭蛋出生于草根，纯手工制作，前生是鸭妈妈的弃儿，后世变成人们的盐鸭蛋、盘中餐。经历平凡朴实，没有大起大伏，没有恩恩怨怨。看着那些呀呀呀的黄鸭子，盐鸭蛋除了一点艳羡，再无其他复杂的思想。因为那些鸭子最后也是一出悲剧，几个月后也逃不脱挨上一刀被剁得七零八落、烹煮调味成为人们下酒菜的命运。这样想来，就心安理得立马躺平，成为鸭子还是成为盐鸭蛋，由不得鸭蛋来选择，那就随意随缘吧。奋斗的历程不同，结果一样，汉语有个成语这叫殊途同归。但是再怎么草根，也是要有梦想的，万一实现了呢。

　　不孵小鸭的鸭蛋，就被送到市场卖了，鸭蛋据说直接煎炒着吃可以败火，但腥味重，一般还是用来做盐鸭蛋。一颗鸭蛋成为一颗盐鸭蛋不是什么难事，只需要盐和时间，就有味道的嬗变。老饕袁枚在《随园食单》里称盐鸭蛋为"腌蛋"："腌蛋以高邮为佳，颜色红而油多。高文端公最喜食之。席间先夹取以敬客。放盘中，总宜切开带壳，黄、白兼用；不可存黄去白，使味不全，油亦走散。"

　　高邮就是文学大师汪曾祺先生的老家，盛产一种高邮大麻鸭，鸭多鸭蛋就多，多了就贱，但高邮人有办法，他们善于腌鸭蛋。最有意思的是高邮鸭蛋还多为双黄鸭蛋，腌为盐鸭蛋切开，里面圆圆的两个黄，双胞胎，使人惊奇不已，一下子成就了四海闻名的地方品牌。

　　盐鸭蛋在古代叫"咸杬子"，杬是一种乔木，可能含有防腐之类的特别物质，杬树皮煮的水可以腌蛋。腌盐鸭蛋的方法大同小异，有用黄泥糊加谷壳或草木灰裹着蛋的，有用冷盐开水泡着蛋的。盐鸭蛋的梦想其实很简单，有咸有油，心满意足。一个好盐鸭蛋的标准无非是足够咸、特有油。咸是资历，油是品质，有个前提，蛋壳不能破损，否则会变坏变臭。这么朴素的理想被人们包装成"闲得要命，富得流油"，他们想得好美，世界上哪有几个人能做到。

因此盐鸭蛋重要的不是怎么腌，而是怎么吃，平淡的日子要过得有趣有味。盐鸭蛋先用水煮熟，搁冷之后随时食用，极其方便，可谓是招之即来挥之即去。一般对半切开为两块，当年快餐盒饭兴起之初，奢华的标配就有半块盐鸭蛋。

过去很多家庭也要腌些盐鸭蛋，家里有客人吃饭时，常常可以救一下急。端上餐桌时有对半切的，但更多的用十字花刀切为四块，四分之一，月牙弯弯，红红白白，规整地摆在盘子里，看起来像一朵绽放的花，显得秀气一些。好歹也是一盘菜，算是尽到待客的礼数。

如果盐鸭蛋作为主菜，不妨奢侈点，一人一个。拿起盐鸭蛋轻轻敲击，蛋壳破损之后，用一张餐巾纸包裹着，在餐桌上来回滚几下，货真价实的"滚蛋"。再剥去蛋壳，蛋白、蛋黄丢到碗里，随你怎么吃。这种吃法简单粗放，少有浪费，可谓粗中有细，也吃得特别过瘾。

更为悠闲的吃法近似于一种把玩，拿起一个盐鸭蛋，颠来颠去，左瞧瞧，右晃晃，选一端的蛋壳敲破，最好是盐鸭蛋空头的那端。剥去蛋壳，用筷子掏出不大不小的洞，只要有些耐心，一筷子蛋黄，一筷子蛋白，一口酒，一口茶，干饭也好，稀粥也罢，蛋黄蛋白吃得干干净净，吃到蛋壳透亮，都看得到拿捏盐鸭蛋的手指，最后还倒竖几下，两眼放光，搜搜刮刮，连一些细屑碎末也不放过，仍然意犹未尽。

盐鸭蛋被煮熟之后，最好放到冰箱里冷藏。蛋白凝结如脂，滋润光泽，恰似妙龄少妇的肌肤，鲜咸、细腻、柔嫩、滑润、沁凉，盐味是时间带来的沉淀，盐鸭蛋腌的时间越久盐味越重，油汁越丰富，口感越厚重。有油的蛋黄吃起来才不渣，鸭蛋自有的那种腥味也变得极为冲淡，飘飘忽忽，倒是额外添加了一丝神秘感。蛋黄被油包裹渗透，橙黄泛红，闪亮惊艳，轻轻咀嚼，细细沙沙，仿佛一首平平仄仄的田园古诗。山丘起伏，小溪流水，隐隐约约彰显一种美食的存在感。只需要那么一点点，浑身通透，微微战栗，足矣，足矣，从心底里冒出一种被征服的感觉。

2022 年 6 月 18 日

一颗皮蛋的臭心思

　　《鱼翅与花椒》是英国人扶霞·邓洛普（中文名邓扶霞）写的一部关于中国菜的美食游记，她在序言里开篇就写道："一家装修挺前卫的香港餐馆，上了皮蛋作为餐前开胃小吃。蛋被一切两半，搭配泡姜佐餐。那是我第一次去亚洲，之前几乎没见过晚餐桌上出现这么恶心的东西。这两瓣皮蛋好像在瞪着我，如同闯入噩梦的魔鬼之眼，幽深黑暗，闪着威胁的光。蛋白不白，是一种脏兮兮、半透明的褐色；蛋黄不黄，是一坨黑色的淤泥，周边一圈绿幽幽的灰色，发了霉似的。整个皮蛋笼罩着一种硫黄色的光晕。仅仅出于礼貌，我夹起一块放在嘴里，那股恶臭立刻让我无比恶心，根本无法下咽。之后，我的筷子上就一直沾着蛋黄上那黑黢黢、黏糊糊的东西，感觉再夹什么都会被污染。我一直偷偷摸摸地在桌布上擦着筷子。"看到这里，我不由笑出声来。想起前不久单位发的节日福利，正有皮蛋。虽然饭点不到，但我已控制不住自己，跑到厨房拿了一个，三下五除二，剥去灰灰花花的外壳，几口就吃得干干净净。如此"裸吃"，一腔清凉，满嘴余味，惬意直通肠胃，感觉极爽。

　　邓扶霞无法理喻的皮蛋，有的人称之为"黑暗料理"，唯恐避之不及。皮蛋却又像中国戏曲里不可或缺的小丑，受到追捧，萝卜白菜，各有所爱。那种晶莹剔透，那种彻骨沁凉，那种淡淡的臭滋味，不知有多少人为之痴迷。皮蛋的制作历史悠久，只要有盐、草木灰、石灰、茶水、泥巴、谷壳，就能制作出美味的皮蛋。皮蛋并不是湘西北的特产，但吃法倒是不断推陈出新，很早就在餐桌上占有一席之地，过去一直是家庭中比较快捷的待客菜。记得小时候家里来客人，母亲就会做皮蛋拌豆腐或烧辣椒拌皮蛋。

　　皮蛋拌豆腐可以深度融合，也可以若即若离。深度融合需要把皮蛋、豆腐加上姜蒜汁、酱油、葱花、少许盐、胡椒粉、小磨香麻油，吃辣椒的就用些辣椒油，也可以切些新鲜的小米椒圈，一起搅拌均匀，搅拌时间要长一些，使皮蛋、豆腐接近成茸，黑白相融，充分入味。拌好之后放到冰箱里冷藏一会儿更绝，吃的时候最好用小汤勺舀着吃，细腻入微，沁人心脾，十分下饭。若即若离则粗放一些，只将皮蛋和豆腐切小块，或者干脆就用筷子随意戳成小坨坨也行，一起装入碗中，撒点细盐、葱花、胡椒粉、小米椒圈，淋上姜蒜汁、酱油、辣椒油、小磨香麻油，不用搅拌，只稍微颠簸几下，让皮蛋、豆腐、作料相互交错，却又相互独立，自由散漫，像一篇形散而神不散的散文。

烧辣椒拌皮蛋也很简单，皮蛋剥壳后放入碗里，用筷子戳成小坨坨。选个头大、肉质厚的青红辣椒，放炭火上烧，要用点耐心转着烧。肉质不能烧煳又要烧软熟透，烧好的辣椒搁在一边放凉后，撕去已经烧煳变黑的表皮，洗干净用凉开水过一下，再将辣椒撕成细条，那些辣椒芯也可以保留下来，一起放入碗里盖住皮蛋，淋上姜蒜汁、酱油、陈醋、小磨香麻油，撒些胡椒粉、葱花，烧辣椒的一丝焦煳味道和皮蛋的鲜滑碰撞在一起，满满的香辣烟火气，很多人喜欢吃。餐馆里更讲究一点，把皮蛋一切为四，在盘子里整齐摆成圆形，将烧辣椒置于中间，淋上作料。有的餐馆突出农家特色，用擂钵擂烧辣椒皮蛋，不过是一个噱头，其实口感无多少特殊变化，相反把皮蛋烧辣椒擂成一塌糊涂，坏了颜值，有些得不偿失。

现在做烧辣椒的还是比较少了，更多的餐馆是直接用炒辣椒浇皮蛋。皮蛋切好摆盘，新鲜青红椒切末、姜蒜切末，大火烧锅，放油烧热，将辣椒末姜蒜末一起下锅炒香，放盐、酱油，炒到熟透，趁热淋到皮蛋上，嗞嗞几声，热气上冒，撒上葱花、胡椒粉，炒辣椒浇皮蛋，冷热相激，香喷喷的使人食欲大增。

平常我们习惯于皮蛋冷吃，皮蛋热吃也极有风味。最为常见的皮蛋瘦肉粥，也不知道最初是从广东还是从哪个地方传来。一点姜末、一点瘦肉末、一些皮蛋碎末，加入熬煮好的白米粥里，继续熬煮几分钟，加一点盐、胡椒粉、葱花，在酒后、感冒后趁热吃上一碗，能醒脑提神，疲惫之身，立马满血复活。皮蛋煮苋菜则是美食界的一碗奇葩，两个互不搭界的食材组合，也曾经独领风骚。红苋菜择好洗净沥干水气，大火烧锅，放油润锅，加化猪油，下蒜瓣、姜末爆香，倒入洗净的红苋菜，猛火炒至出红汁，加水，放入剥好的皮蛋，用锅铲戳成小块，大火烧开，加盐酱油胡椒粉调味。皮蛋煮苋菜，真是神奇的组合，苋菜细嫩，皮蛋味浓，汤汁鲜美，喝上一口，神清气爽，流出一身热汗，顿时无比通透。就这样一颗平淡无奇的鸭蛋，经过时间的浸润、演变，带着历史的积淀，怀着它的一点臭心思，用神秘的氨基酸，终于使人们的味蕾彻底放弃抵抗。

2022 年 7 月 31 日

秋天的老鸭汤

"后来知道汪家桥社区附近有一个叫'老鸭汤'的小钵钵馆，在'黑瓦屋'里面，经过仄仄的巷子进去，不起眼的平房，也没有修缮装饰，几张桌子，几把凳子，就是个小钵子餐馆，主打菜是老鸭汤，整只的鸭子，炖得酥烂，一扯就散，汤鲜肉美，喝汤喝得汗水涔涔，吃肉吃得淋漓尽致。老婆婆介绍，先将整只鸭子剖洗干净，焯水漂去血水，再放到钵子里加水加姜片旺火清炖，中途加上一种特制的泡菜配料，炖好后再加其他佐料。那种配料当时还是从外地买回来的，现在本地超市都有卖的，已经不稀罕了。红的表妹嫁到台湾，每次探亲返台也带几包老鸭汤配料过去，家乡的味道，总是可以解馋，借以消解思乡的愁怀。"

这段文字是我8年前在《话鸭》一文中对津市汪家桥老鸭汤的叙述。那家店子的老板是一对老夫妻，他们用的是成品老鸭汤泡菜配料，有的是酸笋条，有的是酸萝卜条，对老鸭汤味道并无影响，只是吃配菜时口感略有差异。如今，汪家桥那片"黑瓦屋"区域早已拆迁，老鸭汤店关闭了还是搬到别处去了？我不知道。汪家桥老鸭汤已经成为津市人的一种美食记忆，曾经是那么温馨而美好。

鸭肉一直是人们喜欢的美食，炒血鸭、啤酒鸭、飘香鸭、烤鸭、干锅鸭、老鸭汤、酱板鸭，做法花样百出，各具特色，老鸭汤算是最为简单的一种。炖老鸭汤有超市买来的成品配料包，因此许多人能够在家里做老鸭汤，只要有充裕的时间，恰当的火候，足够的耐心，做出美食几乎是零失败。鸭肉营养丰富，特别是烟酸含量高，对人体大有裨益。秋天里喝点老鸭汤，可以减少秋燥，清热健脾，养胃生津，止咳润肺。

选取老鸭一只，宰杀清理冲洗干净，放入开水锅里焯水，倒一些料酒，翻滚几分钟，漂去血水，去掉鸭腥味，捞起整只放入土钵子或瓦罐子里，倒冷水，放姜片、少许花椒粒，加入配料包里的泡菜，酸笋条或者酸萝卜条、泡姜、泡山椒，大火烧开，炖几十分钟后再转中小火煨，直到可以用筷子轻松戳进鸭肉里去，满屋子已是鸭肉飘香。根据汤的咸淡和个人喜好放一点酱油调色，或者保持原色不放酱油，只放少许盐、胡椒粉调味，撒上葱花，即可端上餐桌，可继续用小火煨着。大多数家庭制作一般将鸭子剁成小块，程序基本一样，有人改用现代化的电紫砂煲，主料配料和水放足，开关一按，中途不用管事，十分方便，更为安全，味道也并不差。如果要赶时间，就用高压锅煮老鸭汤，只是速成的味道，总让人感觉有些不对，大概就是因为失去了往日那种慢节奏的意韵。

鸭肉最后炖到酥烂，稍微撕扯，脱骨成条状，丝丝缕缕的，几乎入口即化，特别细嫩鲜香。舀一碗老鸭汤，清澈黄亮的老鸭汤，油花荡漾，香气四溢。扯一小块鸭肉，浸泡其中，云遮雾绕，琵琶半掩，正如《诗经》里的意境："蒹葭苍苍，白露为霜，所谓伊人，在水一方。"你眼光所见，你鼻子所闻，你内心所思，一股无法拒绝的酸香，扑面而来，吃肉喝汤，瞬间勾起你浑身的欲望。

但是心急喝不了老鸭汤，老鸭汤像是满带着神秘的故事，是一则关于等待的寓言。一只鸭子成为一钵汤，经历了一段漫长的时光，这个过程需要火候，需要时间，需要等待，看起来安静平和，却是暗波涌流，一切都是芳香迷住了人们，看起来风平浪静，低调到了最底层，实质上无比灼热。所以喝老鸭汤也需要等待，等待时间荡去老鸭汤的滚烫之气，温度慢慢降低，等待云开雾散，一切归于平静。这时的老鸭汤清而不淡，如同秋日的阳光，细腻、温和、柔软，一种无孔不入的气息，经历旷日持久的炎炎苦夏之后，来一碗热气腾腾的老鸭汤，开胃爽口，提神醒脑，直抵心底最为暗黑的地方，浑身通透，熨熨帖帖。

"久旱逢甘霖，他乡遇故知。"远离故乡的人总是有一种隐隐约约的漂泊感，心灵干涸，无所适从，满脸焦虑。不如回归美食，炖一钵故乡味道的老鸭汤，邀几位新朋老友，在这个干旱的秋天，咸鲜醇香的老鸭汤无疑是一剂治疗心灵的汤，治疗乡愁，治疗失意，治疗情伤。

等到吃鸭肉、喝鸭汤已经差不多时，老鸭汤钵子里还可以下一些事先泡发好的干红薯粉丝。红薯粉丝不易入味，经过老鸭汤煮过之后，入味若即若离，热度高高低低，滑溜弹牙，边吃边吹，呼之拉之，尽显人间烟火的趣味，也是极其过瘾。

2022 年 9 月 17 日

第四辑

街巷菜单

卤蹄子

津市卤菜大概也算得上是湘菜的一支，在九澧一带还是很有地位的，而卤蹄子是津市卤菜的当家货，卖卤菜的地方基本上都有卤蹄子，可以说是老少咸宜。在小城生活已近30年，也没统计过究竟吃了多少卤蹄子。仔细想来，比较合我胃口的大概也就是华华夜市、中华酒家、站长卤菜的，其他地方的印象都不深。这三家一冷、一热、一不冷不热，三种风格，各领风骚。

华华夜市在津市新村万寿路口。"新村"其实是个老小区，多年前政府修建的居民小区，开放式的，后来搞房改，有些房子卖给了私人。改革开放后，一楼的得地利优势，顺势扩展搭建，改了门面对外出租。由于年代已久，红砖外墙早已满是斑驳，花样百出。进出小区的电线什么线也是有如蛛网，盘根错节，乌七八糟。这几年，政府搞棚改，搞"三改四化"，新村拆除违建，"穿衣戴帽"，小区的路也全部黑化，铺了沥青，整治得灵灵醒醒，老村顿时焕发青春，又像模像样地成了新村。

华华夜市就在这新村西南方向的入口处，背靠老湘航公司的金帆大厦。几间旧屋，操作间都占了人行道，米面、炒米面，各种卤菜应有尽有，小有名气。赌博佬、酒醉鬼、偷情客、夜闹神们半夜三更半路过这里，都会去吃一碗米面，啃个把卤蹄子，呼之啦之，嘴巴一抹，回去酣睡，特别安稳。

那个米面，用的是机制米面。这里要解释一下，米面是宽的、扁的，米粉是圆的。米粉、米面实质一样，但是外观不同，口感也不同。米面也有手工的，没有机制的细腻，更为粗犷、朴实，更为原生态。其实米面味道大同小异，差异在于那一大锅汤。熬汤，基本的原料是猪杂骨、墨鱼、虾米之类，汤鲜美，不油腻，就是极品。下米面要先舀汤到放了酱油胡椒等基本调料的碗里，再将米面放入滚水里烫透，时间不宜过长，烫热即可。时间过长米面就会成末，筷子拈不得。烫好的米面放入碗里，盖上简单的肉丝码子，撒上芹菜叶末就可，如果不吃芹菜，撒上葱花也行。一般来说我们这里米面放芹菜，米粉放葱花，其中有什么讲究倒是从来没有问过。

跑偏了，回到卤蹄子。那个卤蹄子，都选取的猪脚爪部分，大约也就是家常卤法。凉透之后，也显得干净清爽，看起来并不油腻。卤蹄爪子计价是按个数，对半劈开，半边算一只，时价大概 8 元左右，算是适中。很多人喜欢买几只，剁成小块，再拌点姜汁蒜泥葱花油辣椒调料，妥妥的美滋美味。有段时间，因为家里开了个茶楼，值夜班到 11 点多钟回家经过这个路口，肚子就情不自禁地有些打鼓，就自觉不自觉地拐进去，切点卤干子小肚子，安慰一下劳累之躯。我只要个蹄子，我的吃法简单，不砍不剁，不要佐料，直接拿起就啃，这种的吃法我戏称为"裸吃"。嘴巴撕咬，双手拉扯，撕撕咬咬，拉拉扯扯，好似人生味道都在这里了，什么筋丝肉屑都不轻易放过，到最后就剩下一堆干干净净的骨头渣子。也不需要顾忌吃相，我们就是一群乡野小民，何必那么多穷讲究呢？华华的卤蹄子用手拿着啃十分方便，因为煮的火候恰到好处，煮得不烂，冷了的猪皮蹄筋富有弹性，很有咬嚼，韵味十足，因为不油、不腻、不黏，啃完之后，嘴、手用餐巾纸稍微擦一擦也就行了。裸吃只有享受，没有麻烦，岂不刚刚好？

中华酒家原先在刘公桥庙那边，临近澧水防洪大堤。后来那里搞旧城改造要拆迁，搬到了银苑西路，租的金世纪小区的门面。卤蹄子一直以来都是中华酒家的招牌菜，记得刚来津市工作就吃过，应该也是家老店，不过再老也就是起于"改开"之后吧。津市街上许多餐馆的开山师傅基本上都来自国营集体饭店的大师傅及其徒弟，改革开放后，他们如鱼得水，纷纷自立门户，使得津市的餐饮风生水起。

中华酒家的卤蹄子是"热卤"，煮的时间长些，卤得彻骨，最好是刚从卤锅里捞出，还热气腾腾，就要趁热吃，卤香扑鼻，皮软，筋糯，肉酥，烂而不渣，还稍微有些烫嘴，吃得糊嘴巴。这么黏糊的东西，吃完之后，需要认真清理嘴巴和手。酒家备有一次性手套，但我总感觉戴着那个套子有种怪怪的味道，不如手直接拿着啃刹瘾。宁愿啃得一塌糊涂，狼狈不堪，然后去洗手揩嘴，为了美食，不顾一切，无所谓雅与不雅。

蹄子胶原蛋白含量丰富，据说是美容佳品，很受女性们的追捧，因此猪蹄子在宴席上出现的机会也多。小城原先有位领导老家是岳阳那边的，在席上看见有蹄子这个菜，他就来劲，常常带着浓浓的乡音，开女士们的玩笑：来来美女们，这个东西好，多洽点，洽了美容地，美容地。他的乡音"美容"近似"卖淫"，说得几个美少妇笑也不是，骂也不敢，只好装疯卖傻，装聋作哑，要么啊啊疯癫喝酒，要么默默低头吃菜，一席的氛围就活生生让他成了焦点。不过，他是领导他不是焦点谁是焦点？想想也就对了，也就见惯不怪。

站长卤菜店的卤蹄子，介乎华华夜市和中华酒家之间，如同华华夜市的那么冷、净，比之要软糯；如同中华酒家的那么软糯，却是凉透了吃，齿间就带了弹性，口感显得厚实，加些佐料更妙，特别是那浓郁的姜汁蒜泥味道，顿时让人味蕾大开，涎水直流。如果是在炎热的夏天，配上冰镇啤酒，那般清爽滋味，啧啧啧，这里就不再赘述了。

现在，因为喝水都长肉，所以，不得不压抑了啃卤蹄子的欲望，调整了每个月啃卤蹄子的频率。日子一长，偶尔馋心蠕动，还是有点思想。

2015 年 10 月 9 日

猪头肉

　　过去经济条件差，过年时能够买个猪脑壳，猪拱嘴、猪舌子、猪耳朵、猪脸皮、拆骨肉，就应有尽有，就是很丰盛的了。这些都可以单独为菜，无论是趁新鲜吃，腌制成腊货吃，还是卤制了吃，都各有千秋，都是极好的下酒菜，不过大都是回锅炒红油炖的重口味。

　　猪拱嘴，就是猪的嘴巴部分。外观就是那个奇葩样子，嘴唇厚道，两个鼻孔十分抢眼。我所知道的食用方法是腌制：盐腌，风干，熏制，成为腊货，腊拱嘴煮熟后切成薄片，回锅用青红椒大蒜等作料翻炒即可。制作得好的腊拱嘴，切出来颜色油亮，筋道分明，吃起来既有软糯口感，又有嚼劲部分，的确有助酒兴。猪的嘴巴如此有助酒兴，想起都感觉奇奇怪怪的，可人们偏偏好这一口，而且有瘾。

　　猪舌子，俗称"獠舌"、"口条"。獠舌主要是腌制或者卤制了吃。寒冬腊月，就腌制，晾干后可以再熏一下，腊货气息更浓。在平时基本就是卤制，现卤现吃，也很方便。腊舌子洗净煮熟，切成薄片，加青红椒、大蒜之类回锅翻炒，香味醇厚，肉质饱满，人舌猪舌奇妙的相遇，大约是一道有些古典意味的下酒菜。卤制的獠舌可以回锅炒着吃，也可以加姜汁蒜泥辣椒油凉拌，每次在刘聋子吃米粉，总是还要吃一小碟卤猪心猪舌牛肝之类，味道中规中矩，但是现在想来我还从来没有问过其中究竟是猪舌子还是牛舌子。

　　猪耳尖，是猪头上的帅哥，煮熟切开，一根软骨，泾渭分明，看起来极其养眼。猪耳尖无论腊货还是卤制都可以裸吃，就是什么作料也不要，切了片直接吃，软骨嚼得清脆响亮，抿一口酒，荡气回肠。前些年，母亲总要腌熏一些猪耳朵，吃团年饭时，那是一碗特色菜。可是，每次那碗煮熟切好的猪耳尖总是等不到回锅炒，就被我们几个你一下我一下当作餐前心裸吃得所剩无几，母亲又只好去追加。也不知道是什么时候的糕点师傅，从中获得了灵感，制作了猪耳朵这种点心，脆梆梆的，又不油腻，闲在家里看书看电视，边看边吃，一口一个，好玩好吃，如果配上一壶红茶，更是绝妙。

猪脸皮，俗称"猪脸薄肉"，稍微肥腻一点，但回锅加作料炒好，味道厚重，口感绵软，也是下酒下饭。过去有段时间，K哥特别喜欢吃这个菜，不论在哪里吃饭，只要餐馆里有，都要特别点一份青椒炒猪脸薄肉。K哥为人很好，疾恶如仇，性子急躁，却又特别嚼筋，啰唆得近乎猥琐，一定会反复交代反复嘟囔要加什么作料怎么炒。不过，按照他的指点炒的猪脸薄肉味道还真心不错。后来他的血压、血脂之类的指标噌噌地直线攀升，身体亮了红灯，还是有些怕死的他才心不甘情不愿地禁了嘴，躲在办公室里喝茶养生。可是，江山易改，本性难移。现在，他刚刚调了好单位，心情自然是极好的，心情好胃口就好，看到肥美的猪脸薄肉，不知他是否也还想偷吃几口？

不肥腻的是拆骨肉，基本上是精肉，也有连着脆骨的，可以直接回锅炒的，更多的是做成香辣口味的红油猪头肉钵子。做红油也有讲究，功夫基本就是看火候的把握，火候不到，红油不香，火候过了，辣椒炸煳，颜色黑暗，红油也带有焦煳味。母亲过去做菜一般用辣椒面做红油，菜籽油炸好，直接淋到辣椒面碗里，呲呲直响，焦香扑鼻，食欲大增。如果是用干辣椒段做，先将辣椒用点水泡湿润，下油锅才经得起炸而不煳。也有用剁辣椒做的，锅里油炸开，将剁辣椒放入，热油与剁辣椒快速融合交汇，激出红色素，酸辣味的红油也就制成了。过去老家那边赈酒流水席做红油羊肉就是放的这种红油，汤汁红亮，酸辣鲜美，十分爽口，已经很久没有吃到这种羊肉了。现在的厨师基本是用郫县豆瓣酱，豆瓣酱本身就用红油泡着的。豆瓣酱入锅里和姜丝桂皮八角花椒一起小火稍微炸一下，各种味道合为一体，再加入猪头肉大火翻炒，就可以装钵上炉开炖了。要记住大蒜果、大蒜叶、葱花、鲜辣椒之类都可以在吃的时候再放，放早了炖得稀巴烂的看相不好，口感也差。此时，小火煨起，红油翻滚，香气四溢，喝酒也好，吃饭也罢，那个景象，如同仙境。

纵使以上这些都吃完了，还有猪脑壳骨架，煮熟后就已经散架，用那个汤煮点萝卜豆渣海带什么的，正好解腻，就是那些骨头，也还可以啃一啃，骨头旮旮旯旯里总还有残余的肉屑，总会有些收获的，只是骨头上还有牙齿，有些狰狞。啃骨头是那个年代的奢华，不浪费东西，把骨头啃得干干净净是那个年代的风尚，如今已难得看到这种景象。

红油猪头肉是津市一些餐馆的特色菜，但在津市吃猪头肉首选还是老李猪头肉馆。老李的馆开在三洲驿菜场边上，农业银行大楼后面，就是普通民居一楼改成的，客厅里卧室里阳台上放了大小几个桌子，环境有些差。吃饭时人一多，说话声、手机声，此起彼伏，嘈杂喧哗，如同菜市场，稍微有点身份的人可能都不得去。老李很是了不起，开这么个猪头肉馆，箍紧了祖孙三代大几号人。他的灶台就在餐馆入门口，每次去，发现他都是处于忙碌之中。大多时候嘴里叼根烟，烟灰都快掉下来，这种情景不知道饮食卫生管理部门看到了罚不罚款？情绪好时笑一笑，点点头，更多的时候是头也不抬一下。洗锅，炒菜，放作料，装钵子，忙得不亦乐乎。他容不得别人在他面前啰唆他的菜好吃不好吃，烦透了就火冒三丈，开赶别人："你走你走，不要你的钱了！"原因无非是生意红火，不愁客源，不怕得罪客人。到底有没有不结账就走人的，不得而知。不过话说回来，他的猪头肉加了猪肠子，满是红油，味道香辣，口感浓郁，独具特色，在津市算是一味。牛皮哄哄的掌做师傅来点牛脾气也情有可原，估计没有谁去和他顶真一般见识。有次和土豆、谷子几个去得有点晚，没有地方坐了，问起老李头，他只顾炒他的菜，锅铲弄得山响："去对门，去对门，对门一样的！一样的！"我们老老实实顺他所指，到对门一家店子坐下，点了猪头肉之类，上菜才知道与老李头八不相干，色香味是天上地下，根本无法比较。尽管受到老李头如此待遇，隔不了几天，我们几个煽完经，问到去哪里吃饭，还是不自觉地要跑到他那里去吃猪头肉。

有人说猪头肉是发物，吃多了不好，不知道真假。土豆说他有痛风，不敢多吃，我和谷子倒是无所顾忌，反正也没有谁天天去吃，过一阵子去解解馋未尝不可。人生一世，草木一秋，想那么多干吗？人为嘴巴，不讲原则，此为一例。

2016 年 5 月 1 日

鳑鲏鱼

我们叫鳑鲏鱼为屎黄皮，也有叫四方皮的，湘西北一带常见的鱼，不知道屎黄皮四方皮谁是谁的变音，可能都来自它的学名：鳑鲏鱼。个头长不大，一般只有一掐（读 ka）半掐长短，湘西北农村把拇指和食指尽力反向伸开的距离称为“一掐”，十多厘米。鳑鲏鱼菱形模样，显得单薄，像是缩小版的鳊鱼。雄屎黄皮，个头更小，肚皮局部区域有些淡黄色，也算是颜色艳丽，这可能就是屎黄皮这个俗名的来由。闲时经常看央视的《动物世界》，人类是女为悦己者容，自然界却是反了过来，常常是雄性绞尽脑汁刻意装扮，就是为了吸引雌性，争夺交配权，以便广泛传播自己的基因。屎黄皮肚皮下面常常拖着一根长长的黑线，黏糊糊的，后来才知道那是雌屎黄皮的排卵管。屎黄皮养育后代要依赖河蚌，到了产卵季节，屎黄皮自由恋爱成功后，就结伴寻找河蚌，一旦发现合适的河蚌，雌鱼就伸出产卵管，插入河蚌的入水孔中，把卵产在河蚌壳里，紧接着雄鱼也在河蚌的入水孔附近射精，喷出一团白雾，精子随水流入外套腔使卵受精，受精卵依附在河蚌腮瓣间进行发育，无忧无虑，直到孵化成幼鱼。

记得小时候，哥哥们在涔水河滩、稻田野沟搋鱼，搋鱼是方言，用这个搋字不知道是否恰当，就是取这个音，又带有动手握持布置的意思。就是用撮箕一类篾制器具捉鱼，找到有沟坎有流水的地方，在水流上方放好撮箕，守株待兔式地坐等鱼儿游上水，一下子就栽倒在簸箕里，活蹦乱跳，大多数是再也蹦跳不出去的。有时候也要主动游击，河滩涨水退水后留下许多大小不一的水坑，里面有鱼，直接用撮箕到水坑里撮。浑水撮鱼，也有收获，最多的是鲫鱼、刁子鱼、屎黄皮一些小杂鱼，还有泥鳅、虾子、盘夹（螃蟹）之类。如果鱼虾太少就直接做了当日的主菜。那时候吃油紧张，油酥干炸得很少，基本上就是鱼虾蟹一起下锅，小火干炕翻炒，虾蟹立马变得红艳，再放点油盐和青红辣椒大蒜末一锅烩，姜都用得少，依然是有滋有味，十分搭饭。如果运气好，鱼虾比较多，一餐吃不完，就掐去内脏，清理干净，盐腌后或者直接铺到簸箕上，放到太阳底下晒干，空气里尽是鱼腥味，引来许多绿头蝇嗡嗡地在屋前屋后盘旋。不过经过6月间烈日头的曝晒，鱼虾水分蒸发极快，细菌无处藏身，绝对不会变质，可以储藏很长时间。在缺少肉食的年代，这些干鱼干虾是我们盘中餐的奢侈品。当然那些盘夹就不用晒了，晒干了也就是一坨壳，不如直接吃新鲜的为好。

对于屎黄皮来说可能干炸还是最正宗的吃法。津市刘公桥路自来水公司旁边有家餐馆，叫聚芳，两姊妹开的，不知店名是否与此有关？两姊妹颇有姿色，人也勤快。店面不大，两个门面，楼上楼下，环境逼仄，不过整洁。店里的菜看起来灵灵醒醒，也不花哨，家常味道，只是价格并不便宜。店子应该至少已经开了20多年，生意一直不错，人气很旺，很多领导干部都喜欢在这里吃，至于是因为菜好，还是因为人靓，那就不得而知了。她们的主打菜有牛腩钵、菌子钵、土鸡钵、鸽子钵、鳜鱼钵之类，其实都谈不上什么特色，我倒是喜欢那里的酸盐菜炒鸡蛋、干炸屎黄皮，地道农家风味，前者下饭，后者下酒。聚芳的屎黄皮腌得咸淡适宜，炸的火候、油温、油量、时间控制到位，鱼香骨酥，温凉适度，也不油腻，可以直接用手拿着吃。鱼肉鱼刺一起嚼，听得见那清脆的声音，不管是粗放男人还是斯文女子，都差不多是两三口一个。咬一口鱼，抿一口酒，十分快意，偶尔在那里吃饭，这个菜是少不了的。

有一年，读到一位上海网友写故乡的博客，她是津市人，谈到一些故乡美食什么的，我在留言谈及屎黄皮，惹得老乡做梦都想回来吃这个屎黄皮。屎黄皮并非什么起眼的鱼，人们怀想的是那些家乡的味道。后来她回家探亲，她的一群同学朋友天天陪她，也不知道到聚芳去吃过正宗的干炸屎黄皮没有？

2016年5月5日

刁子鱼

　　1985年,应该是春末夏初季节吧,高考预考没有过关,正式高考参加不成,灰溜溜领了张高中毕业证提前卷铺盖回了家。整天待在家里闷闷不乐,就去一个同学家玩,他和我一样,同病相怜。到他家里,已经过了午饭时间。可是我正是长身体的时候,饥肠辘辘,肚子咕咕叫,瞒也瞒不住。那时候经济刚刚复苏,也就是能混个肚子饱,同学家里也没有其他什么吃的。同学还显得不好意思,他打开碗柜:"嗨,今天连现饭也没有了。"他在碗柜里搜寻着,端出一个烟熏得黢黑了的小钢精锅,问我:"这里还有中午剩下的几条刁呆鱼,吃不吃?"我饿极了,忙不迭地点头,赶忙接过钢精锅,不知道同学家里是谁掌勺,估计是他妈妈吧。刁呆鱼是干锅的,还剩下两条半,更多的是青辣椒末之类,汤汁很少。我不再啰唆,拿起筷子埋头吃起鱼来,同学和我有一茬没一茬地说话,我也只顾点头。刁呆鱼小,还是有些细小的"哈刺",我尽管饿,还是小心谨慎,筷子、手指并用,择去那些"哈刺"之后,囫囵吞枣,最后连鱼冻辣椒都一不撸收全吃光了,肚子这才稍微安静,心情才平稳下来。这大概是我吃鱼记忆最深的一次,也就记得了煎的鱼放冷了吃又是别有风味。现在,我还是喜欢吃那些干煎之后没有吃完放冰箱里冷冻了的鱼,有肉有鱼冻,嗦一嗦满带鱼冻的鱼骨头鱼刺,那种感觉,沁人心脾,非常美味。

　　刁呆鱼,我们也称刁子鱼,在湘西北河里湖里池塘里到处都有。种类很多,细长条,个头长不大,一般筷子长短,浑圆厚实,肉质细嫩,干煎干炸都很好吃。我不知道刁呆鱼的学名究竟叫什么,湘西北一带都喊作"刁呆鱼"。这种鱼反应很迅疾灵敏,在水里像箭一样射来射去,但是钓起来却又十分容易,而且方法简单,被人们称为"刷刁呆",意思大概就是指刁呆鱼很傻很天真,可是,俗语里刁呆鱼却又是聪明狡猾的同义词,又刁又呆,想不到这种不起眼的鱼也是一个矛盾综合体。

　　干炸刁呆鱼做法和干炸屎黄皮大同小异。但有的人喜欢将干炸好了的刁呆鱼，再加辣椒末姜末蒜末回锅稍炒几下，加一点水，焖干水气，即可出锅，口感柔和，滋味香辣，不像干炸那么枯，那么脆，那么纯，炸得老一点的连鱼刺都可以一起咀嚼，风味独特。这种做法适合较小的刁呆鱼，如果刁呆鱼稍微大一点，还是做干锅比较适宜，可以原汁原味地保留刁呆鱼的河湖鲜香。

　　选三五条尺把长的刁呆鱼，除去内脏，鱼泡可以留在腹内，清洗干净，抹盐暴腌，煎之前再冲洗一次，稍微沥干水气，如果有厨房用纸直接用纸揩干即可下锅煎。要注意干煎和干炸还是有区别的，干煎的鱼，实际是浅尝辄止，因此外焦里嫩；干炸的鱼，要讲究火候老到，所以香酥彻骨。因此干煎要注意油量控制，把握火候，几分钟后就要翻过来煎，两面煎至鱼皮焦黄后，加入姜末、蒜末、青红辣椒末，如果有新鲜紫苏叶可以切末放一点，更为增味。可以依次放作料，注意留点时间差：姜末、青红辣椒末、蒜末、紫苏叶末，如果同时放也可，不必拘泥。视情况放水，量不要多，作料和水刚好能覆盖所有的鱼，焖干水气。酱油、豆瓣酱、胡椒粉、味精鸡精甚至山胡椒油之类作料，看自己口味放，不主张放很多作料，免得喧宾夺主，遮盖了刁呆鱼自身的鱼鲜香味。只有肉质不好的鱼或者不大新鲜的鱼，才需要作料遮掩、提味。如果直接装盘，就把汤汁尽量收干，等到汤汁几乎成了油汁开始呲呲作响就好。如果做干锅炖着吃，汤汁就不需要收那么干，将鱼装入平底锅，盛入作料汤汁，覆盖均匀，小火煨着，就可以吃了。干煎干锅都要注意油量控制，有人以为干锅需要放多一点油，免得煳锅，其实不然，油多了腻人，口感不清爽。

2016 年 7 月 9 日

"水蜂子"

有时候美食就如同一场艳遇。邀约的神秘，思念的折磨，等待的焦急，邂逅的惊喜，缠绵的遗憾，聚散的伤感，酸甜苦辣，丰富多彩，有些纠缠，有些周折，有些咬嚼，来之不易，才津津有味，刻骨铭心。

一次和几个高中同学在澧县吃饭，宏同学推荐的一家小馆子，在旧城区小巷子的一座民居里，几个特色菜，味道中规中矩。他们喝白酒，我喝啤酒，几个吃得甚欢，喝得甚好，酒足饭饱，几个闲扯，谈到美食，传平讲到常德有一种"巴鱼"，也叫"水蜂子"，非常好吃，但是这种鱼不会随到随有，需要提前预约，吃不吃得到要看缘分。听到有好吃的，还那么不容易吃到，顿时激起了我的兴趣，便相约哪一天到常德去吃。传平是好客之人，立马就打电话预订，电话那头回答是要等机会。那就等呗，可是等到好不容易水蜂子有货了，几个人却凑不齐，大家手头都还有工作，不是这个有事，就是那个出差，总是锣齐鼓不齐，这一等一拖下来就是大半年。

立冬那天午后，收到传平的微信：今日黄昏，武陵阁上，悠然茶楼，清炖巴鱼，品琼浆玉液，观沅江美景，神侃胡扯，麻将跑胡，惬意尽享。招之，来乎？我回答：有大餐，为何不来？

那天手头事情不多，稍微提前下班，朋友开车送我，直奔武陵阁。吃饭地点就在武陵阁上的悠然茶楼，饭桌就摆在楼台上，沅江夜景就在眼前，呼朋唤友，把酒临风，真是好不惬意。

参加晚餐的几位都到齐了，不一会儿就上了满满的一大桌子菜，几大钵几大盘，然而都生不逢时，显得黯淡失色。我们的眼睛都只盯着桌上炉炖的一大钵汤，汤的作料大概有姜片、蒜瓣、葱段、花椒、油盐之类，再加上青红辣椒块、西红柿块，满满大半钵，油花荡漾，香气扑鼻。酒已经倒好，我还是喝红酒，我们一边扯着闲话，一边等待主角水蜂子的登场。

　　这时服务员端上来一个大汤碗，里面那些手指长短、粗细，浑身泛着光的应该就是水蜂子了，有的还在颤动，十分鲜活，上桌前应该对内脏之类进行过处理吧。看它们的样子有些像泥鳅，又像黄骨鱼，滑溜溜的皮肤，摸上去有些冰凉，这模样的确有些惊世骇俗。在水里，一定是畅游如穿梭，无比欢跳活泼的，否则，怎么叫"水蜂子"呢？

　　查了一下，才知道水蜂子是俗名，它的学名是白缘䱀，主要分布于长江上游各支流、金沙江水系，是我国特有的小型冷水性底层鱼类。胸鳍外缘光滑，内缘光滑偶有锯齿，各鳍边缘呈白色或淡黄色，它的鳍刺到人就如同蜜蜂蜇人，这大概就是叫"水蜂子"的原因之一吧，至于为何叫"巴鱼"，不知道来由，真正的巴鱼应该是河豚的一个种类，和水蜂子这种鱼相差甚远，显然此"巴鱼"非彼"巴鱼"。

　　汤炖开之后，服务员告诉我们可以下一点水蜂子，盖上盖子，炖开就可以吃。传平给我们介绍，水蜂子是冷水鱼，肉质特别细嫩，千万不要炖得太久，否则肉质就会变老变柴。最好边吃边下，要趁热吃，像吃豆腐脑儿，又不能太心急，小心烫着喉咙。把炖好的水蜂子舀到碗里，用筷子夹住靠头部位置，鱼尾那端朝向嘴巴，翘起嘴巴吹一吹，张嘴，呵气，鱼儿进嘴，牙齿一咬，顺势向下一滑，鱼肉就落到嘴里。口感软糯温和，轻轻一抿，鱼肉就会直接下肚，留下一股清香在口腔回旋，筷子上就只剩下一根鱼刺，还热气腾腾，有些余香。

　　同学在一起喝酒，一般没有太多的客气话，也没有太浓的火药味，随心自由。几个人一边吃鱼，一边喝酒，一边讲些读书时的陈年旧事，你来我往，推杯换盏之间，一大钵水蜂子就见了底。

　　但是我还是觉得那天的汤底花椒放得有些多，麻味有些喧宾夺主，麻木了人们的舌尖，使人们难得品尝出水蜂子原生态的鲜嫩之味，回味有些芜杂，多少是带有一些遗憾的。没有办法，更多时候，美食也是一种遗憾的艺术。如此，一次一次的遗憾，一次一次的尝试，最好的味道，期望就在下一次。

　　假若让我做汤底，大概如此：烧一钵子水，加上姜片，烧得滚开，炖出姜味，再放入新鲜的青红辣椒、盐、胡椒粉、熟油、蒜末、葱花，大火炖开，下水蜂子，如同涮羊肉，即涮即吃，可能更为鲜嫩。这种清汤素鱼，可以最

大限度地保留水蜂子的原汁原味，给人的记忆纯粹而深刻，回味也就绵长隽永，也才凸显出水蜂子的独特，再来一杯红酒，可能是绝配。可惜水蜂子价格不菲，而且常德也难得遇到货，在津市好像就是更闻所未闻了，因此就一直没有机会去实践。如果有缘，应该会有再次相遇的那一天吧。关于美食，如同美酒、美文、美女，我一直是个乐观主义者。

2017 年 12 月 7 日

黄 鳝

端午节，老话叫端阳，是一年之中比较重要的节气，俗话说"有心拜年，端午不晚"，说明端午之重要，是关键的时间节点。这么重要的节日，国家都放假，仅仅吃几个粽子显然是不够的，还得大肉大鱼、土鸡谷鸭，也有些地方如在端阳讲究吃黄鳝。端阳时节的黄鳝肉最嫩、最有营养，肉质口感软滑无刺，老少咸宜，是价廉物美的滋补品。

小时候家住涔水河边，河滩广袤，河沟纵横，暑假午后最好的娱乐就是下河沟去摸鱼捉虾、翻盘夹（螃蟹）、抠黄鳝，还有几个邻家小胖、小丫们屁颠屁颠地跟着，头顶烈日，一惊一乍地，热闹得很。捉鱼、捉虾、翻盘夹都简单些，搬开鹅卵石就有，抠黄鳝要冒点风险。黄鳝喜欢钻洞，要找到水底下的黄鳝洞，需要手伸进去抠摸，如果摸到的不是黄鳝，而是水蛇什么的，魂都要吓掉。抠到滑溜溜的黄鳝了看都不看就往岸边一甩，似蛇非蛇，吓得小胖、小丫们一阵尖叫，叫声越大甩黄鳝、盘夹的频率越高，好像表演欲是与生俱来的，无论男女。

津市本地人叫黄鳝为鳝鱼，鳝鱼肉嫩味鲜，脂肪含量低，各种营养元素丰富。津市人爱吃鳝鱼，几乎所有的餐馆都会有这道菜，爆炒鳝鱼丝、腊肉炖鳝鱼，下火锅都可以有。就连专营早餐的瑞园炒码粉也有炒鳝鱼丝的，韵儿每次几乎都是吃这个，青椒炒鳝鱼丝味道十分鲜美，配着吃完一大碗米粉，自然不在话下。

2000年时，在津市白衣乡下搞工作队，要求吃住在农户家里，同吃同住同劳动。我的住户姓高，他两个儿子都在城里工作。老高是个闲不住的农民，忙这忙那，脚手不停。他每天傍晚都要出门到农田沟渠里放特制的竹篓子，用来拾鳝鱼的，这里的"拾"是湘西北的方言，读作一声，不知道选哪个字，就用这个了。就是事先准备好竹篓子，这种竹篓子的开口端设置机关，进得来出不去，放置在鳝鱼出没的地方，不管不问，鳝鱼会神奇地自动"入瓮"。第二天一大早就去收篓子，经常是收获满满。老高因此换了不少零用钱，隔三岔五这鳝鱼还成为我们改善伙食的主菜。女主人勤劳贤惠，话语不多，一天到黑在家做家务、带孙儿孙女。女主人负责做饭，每天都是正点吃饭，生怕饿着我们，只是做菜的水平不敢恭维，辣椒炒肉、红烧鳝鱼总是把握不准放酱油的量，颜色变得黢黑，不过虽然颜值不高，实质味道还算正常，不像有些农家做的菜那么干咸干咸地下不得口，所以每餐总还能吃下几碗饭。只是每次吃鳝鱼都在心里打鼓，可惜这么鲜嫩的食材了，都是稻田河沟里正宗的野生鳝鱼啊。我们现在到餐馆吃的都是家养鳝鱼，不过据说家养鳝鱼也基本还是野生繁殖的，人工繁殖目前技术上还不是很稳定。

津澧一带鳝鱼味道做得好点的是澧县小渡口涔水堤边的几家馆子，鲜活鳝鱼现杀，剖开剔去内脏骨头，冲洗干净，剁成寸长小段。因为鳝鱼脂肪少，所以最好配上肥瘦适当的腊肉或者新鲜五花肉，猪肉切薄片放到锅里炸出油爆出香气来后，倒入鳝鱼，放生姜花椒酱油盐之类，大火翻炒，加大蒜、辣椒、紫苏，盛入钵子里，铺上一层切成手指长短的韭菜，炖开之后，翻一下鳝鱼，将韭菜没入鳝鱼汤汁之中，小火煨起，即可开吃。吃肉喝酒，汤汁泡饭，真是美滋美味，"路漫漫其修远兮，吾将上下而求索"，感谢屈子给我们留下了一个可以纪念、可以聚集、可以饕餮的日子。如果没有韭菜或不喜欢吃韭菜，用黄瓜、洋葱之类切片铺底炖鳝鱼也是美味，主菜鲜了配什么菜都很搭。

鳝鱼也有奇葩吃法。有一次，明明喊着过河去吃饭，说是去吃"盘鳝"，这之前他曾经多次闪过盘鳝的经。一根根的鳝鱼，盘得整整齐齐，吃起来酥脆有味，描述绘声绘色，闪得听者口水直流，跃跃欲试。盘鳝端上来了，堆满一大盘子，流光溢彩，香味扑鼻，很是勾人食欲。做盘鳝要选细小的鳝鱼，先将鳝鱼放到桶子里加点清油让鳝鱼吐水，吐出内脏里的那些东西，再将活蹦乱跳的鳝鱼往开水里丢，焯水去除黏液黏膜，捞起沥干水气后，炒锅烧热放适量的油，将已经蜷曲的鳝鱼逐一油煎干煸，为保持鲜嫩，要有耐心，油要放得恰如其分，只煎不炸，煎好的鳝鱼放到盘子里备用。炒锅保留适量的油，放入姜末、蒜末、辣椒、花椒、胡椒、紫苏、酱油、盐等作料干煸翻炒，出香味后加入煎好的鳝鱼，继续干煸浸润入味，然后将鳝鱼盘成圈圈装盘，像津市著名的斑马蚊香，四周堆满了味道十足的佐料，几乎没有汤汁。吃盘鳝要有技巧，明明示范了一下，筷子夹住鳝鱼头部，张嘴咬住鳝鱼肉，往下一滑，骨肉内脏就分离了。看起来、说起来都很容易，可我尝试了几次，都无法按照教程完成，很有挫败感，索性采取直接方式去吃了，只要吃进去的是香辣鲜嫩的鳝鱼肉，也无不可。其实，盘鳝注重了吃的表演，忘记了吃的本味，顾此失彼，不见得好，但是作为餐桌上的一些花絮，倒也可以增些话题添些乐趣。

鳝鱼无鳞，满带黏液，厨师在炒鳝鱼时要先焯水去掉黏液，可以去除腥味，使菜品看起来更加清爽，但也有人不焯水直接炒，说是味道更加原汁原味。安乡县与湖北交界的黄山头山那边有所谓的"棒打鳝鱼"，鳝鱼带血炒，吃过的都说味道更为鲜美纯正。其实盘鳝更为极端，不杀不剖，带血带内脏带骨头，实际上有异曲同工之妙。有兴趣的食客，不妨去细细品味品味。

2018 年 6 月 19 日

螃蟹

"秋风起，蟹脚痒。"这是民间歌谣。究竟蟹脚痒不痒，谁也不知道，但是一群吃货的牙齿开始痒痒了这是确实的。打下"螃蟹"二字，我的屁股就开始有点坐不稳。不只是我，估计一般人的喉结都要滚动几下，一不小心口水就会流出来，估计身边的人一定听得到吞咽啧啧的声音。我们人类是杂食动物，在美食面前，人们往往没有矜持。看到如此丑陋却又横行霸道的螃蟹，偏偏美女们喜欢得不行，大惊小呼，手舞足蹈，顿时迷失自我，成为死铁的蟹粉。我一直对这件事情莫名困惑，至今百思不得其解。

螃蟹模样怪异，活生生的丑八怪。澧县老家把螃蟹喊作"盘夹"，这个"夹"方言读作"ɡɑ"，就是那对长长如铁钳的螯。"蟹六跪而二螯"，二螯足端分叉，开合如铁钳夹子，螃蟹进攻猎物，获取食物，防御外敌就靠这对钳子。"盘"就是指那个坚硬如磨盘的背壳，两螯之间背壳之下有一对眼睛，凸凸鼓鼓的，好像时刻都在质疑着这个神奇的世界。

小时候在乡下，小伙伴们常常一浪一伙地打着赤脚，光着上身，顶着烈日，在河滩溪沟里翻螃蟹、捉虾子。小河沟的螃蟹长不了多大，一般就铜钱大小，水中的石头，搬开就可以翻到盘夹或者虾子，盘夹横行霸道，但也笨拙无比，最容易捉到，不过如果不小心被螃蟹夹住，多少还是有些生疼。倒是虾子一惊一乍一跳一蹦的，抓住它们要眼疾手快，溅得浑身水花。抓到盘夹、虾子，大点的伢儿就教我们掰开盘夹虾子，吃那白皙的盘夹腿肉、虾子肉，那肉都带有一种鲜甜。我们狼吞虎咽，总是要夸张地吧嗒吧嗒几下嘴巴，显得十分享受的样子，其实螃蟹壳多肉少，也就是解一下嘴馋，根本饱不了肚子。大家玩到天黑，盘夹、虾子抓得多了，各自带回家里，就成了晚餐的加菜。虾子掐去脑壳，那里有一坨屎，盘夹就是简单冲洗一下，铁锅烧热，那时油干贵，大多时候不放油，直接将虾子、盘夹倒进锅里干炕，眨眼之间，虾子、盘夹遇热就变成了红色，一锅红颜，闪亮好看，也勾人食欲。其实除了撒点盐，再什么作料也没有，端上桌，我们照样吃得喷香，可以就着那点咸鲜味道下饭。

现在我们吃的螃蟹都是淡水养殖的毛蟹，中华绒螯蟹，青壳白肚，个头要大了许多。阳澄湖大闸蟹一举成名之后，各地的螃蟹也开始打大闸蟹的旗号，螃蟹市场满是李逵、李鬼，人们也见怪不怪。我们小地方的食客也没有那么刁钻，只要是螃蟹有蟹黄就行。吃螃蟹也要看季节，"九雌十雄"，中秋节到重阳节，蟹黄逐渐丰满成熟，就是蟹黄爱好者的大餐时间。到了农历十月，就要吃公蟹，目标是那神秘暧昧白如玉的蟹膏。

螃蟹最原汁原味的吃法除了小时候馋嘴的生吃，熟食应该就是清蒸，可以最大限度地保留螃蟹自身的鲜美。清蒸螃蟹，操作简单，几片生姜，大锅大火足矣，吃时可以用些蒜末、辣椒、酱油、醋作为蘸料。

上海人吃螃蟹可以说是恭恭敬敬，正襟危坐，有的甚至使用一套吃螃蟹的专用工具。讲究工艺流程，极尽精致之能事，一丝一屑也不糟蹋，倒也是体现了一种工匠精神，倒也是体现了对美食的充分尊重，倒也是符合节约社会的精髓。但我以为其实没有这个必要，这样做活生生地使吃螃蟹过度程序化，过于刻板，失去了许多趣味。饕餮美食，味道、情趣、氛围，一个都不能缺。

螃蟹以横行霸道闻名，所以吃螃蟹也就不妨粗暴一点，豪放一些，吃相狼狈不堪，正好说明美食的魅力无穷。当淑女遇到螃蟹，可以不顾一切，那些拘泥的风范规矩都暂且抛到脑后。或许这是一种不太纯粹、不太正经的吃法，但这一切都是可以嘻嘻发出笑声的美好时光。

这美好的邂逅从蟹腿开始，那个腿一定要用嘴巴咬。选一只螃蟹，左手执蟹，右手拇指与食指捏住蟹腿，轻轻一掐，就脱离了蟹身，将蟹腿往嘴巴一送，用嘴巴咬掉关节，再用牙齿咬腿壳，轻轻一挤，细嫩甘甜的蟹腿肉就滑了出来，舌尖随即一卷，蟹腿肉就吞下了肚，一股鲜甜咸香留在口腔。就这样子流水线作业一般，依次反复，八条蟹腿，可以收拾得干干净净。至于是先吃那对螯，还是先吃腿，先吃哪条腿，再吃哪条腿，自己随心所欲。

再吃蟹身，那个壳一定要用手拿着掰。左手执蟹，右手先掰开腹部那个软壳，再掰开背部那个硬壳，蟹黄就暴露在天光之下。丰满肥腴，橙黄灿灿的，闪着艳艳的油光，静静地待在那里，摄人魂魄，你的脑海好像突然短路一样一片空白，你的口腔顿时空旷，你的舌尖开始舞蹈，你的口水已经像波涛汹涌的海水，一切都似乎无法抵抗。

可是有的人偏偏是反其道行之，将螃蟹刷刷地卸掉八条腿，摆放到碟子里，直接掰壳，直奔蟹黄，这真是急性子，不过也算是殊途同归。

不管怎样吃，那个蟹黄一定要用筷子来挖，用筷子尖一点一点地挖。一点靓丽的橘黄，往嘴里送，不疾不徐，仿佛月光下的漫步，牵着情人的手，看着风景，闻着暗夜的花香，想着人生，丝丝凉风，喃喃细语。这人间美味，不能囫囵吞枣，必须一点一点地慢慢品尝，仔细咀嚼个中滋味。

因此吃螃蟹应该喝点酒茶来助兴，增添情调，调控节奏。江浙人喝黄酒，古风犹存，我们可以喝点白酒、红酒，吃螃蟹喝啤酒有增加尿酸的风险，如果你有足够把握也但喝无妨。什么酒都不喝，或者喝不得什么酒的，不妨就来杯姜茶，螃蟹带有寒性，喝点姜茶可以暖胃，或者来杯白开水就好。君子之交淡如水，韵味也是无穷。

一群人吃螃蟹，一群女人们吃螃蟹，一群男男女女们吃螃蟹，吃货们张牙舞爪，如同一场舞会，气氛热烈，秩序混乱，不必拘泥规矩，场景可以极其夸张，集体狂欢的味道，高潮一浪接着一浪，一片狼藉就是战绩辉煌。

一个人吃螃蟹，独食独味，也是难得的清趣。那年送丫头去沈阳上大学，停留北京玩两天。晚上到一个小店子吃饭，邻桌坐着一个女孩，20来岁，眉清目秀，单单廋廋，她的桌上只有一个玻璃杯，一个白瓷盘，玻璃杯里是白开水，白瓷盘里整齐摆着六只大闸蟹，左手还拿着半只，右手在撕着蟹腿，吃东西都透露出一丝优雅味道，从白瓷盘空出的位置看估计是点的八只。我们离开店子时，她还是一个人吃着螃蟹，没有同伴，白瓷盘里的螃蟹已经越来越少。这是一个让人好奇的女孩，独自在这里享受大闸蟹的美滋美味，虽然寂静，却是欢快，不事张扬，无须拘泥，不必谦让，尽兴而为，也是刹瘾。

螃蟹味道鲜美，也可以派生出许多吃法。螃蟹炖萝卜丝、螃蟹粥，可以说是两个家常的经典。做法简单，味道清淡鲜美。螃蟹一两只洗净，掰开壳，蟹身剁成两半，直接下锅加水、姜片，炖开后下萝卜丝，再次炖开，吃时加盐、胡椒粉、葱花。米和螃蟹加姜丝一起煮，熬好后加盐、胡椒粉、葱花就好。

也有很多人热衷于吃重口味的香辣蟹、蒜蓉蟹。更有寻求刺激的，要吃醉蟹。一千个食客，可以有一千种螃蟹的吃法。有的可以激发螃蟹的鲜猛，锦上添花，有的也可能压制螃蟹本来的滋味，有些得不偿失，也无所谓，只要自己喜欢就好。美食是天生尤物，美食也是相由心生，从来不拘一格，吃什么，怎么吃，从来没有定式。

2018 年 10 月 28 日

五花肉煎豆腐黄豆芽之"三国演义"

我读中学时，遇到一位历史老师，是老三届的高中生。看上去就是个读书人，聪明秃顶，戴一副厚厚如酒瓶底的近视眼镜，说话慢慢吞吞，满口之乎者也，平时走路都怕踩死蚂蚁似的，可是上课时讲到三国就来了劲，桌子一拍，张口就来，满脸涨得通红：话说天下大势，分久必合，合久必分……

三国时期那自然是一个英雄辈出的年代，也是一个机遇与挑战并存的时代，所以惹得明人杨慎感叹不已："滚滚长江东逝水，浪花淘尽英雄。是非成败转头空。青山依旧在，几度夕阳红。白发渔樵江渚上，惯看秋月春风。一壶浊酒喜相逢。古今多少事，都付笑谈中。"

笑谈之中，替古人担忧，实属多情，我等普通百姓，有一口吃一口，还是回到吃喝的话题。不过，今天的吃喝我生拉硬拽，让它与三国演义沾点关系，姑且称这道菜为"三国演义"。

话说今年国庆节后，秋高气爽，阳光明媚，一位朋友邀我去他的农庄吃晚饭。那天是他的手下老陈掌勺，老陈曾经是开过餐馆的，是否当过大师傅不知道，但是"没有吃过猪肉，总看过猪走路"，耳闻目睹，做菜自然还是有几把刷子，在津市街上怎么说也算是风光无限的。那天的伙食办得很丰盛：清蒸螃蟹、菌子钵、干锅鲫鱼、豆腐炖黄豆芽，等等，满满一大桌子，都是喝酒的菜。

他们喝过期酱酒，我当然只是喝点红酒，戒高度白酒已经一年多时间，放下屠刀，立地成佛，不来虚的，也很舒服。酒过三巡，红酒也让人有些微醺，我便开始点评老陈的厨艺。近几年来开始写些美食文字，也算是职业并发症。因为都是朋友，所以说话直来直去，口无遮拦，不经思考与修饰，虽然是一本正经，其实大都也就是胡说八道，不过就是喝酒中的闲聊，只供一笑而已。其他的菜没有什么多说的，可能也算是中规中矩，瑕疵漏洞不大。我只着重点评了豆腐炖黄豆芽这道菜，这道菜对于我来说太熟悉不过。

我喝了一口红酒，对正在吃饭的老陈说："你这道豆腐炖黄豆芽菜不正宗！"话音刚落，朋友就立马附和，好像是我戳中了他的吐槽点，他吐槽这个菜的猪肉应该要用五花肉。我频频点头，十分同意他的吐槽，一边喝红酒，一边吃螃蟹，一边笑着点评。

首先，豆腐用的是油炸干子，这应该是菜市场现买的，不是自己用白豆腐煎的。油炸干子是白豆腐批量下油锅炸的，浑身一致的金黄颜色，浑身一致的油腻味道，所以就没有新鲜豆腐煎得两面焦黄的那种豆香，也没有那种黄与白，甚至有些焦煳的交错，油炸干子外观的过于规整，使那种错落斑驳的情趣荡然无存。

其次，黄豆芽应该是先在热锅里干炕过，老陈承认是在锅里干炕过，怕有豆腥味。干炕时间长了些，导致黄豆芽水分丧失严重，黄豆芽显得纤细、枯瘦，没有了圆润的光彩，软不拉沓的，看起来像乡里人家揉制的盐菜。吃起来缺少了那种浆汁饱满、清脆爽口的口感，变得绵软，嚼不烂，如同嚼稻草、金针菇，还夹牙缝。

第三，也就是朋友吐槽的，用的猪肉不是五花肉，而且精肉偏多，也炒得太干，有些柴，怎么炖也炖不好，吃起来没有什么味道，猪肉的鲜香没有得到充分发挥，这道菜也就败局已定。

我第一次吃这道菜是在岳父家里。自从与红妈结婚开始，白天各自上班，晚上一起回到岳父家里吃晚餐，晚餐后再回家。这样的生活一直延续了二十来年，直到韵儿长大出去读大学、参加工作，直到岳父母年纪越来越大。岳父家里经常做豆腐炖黄豆芽这道菜，差不多每个月至少要吃两三次。这道菜由三种食材组成：五花肉、煎豆腐、黄豆芽，荤素搭配，营养丰富，三种独立的食材一起炖煮，做起来也不复杂，用炉火炖着，吃起来有些烫嘴，却是十分恣意。我戏称这道菜是"三国演义"，三国演义的故事家喻户晓，至于谁是曹魏，谁是刘蜀，谁是孙吴，管他呢？

先要煎豆腐。铁锅烧热放油，将白豆腐切厚薄适宜的三角形小块，下到锅里，煎到焦黄，翻面继续煎到焦黄。为了豆腐入味，在煎的过程中，可以在豆腐块上撒一点盐，豆腐块煎到两面焦黄盛到碗里备用。小批量地煎豆腐一定要掌握好火候，不急不躁，都说"心急吃不了热豆腐"，性急当然也煎不好豆腐。

煎完豆腐的铁锅不需要冲洗，直接放水用大火烧开，倒入洗净的黄豆芽，讲究一点可以将黄豆芽的根去除，带油的水可以保持黄豆芽的颜色光鲜，放一点白醋，可以使黄豆芽去除一些豆腥味，锁住水分，不至于缩水显得枯干，焯水时间不能长，要迅速捞起来放到炖钵里，作为铺底。如果对所谓豆腥味不是那么排斥，黄豆芽可以不焯水，洗净去须根后直接放到钵子里铺好。

将铁锅里焯过黄豆芽的水倒出，再次烧热，放点打底油，倒入切好的五花肉片，煎炸翻炒出油、出香味，放生姜、蒜粒、生抽、老抽、盐，倒入煎好的豆腐，翻炒均匀，可以放豆瓣酱，放适量水稍微焖煮，使豆腐入味，再将肉和豆腐盛到炖钵里，盖住铺底的黄豆芽，撒些胡椒粉，加上青蒜或者葱花、青红椒丝，用炉子炖开即可。

有时候可能没有五花肉，用一般部位的猪肉也没有关系，但是一定要有肥有瘦。肥肉瘦肉切成薄片，先将肥肉略炸，出油出香味，再放入瘦肉合炒，加入煎好的豆腐块，调味，翻炒均匀，再盛到黄豆芽铺底的炖钵里，不管用什么肉，不要炒老就行。

还有更奢侈一点的，用的肉是牛肉。新鲜牛肉切片，炒锅烧热放油，放生姜、花椒、八角，倒入牛肉片翻炒，加酱油、豆瓣酱、蒜果，继续炒，倒入煎好的豆腐合炒，加适量水，滚开后盛入黄豆芽铺底的炖钵，加新鲜辣椒，撒上胡椒粉、芫荽、葱花，鲜香更为浓郁，颜色更为红亮，接近水煮牛肉味道。

吃的时候，将黄豆芽翻一下，使黄豆芽充分吸收五花肉、煎豆腐的味道，荤素搭配，惺惺相惜，相互交融，相互胶着，样样鲜活。五花肉肥瘦相宜，肥肉不腻，瘦肉不柴，煎豆腐外焦里嫩，炖得里面成了蜂窝状，可以尽情吸纳汤汁，黄豆芽鲜香可口，饱满脆爽，整个钵子就像一个江湖，一片江山，热气腾腾，生机勃勃，藏龙卧虎，群雄并起的三国演义滋味就在这个钵子之中了，剩下的事情就是煮酒论英雄了。人在历史面前，一文不值，历史在人面前，就是一钵菜，倒酒、盛饭，吃什么、如何吃，一切交给时间，一切随你的便。

2018 年 11 月 7 日

鱼 杂

　　立冬之后，天气转凉，越来越冷，手脚僵硬，做什么都不利索。这么冷的雨夹雪天气，阴阴沉沉，只有炖钵子喝酒最有味了。津市地处洞庭湖畔、澧水尾闾，湿气偏重，一方水土养一方人，炖钵子也是一种自然选择。天上飞的，地上跑的，水里游的，地里种的，山上采的，在津市是没有什么不可以炖的。

　　澧水从津市穿城而过，靠水吃水，鱼类自然就是家常菜了。鱼多鱼杂就多，所谓鱼杂一般就是指鱼泡泡、鱼白、鱼子、鱼肝之类的内脏，大鱼的肠子可以留下，需要剪破了反复清洗。鱼白就是雄鱼的精巢，在古代就是出了名的美食。最好的鱼白据说是河豚的，"甘美远胜西子乳，吴王当日未可知"，香艳而且稀罕。普通河鱼的鱼白虽然没有那么珍贵，也是鲜嫩润滑，吃起来满是暧昧，极为爽口。后来研究表明鱼白含有特殊的鱼精蛋白，具有很多功效，更是使人趋之若鹜，成为老饕们的至爱。

　　小时候也偶尔吃到鱼子之类，大人总是吓唬我们，吃鱼子了认不得秤、识不得数的。我们半信半疑，但总是抵挡不住鱼子的诱惑，特别喜欢的是鲊辣椒炒鱼子、鱼泡泡。炒锅放油烧热后放入鱼子、鱼泡泡翻炒，将鱼子炒散、鱼泡泡炒瘪，放点盐继续炒，加点水稍微焖一下，使鱼子、鱼泡泡熟透，焖干水气后继续炒，炒干为止，再倒入已经炒好的鲊辣椒末，翻炒均匀，起锅前可以加点新鲜大蒜，不需要其他作料，有油、有盐即可。鲊辣椒末炒鱼子拌热气腾腾的米饭，或者单独吃那个香糯软滑带些嚼劲的鱼泡泡，都是十足的享受。

　　鱼杂富含高蛋白、高脂肪，有人敬而远之，有人乐此不疲，人为了嘴巴总是那么不坚持原则。津市人喜欢将鱼杂做成香辣的鱼杂钵子，在寒冷的冬天，小城的一些餐馆里，都可以看到这个菜。小炉子煨着，咕嘟咕嘟的，热气腾腾，鱼香扑鼻，可以激发你的酒兴，吃得暖心暖意，得意忘形，吃到两耳不闻窗外事。

我第一次正经吃鱼杂钵子是 1990 年的冬天，那天跟着电台的周恩清到酶制剂厂，想挖掘报道点复退军人发挥先锋作用的事迹，这个厂子当时在圈内也是赫赫有名的。厂里保卫科长接待我们，是周的老乡，转业军人，个子魁梧，精神抖擞，他带着我们到车间转了几下，见了几位工人，听了些情况介绍，就到午时了。科长大手一挥：喝酒去，喝酒去，边喝边讲。还是雄赳赳的军人作风。餐馆就在厂子隔壁，几个钵子几个炒菜，其中一个就是鱼杂钵，刚刚做好的，冒着热气，厚厚的一层红油，上面撒了一层新鲜大蒜、辣椒。那时候用的桌上炉，里面放一个藕煤，火焰不久就燃起来了，鱼杂钵也开始翻滚飘香。那天三人喝白酒，老式玻璃瓶装的"邵阳大曲"喝了两瓶，我吃得最多的菜是那个炖得泡泡滚的鱼杂钵，橙黄的鱼子、如玉的鱼白，筷子一拈一滑的鱼泡泡，吃得醋畅淋漓，满头大汗，大冬天的一点也不觉得冷。

做鱼杂钵子并不复杂，新鲜鱼杂淘洗干净，炒锅烧热放油，将生姜片、花椒炝锅，再加入豆瓣酱，炒出红油，加入鱼杂旺火爆炒，加干红椒段，炒到香味浓郁，放盐、生抽老抽、胡椒粉、蒜粒，可以加新鲜辣椒片、新鲜大蒜、葱花，加水大火炖开，再下点白豆腐，极好的下酒菜。鱼泡泡不容易炖烂，最好扎个眼放气使鱼泡泡瘪下去，再多炖一会儿才好吃，软糯滑润，十分恣意。清洗处理鱼杂时要注意把鱼的苦胆挑出来，苦胆破在里面，鱼杂带了苦味，再怎么做都难以下咽。

还有另外的"鱼杂"，也就是商家做鱼丸、鱼豆腐之后剩下的边角余料，主要是鱼脑壳、鱼尾巴。大的鱼脑壳可以整体卖了，可以去炖汤，太小的鱼脑壳就干脆将鱼眼睛、鱼嘴巴分开，也可以卖掉。澧县城东水产品市场旁先前有家餐馆，近水楼台先得月，特色菜就是炖鱼眼睛、炖鱼嘴巴、炖鱼肚皮，环境极其差，生意却极其好，不知道如今还在不在？做鱼眼睛、鱼嘴巴、鱼肚皮钵子与做鱼杂钵子一样，火爆翻炒，再加水炖，炖到汤汁浓稠，就是达到极致。鱼的这几个部分活肉较多，肥腴鲜嫩，胶原蛋白丰富，趁热吃最痛快，又烫又黏，嘴巴不停吹吹呼呼，那个场景满是人间烟火之气。

煎炸、干烧鱼尾巴，津市街上很多餐馆也有这道菜，煎炸或者红烧焖制，前提都是将鱼尾巴腌制进味，红烧焖制，配料足实，味道香辣，注意水不能太多，焖得过头，鱼鳍都要散了，看相、味道会差一大截。我更喜欢煎炸鱼尾巴，简单而有味道，煎炸好撒上椒盐，直接用手拿起来吃。红烧焖制也好，煎炸椒盐也罢，吃起来都是有肉有鱼骨，有滋有味，左手拿，右手扯，啃、嚼、嗍并用，有些粗暴地撕扯，有些斯文地细嚼慢咽，有些鱼肉的咸香，有些吸吮鱼鳍骨刺的回味，还是蛮过瘾的。吃完之后，一根根的鱼尾刺整齐摆放在碟子里，满满的成就感，一颗闲心吃四方，极尽优哉游哉。

最后一种"杂"，是真正的废物利用。稍微大一点的鱼一般都要去除鱼鳞，其实这鱼鳞是个宝，我们从小到大也没少吃鱼鳞，当然是小鱼的鱼鳞，但是专门的鱼鳞菜估计吃过的人不多。

炸鱼鳞。将鱼鳞洗净，用盐、酱油、料酒、胡椒粉、花椒粉腌制，有姜蒜水可以加一点，加鸡蛋清，加少量面粉，搅拌均匀，油锅烧热，将鱼鳞入油锅炸到金黄色后起锅，注意火候，不要炸煳，可以复炸一下，使之更加脆口。炸鱼鳞可以单吃，也可以蘸各种酱汁吃，风味十分独特。

鱼鳞冻。鱼鳞洗净，用料酒泡制一下，沥干水气，炒锅放油烧热至冒烟，加姜丝、蒜粒、辣椒、花椒、葱白、八角、桂皮爆香，倒入鱼鳞翻炒，炒干水汽，鱼鳞变色，开始煳锅，加足量水，大火烧开，加盐、胡椒粉，继续炖，直到汤汁逐渐浓稠，起锅滤去残渣，用容器装滤出的汤汁，冷却即成鱼鳞冻。如果要清淡一点，就直接将鱼鳞放入炖锅，加水、姜丝、蒜粒、辣椒、花椒、葱白，后面程序差不多。有的采取蒸的办法，也是条条道路通罗马。如果追求口感多样，可以在过滤后的汤汁里加入枸杞，加入炒香的花生碎，加入煮熟透的莲子碎之类，甚至加一些生抽，使汤汁变色，冷藏之后切块，一块块的琥珀色，里面是花生、莲子、枸杞，星星点点，晶莹透亮，若隐若现，颜值自然没得说，勾人眼神，勾人食欲，勾人魂魄。如果你得半日的清闲，用汤勺挖着吃，一勺一口，一口一勺，放进嘴里瞬间就融化了，一丝丝凉意在嘴里发散，那丝凉意里夹杂着淡淡的鱼香，清清爽爽，恍恍惚惚，时间都变得如此缓慢，你的心思早已经不知道放逐到了哪个地方。

2018 年 12 月 9 日

驴 肉

前个星期日天气特别好，天空蔚蓝，阳光灿烂。我给谷子打电话：这么好的天气，出去转转。谷子说：好啊，不知道土豆有没有时间。便联系土豆，土豆回话：碰到一起后再商量去哪里。等三个人碰到一起，其实谷子心里早已经谋划好了地方，说是下次要讨论于晓的作品，不妨去梦溪镇看看，既可以看看龚曙光《日子疯长》里梦溪的水码头，也可以去寻觅于晓笔下那些去向不明的河流。便又邀请于晓、向奎，向奎的店里有事脱不了身，四人一车，刚好不拥挤。半个多小时的路程，七弯八拐就到了于晓的老家，找到了《河流，去向不明》里描写的老河道。那弯曲的老河道遗迹犹存，不过已经被隔断成一串堰塘了。有的堰塘里长满了浮萍，有的堰塘满是残荷败柳，有个堰塘里居然有一群扑腾的小野鸭子，给冬季的乡村添加了些生气。土豆拍了几张照，就已经到了中午，讨论吃什么，土豆提议：去彭家厂吃驴肉，"天上龙肉，地上驴肉"，蛮有特色。

彭家厂原先是个乡镇，后来合并到雷公塔，现在雷公塔在撤乡并镇时又合并到了梦溪镇，但彭家厂这家餐馆的驴肉味道不变，远近闻名，食客依然闻香而来。前些年，澧县局的老谢带我到这里吃过饭，驴肉、涔水河的野生脚鱼是主打菜，味道不错，印象很深。土豆的兄长尉迟早也是个喜欢读书的人，家在雷公塔，老婆外出，一个人在家，便邀约一起去吃饭。五个人点了一钵驴肉、一钵土鸡、一钵萝卜，炒了一盘白菜、一盘"扯梗辣椒"。谷子和尉迟早喝白酒，还中奖了一小瓶葡萄酒，我喝了两瓶啤酒。那驴肉应该算是红烧的，驴肉全部是精肉，切得厚薄适宜、均匀，边缘略带一点驴筋，汤汁浓厚，飘着一层红油，加了许多蒜果、青椒，青椒是本地的小辣椒，已经有些泛红，和"扯梗辣椒"差不多，有的辣椒都没有切破，辣味依旧散发出来。钵子炖开之后，满屋飘香，真是"驴肉滚三滚，神仙站不稳"。迫不及待夹了几块肉，放到嘴里，有些烫，咬一口，有些弹劲，味道鲜美，于是停不下嘴，喝酒吃肉，极其舒服。土豆说这驴肉就适合小火煨着，越炖越好吃。对于吃喝一直十分克制保持身材的谷子都吃得津津有味，连声称赞，喝了白酒，又和尉迟早分了那瓶红酒。等到驴肉吃得接近尾声，还下了份盐菜，土豆、于晓他们老家这边称为"chuo"菜，津市这边称为汩菜，也可以叫作盐菜，就是将青菜用开水焯水之后炒或者下钵子炖着吃。用这驴肉汤汁炖的盐菜拌米饭，喷香扑鼻，油光闪亮，吃起来却又不腻。

小时候在小镇见过一些似马非马的东西，以为是马，实际是驴子、骡子，镇上搬运队拖板车的。驴子个头不大，耳朵突出，在中国传统文化里占有一席之地，张果老、阿凡提都爱倒着骑毛驴，形象一直受到追捧。骡子是马驴的杂种，一般都没有生育能力，力大无比，就正好做苦力。闲暇无事时常常拴在树荫下休憩，吃草料，吃得多，也屙得多。吃饱了撑着就发情，公驴子、公骡子高声嘶叫时，它下面伸出又长又粗的东西，气势如虹，惹得小伙伴们指指点点、鬼笑鬼笑，常常让过路的堂客们面红耳赤，那是《本草纲目》等药书公认的补肾保健上品，滋阴补肾，生精提神。

驴肉比牛肉、猪肉口感好、营养高、味道鲜，主要原因是驴肉中氨基酸含量十分丰富。据说马肉、驴肉之类都是酸味，我在小时候，应该是没有吃驴肉的经历，所以对此一无所知。吃驴肉大致起于北方，酱卤驴肉是大众吃法，做法和酱卤牛肉之类大同小异。有一年，一位朋友送了包产自河南那边的熟驴肉，一坨一坨的，带有冷冻的汤汁。我将之切块冷拼，调了蘸料，下酒刚好，那驴肉煮到酥烂，颜色粉红，香料味道浓重，与吃其它什么肉并无区别，也感觉不出有什么酸味。

"驴肉火烧"是保定的知名小吃，在北方特别流行，其实也就是另外一种形式的"肉夹馍"。"火烧"是未经发酵的死面做成的饼，发酵的活面做成的叫"烧饼"，乾隆、和珅都为之诗兴大发，不过不管是乾隆的：河间处处毛驴旺，巧妇擀面似纸张；做出火烧加驴肉，一阵风来一阵香。还是和珅的：玉人指甲长，火烧分外香；两相皆上品，对月透华光。读起来也就是如今的"老干体"，位高权重，胡言乱语，凑个热闹罢了。

彭家厂驴肉重油重辣，钵子煨炖，当然是适应了本地口味。剥皮的新鲜驴肉，基本是瘦肉，带有一些筋和脂肪，切小块，放入锅中，加冷水、八角、桂皮、花椒、生姜、大葱等作料，大火烧开，煮几分钟，捞起冷却后切片备用。大火将炒锅烧热，放植物油，冒烟时放入生姜丝、干椒段爆香，倒入驴肉，加料酒、酱油、豆瓣酱、胡椒粉、盐，翻炒均匀，加煮过驴肉的汤，盛入钵子里，加大蒜果、青红椒，端上桌用小火炖着，就可以开吃，味道特别鲜。根据个人的喜好也可以加香葱、芫荽、味精等之类增味。

其实，最有风味的还是带皮驴肉，中国传统滋补品阿胶的主原料就是驴皮，有段时间阿胶被人嘲笑为"水煮驴皮"。取新鲜带皮驴肉，剁成方寸小块，先焯水去掉浮沫杂质，捞起沥干，砂锅里放入各种作料垫底，倒入驴肉，加冷水至淹没驴肉，用小火煲若干小时至酥烂，加盐、酱油、豆瓣酱、胡椒粉、葱花调味即可。砂锅带皮驴肉，那层皮看起来晶莹透亮，吃起来入口消融，胶质满嘴，味道鲜浓，养颜补气，伴随着一口酒入肚，浑身温暖，精气神大增，顿时有一种英雄无用武之地的感觉，也却满是找不到东南西北的晃悠，一股脑儿全身心投入到这滋味之中。吃得憨头憨脑，吃得傻里傻气，吃得稀里糊涂，吃得停不住嘴巴，你都忘记说出一个"好"字，美食就是这么神奇。

2018 年 12 月 26 日

鹅、鹅、鹅

　　老家澧县闸口属于丘陵与山区的过渡地带，即使临近涔水河畔的地方，也是喂养鸡鸭的多，养鹅的少见。我对于鹅的最初认知，大约还是来自唐代骆宾王的《咏鹅》：鹅，鹅，鹅，曲项向天歌，白毛浮绿水，红掌拨清波。也不清楚这里的鹅是家鹅还是天鹅，对鹅的影像大概也就是简化到一个"2"。在吉首读书时，曾经与一位低年级的女生有些暧暧昧昧的情愫。那女生也来自澧县，名字里有个"波"字，室友张永璟就不时开我的玩笑，念念有词：白毛浮绿水，红掌拨清波，波者，水之皮也，张氏解字，张口就来，清脆悦耳，夸张的嘴型至今记忆犹新。不过这个故事不久戛然而止，还没有开始就已经结束，让室友们目瞪口呆，大失所望，无不为我扼腕叹息。

　　四哥曾经在澧县红湖区那里工作过一段时间，有一年春节，他带回来一只生机活泼的大鹅，这应该是我第一次见到真正的鹅，有的农村叫它草鹅。鹅是杂食性家禽，主要吃草，鹅的祖先是大雁，然鹅已不能飞，放到院子里，陌生的环境，它倒是欢跳，伸着长长的脖子，张开扁扁的大嘴巴，鹅、鹅、鹅地叫得甚欢，满院子凶恶地扑腾，院子里的鸡都躲着它。几天之后，哥哥们都陆续放假回家。等不到过年那一天，这只鹅就成了我们的钵中佳肴，吃法当然是简单的农家炖鹅。

　　杀鹅是一份不折不扣的技术活，场面之惨烈，喧嚣之巨大，这里不赘述。将鹅宰杀后，鹅肉清洗干净，剁成小块，大火烧锅，放油烧到冒烟，放入生姜片、桂皮、八角、花椒煸香，以不炸煳为好，倒入鹅肉，倒了一杯高度白酒，翻炒煎炸，鹅肉脂肪肥厚，很快就煎炒出油，香气溢出，放豌豆酱、酱油、干辣椒段，继续炒、炸，炒到鹅肉颜色焦黄，有些巴锅，加水没过鹅肉，大火炖开，盛到钵子里，继续煨炖。一直炖到鹅肉接近酥烂，加盐、大蒜果、新鲜辣椒，可适量放点味精，就可以了。我记得我开始并不是很喜欢吃这道烧鹅，感觉肉质纤维有些粗，可能也是火候问题，还没有炖到位，吃起来有些拉扯，有些费劲。尽管如此，一大钵鹅肉，最后还是被我们吃得干干净净，汤都不剩。后来偶尔有些饭局也曾吃到过鹅肉，但是给我留下的印象并不是很深，津市餐馆做鹅肉的也并不多，估计津市人对鹅肉并不是那么感兴趣。

不过鹅在世界人民的餐桌上地位显赫，法国大餐里有一道美食鹅肝，那鹅肝是过度饲养特别培育的脂肪肝，其实是一种病态。可是因为质地细嫩，口味鲜美，入口即化，与鱼子酱、松露一道被称为"三大珍馐"，受到追捧。鹅肝配红酒，才子配佳人，想想都是文艺得浪漫透顶。有一年在外地，吃过鹅肝，喝过红酒，沙沙的，腻腻的，并没有什么特别的感觉，倒不如来一份酸辣鸡杂更为痛快淋漓。鹅掌倒是合口味，那个鲍汁鹅掌，一只白色盘子，一只鹅掌，浇汁酱红，特别诱人，那鹅掌卤制到位，筋头巴脑，嚼劲十足，吃完鹅掌，来点米饭拌汁，堪称圆满。有的店家做的香辣鹅掌，不拘一格，不拘形式，食客可以为所欲为，呼之拉之，尤为过瘾。

国人吃鹅应该有些历史，翻《随园食单》，里面记有"云林鹅、烧鹅"两则。云林鹅是有"元末四大家"之称的画家倪云林的私房菜，整鹅蒸制，配方简洁，别有风味，烧鹅记的杭州烧鹅则"为人所笑，以其生也"，看来给袁枚的印象不佳。蔡澜推崇的则是广东烧鹅和潮汕卤鹅，这两只鹅在吃喝界的确是风生水起。烧鹅饭，光听听名字都会流口水。烧鹅其实就是烤鹅，属于粤菜，黄金亮色，皮酥肉嫩，最为养眼，最为诱人，但是炭烤鹅与烤箱鹅口味还是有些区别。鹅肉肉质粗粝，经过反复卤煮，各种香料渗透到鹅肉深处，口感香辣，味道醇厚，耐人咀嚼。朱元璋的大将徐达，战功赫赫，号称"万里长城"，位列开国功臣第一、"六王之首"，最后累得恶疾缠身。那种疾病不能吃鹅，却被朱元璋"赐食蒸鹅"，不久殒命，这当然是野史，是民间传说，真假无从考证。但是，作为功高震主的开国重臣，既然无法逃出"兔死狗烹、鸟尽弓藏"的怪圈，能够吃到一只热气腾腾香喷喷的蒸鹅，再给历史留下一宗无头悬案。我想，人生既然如此，有了酒足饭饱，也未必不能心安。

去年一个晴好的冬日，闲来无所事事，与土豆、谷子一行去于晓的家乡。她的散文《河流，去向不明》刚在《散文》月刊上发表，我们借着这些话题，邀她去找寻她描写的那些去向不明的河流。在梦溪小镇桥边，看见一溜晒制的香肠、腊鱼，更有腌制的盐水鹅。盐水鹅的个头要比鸡鸭大许多，因此是砍成两块来晾晒的。那天太阳很好，鹅肉在太阳底下晒得滴油，十分诱人，仿佛闻得到那鹅肉红烧之后的醇香。盐水鹅比之新鲜鹅肉经过盐水、阳光、凉风、时间的作用，肉质开始悄然发生一些变化，鹅肉的咸香风味变得更足。

盐水鹅当然得做干锅红烧的，清洗、剁块、翻炒、煨炖，与做新鲜的红烧鹅肉如出一辙，因为盐水鹅腌制后自有咸香，不再需要五花八门的作料，一点姜、一点蒜、一点辣椒即可。炒到鹅肉焦黄巴锅时放水，水量要适宜，要煨炖到接近收干汤汁，开始呲呲地冒油，那时就更加焦香。盐水鹅腌制后自然晾干，肉质紧密，富有弹性，咸香爽口。如果用一点新鲜莴笋、洋葱、胡萝卜之类素菜铺底，荤素搭配，更加刺激味蕾，喝酒、吃饭，都是极好。不过要记住，用素菜铺底，一定得用现做的红烧盐水鹅一起炖，起初就要加足水，炖的中途不要再加水，汤汁与鹅肉也不要分离，这样才能保留原汁原味。原汁原味的鹅肉才是下酒佳品，一块鹅肉，一杯啤酒，一个故事，一个夜晚，何其潇洒，何其风流。

2019 年 2 月 12 日

当猪肝遇到腰花

　　猪肝和猪腰是两道风味独特的美食，都有着比较浓烈的腥味。有人嗤之以鼻，避而远之，有人如痴如醉，欲罢不能，餐桌上的两极分化有时候也是蛮有意思。猪肝和猪腰可以吃鲜，也可以风吹盐腌烟熏，湘西北乡下杀年猪时的"杀猪菜"一般会有炒猪肝、炒腰花，就是要吃个鲜，剩下的大都会腌制成风吹猪肝、腊猪肝、腊猪腰，腌制方法大同小异，风味独特隽永，是极其刹瘾的下酒菜。

　　新鲜猪肝先用加醋的淡盐水泡一下，可以去除一些血水、毒素、腥味。猪肝要切得薄，爆炒才易熟。猪肝切出来黏黏糊糊，貌似一点也不成形，厚薄的把握全凭手感，效果如何，只有炒出来后才能揭晓。

　　猪腰子只有在做菜时才正式称为"腰花"，腰花腰花当然是要切出花来。先将猪腰子剖开成两块，剔除那些白色薄膜，也用加醋的淡盐水泡发一段时间，更利于去除尿臊味，然后把整块腰子切成方寸大小块，再按照纵横顺序切花刀，纵横刀之间间距要基本一致，掌握好尺度，贴近底部，又不切到底、不切断，这样爆炒出来的腰花才卷曲显出花朵模样，又齐整有序。其实切腰花并没有定式，可以百花齐放，脑洞大开，随心所欲，中国的大厨们骚起来也是无解的方程式。

　　大餐馆炒猪肝、炒腰花都是猛火爆炒，有的先过油，有的先焯水，再回锅炒。过油、焯水是为了让猪肝腰花去些异味、锁住水分，吃起来柔顺滑嫩。小餐馆、家里则是作料配料调好，直接猛火爆炒，一鼓作气，这样子口感更为鲜嫩。如果要减少一些油腻，炒猪肝、腰花时可以搭配一些木耳、笋片、香菇、香芹之类，既可以丰富颜色，又可以增添味道。爆炒猪肝、腰花需要把握的关键是火候，火候控制猪肝、腰花的生熟老嫩，炒过火了，猪肝的那种沙沙的口感变成彻底的渣巴渣草，腰花的那种细腻爽脆变成嚼不干烂的棉絮，火候不到，猪肝、腰花没有熟透，咬一口还带有血腥气，会败口味，再回锅外观颜值和口感都会大打折扣。

有一年送岳父母去广州，从临澧火车站上火车，上车前在街边一家不起眼的餐馆吃饭。店老板极力推荐一道叫"雨花石猪肝"的菜，说是味道不错很有特色。猪肝切好调味，洗净的雨花石放入油锅里烧热，然后盛到一个干净的钵子里铺底，温度很高，手伸过去都可以感觉到一股灼热，这时将切好调味的猪肝倒进去，搅拌雨花石。随着一阵滋滋滋的响声，猪肝的那种独有香味就飘了起来。在这些圆溜油滑的石头里翻找美味的猪肝也是一大乐趣，这就是有些地方盛行的"石头猪肝"，其实与爆炒如出一辙，只是更具噱头、更有风味一些。当然实际上哪是什么雨花石，借个名字而已，不过就是从澧水河里捡来的普通鹅卵石，但一点也不影响味道。

津市杂烩闻名遐迩，食材无论怎么搭配，不可缺少新鲜猪肝，三鲜杂烩钵里如果没有猪肝，汤的味道总是提不起来。记得小时候，母亲隔三岔五就给我们做一锅三鲜汤：一些瘦肉、一些猪肝、一些菠菜，撒上葱花，香气扑鼻，胃口大开。这个汤营养丰富，适合长身体的孩子们喝，但是如何避免猪肝的腥味还是有些技术含量。辜小丫小时候她的嗲嗲也经常炒猪肝给她吃，可是辜小丫总是说腥味太重，几乎从来不吃。

猪腰子也可以做汤，不过一般做成药膳。按照"吃什么补什么"的理论，期望对腰肌劳损起一些作用，也算是圈了无数中年男粉。药膳的做法网络上有，照着做基本上不会出错，用电饭煲之类工具煨炖就行。

吃新鲜腰花，可以爆炒、下火锅、做干锅，都是香辣重口味，显然更为激情四射的是做成干锅腰花。炒锅烧热，放油，放入姜丝、蒜瓣、花椒粒、豆瓣酱，炸出香味，倒入切块切花的腰花，迅速翻炒，加料酒、酱油、胡椒粉，继续炒几分钟，炖钵里用一层洋葱片铺底，倒入炒好的腰花，放新鲜辣椒、葱花，用小火煨起，不需要太多汤汁。腰花炖得油亮，细腻绵软，可以让人吃得酣畅淋漓，回味无穷。

很奇怪袁枚的《随园食单》直接忽略了猪肝，猪腰倒是有提及："腰片炒枯则木，炒嫩则令人生疑；不如煨烂，蘸椒盐食之为佳。或加作料亦可。只亦手摘，不宜刀切。但须一日工夫，才得如泥耳。此物只宜独用，断不可挽入别菜中，最能夺味而惹腥。煨三刻则老，煨一日则嫩。"手撕腰花蘸椒盐吃，没有尝试过，可以想象味道应该不差。至于铁板腰花、烧烤腰花，万变不离其宗，都需要爆香烤香，只是孜然之类更为浓郁香料的加入，使腰花的口感层次更加丰富。

我曾经写过风吹猪肝、腊猪肝的吃法，这里不赘述。腊猪腰没有腊猪肝那么富有诗情画意，腌制、晾晒、烟熏，吃时先洗净用大火煮熟，再切薄片回锅用辣椒、大蒜炒，与新鲜猪腰比较，味道已经大不一样。

猪肝腰花最鲜明、最刺激的吃法当然是大火合炒，做成干锅，小火煨起，"煨三刻则老，煨一日则嫩"，猪肝越煨味道越浓，腰花越煨口感越嫩，麻辣鲜香，极其火爆，下酒下饭。如前所述，猪肝、腰花在人们的餐桌上基本上是独立的两道菜，如同一对男女，一个走在大街的南边，一个走在大街的北边，两条平行线，似乎永远不会有交集。可是这人来人往的大街，偏偏是你望一下我，我望一下你，眼神隔了一条街相遇，或许颔首一笑，或许他们是相识的，他们是熟悉的。男人和女人，所有的故事都是那么顺理成章，水到渠成。

猪肝和腰花的相遇给味觉带来了无尽的可能性。小城知名炒码粉馆瑞园年前一把火，烧走了一个春节捞金季。老板并不气馁，装修后重新开张，虽然价格连连上涨，炒码分量越来越少，生意依旧兴隆。我每个月至少要去吃一次，我要的炒码总是猪肝腰花。猪肝遇到腰花，腥味遇到腥味，也算是"腥腥"相惜，猪肝的粗粝碰撞腰花的妩媚，也算是一种互补，使人们的口味别有一番情趣。有位本土非著名诗人立即赋诗：当猪肝遇到腰花／春风吹来迷魂的香味／一场惊艳的爱情／在热锅里翻炒／即将爆发……

2019 年 5 月 17 日

津市的卤菜

入夏以来，津市的夜空里就弥漫一股浓郁的卤菜味道。那种香气让人们鼻子翕动，喉结翻滚，屁股骚动，怎么也坐不定了，六神无主，终于挨到太阳下山，夜幕降临，邀三五个朋友，切几盘卤菜，喝几扎啤酒，东扯葫芦西扯叶，漫漫长夜，炎炎苦夏，自然就已不在话下。津市是一座移民小城，津市卤菜也融合了各帮各派的做法，外观灵醒，口感纯净，很早就闻名遐迩。在津市之外的地方吃饭，酒席上即使有卤菜，我也基本上不吃，味道是一种比较固执的乡愁。

津市卤菜，不拘食材，花样繁多，自成体系，也算是有一个不可小觑的朋友圈。猪牛鸡鸭，荤的素的，能卤尽卤：卤猪肉、卤耳皮、卤猪脸肉、卤獠舌、卤蹄子、卤小肚子、卤大肠、卤肥肠、卤猪尾巴、卤脆骨、卤猪心、卤香肠、卤牛肉、卤牛肝、卤牛筋头、卤牛肚百叶、卤鸡、卤鸡爪、卤鸡拐、卤鸡蛋、卤鸭、卤鸭头、卤鸭爪、卤鸭盒子、卤鸭架、卤鸭脖子、卤鸭肠子、卤鸽子、卤鹌鹑、卤鱼、卤蛇、卤咳蟆（青蛙）、卤脚鱼、卤小龙虾、卤干子、卤千张、卤藕片、卤土豆、卤毛豆、卤花生米……

卤菜并不神秘，配卤药、选食材、熬卤汁、煮食材、卤制、切菜、装盘、调汁，这是做好卤菜的几个主要环节，环环相扣，缺一不可。卤菜首先要配好卤药。有的餐馆大师傅有私密配方，一千个厨子就有一千种卤药的配方，无非是多一种料或者少一种料，再就是分量有些变化，大同小异，味道基本一致，有些细微差别，卤菜口味各有千秋，也只有老饕才品味得出来。过去配药一般去中药铺，现在菜市场也有各种香料，大大小小数百种，常见的就是八角、桂皮、花椒、甘松、小茴香、白蔻、肉蔻、砂仁、香叶、公丁香、母丁香、砂姜、南姜、香茅草、甘草、草果，等等。现在超市、菜市场有精细配制的卤药成品，口味是中规中矩的标配，直接用，很方便，名副其实的"大众卤"。

　　熬卤汁就是要熬出卤料的浓烈芳香味，可去除食材的腥膻，增加食材的香味。讲究的还自己炒糖色，明净红艳，卤出的菜就好看好吃；偷懒的就直接用老酱油调色，颜色也行，味道也足，就是总感觉不如自己炒色那么纯粹。老卤汁只要保管得当，就不会腐坏，可以反复使用，越老越出味道，就如同美酒，如同爱情，有了年份，就有了陈香，就接近真谛。

　　做卤菜的食材都要洗净沥干水气，动物的"下水"之类食材更要处理干净，必须用天然材料手工操作，有些店家用化工产品处理食材，看起来光鲜艳丽，实则贻害食客，干的不是人事，用老话讲是要折阳寿的。很多食材要预先焯水炖煮，可以去些异味，食材有个八成熟就可以捞起进卤汁锅里卤制了。卤制时间根据食材性质长短不一，可以文火浸润一段时间，不急不躁，卤制的食材才能更透彻地入味。有人卤干子（压得比较干的豆腐块）要卤制两次，第一次卤了放到太阳下晒，最好是当西晒的地方，晒的时间长些，晒得更为彻底，再放到卤水里卤，这样卤制的卤干子嚼劲十足，切细片拌料或者直接吃都是喝酒的极品。

　　津市街上的"站长卤菜""无名卤菜"两家店子算是专业做卤菜的，口碑一直很好。但是，最红火的当然要数夜市大排档的，基本上是些"大众卤"。但不管任何人闪经天花乱坠，卤药就是那些基本配方，多一味少一味，一点细微差别。白卤、红卤也就是用辣椒不用辣椒、上色不上色的区别，味道不会偏差太远。所以，津市卤菜的关键其实不是如何卤，而是如何吃，吃出趣味才是津市卤菜的精妙所在。

　　卤制的食材都已熟透进味，都可以直接吃，但是有些卤菜是天生的可以直接吃，如卤蹄子、卤干子、卤鸡爪、卤猪尾巴、卤鲫鱼、卤小龙虾，不用斩切小块，不用蘸料拌料，用手拿着，直接撕，直接扯，直接吃，直接啃，我戏称为"裸吃"。一口卤菜一口酒，吃得满嘴卤香，不受姜蒜葱花的袭扰，如此纯粹，如此干净，如此洒脱，如此豪放，不是一个浪漫主义的诗人，都是一个有故事的浪漫人。

　　但是有的卤菜还是要剁成小块装盘，比如卤鸡、卤鸭、卤鸽子、卤鹌鹑之类，否则，整鸡整鸭，无从下手。鸡鸭之类肉质细嫩，卤制时间就要浅一些，进味可能不太充分，就还要配上一小碗特制的蘸料，加强味道。更重要的是夹一块卤菜，蘸一点料，有了一个时间差，如此这般，显得收敛，有些雅致。其实卤猪蹄也可以剁小块配蘸料吃的，只是卤猪蹄天生粗犷，过于斯文，风格不符，不够刹瘾。

回锅炒卤菜又是另外一种风味。如卤肥肠冷却之后，脂肪凝结看起来就有些腻，不妨改刀切丝，用青椒、大蒜掺杂回锅炒，油汁饱满，却不肥腻，香润可口，极其下饭。将谷鸭先卤制，再剁块回锅稍炸炒香，然后盛到钵子里，加大蒜、辣椒，用小火煨起，比普通的红烧、香酥、炙烤、清炖之类做法口感味道更别具一格。

不过更多的卤菜，如卤小肚子、卤耳尖、卤脆骨、卤牛筋头、卤牛肉、卤牛肝之类，适合切块、切片、切丝装盘，多种卤菜可以任意组合成拼盘。夜市大排档上常常听到有人喊：老板，来个"猪拼"，来个"牛拼"。老板不用多问，心知肚明，一会儿拼盘就切好了，浇上姜蒜泥、油辣椒，淋点陈醋麻油，撒些香菜、葱花，如果仅仅只到此为止，效果也佳，但是有些卖家偏偏要将拌料拌匀之后上桌，结果那盘卤菜显得极其凌乱，卖相不好，影响食欲。

对于津市人来说，没有什么问题是炖一个钵子不能解决的，卤菜也可以炖着吃，这就是激情四射的热卤。将已经卤制的鸡翅、鸡爪、小肚子、牛肉之类放到钵子里面，加足量的葱姜蒜、干辣椒，用小火煨炖着，还可以加些香菜、葱花，热气腾腾，油汁翻滚，酱色醇厚，看起来都有食欲。那种滚烫之中的浓香，中草药味、姜蒜味、辣椒味、香菜味、葱花味，那种浓烈、复合的香味让人无法拒绝，让人浮想联翩，直接勾引你的眼睛、你的鼻子、你的嘴唇、你的舌头、你的牙齿、你的咽喉、你的肠胃，你会义无反顾，赴汤蹈火，呼之拉之，辣得流眼泪就喝一口冰啤酒，喝到最后，浑身四水汗流，就干脆脱了上衣，光着膀子继续喝，那种爱恨交加浑身舒爽的劲头使你停不下嘴。

吃卤菜居然也是一块试金石，温文或者尔雅，豪爽也许闷骚，你的为人处事是什么风格，你的个性是什么走向，在你拿起筷子端起杯子的一瞬间就暴露无遗，不管选择什么吃法，你一定会吃出别样的趣味。所谓人生，没有别的，做什么事情，无拘无束，尽兴尽情，应该就是难得的境界。

你来或不来，我都在津市等你，直接"裸吃"的半边卤猪蹄，配蘸料吃的卤鸽子，拌料加香菜的牛筋头，再加上几块当了西晒、卤了两次的卤干子，再炖一个热卤，倒上几杯冰啤，在嘈杂声中，消磨夏夜的酷热，这人间真实的烟火，一定给你留下深刻的记忆。

2019 年 8 月 3 日

鸽子的天空

很多年前读到韩少功的短篇小说《飞过蓝天》，"它是一只鸽子，但有人的名字，叫晶晶。"这开头语吸引我一口气读完小说，鸽子"晶晶"给我留下了极其深刻的印象，感叹那么活色活香的鸽子竟然就成了别人的盘中餐，人与物的命运总是那么不可捉摸不可预测。那时候写作文，后来写爱情朦胧诗，为文造情，悲天哀地，无病呻吟，总是离不开鸽哨这个意象。经年之后，湛蓝的天空，嘹亮的鸽哨，这些早已无影无踪，唯有那只鸽子依旧在我的记忆里晃晃悠悠，不过已满带人间烟火气的浓浓肉香。

"飞的禽，走的兽，好吃只有鸽子肉。"这是湘西北广为流传的一句俗话，好吃的东西很多，当然不止鸽子，但是鸽子肉好吃这是事实。讲到鸽子，喉结就有些翻滚；讲到清蒸鸽子，口水就要直流；讲到干炸鸽子，就已经身不由己，牙齿好像开始咬合起来；讲到烤鸽子、卤鸽子，仿佛那股焦香药香肉香已经扑面而来，早已经让你魂不守舍，眼里只有鸽子，细长的腿，白皙的肉，手舞足蹈，东拉西扯，所谓节操，一地鸽毛，剩下的只有饕餮，只有酩酊，只有最后惬意地抹一下嘴角。

现在菜市场卖的都是专门饲养的肉鸽，也就是乳鸽。鸽子成了鸡、鸭、鹅之后的第四大家禽。鸽子肉高蛋白、低脂肪，细嫩鲜美，细皮嫩肉，令人爱不释手，爱不住嘴。小鲜鸽一直是人们心目中的滋补极品。所以烹饪鸽子首选清蒸、清炖，人们认为如此营养才不会流失，也不会影响口感。清蒸鸽子很简单，乳鸽宰杀洗净，整只周身稍微抹一点盐，装到碗里，放入姜丝、葱结，考虑鸽子脂肪低，可以适当加一点化猪油，还可以淋点料酒，上锅大火蒸十几分钟即可，鸽子肉嫩不可久蒸，出锅时取出葱结，撒点葱花、胡椒粉，滴几滴麻油，酱油和味精看个人喜好，可加可不加。鸽子自带香甜味道，清蒸不需要过多的作料，有的人只用点火腿片提味。也可以将鸽子剁成小块后装碗再蒸，口味口感偏差不大，大人小孩吃起来方便一点。

本来清炖鸽子和清蒸鸽子大同小异，整只炖、剁小块炖都可以，也不用添加过多作料，一点盐、一点油、一点姜丝、一点葱花，足矣。但是中国人的传统是将鸽子作为滋补食材，习惯于做成药膳。鸽子药膳配方五花八门，按需配药。大众化的是加些枸杞、红枣、桂圆、龙眼、山药、莲子之类，为了圆油腻男人的梦想，其实一碗鸽子枸杞汤究竟能荡起多大的浪花，还是有些可疑。倒是中药味道浓了，失去了鸽子原生态的本味，美食变成补药，有些牵强，得不偿失。

清蒸鸽子、清炖鸽子，属于斯文透顶的吃法，吃肉喝汤，肉嫩汤鲜，淡淡的甜，淡淡的香，味道都淡，口味淡了，吃起来毕竟也有些腻。所以，这也就只适合长身体的小孩和补身体的老人。好吃佬们吃鸽子，特别是如果用来佐酒，口感最好、最值得、最经得起咀嚼的，还得干炸，也算是红烧或者香辣口味。

干炸鸽子并没有什么技术含量，只要鸽子新鲜。耐着性子，把握火候，不炒得过焦，就可大功告成。宰杀好的鸽子洗净，剁成小块，不必剁得太细小，否则干炸缩水后太小拈不上筷子，指头大小正合适。锅烧热后放入菜油，油烧到冒烟后将鸽子肉倒进去，轻轻炒动，翻来覆去，直到炒干水分，炒干后再炸一会儿，放入花椒、姜末，经过油炒才有提味提香的效果；炒到一定程度，再放一点盐，放一点酱油，放一点豌豆酱，翻炒均匀；快炒好时加入干红辣椒末、新鲜辣椒末、大蒜末，这些不能放早了，否则会被炸糊变黑；快要出锅时如果有鲜紫苏叶、薄荷叶之类，可以切丝放入，撒点胡椒粉、味精、葱花，最后翻炒几下出锅。说是干炸其实还是干炒，只是比炒其他菜多放点油多点时间而已。作料要循序渐进地放，要让鸽子逐渐入味，又不破坏新鲜作料的颜色品相，这样出锅的干炸鸽子才色香味俱全。干炸鸽子可以直接装盘上桌，也可以用钵子盛着，上桌用炉子小火煨起，油汁吱吱，热气腾腾，更加入味。干炸鸽子焦香可口，骨肉相连，骨头都酥了，香得如此透彻。一口鸽子一口酒，听那咀嚼鸽子骨头的沙沙声响，惬意地享受一点难得的闲暇。吃到最后，盛一碗热烘烘的米饭，舀几勺滚烫的油汁，淋到米饭上面，搅拌均匀，那满屋子都是香气，三下五除二就可下肚，拍拍肚皮，浑身舒爽，打的饱嗝都带有鸽子的鲜香。

和干炸鸽子的细腻入味不同，烤鸽子则是一股粗犷之风。鸽子宰杀处理干净之后用盐、料酒、酱油、姜蒜及各种香料腌制，有的人为了鸽子颜色好看还要抹点蜂蜜，用炭火、用电烤箱微波炉都可以。夜市大排档用炭火烧烤，一边烧烤，一边加油撒香料，烤得香味四溢，过路的人都要多望几眼。烧烤鸽子，皮酥肉香，外焦里嫩，不用另外的蘸料，透过那种烟熏火燎，味道就已经十足。

卤鸽子与烧烤鸽子大致是殊途同归。处理好的鸽子沥干水气，将熬好的卤汁加热，卤鸽子一般用白卤，就是卤汁不加色，放入鸽子，让卤汁覆盖住鸽子，加热几十分钟，翻一下鸽子，让鸽子各个部位都能渗透到卤汁，鸽子肉嫩，不需要煮太长时间，太久肉就酥烂了，马上起锅，用盘子放置冷却。如果是先焯水了的鸽子，卤的时间就更要缩短，过于糜烂的话，外观、口感就差了一截。吃的时候，将卤鸽子剁成小块，装盘时依旧拼成鸽子模样，小碗蘸料放置在旁边，蘸料主要是用酱油陈醋麻油，调配葱姜蒜末汁、油辣椒、胡椒、花椒面之类，具体可根据食客喜好增减，有的只用一点蒜泥，有的只用一点麻油，有的只用一点椒盐，也无不可。食客拈一块卤鸽子，蘸一下调料，送进嘴里，细嚼慢咽，饮酒喝茶，徐徐缓缓，颇有古风。有的干脆什么蘸料都不要，直接吃，也有滋有味。更为豪放的是整只卤鸽子都不用剁，双手总动员，左撕右扯，说是用刀剁砍了就有钢铁腥气，败了口感，唯有撕扯才原汁原味，才酣畅淋漓。这也是在夜市大排档上才能看到的一道风景，岁月静好，现世安稳，没有牵挂，只有闲暇，没有烦忧，只有撕扯，自由自在，不急不躁，左手鸽子，右手啤酒，如此安逸，如此舒爽，如此透彻，不也是人生的尖峰时刻？

2019 年 8 月 17 日

桃花流水鳜鱼肥

西塞山前白鹭飞，桃花流水鳜鱼肥。青箬笠，绿蓑衣，斜风细雨不须归。公元773年，唐代大书法家颜真卿到任湖州刺史，早年逃避官场、隐居闲钓的词人张志和去拜访他，大咖碰撞，惺惺相惜，估计总要炖几条鳜鱼，煮几壶黄酒。唐代那时以肥为美，吃鱼自然也要肥硕才欢，我都闻得到那股鱼香。酒酣之时，填词助兴，于是就有了这首《渔歌子》，一派生机盎然，一片闲情雅致。

鳜鱼浑身长有花纹，在湘西北也叫桂花鱼、季花鱼，很多时候就被简称为花鱼。鳜鱼嘴巴大得不成比例，张嘴就是一幅凶相，是吃小鱼小虾的食肉鱼种，肉多刺少，肉质鲜嫩，属于高档次鱼种。过去市场价位比较高，普通老百姓舍不得吃，现在人工养殖的居多，鳜鱼已经成为人们餐桌上的寻常美味。

张志和描写的湖州虽然盛产鳜鱼，却没有整出什么名气大的传世菜品，倒是在太湖对面的苏州松鹤楼有道"松鼠鳜鱼"，造型生动有趣，口感浓腴鲜甜，加上和乾隆皇帝沾上关系，名噪大江南北，成为招牌菜。松鼠鳜鱼做法讲究，刀工、炸制、火候、调味、颜色，环环相扣，不是专业厨师还真是难以精准把握，搞不好就成了一塌糊涂的鱼。袁枚在《随园食单》里也提到鳜鱼，他叫"季鱼"："季鱼少骨，炒片最佳。"这种做法有些麻烦，也耗费食材，估计只有高档次宴席才如此做。

鳜鱼肉质鲜嫩，因此可以清蒸，更为原汁原味。活鳜鱼杀好处理干净，鱼身划几花刀，撒点盐，放姜丝、葱白、辣椒丝、蒸鱼酱油，用大火蒸，出锅时撒葱花、淋热油，如果只淋小磨香麻油，清新无比，可以细细品味鳜鱼的鲜嫩甘甜。不过对于喜欢炖钵子的湘西北人来说，清蒸还是过于寡淡，总是感觉吃得不够刹瘾。

　　在湘西北鳜鱼最大众的吃法应该就是清炖鳜鱼，家常口味，老少咸宜。做清炖鳜鱼可以用一条大鱼，也可以用几条小鳜鱼。鳜鱼处理洗净沥干，大火烧锅，倒入菜籽油，将鳜鱼下锅煎，几分钟后翻面继续煎，两面煎至略带焦黄色，放入生姜、大蒜瓣，适量的水，大火炖开，放盐、胡椒粉、新鲜青椒块，注意只放青辣椒，根据个人口味，可撒点葱花。清炖鳜鱼汤鲜鱼美，可以大快朵颐。有人用山野采来的野蒌，也叫野葱、胡葱，揉制成酸盐菜，将这种酸盐菜加到鳜鱼汤中，极为鲜酸，喝一口浑身发热，酸爽通透，酣畅淋漓。

　　更浓味一点的就是干锅鳜鱼。做干锅鳜鱼最好选用大一点的鳜鱼，事先将鳜鱼处理洗净，抹盐腌制，不需要腌得太久，称之为"暴腌"。腌制目的是让鳜鱼较快入味，肉质变得紧致。大火烧锅，倒入菜籽油，鳜鱼下锅煎至两面焦黄，放入生姜丝、花椒粒炸香，如果有新鲜花椒粒当然更好，放胡椒粉、豆瓣酱、酱油，加适量的水，大火炖开，接近收汁，盛入钵子或铁锅里，再用大蒜瓣、新鲜青椒红椒末、紫苏叶末、葱花覆盖，改用桌上炉小火煨起。鳜鱼腌制到位后，鱼肉变成一瓣一瓣的，白里微带桃红，没有鱼刺，吃起来毫无障碍。鳜鱼的肚皮部位含有较多鱼脂，肉质鲜活，口感柔软，味道鲜香，抿嘴一咬，流汁四溢，恣意放肆，桃花流水鳜鱼肥，简直是绝唱。有一次在桃源县凌津滩水电站吃鳜鱼，店家说是沅江里的，肉质也的确鲜嫩，特别值得一提的是放了山胡椒油，味道格外鲜明，提神醒脑，刺激胃口，吃得津津有味。煨到最后的汤汁，浓郁肥美，用来拌米饭，香得透彻，有兴趣的不妨找机会一试。

　　更重口味的就是臭鳜鱼。臭鳜鱼的腌制技巧在于盐的把握，盐多了鳜鱼变成咸鱼，失去了鲜的特点，盐少了导致鱼肉彻底腐败变质，无法食用。因此腌制臭鳜鱼撒盐要撒得恰到好处，拿捏在临界状态，鳜鱼才会有微生物发酵，才会有臭味产生。这好比书画大师落笔，看似随意为之，实则成竹在胸，外人不得不服。吃的时候，把腌制到位的臭鳜鱼洗净沥干，放到锅里煎，煎的火候稍微大点，时间稍微长点，煎到二面焦黄，也就是常常说的"煎老一点"，再依次放姜末、蒜末、红辣椒末、胡椒粉、豆瓣酱、酱油等作料，用一点水大火焖，收汁，装盘。臭鳜鱼闻起来有些臭，是百分之百的重口味，但是入嘴咸香，肉质细嫩，白里透红，是老饕餮客们下酒的最爱。

不管是春和日丽，还是凄风苦雨，寻得半天闲暇之时，摘几枝桃花，煎几条臭鳜鱼，倒一杯酱酒，拈一瓣鱼，抿一口酒。酱酒配臭鳜鱼，好似神雕侠侣，如同患难兄弟，寻味而来，逐味而聚，臭味相投，相爱相杀，才能一生，细嚼慢咽，回甘无穷，欲罢不能。

2020 年 3 月 28 日

关山板栗粒粒香

　　津市市城区澧水南岸的大关山村地处"澧州八景"之一的"关山烟树"，每遇阴雨天气，烟雾蒙蒙，青松隐隐，流水潺潺，风景这边独好。关山一年四季鸟语花香，瓜果漫山遍野，草莓、李子、枣子、杨梅、樱桃、枇杷、柑橘、橙子、柚子、柿子、板栗、毛栗、凉薯、红薯，等等，让人应接不暇。明太祖朱元璋的孙子朱悦燿，因为行为不端被贬谪澧州，封为华阳王。关山这一带依山傍水，风光绮丽，被他看中辟为王府园囿，后人称为御果园，还修建了行宫，经常在此游猎休憩，据说现在当地许多果品还是华阳王传留下来的，板栗即是其一。

　　关山有很多板栗树，到了秋天，板栗熟了，那带刺的板栗果炸裂掉下来，四处散落。板栗号称木本粮食，有"千果之王"美誉。记得小时候父母偶尔买回来一小袋板栗，给我们解馋。保存生板栗必须悬空吊着，不时打几下，推几下，耸几下。母亲说板栗很懒，一动不动就宠瞌睡，容易变黑长虫。板栗隔几天后，果肉变得怏怏的，吃起来特别脆甜，只是剥得有些麻烦。板栗用水煮或混合石子炒熟，香气扑鼻，是我们最喜欢的零食。如今街上到处有炒板栗的，整条街都是炒栗子香。熟透的板栗外观油润，口感又粉又沙，所以板栗也适合入菜。和肉类相配，荤素搭配，吃喝不腻，红烧肉炖板栗、猪尾巴炖板栗、土鸡炖板栗都是别具乡野风味。

　　关山农户散养的三黄鸡其实也与华阳王有一丝关系，"三黄鸡"因为"羽毛黄、爪黄、喙黄"而得名，这就是华阳王的祖父朱元璋御赐的名字。关山的三黄鸡可能也是华阳王带来的品种，常年放养野山，生存能力极强，肉质细嫩，脂肪丰厚，鲜味十足，炖出的鸡汤颜色黄亮，令人食欲大增。关山板栗，颜色金黄，颗颗饱满，粒粒香甜，炖三黄鸡真是绝配，是老饕们的最爱。

关山板栗炖关山三黄鸡，做法简洁，却不失奢华，满眼金黄，真正的王者风范，不知道当年华阳王是否吃过这道菜。选一只关山三黄鸡，3斤左右就好，宰杀处理干净，鸡血、鸡内脏处理干净留用，鸡肉剁成小块，鸡油切小块。大火烧锅，倒入关山新榨的茶籽油，将鸡油块放入一起煎炸，待到鸡板油炸到变色接近焦煳时，将鸡油渣盛起丢弃不要，放入生姜片、桂皮、八角，花椒粒随个人喜好可加可不加，倒入鸡肉，加料酒，反复翻炒，炒干水汽，直到鸡肉焦黄，油光发亮，加一些酱油、豌豆酱、干红椒段，继续炒到鸡肉有些黏糊巴锅，一次性加足水，用大火炖。

选果粒饱满的关山板栗，用刀破小口，不伤果肉，用水泡几分钟，剥开栗色果壳，去掉一层薄薄的果衣，就是黄灿灿的板栗果肉了，一大碗即可。另起锅中加水烧开，将板栗倒入锅中，加一点盐，略煮几分钟，让板栗断生、进味，不可煮太久，盛起沥干水汽后装入炖钵铺底，将炖到差不多酥烂的鸡肉盛入，此时加入先前的鸡血、鸡内脏，加蒜粒或青蒜段、青椒块、胡椒粉，置于桌上炉，继续用火炖几分钟，满屋子鸡肉飘香，云遮雾绕，撒一点葱花，就可以开吃了。

煨炖到一定时间，鸡肉和板栗的相互融合，使得鸡汤变得更加浑黄、醇厚、浓香。在这秋日的傍晚时分，有这么美滋美味的板栗炖鸡，总是要喝点酒才有趣味。不妨邀三五位文艺男女，对面坐着，并排坐着，板栗炖鸡煨起，啤酒煮起，放几片新鲜的橘子皮，酌一点冰糖，热气腾腾，似雾非雾，人已经有些飘飘然。喝一口板栗香味的鸡汤，吃一粒鸡肉香味的板栗，张嘴浅浅一咬，板栗立刻粉崩，满口沙沙，饮一杯温热的啤酒，口腔留香，浑身通透。今夜我们就是彼此的粉，谈些似远似近的人生故事，闲云野鹤，风花雪月，望一望天空，星星不在，月亮不在，蒹葭苍苍，白露为霜，唯有关山烟树朦胧，秋虫低鸣，此时真的就有一种欲醉欲仙的飘忽感，这种感觉真是快哉快哉。

2020 年 10 月 25 日

最后的兔子

　　许多人小时候在冰天雪地里赶过野兔，少年的欢愉，肉食的快乐，还可以卖了换钱，因而乐此不疲。守株待兔，田野追撵，一天下来总会有所收获。有一次大哥掌勺做了一钵红烧野兔肉，用煤炉子炖着，加了许多辣椒和青蒜，特别香辣，"飞斑走兔"，果然不虚，味道记忆十分深刻。

　　现在市场上野兔极少见到，卖的多是养殖的肉兔。兔子形象呆萌，许多女性因此不吃兔肉，其实兔肉是高蛋白质、低脂肪、少胆固醇的肉类，质地细腻，味道鲜美，营养丰富，容易消化吸收，可以说是老少咸宜，而且最适合女性食用，被人们称之为"美容肉"，这真是一对让人纠结的矛盾。不过人类处于食物链顶端，矛盾无处不在，但没有什么矛盾不可以化解。有一年到成都，看见川妹子满大街"啃兔儿脑壳"。一只麻辣酱板兔头，三下五除二，上下其手，呼之拉之，旁若无人，极其安逸，我看得喉结翻滚，腮帮乱动，口水都要流出来。在成都街巷的"苍蝇店"里吃饭，麻辣兔肉就是道大众菜，兔肉、辣椒、花椒一堆盘，人们吃得有滋有味，才知道川人对兔肉情有独钟。

　　辣炒兔肉用新鲜兔肉，将新鲜兔肉剔去骨头，切成小丁，用开水焯一下沥干水气，也可将兔肉走油锅略炸一下，切姜丝、蒜粒、葱段、葱花、干红椒段、鲜青椒段，花椒、桂皮、八角备用，兔肉腥味较重，姜、蒜、葱、辣椒、花椒之类作料一定要放足。大火烧锅，倒入菜籽油，兔肉精瘦，几乎没有脂肪，一定要放足油，兔肉才不柴。油热时放入姜丝、葱段、花椒、干红椒段煸炸出香味，倒入兔肉，迅速翻炒，榨干水汽，放料酒、酱油、胡椒粉、鲜青椒段，继续翻炒，放适量盐，加一点水，加点味精，收干汤汁，盛起装盘，撒点葱花即可。有人喜欢加些黄瓜丁一起炒，荤素搭配，味道清鲜，可解油腻。有人喜欢麻辣，就加大花椒辣椒的量。辣炒兔肉搁冷了再吃出乎人的意料，油汁渗透进兔肉里面，兔肉滑润，味道更酽，麻辣交织，堪称绝妙。

湘西北一带啃鸭脑壳不啃兔儿脑壳，但卤制酱版兔肉也不会缺席。卤制酱板兔肉和制作其它卤菜大同小异，只是炖煮更要把握火候，不能太烂，兔肉细嫩，容易成渣，既要让卤汁酱汁深深浸透融合，又要留些咬嚼，恰当的时间就产生绝妙的美味。酱板兔肉重麻重辣重酱色，不再需要其他作料装点调味，冷透、冷切、冷吃，在层层穿越之后寻觅味道，犹如追忆往日时光，依旧不失火爆。

爱吃钵子菜的津市人更喜欢红烧兔肉，小火煨炖着，热气腾腾，吃起来极其刹瘾。红烧兔肉可以用新鲜兔肉，也可以用腌制风干兔肉。肉兔宰杀后剥皮，去掉兔头和内脏，用盐和花椒腌制，晾晒风干。有条件可以用烟熏成腊兔肉，细细长长，赤黑赤黑，可以储存一些日子。腌制风干熏腊的过程，也是兔肉发生一些微妙变化的过程，肉质变得更为细密紧实。吃的时候将腌制风干熏腊的兔肉泡发清洗干净，连骨头剁成小块，切些生姜、大蒜、青辣椒备用，烧锅，放油，冒烟时倒入兔子肉、桂皮、八角、花椒粒、干红椒、料酒，迅速翻炒，炒到兔肉有些焦煳，放点豆瓣酱、酱油，继续炒至兔肉变成酱红色，加少量水，用大火焖，到兔肉接近熟透软烂，加入大蒜、青椒，根据个人喜好还可以加些葱花、香菜，盛到土钵子里，端到炉子上用小火煨起，此时已经满屋兔肉飘香。

不管是爆炒的麻辣兔肉，还是卤制的酱板兔肉，或是煨炖的红烧兔肉，都是下酒的好菜。但是喝酒必须喝有度数的酒，邀约三五位朋友，如果偶遇讲究些情调的文艺女青年，喝酒会更有神韵。兔肉细嫩，白酒冷冽，美女配烈酒，沉鱼又落雁，一丝冷峻，一丝热烈，一丝雅致，一丝粗放，一半是海水，一半是火焰。雪中的兔，钵中的肉，杯中的酒，炉中的火，光怪陆离，昏天黑地，无论怎样匪夷所思，仍然诱人决意前行。浪漫可遇，知己难求，身处如此诗意的氛围，实在应该不醉不归。

2020 年 12 月 15 日

老街烧鸡公

　　津市的街头巷尾到处都有无名无姓的"小钵钵"馆，藏龙卧虎，有些好吃的东西，你可能闻所未闻。十几年前，汪家桥下面原先有一片老城区，多是"黑瓦屋"，破旧不堪，进巷子里七弯八拐，有一对老年夫妻开的餐馆，每餐只能接待两三桌客人，主打菜是老鸭汤，还有一道红烧鸡公，知道的人不多，老板也不怎么推荐，来吃的都是熟客，好这一口的就自然会点这道菜，不用废话。朋友方君常常喊我到那里吃饭喝酒，他见过大世面，嘴巴极刁，吃菜喝酒，一丝味道不对就咬牙切齿脾气大发，但是对这"黑瓦屋"下的红烧鸡公却总是推崇有加，赞不绝口，只是"老街烧鸡公"被他们异口同声戏谑为"老街骚鸡公"。

　　"骚鸡公"是未阉的公鸡，民间一直就有给小男孩吃"仔鸡公"的习俗，仔鸡公是未阉的小公鸡，传统认为仔鸡公肉可以让小男孩发育长身体。未阉的小公鸡长大就成了骚鸡公，如今在乡下骚鸡公也已经是稀罕之物，除了几只留种的，大多的公鸡在很小时候就被阉割，成了"献鸡"。献鸡心无旁骛，长得快，长得壮，肉质细嫩。留种的骚鸡公满带了传播基因的浪漫情怀，心思不宁，魂不守舍，四处游荡，寻花问柳，消耗食料快，就是不长肉，而且肉质差。因此，骚鸡公的做法唯有红烧或者黄焖，绝对需要重口味，否则，强烈的荷尔蒙气息够你享受。重庆鸡公煲油厚味重，天下闻名，吸引了众多食客的眼球。

　　偏偏骚鸡公就是还得吃新鲜的，唯有腥味浓郁醇厚，吃起来才有脑门涌血飘飘欲仙的感觉。实际上红烧与黄焖的烹调方法和用料差异不大，红烧偏酱红，黄焖偏浅黄，更多时候红烧与黄焖结合，相辅相成，菜肴更加可口出色，货真价实的"焖烧"。

　　选刚好长大成熟的鸡公，三五斤重为好，宰杀、清洗干净，肠子、鸡肝、鸡肾、鸡盒子之类的内脏，特别是骚鸡公的那两粒睾丸千万不能丢弃，方君说特色就是这"蛋蛋"，如果没有"蛋蛋"，就一毛不值。鸡肉剁小块，不大不小，鸡盒子切片，鸡肠子斩断，鸡肾、鸡肝、睾丸备用。炒锅加水烧开，倒入鸡块，焯水几分钟，捞出沥干。

炒锅洗净，大火烧锅，放足量的菜籽油，骚鸡公一般自身鸡油太少，用油要足，鸡肉才保留滑润不干涩不枯柴。油烧到冒烟，放入姜片、桂皮、八角、花椒、干红椒，炸片刻，倒入鸡肉，加料酒，炒干水分，到鸡肉逐渐变色，开始巴锅焦煳，倒入酱油、豆瓣酱，如果用黄豆酱也可，加入内脏，迅速翻炒，香味开始飘出，加冷水，覆盖鸡肉，猛火烧开，改为中火，盖上锅盖焖。待汤汁渐渐收干，适当加盐、白胡椒粉，盛到钵子里，将鸡冠和两粒"蛋蛋"置于中央醒目位置，放蒜粒、新鲜辣椒片，放到桌上炉上，用小火煨起。老街烧鸡公连烧带焖，交相辉映，油厚汁浓，进味十分彻底，喜欢的还可以撒上一把葱花，酱红浅黄中透露出几缕清新的绿意，又有别样的田园情调。

吃骚鸡公当然要喝一点酒，白酒、红酒、啤酒随意。骚鸡公肉质有些粗糙，可是吃起来别有风味，耐人咀嚼，浮想联翩，犹如乡间的老男人，极为养眼的古铜肤色，看起来就是一首诗，惹得文艺女青年们心惊肉跳，大呼小叫，一阵慌乱。吃这道菜更有意思，只有暧昧，不会尴尬，一定笑场，一定喝醉酒，一定讲故事，那两粒"蛋蛋"脂肪含量高，嫩如豆腐，有养颜补肾之效，不过这种场合，女性赧然，不敢染指，一定会承让给当天在座最尊贵最年长的男人。当然，今宵酒醒何处，杨柳岸晓风残月，除了满地的骚鸡公骨头，也一定是风雨过后仍然见不到艳丽的彩虹，人生就是如此折磨，反复折腾，生生有趣，乐此不疲。

如今，那片老街区早已拆迁，那家餐馆的老两口现在应该也是年近古稀，估计后来也没有再开餐馆。骚鸡公的味道飘逝在时间的夜空，早已经无踪可寻，骚鸡公的世界你不懂，从此，世上再无骚鸡公。

2021 年 7 月 15 日

清香四溢稻草鸭

毛哥是我在津市航运公司搞工作队时认识的，大我十来岁。他长得壮实，个子不高但是肚皮挺大挺圆，他大腹便便当然是有道理的，他是个"好吃佬"，平常闲暇时喜欢琢磨一点吃喝，弄点菜，喝杯酒，是他日常生活的刚需。

稻草鸭就是他喊我吃过的一道特色菜，在街巷里的一家小餐馆，说是他一位好兄弟开的。主打菜是稻草鸭，用稻草捆绑鸭肉，很普通的红烧口味，不过多了一股稻草的清香，色美味长，许多人闻所未闻。用稻草来烹制美食并不是孤例，可能也是为了弥补一些香辛作料的缺失，有的地方用稻草作配料烹制猪肉、烧排骨，用稻草做媒介霉制豆腐乳，稻草燃烧后的稻草灰水含碱性，用来制作凉粉、炮制糯米做糕点，有的直接用稻草来烟熏、烧烤食物，终极特色所追寻的就是那股醇厚的谷香。

稻香鸭也大约有铺底、捆绑、烟熏几种做法。铺底是将稻草铺在钵子底层，再将烧好的鸭肉倒入，一起蒸煮煨炖。烟熏是用稻草燃烧熏制鸭肉，再二次加工入锅烧制。捆绑是将鸭肉用稻草捆绑再烹制，有整只鸭用稻草捆绑后炖煮焖制的，有鸭肉剁小块再捆绑稻草红烧烹制的。各种做法，殊途同归，一般来说剁小块捆绑红烧的入味更为透彻，平常至极，却惊为天物，让人回味，我吃过的就是这种。

选一小扎当年新割谷余下的稻草漂洗干净，那种黄中带一丝隐隐的青绿为好，切断为一尺左右长短。农家放养的谷鸭宰杀清洗干净，将鸭肉剁成方寸小块。然后，每块鸭肉都用一根稻草捆绑，细细密密，系牢系实。锅里放水大火烧开，将捆扎稻草的鸭肉倒入锅里焯水，去掉一些鸭屎味、血腥气、草腥气，注意不要碰散捆绑的稻草，捞起用筲箕沥干水。

为了保持稻香的原汁原味，炒制稻草鸭用到的作料较少，一般不放八角、桂皮、花椒、香叶、胡椒之类的香料，也不用料酒、味精、糖类，以免混杂味道，冲淡本真的稻香。大火将炒锅烧辣，放菜籽油，根据鸭肉多少一次性放足量，烧到起油烟时，放生姜、干红椒段，略炸片刻，倒入捆绑好稻草的鸭肉，大火炒干水分，放盐、酱油，继续炒，注意稻草不能炒炸焦煳，加入冷水，大火焖煮，把握好火候与时间，接近酥烂就改为中火，放新鲜青红椒、蒜粒，炒匀收汁，盛到钵子里，用桌上炉小火煨起。吃的时候根据个人喜好，撒一把葱花。

稻草鸭，听起来看起来尽是土里土气，大俗就是大雅，吃起来却是清香浓郁扑鼻，肉质细嫩，肥而不腻，回味隽永，也是出人意料。这可能是一道十分孤独的菜，乡间田野，"寂寞开无主"，特立独行，形单影只，茕茕孑立，无人喝彩，无人传颂。我后来也没有在另外的场合吃到过，偶尔从另外的人那里听说，大都语焉不详，或者风格不一，不甚了了，但是，关于味道的记忆极其固执，那种淳朴简洁的超凡出俗深深地刻在我的心底。稻草鸭是一种情怀、一种乡愁，更是喝酒的好菜。多少次梦里回到乡下，太阳落山，炖一钵子稻香鸭，夹一块鸭肉，不妨用手缓缓拆去捆绑的稻草，鸭肉颜色酱红，油光水亮，极为养眼。新谷子的香气，鲜鸭肉的香气，从稻田里摇曳而来，送进嘴里，润滑酥软，牙齿轻咬，油汁四溢，丝丝缕缕，满嘴的田园滋味。咀嚼稻草鸭，抿一口农家酿制的纯谷酒，不禁让人想起花鼓戏《打铜锣》里蔡九的经典台词："收割季节，鸡鸭小心！"远山起伏，湖水涟漪，稻浪滚滚，蝉鸣声声，旖旎的田园风光仿佛就在眼前，清风徐来，鸭肉飘香，我的家乡在哪里？

2021 年 8 月 1 日

卤牛肝

在津市吃牛肉炖粉，可以配许多的小碟子菜。凉拌的、卤制的，卤牛肝就是一种。比之猪肝、羊肝、鸡肝、鹅肝，牛肝粗粝，是不折不扣的下脚料，大致只有卤了吃，正好物尽其用，内容和形式完美结合，也成了津市夜市摊上的名牌菜，餐馆里只要做卤菜的基本上都有卤牛肝。

新鲜的牛肝很少直接拿到菜市场出售，需要的大都是直接订货，送货上门。一般家庭不会买，难得处理，制作麻烦，好这一口的只好去卤菜店买已经卤制好的，倒也方便快捷，味道能够得到基本保障。

新鲜牛肝硕大，饱含血水，需要大块切开，分成适宜的长条小块，剔去粘膜，冲洗干净后泡在清水里，泡出血水，中途可以多换几次水，最后泡洗冲干净即可。大锅加水猛火烧开，将泡洗干净的牛肝丢进去，煮几分钟，捞起来，换一锅水，烧开后将焯水后的牛肝放进去，放一些生姜，倒一些料酒，大火炖煮，去掉大部分腥味，到基本熟透，捞起置于筲箕里沥干水气。

另用大锅或大炖钵，店家卤制规模大一般用上端有耳子的大铁桶，放水、大块生姜、干红辣椒、加卤药，用纱布袋子装卤药可以避免卤汁药渣泛滥，卤菜更加灵醒清新。大火烧开，熬几分钟，再将牛肝放进去，没入卤汁内，再次烧开后继续煮，关火后可以将牛肝浸泡在卤汁里面，直到冷却透心，捞起，沥干。

津市店家做卤牛肝都要卤两次以上，味道才踏实。牛肝只卤一次，切开略带绯红，口感沙沙的却不失细嫩，最大限度地保持了原汁原味。如果要卤制那种口感咀嚼比较老一点的，等牛肝冷却后，再次下锅卤制一次，可以一而再再而三，入味更为透彻。有的老饕口味更为刁钻，喜欢特别有些咬嚼，店家就将卤制过几次的牛肝放到太阳下晒干，黢麻黑的像块黑石头，再次投入卤锅里卤制，入味更好，嚼劲更足，下酒更香。

　　切卤牛肝要放冷了切，切片，刀工必须讲究，薄了寡淡找不到感觉，厚了笨拙如啃枯面包，嚼得渣巴渣草。卤牛肝吃法非常简单：拌料或不拌料，随心所欲，不必拘泥。所以有的店家将切好的卤牛肝整齐码好摆盘，配一碟五颜六色的调料。街头巷尾大排档最常见的多是红油拌料，将切好的卤牛肝里放一些蒜姜末、酱油、陈醋、香麻油、葱花、芫荽菜，再淋上一勺红油，拌均匀，红红火火，乌黑亮亮，绿绿葱葱，香艳无限。如此混搭的作料和牛肝这种食材算是门当户对，恰如其分，相得益彰。

　　卤牛肝拌作料，稍微精细一点，蒜粒、生姜一定要先用刀拍散再剁成细末。操作上的一点点不同，口感就大不同。有时候口感就是一张薄纸，轻轻一咬，浑身不由自主地一颤，什么感觉都在里面，竟然一时哑然无语。卤牛肝和拌料，如同恋爱中的饮食男女，爱情的潮水，欲望的火焰，怕他不来，又怕他乱来。所以有的干脆就走了极端，不要作料蘸料，直接"裸吃"。卤牛肝大多是卤了两次以上的，入味极其充分，裸吃的味道毫不逊色。

　　何处寻欢？唯有卤牛肝。卤牛肝在苦与涩之间游离，隐隐的哀愁，淡淡的回甘，不知所以，却总是耐人寻味，无数饮食男女，跃跃欲试，欲罢不能。切好的卤牛肝，纹理细密紧致，有的像黑松露片，有的带些大理石纹，如同一幅幅水墨画，美艳得让女人尖叫，勾起人们无穷的想象。用筷子夹起一块卤牛肝，换左手拇指食指轻轻拈住卤牛肝的边缘，不松不紧，不疾不徐，缓缓送到嘴边，只咬半截，细细咀嚼，意味无穷。如果不喜欢喝酒，秋日午后，凉风习习，约三五个合适的朋友，喝点绿茶、红茶，谈天说地，家长里短。不妨来一碟不拌作料的卤牛肝作为茶食，无所谓阳春白雪，无所谓下里巴人，一丝一缕也有人生情趣，一点一滴也是鲜活生活。

2021 年 9 月 5 日

老街盐水肉

　　盐水肉，不用熏制的腌肉、腊肉。冬月腊月时节，在津市的大街小巷就能够看到人们晾晒腌制的盐水肉、盐水蹄子、盐水排骨、盐水鸡、盐水鸭、盐水鹅，太阳光一强就会晒到滴油，阴天也不要紧，风干盐水肉味道并不差半分毫。进入冬天，盐水肉立马成为津市人的主打菜品。盐水肉蒸腊八豆、大蒜炒盐水肉、盐水肉下白菜蕻儿，简单的做法，质朴的美味，老少咸宜，大家喜闻乐见。

　　腌制盐水肉各地有各地的风俗习惯，各个师傅有各个师傅的腌制方法。湘西北一带腌制方法大同小异，猪肉、盐、花椒为基本原料，咸鲜为基本味道。过去腌肉多用粗粝的海盐，现在只用细盐，讲究的师傅腌制盐水肉要先炒制花椒盐，细盐炒热，开小火倒入花椒粒炒到爆香为止。选新鲜猪肉，不必要洗，砍成五六厘米宽的仄条，抹盐腌制，有的还放些高度白酒，这随个人喜欢，一定要抹均匀，置于陶缸之类容器内。一周左右后，盐已融化渗透，猪肉被盐水浸润，将沾满盐水的猪肉用绳子串起，挂到屋外晾晒，滴干盐水，自然风干，几天后就好了。肥肉开始泛黄，瘦肉收紧，切开之后，肥肉依旧白皙如玉，瘦肉则变成酱红，可以收藏到冰箱里，也可以继续悬挂在家里通风的地方，时间会继续对盐水肉进行味道加工，暗香浮动，盐水肉以另外的形式延续生命。这些风干后的盐水肉熏制一下，就成了烟火味道的腊肉，这是另外的话题。

　　盐水肉腌制简单，便于储存，做菜时盐水肉可以蒸，可以炒，可以炖，灵活多样，随时随地，方便快捷，自带醇香，可以搭配许多种类的菜，做成各种菜式，不需要繁杂的调料，不需要精湛的厨艺，谁都会做。过去物资匮乏，菜品单一，在平凡人家，盐水肉是待客的看家菜，荤素自如，面子里子都足。因为携带方便，后来被许多打工人带到外地，辛苦忙碌之余，打打牙祭，既解了馋，又舒缓了想家的心绪。

　　最简单的就有盐水肉蒸腊八豆。割一刀盐水肉，最好是盐水五花肉，洗净之后，切成薄片，碗底放一层腊八豆，再放一层盐水肉，最上面放些生姜、蒜末、干辣椒末，可以放些酱油，放到蒸锅里用大火蒸，出锅时撒些葱花，香味扑鼻而来。这道盐水肉蒸腊八豆肥肉不腻、瘦肉不柴，咬嚼有味，十分下饭。如果再加些香肠片、腌鱼块，复合味道叠加交错，除了没有烟熏气息，也就是不折不扣的"腊味合蒸"。

大蒜炒盐水肉绝对是表里如一，香飘满屋。盐水肉切薄片，肥瘦各半为佳，大蒜切寸段，炒到盐水肉里的大蒜极为鲜香好吃，要多放点，干红辣椒切小段，大火烧锅，放一些打底油，倒入盐水肉，炒动、煎炸，肥肉迅速变成晶莹剔透，炸出油来，溢出香气。等到略带焦煳，下大蒜、干红辣椒段，迅速翻炒，用点酱油上色，给一点点水，继续炒几分钟，即可起锅，翠绿点点，满是田园风光。大蒜换成青辣椒，就是青椒炒盐水肉，肉香咸辣，也十分受人喜欢。有人用盐水肉炒萝卜干，咸鲜脆爽中透出一种回甘，风味独特，简直是下饭神器。

津市人自然不会错过将盐水肉做成钵子的机会，盐水肉配菜范围比较广，提味增香，相得益彰。盐水肉炖腊干子、炖萝卜、炖春笋、炖水鱼、炖鳝鱼都是绝配，但是最典型、最流行、最质朴的还是盐水肉下白菜蕻儿。吹过凛凛北风的盐水肉，配上被大雪覆盖过的白菜蕻儿、菠菜秧儿，真是天作之合。盐水肉切片，厚薄适宜，肥肉瘦肉各半，下锅炒炸，炸出油来，炸出香味，下姜片、大蒜果、干辣椒段，喜欢桂皮、八角也可以加，放酱油继续炒到焦香，舀入适量的水，大火烧开，盛到钵子里，端到桌上炉用火炖，放一把新鲜大蒜段，还可以放一把新鲜青红椒块，边吃肉边吃青菜，下青菜时开大火，白菜、菠菜、白菜蕻儿、茼蒿之类随意。盐水肉炖到最后，即使下了青菜，肥肉吃起来还是那么细糯，瘦肉还是那么软嫩，咸鲜交融，油润爽口，一点也不扯味。盐水肉看起来如此普通，平淡无奇，味道却浓郁深远，回味隽永，这有点像那些江湖传说中的隐者，曾经沧海难为水，除却巫山不是云。寡言少语，默默无闻，大隐于市，大象无形，大道至简，无论怎样的时间消磨，无论怎样的空间腾挪，那种蕴藏深处的陈香依旧穿透而来，直抵你的灵魂，缓缓散发，经久不息。

2022 年 2 月 4 日

紫苏小龙虾

三十多年前读大学时，校园里流传辨识真男人的三大标准：看足球、喝啤酒、不戴手表。这些标准至今倒是变化不大，只是下酒菜喜新厌旧，不停调换。枯饼干、壳花生、兰花豌豆、泡椒凤爪、卤拼、烤串，轮流坐庄，2018 年的俄罗斯世界杯，足球、啤酒、小龙虾，完美融为一体。小龙虾、冰啤酒，成为男人们看足球赛时的灵魂伴侣，风云际会，小龙虾的热度一下子冲到了巅峰。

小龙虾价廉物美，适合大众消费，卤制、油焖、爆炒、清蒸，无一不可，总体来说清蒸的其实极少，重口味的占据绝对位置。重口味也是千奇百怪，各显神通，好吃就是硬道理，是什么口味并不重要。口味虾、油焖虾、麻辣小龙虾、十三香小龙虾、香辣小龙虾、蒜泥小龙虾、咖喱小龙虾、啤酒小龙虾、红烧小龙虾、青蒜炒龙虾，眼花缭乱，我比较偏爱带些诗意有些小清新的紫苏小龙虾。

紫苏属于那种野蛮生长的植物，适应能力很强，对生长环境不挑剔，不挑土壤，无拘无束，在农村的屋前屋后都能见到它。紫苏的辛香味浓烈，既能当香料用，又能入药。紫苏叶长得特立独行，叶子一面绿一面紫的，摸起来有些毛毛糙糙，却有发汗、镇咳、镇静、解毒和利尿的作用，在民间常用它来治感冒，紫苏梗也有镇咳、祛痰、平喘的功效。紫苏叶紫苏梗晒干储存可随时取用。小时候看母亲制作豆瓣酱，就要用干紫苏梗煮水，冷却后用来搅拌调和发酵好的豆瓣酱坯子，再放到烈日下曝晒，至今还记得那股醇厚的香气。在湘西北，煎鱼、炖鱼、炖土鸡、炒螺蛳、炸田鸡鸽子都可以用新鲜紫苏叶来增香去腥，紫苏小龙虾自然更是天作之合。

清洗处理小龙虾是一件需要耐心细致的活儿，虾头、虾线、虾壳都要处理好，然后将小龙虾反复刷洗干净。洗净的小龙虾一般先预制一下，焯水或者走油锅，随个人喜欢。焯水可以迅速将小龙虾定型，走油锅可以使小龙虾外观颜色红亮，品相极好。

大火烧锅，放足量的菜籽油，加一勺化猪油增香，冒油烟时，下姜片、蒜粒、八角、桂皮、花椒、香叶、干红椒炒香，倒入小龙虾，翻炒片刻，小龙虾就变得红艳艳的，加酱油、蚝油、啤酒、细盐、胡椒粉、鲜红米椒，有人还加味精、豆瓣酱，继续翻炒，加水焖煮，使小龙虾入味充分，起锅前加紫苏叶，翻炒均匀即可起锅，装盆，撒上葱花。红艳艳的小龙虾，有绿色、紫色的紫苏叶加持，更为鲜香。家庭制作大多还配一些黄瓜片、莴笋条、洋葱圈，小龙虾汁浸煮后的蔬菜味道十足，下饭下酒。这汤汁最后用来拌一些米粉、面条、红薯粉丝，或者直接拌一碗米饭，也是回味无穷。

一切停当，就可以开始大快朵颐。吃小龙虾是一件让人大为开眼的事情，迷人的紫苏香气让人魂不守舍，情不自禁，味蕾大开，场景极其嗨皮（高兴的）。紫苏小龙虾，一般三斤起步，几乎女人男人都爱，谁能拒绝这样火辣艳丽、扑面而来的美食呢？

吃小龙虾要动手剥虾壳，现在餐厅大排档都准备有一次性薄膜手套，可是那层化工产品总让人带有心理障碍，如隔靴搔痒，少了许多激情，没有直接用手来得刹瘾。手指和小龙虾亲密接触，一步一步，张牙舞爪，既有粗犷豪放，又有细腻入微。双手油腻不方便端杯子喝酒，有人就用吸管。吃一颗小龙虾，吸一口冰啤酒，吮一下满是香辣味道的手指，酣畅淋漓。

多数男人并非不喜欢吃小龙虾，只是嫌吃小龙虾有些麻烦，懒得剥虾壳，看着美食，喉结翻滚，又扭扭捏捏矜持着，放不下身段，尴尬万分。有人便开玩笑建议不妨请个人专门来剥虾壳，剥一颗，吃一颗，也是惬意，风光无限。虽说少了些亲自掰扯的欢乐，但却又多了点调侃的话题。失之东隅，收之桑榆，得得失失，弯弯曲曲，不正是人生本来的味道嘛。不过无论怎样，最终的结局大概只有一个，带着浑身的紫苏香气迷醉而归。迷的是小龙虾，醉的是冰啤酒，痴的是梦中人。

2022 年 6 月 19 日

舌尖上的蜂蛹

"四年黑暗中的苦工，一个月阳光下的享乐，这就是蝉的生活。我们不应当讨厌它那喧嚣的歌声，因为它掘土四年，现在才能够穿起漂亮的衣服，长起可与飞鸟匹敌的翅膀，沐浴在温暖的阳光中。什么样的钹声能响亮到足以歌颂它那得来不易的刹那欢愉呢？"

这是法布尔选入中学语文课本《蝉》一文的最后一段话，悲凄而壮美，给人留下深刻印象。脍炙人口的《昆虫记》是法国昆虫学家、散文大师法布尔留给人类的宝贵财富，无数人被他的文字描写的境况吸引，我对昆虫的一些知识，大部分是来源于此。不过昆虫对于我来说就是一个神奇的存在，我总是敬而远之。但是法布尔万万想不到，在遥远的大中华江浙一带，蝉成为人们舌尖追逐的美食。实际上许多地区也把昆虫作为不可多得的美食，有一次在云南，看到一串串的蝎子、蚂蚱，那种重口味一下子颠覆了我的认知。即使在湘西北地区，餐桌上也不时能看得到昆虫的影子。

20世纪津市的丝绸纺织业较为发达，澧水河边有一家缫丝厂，郊区农村有蚕桑基地，种桑养蚕，蚕蛹资源也就丰富。在肉类蛋类缺少的时期，这是优质蛋白的补充来源，后来就成了风味独特的下酒菜，惹得老饕们津津乐道，日思夜想。我还记得当时有一天到红妈的父母家吃饭，有一道菜，黄褐色的小颗粒，看起来油光发亮。岳父告诉我这是蚕蛹，用油炸的，飘香酥脆，非常好吃，营养丰富。我十分迟疑，结果还是不敢动筷子。后来，到石门壶瓶山游玩，碰到过烧烤蜂蛹、蜜蜂，也只是看看稀奇，内心顽固拒绝，终究没有敢吃。

直到2020年，单位组织去桑植贺龙元帅的故居进行红色教育，晚上住在桑植县城。同事向阳花新婚不久，她和丈夫都是桑植县人，娘家婆家都在县城，向阳花的丈夫也从常德赶了回来，一大家子反复说必须尽地主之谊，硬要接我们吃夜宵。客客气气点了满满一大桌子菜，其中就有一大碗油炸蜂蛹。

我恰好坐在向爸爸旁边，他十分热情地舀了一满汤勺蜂蛹，倒进我的碗里，连声说道："很好吃的，很好吃的，有滋补美容功效。"盛情难却，我不好意思推辞，也不想悄悄倒掉，也有猎奇的意图，就硬着头皮将蜂蛹送进嘴里，囫囵吞枣，嚼起来除了一股脂香，一种焦脆，倒也没有什么特别感觉，没有什么不适，接着将一大杯啤酒顺口喝下，像什么也没有发生，这是我第一次吃蜂蛹。

蜂蛹最简单的吃法是用油炸，先把蜂蛹处理清洗干净，沥干水气，炒锅倒油，烧至五成热，倒入蜂蛹，用小火炸，待蜂蛹变金黄色后用漏勺捞起控油，搁到彻底冷却，再按程序复炸一遍，可以使蜂蛹更为酥脆，控尽残油装碗里，撒些细盐或椒盐拌匀，吃辣椒的也可以拌一些红椒面。

烩锅蜂蛹入味更为透彻，将蜂蛹走一下油锅，炸到熟透，用大火烧锅，放菜籽油，等到冒油烟时，倒入新鲜青椒末、干红辣椒段、姜蒜末、花椒粒爆香，倒入蜂蛹，加盐、胡椒粉、酱油，迅速翻炒，用适量水，稍微焖几分钟，撒上葱花，起锅装盘，烩锅蜂蛹麻辣鲜香，刺激味蕾，满口爆浆，下酒下饭。

烧烤蜂蛹和冰镇啤酒简直是一对神雕侠侣。将蜂蛹穿成一串串，刷一层油，架在炭火上烤，撒足烧烤料，最后撒上葱花。满带浓郁的烟火味、孜然味，劲道够足。酷热的夏夜，邀几位知心好友，围桌而坐，倒满一大杯冰镇啤酒，咔嚓咔嚓吃起来，咕哝咕哝喝起来，场景热烈，激情四射，对酒当歌，人生几何，特别刹瘾。

把昆虫端上餐桌，张口嘴巴，细嚼慢咽，头皮发麻，舌头收紧，对于许多人来说可能还是一场美食冒险。不管如何惊奇，怎样刺激，却也很难迈出第一步。只有真正的老饕，勇敢的人，沉下心来，一杯冷酒，一杯热茶，回归自然，无拘无束，不论欢乐，不论忧愁，尽情享受，才能体验个中滋味，感受如蝉一样的"刹那欢愉"。

2022 年 8 月 1 日

第五辑

菜园采摘

泥 蒿

"竹外桃花三两枝，春江水暖鸭先知。蒌蒿满地芦芽短，正是河豚欲上时。"在苏轼的这首《惠崇春江晚景》里，人们关注的热点是那要"拼死一吃"的河豚，蒌蒿这些东西无论怎样鲜嫩、怎样清香都被残酷地忽略。河豚我也吃过几次，虽然是养殖的，应该也是差异不大，好像并没有什么值得激情澎湃的，不知道为什么那些食客那么痴迷，连命都可以不管不顾。这里的蒌蒿应该就是湘西北洞庭湖区到处都有的泥蒿。泥蒿，也有写作藜蒿的，属多年生草本植物，多生于水边堤岸、沼泽河滩，泥蒿的嫩茎、嫩根都可成为人们餐桌上的一盘下酒菜。

我的老家澧县闸口和我家后来的居住地王家厂都是丘陵地区，屋前的涔水是澧水的支流，也属于洞庭湖水系。不知道河畔河滩有没有泥蒿这种植物，反正我小时候从来没有见过也没有吃过这道菜，也就从来没有关注过。野草根倒是吃过的，小时候没有零食吃，就和小伙伴们一起在河滩挖草根。那是什么草忘记名字了，稍微洗一洗将那白色的根塞进嘴里就吃，嚼起来水分十足，有点甜味，对我们来说就是绝好的天然美味。

第一次吃泥蒿是 20 世纪 90 年代初，那是刚认识红之后的第一餐饭。那时候小城还不太时兴私人到馆子里去吃饭，遇到请客之类大都还是到菜市场买菜在家里自己做。那餐饭是老曾两口子请客，他们是红家的老街坊、老邻居。那时当然还是风华正茂的小曾两口子，不过是在他们叫"二伯"的一位老婆婆家里，二伯提供场地，老曾掌锅铲把，在我们看来他炒的菜还是蛮有模样的。二伯住在小城老街，老房子，一个人住。小城老街的老房子，青砖黑瓦，木板隔墙，古风韵味十足。可以想见，在小城繁华的时代，那些房子应该也是极其风光。可是如今这些"黑瓦屋"年久失修，火灾频发，已经成为本地政府领导心中的隐忧。旧城改造的步伐正一间一间一片一片地消灭这些"黑瓦屋"，实在遗憾，也很无奈。

在我的眼里，二伯是位神秘的人物。她本已是风烛残年，却拾掇得灵灵醒醒，没有绫罗绸缎，却是抻抻透透，干干净净，仍可看到韶华年代的风姿绰约。她独自居住，没有老伴，也无子女。她抽烟，吞云吐雾，有板有眼；她喝酒，每餐一杯，大约二两，不贪不恋；她打麻将，规规矩矩，不争不吵，输赢在天。她平常说话极少，好像也没有什么熟人朋友，从不议论人长人短，遇到事情泰然处之，从不一惊一诧。可偶尔的说话和举手投足的做派却又透出一种大气，有正有邪，时雅时俗，冷暖幽默，烟火趣味，尽在其中。多年之后，"二伯"已经离世多年，有次听老曾酒后"胡夸八"，才隐隐约约知道一点二伯的人生经历，倒是有一些传奇色彩，但是否传讹也无从考证。

她不是本地人，老家应该是湘西那边的，年轻时被驻守湘西沅陵的一位国民党军官娶去做了姨太太，金屋藏娇，过着衣食无忧的生活。但是那男人后来在一次进山剿匪时被冷枪打死，她失去了依靠，在当地再也待不下去，又不愿意回到老家，就孤身一人坐船来到了津市。那时候津市因为水运发达，扼九澧门户，是湘西北一带区域的物资集散地，各地客商来来往往，热闹非凡，号称"小南京"。二伯到津市究竟是投亲还是靠友也不得而知，或许做姨太太时那军官给了她一些值钱的东西，多少攒了些私房钱，生活才不至于拮据，可以衣食无忧地过点安静日子。由于为人极其低调，与世无争，从不与人红脸，邻里关系处理得好，倒是什么风云也没有波及她。二伯平素生活虽然不张不扬，在那个时代也还是显得与众不同。吃点茶，喝点酒，抽点烟，打点牌，不回忆，不叙述，不埋怨，不寻求，不担责任，不背包袱，不喜不忧，不怒不伤，反正就这么一个人一直过下来，满是悠闲，带点优雅，混着光阴，直到最后悄无声息地走到生命尽头。

那天的菜里就有一样肉炒泥蒿，我初次吃这东西，还是感觉稀奇新鲜。泥巴色的草根，带满须根，一节一节掐成小指长短，吃起来一股浓郁的苦味，夹杂扑鼻的中药辛香气。开始不是很习惯，吃得很少，如同吃药，慢慢咀嚼，越嚼越苦，最后似乎是苦尽甘来，透出一点点甜意。在这之后，偶尔也出入各种饭局，就发现在小城，清炒泥蒿、肉炒泥蒿是个再普通不过的大众菜，在各个场合都吃过，渐渐也就入乡随了俗，习惯了那股浓郁的药味。

现在，泥蒿人工种植的也有了，然而人工种植的终究拼不过野生的，用人们的话说是"野生的味长"，就是味道醇厚回味绵长之意吧。不管是青绿色的嫩茎，还是泥巴色的根须，最流行的吃法是肉炒泥蒿。用腊肉最好，鲜肉次之。腊肉的陈香混合泥蒿的草本清香，两相交融，堪称绝配。选肥瘦相间的腊肉切薄片，倒入锅里翻炒，等到炸出油来，腊肉香味扑鼻时，再倒入泥蒿，加点辣椒，大火爆炒，火候不到，还不断生，腥味过重，但炒老了又变蔫而有些面，失去清脆爽口劲道，所以炒泥蒿火候极其讲究。炒时注意不要添加过多的作料，免得花了眼睛，杂了味道，坏了口感。偶尔也有清炒的，可以随意加些豆干、红椒丝一起炒，要么满盘色泽青翠，看一眼都口舌生津；要么一碗厚重沉稳，闻一下就已是浓浓的草药芳香，吃起来凉爽清脆，仿佛回归大自然，原汁原味，湖光艳影，农家风情，惹人依依不舍。

2015 年 04 月 16 日

北瓜花

在湘西北，北瓜就是南瓜，南瓜就是北瓜。北瓜是不是南瓜，南瓜是不是北瓜，一南一北，南辕北辙，真不知道是怎么回事。北瓜、南瓜虽是外来物种，但实际上年代也已很久，对于生长环境要求不高，从不挑肥拣瘦，适应性特强，所以本土化迅速，大江南北种植极其普遍。

我们小时候在乡下最熟悉的花儿莫过于北瓜花之类的菜花了，这个东西生长不择地方，屋前屋后随意的空闲地方，松土做个北瓜窝，垫些草木灰，好像草木灰既是肥料又可以杀虫防腐，栽几颗北瓜子，浇点水，就不用管了。等着生根发芽，不久就会藤蔓遍布，绿叶恣肆。夏天的早晨，那金黄艳艳的花朵满带露水，开得极为灿烂。这北瓜花大概也是极品美食，所以蝴蝶、蜜蜂、虫夹蚂蚁纷纷涌来，吸吮花粉花蜜晨露。处在食物链顶端的人类当然也不会放过这种美食。

不过，那时候吃这东西应该还是被动的。那时候动物类菜肴稀缺，而蔬菜的品种也少，冬瓜、北瓜、黄瓜、苦瓜、辣椒、茄子、白菜、苋菜，如此等等，加上粮食也很紧张，瓜菜代是家常便饭。那时候母亲经常一大清早就到屋前屋后采摘一筲箕北瓜花，都还带着露水，择一择，撕去花茎的粗皮，用盐水泡一泡，就可以凑成一碗菜了。最简单的、做得最多的是用面粉裹一下，放一点盐，撒一点葱花，油炸或煎制都可，但是煎制为多，因为那时缺油，油炸那是奢侈的烹调方法。说是油煎，实际是干炕。炕应该是湘西北方言，指不加油或加少许油在锅里煎干、烘干食品。煎的北瓜花饼，颜色金黄，香甜绵软，可以算是小点心。再奢侈一点就打上一个两个鸡蛋，黄上加黄，那个橙黄色调更加耀眼，营养更加丰富，对我们长身体还是大有裨益。如此惊艳的北瓜花，那一丝淡淡的农家浪漫，养眼，解馋，是我们少儿时代满满的美好回忆。

香煎北瓜花：盐水泡好的北瓜花，沥干水分，锅烧热，放适量的油，下北瓜花，两面煎，煎到两面焦黄，本来不煎也就是黄色，煎过之后花瓣变得有些焦脆，撒点细盐、白胡椒粉、葱花即可。

油酥北瓜花：面粉少许，加水、加盐、加胡椒面、加葱花，如果喜辣，也可以放点辣椒面，调成浓稠的汁，锅放油烧热，将盐水泡好的北瓜花沾上浓汁放入油锅炸，到面糊花瓣变硬，变成金黄色，起锅沥干剩油，装盘，再撒点胡椒面、葱花之类均可，不撒也行，都是美味。咬一口外面清脆喷香，里面软糯，好吃得连那些渣渣也不会浪费。

北瓜花汤：这可能是一个匪夷所思的菜品，可是极其朴素、简单。北瓜花用盐水泡一下，锅里加水加姜末，大火烧开，下肉丸子，撇去浮沫，下北瓜花，大火炖开，加少许盐、酱油、胡椒粉、味精，淋香油，撒葱花，关火起锅。这个菜放油一定要恰如其分，多了腻口，少了寡淡。如果喜欢偏淡的口味，考虑到肉丸子多少都已经带有一点猪油，再放几滴芝麻香油就行。这个汤忽然让你超凡脱俗，忽然让你归心似箭，天上人间，千转百回，不过是舌尖的舞蹈。

2017 年 5 月 22 日

苦 瓜

周末闲暇，去逛菜场，顺便买几根苦瓜，作为晚餐吃粥的主菜。苦瓜不是什么稀罕之物，小时候家里有菜园，就在屋的后院。这里有一大片地，家父工作之余，在这地里种了许多菜。一到夏季，菜地里尽是辣椒、茄子、豆夹、京豆、蛾眉豆、黄瓜、苦瓜、丝瓜、北瓜、冬瓜、苋菜、蓉菜（空心菜）之类，有限的菜地，种类倒是不少，院墙上都是爬满了丝瓜藤蛾眉豆藤，墙角都是撒种的紫苏。苦瓜满满栽了一垄地，大人说苦瓜泼皮，不择地，不大惹虫。秧苗渐渐长大后，给它们插上竹竿，让藤蔓顺着竹竿长，长着长着就围成了一个棚，开出小小黄花，结出长条苦瓜。苦瓜一般在长成绿色、白绿色时就可以采摘了。我特别喜欢藤上熟透的苦瓜，周身橙黄，末端炸裂，露出红红的瓤子。苦瓜天生丑陋，沟沟壑壑，缺头凹脑，想不到内心竟是如此惊艳。老人讲的"人不可貌相，海水不可斗量"，居然可以延伸到植物界。

苦瓜虽苦也丑，却并不苦命。苦瓜原产于印度，传入中国后立即被人们接受，广为栽种，成为人们喜欢的蔬菜。明末清初著名画家石涛自称"苦瓜和尚"，据说吃饭餐餐离不开苦瓜。夏日炎炎，苦瓜是人们餐桌上的一道常见菜，清热解毒，开胃健脾，老少咸宜，男女都爱。苦瓜甚至还是一门药材，提取的苦瓜素之类风靡一时，成为减肥人群、降血糖人群的追捧之物。

苦瓜最基本的吃法是清炒，母亲一直习惯这种炒法。这么炒出来的苦瓜我打小就吃，从小吃到老，没有吃腻，应该就是湘西北一带的农家菜做法。选材只选本地苦瓜，大棚苦瓜炒后容易成泥，一塌糊涂，口感怪异。青椒切丝，想颜色好看，切点红椒也行，但我不喜欢用干辣椒来炒苦瓜。苦瓜切开，去掉瓤子，斜切成片，不可太薄，不可太厚，适当就好。炒锅烧热，将青椒丝下锅，快速干煸到稍微冒烟出焦煳香味，可加少许盐盛到碗里备用。苦瓜下锅，翻炒至水气基本收干，略带焦煳香味，放油，放入煸好的辣椒，再加少许盐，快速翻炒均匀，起锅即可，不需要放任何其他东西，苦瓜、青椒、盐、油，就这四样。有的人炒苦瓜先将苦瓜用盐搓揉，说是为了去掉苦味，其实大可不必，营养、颜值都损失过多，十分可惜，我还是喜欢这种干煸炒法。而且苦瓜炒好后，可以不着急吃，盛到碗里，放冷了再吃，如果等不得自然冷却，不妨直接放到冰箱里速冻几分钟也有效果。苦味辣味交织，齿间又带一丝凉爽，又是别有一番风趣。

20世纪80年代，我放暑假后经常来津市，到大哥二哥工作的电子管厂湖南拖拉机厂去玩。那时候正是改革开放经济恢复时期，这些国有企业生产都是满负荷，机器轰鸣，车来人往，一派热闹景象。吃饭是在厂里的大食堂，自己排队去打饭。记得最喜欢打的菜有一个就是炒苦瓜，实际上是红烧苦瓜。大食堂的苦瓜用量太大一般不会切片，只能简单快捷地切块，加上青椒块一起炒的，大锅大火，加油盐酱，苦瓜块肉芯厚，应该是加水焖过，但也还是好吃。苦味、辣味、盐味、油味、酱味，特别下饭，这算是苦瓜吃法的豪放派。

除此之外，苦瓜还有多种搭配做法，比如苦瓜炒肉、苦瓜炒蛋或者苦瓜炖排骨之类，干干湿湿，做法大同小异。不过有一道苦瓜炒盐菜，我吃过多次，感觉奇怪、迟疑。凉拌苦瓜，我没有做过也没有吃过，但是吃过泡菜苦瓜，洗净的苦瓜切成小块，晾干水分，放到泡菜坛子里，和辣椒、豆荚之类一起泡，一天或几天之后就可以开吃，酸甜苦辣的味道就聚齐了。也可以将苦瓜切成丝，晒成干菜，储备起来，冬日蔬菜缺乏时可以救急，而且干苦瓜丝做菜，配点辣椒之类一起炒，又是别样体验。

都说吃苦瓜可以减肥，可是我也算是特别喜欢吃苦瓜的人，而且从小吃到现在，也是积淀了几十年的苦瓜素，可是肉身却还是如此厚实，不禁心生怀疑，难道我一直吃的是假苦瓜？

2017年7月13日

茄　子

　　过去在炎热的夏天，茄子是农家常见菜，一直可以吃到秋天，秋茄子，又是别样风味。现在大棚种植，茄子一年四季上市，味道就变了。茄子是蔬菜里的美男子，紫色居多，白色的少，紫色本来就是极其浪漫，又还那么粗长，威武雄实，肌肤又是那么柔软润滑，油光水亮，让人浮想，美女们照相异口同声喊"茄子"！为什么这么喊？众说纷纭，谁也说服不了谁。饭桌上常常有些故事、有些段子，十分粗野，极尽污味之能事，真真假假，多不可信。但是人们总是习惯演义，反反复复，疯言疯语，乐此不疲，不惹得同桌妇人笑骂几声绝不收嘴，他们要的就是这个效果。

　　小时候，我随父母下放到乡下，乡下没有正儿八经的娱乐场所，经常与小伙伴们玩"掐各路"（捉迷藏）的游戏，躲进菜园地里，看到黄瓜、番茄、辣椒之类，就嘴馋，情不自禁地摘下来，揩一揩，就狂嚼不止。但是一片片紫艳艳的茄子就在眼前，谁都不会去摘。茄子肉芯绵软厚实，俗称泡心，生吃如同嚼棉絮，寡淡无味。茄子还是做成菜才好吃。茄子做菜，花样繁多，自己在家里随时可以做。

　　辣椒切丝或块，茄子切圆片、方块、长条均可，炒锅烧热，辣椒干煸出焦煳香味，有些呛人，加点盐，盛起备用。热锅下茄子，这里有两种方法，一种锅烧热放油，冒烟时，再放茄子炒，炒到熟透，油光发亮，再下干煸好的辣椒合炒，起锅。另一种，我习惯用这种方式，锅烧热，不放油，放茄子干煸，茄子肉质绵软，看起来饱满，煸不了几下，就软塌了，也变颜色了，放油，加入干煸好的辣椒，合炒即可。两种方式殊途同归，口感没有大的区别，只是我的那种做法可能焦煳香味更浓一些，而且可以激发出本真的茄香，其实很多人已经忘了茄香是个什么香味。炒茄子时有的还要添加姜末蒜末之类，这看个人喜好，我一般就是茄子、辣椒、盐、油这四样，这道菜放冷了吃味道更足。

　　茄子是天生的烧烤界明星，颇得小鲜肉们的宠爱，至今不衰。其实在小时候经常吃烧茄子，烧辣椒、烧茄子是我们消暑的下饭菜。茄子用火钳夹着架在火上烧，转转打打烧均匀，烧得熟透，撕去烧焦的茄子皮，将茄子肉手撕成长条，置于碗中。最好如法炮制，烧几个辣椒，手撕成条，加到茄子里，撒一点盐、淋一点麻油，酱油、味精、蒜末、姜末随自己口味喜好可加可不加。如今烧烤摊烤茄子，烤熟之后，直接剖开，摊成一片，使劲加料，撒上葱花，十分美味。

　　油淋茄子、红烧茄子、茄子煲，只是做的方法更重口味一些。油淋茄子加油，红烧茄子加酱料，茄子煲加肉末，如此而已。蒸茄子则是改变烹调方式，改炒为蒸，蒸熟的茄子都会成泥，所以茄子皮一定要先处理好，否则影响口感。有个大众菜，经常出现在酒席饭桌上，是茄子豆荚（豇豆）合炒，不知道哪个大厨发明的，两个菜味道八不相干，只是颜色一个深紫一个翠绿，装在碗中上桌有些对比色彩，对口味好像并无实际意义。倒是把茄子切成厚块，热锅放油煎透，酱油、味精、蒜末、姜末之类作料处理恰当，可以让茄子吃出肥腻的肉滋味，似肉非肉，在肉食缺乏的年代这对嘴巴也算是一种安慰。

　　一般来说大棚里的茄子口感较淡，而本地按照季节上市的茄子味道更香。扯梗下地的秋茄子，行家说是到了秋天，生长时间缩短，茄子更为鲜嫩，所以秋茄子更加适合清炒，留住本味，千万记住不要让其他作料喧宾夺主。

　　把吃不完的茄子切成片、切成条，放到太阳底下暴晒成茄子干，可以储存到冬天吃。天寒地冻，无所事事，把茄子干用开水泡发，激发出珍藏的茄香，切些干红椒大蒜之类大火炒就可以。奢侈一点，加点五花肉来炒，盛到钵子里，用炉火煨着，倒一杯酒，慢慢吃，慢慢喝，十分的惬意。虽然现在一年四季都有茄子，但是茄子干也还是可以勾起人们往日的回忆，那种味道，渐渐飘远。

2017 年 8 月 15 日

洋 荷

今年的夏天来得有些早，也有些热，雨水偏少。有天晚饭后，在家里闲坐，突然想起在湘西吉首读书时食堂里的一个常见蔬菜：洋荷。吃洋荷的季节在夏秋之间，9 月开学之后，食堂里几乎天天餐餐都有这个菜。深深的紫红色，一般是辣椒炒洋荷，浓郁的一股姜味，湘西那边的同学们都喜欢吃，但我吃过几次后就再也没吃了。说口味不习惯，好像也不是，就是原先没有吃过，心底里有一种本能的陌生感，可能真的是一方水土养一方人吧。

洋荷，姜科姜属多年生草本植物，多生长在高山地区，经受恶劣的环境磨炼、生命极强，基本上无病虫害，无须使用农药。每年六七月份洋荷就会像竹笋一样冒出小小紫色的笋尖，这笋尖其实是洋荷的花苞，一层裹一层的，形状有如蒕果，有一股姜的香味。我在湘西吃到的洋荷就是这个笋尖部分。其实洋荷的枝叶、根茎、花果都可以食用，味道鲜美，含有丰富的维生素、多种氨基酸以及膳食纤维，据说经常食用洋荷，能够强身健体、润泽肤色、延缓衰老。春季采其嫩芽，可凉拌、可清炒，鲜香可口；夏季采其紫红色花苞，可炒食、可制成泡菜，风味独特；秋季采其花，可盐渍酱腌、可炒肉；冬季采其地下根茎，可煎可炖，肥美味鲜。

洋荷在我们这边好像没有种植，我也从来没有在菜市场看到过洋荷，菜市场、超市里都没有卖的，这在互联网时代不是问题，上网一搜就有了。卖洋荷的店家还很多，有家"湘西老味道"店子里就有，因为看到是湘西那边的，便立刻下单付款。过了几天货还未到，快递时代，就觉得奇怪，上网一查，居然还未发货。进店里一看，别人也有留言，掌柜解释未发货的原因是今年雨水少，洋荷长得慢，供不应求。我觉得掌柜说的也是实话。又过了好几天，还是没有发货，我琢磨着是不是退款了事，这时却收到店子发来的短信：

您好，由于本地持续高温无雨，洋荷一直长不出来，特提前告知，待下雨洋荷长出给大家发货，更多信息请联系客服，万分抱歉。

还说什么呢？山里人淳朴，大概不会扯谎捏纠，就继续等吧，山里种地不容易，一般就是望天收。就这样又等了好多天，某个周末，终于收到洋荷，两斤，一大包。迅速收拾、泡洗，分成两袋，一袋现吃，一袋放到冰箱里。洋荷可以用肉炒，但我记得那时在学校里多是清炒，所以我也就清炒吧。

新鲜洋荷像剥竹笋一样剥去老皮，只留下鲜嫩的芯，再用水泡一会儿后清洗干净，切成薄片。和薲果一样，炒散就会成丝，青红辣椒洗净切丝，炒锅烧热，放油，油温升高冒烟时，倒入洋荷、辣椒，迅速翻炒，断生后放盐，再炒几下，起锅即成，炒蔬菜我一般不放味精。辣椒炒洋荷，紫色红色绿色相间，颜值没得说，趁热吃，热气腾腾，姜味浓郁，十分下饭，如果放冷后吃，却又是别样清凉爽口，淡淡的辛辣回味，使你停不下筷子。这满满的山里味道，让人的心思又回归到大自然。

当时放到冰箱里的那袋洋荷接连几天没有机会吃，怕坏，就随手放到了冷冻室，一放就忘记到九霄云外。昨天准备在家做饭，想起洋荷，就拿了出来，可是解冻后的洋荷已经软不拉几，没有了当时的饱满鲜嫩，估计如果能吃都已是寡淡无味，只好丢到垃圾桶。心里直后悔那几天没有及时吃掉，再新鲜的东西也经不住时间的搁置，可惜，以后再买吧。

2017 年 9 月 26 日

冬瓜与葫芦

如果你在湘西北乡下待过，一定围观过听到过隔壁邻里之间的吵架撕掳，乡下女人骂人的话大多是不堪入耳的，但是也有例外。"长不像个冬瓜，短不像个葫芦"，这是乡下奚落人的口头语，虽然刻薄，却不带脏字，无伤大雅。冬瓜和葫芦，夏秋之间，乡下自留地里常见的菜蔬，冬瓜粗长，葫芦短小，用以形容某某某长得憨头憨脑瘪头瘪脑没有颜值，参照物信手拈来，生动形象，诋毁得对手无地自容，落荒而逃。不过不打紧，过不了几天，她们依旧和好如初，好得"狗屎塌得粑粑吃"。乡里乡亲，隔壁左右，前世无怨，现世何苦结仇，一时的疙瘩一夜一过就忘记了，毕竟大都是一些鸡鸡鸭鸭的琐碎事。

冬瓜葫芦还真是难兄难弟，在植物学上冬瓜就是归类于葫芦科冬瓜属。冬瓜其貌不扬，标准的傻大个，本身也寡淡无味。葫芦还是有颜值的，两端粗中间细，一头大一头小的那种葫芦，很多人玩上瘾。不过我们在乡下常见的叫瓠子，瓠子是葫芦的变种。结的瓠子上细下粗，像个放大版的鸭梨，就是个傻小子。

冬瓜却与禅修结下不解之缘，这真是让人匪夷所思。历史上不少佛家禅修之人颂咏冬瓜，从中悟出指导人生的哲思。且看这些诗句：葫芦棚上种冬瓜、淡水煮冬瓜、蘸雪吃冬瓜、冬瓜叶上长葫芦，很普通的冬瓜葫芦，到了他们的笔下境界竟然如此不同。南宋人郑清之四任丞相，可谓位高权重，他却对冬瓜格外垂青：剪剪黄花秋后春，霜皮露叶护长身。生来笼统君休笑，腹里能容数百人。

禅修之人喜欢冬瓜，神仙侠侣的爱物却是葫芦：我有松风卖，世人买得无？三万两黄金，与尔一葫芦。据说这是吕洞宾的打油诗，癫癫狂狂，对葫芦的价值却一点不含糊，可见葫芦崇高的地位了。

2003 年国庆节长假赶热闹去云南旅游，到了西双版纳，空气中飘荡的都是葫芦丝音乐《月光下的凤尾竹》。傣族将葫芦与竹子结合做成葫芦丝，谈情说爱，载歌载舞，那美妙的音乐传播五湖四海。我们的地导是一位小阿妹，二十多岁的样子，身材细长，眉清目秀，人很活跃，很会吹葫芦丝，还是那首《月光下的凤尾竹》。她告诉我们傣族阿妹"骚哆哩"非常痴情，特别喜欢眼镜男"猫哆哩"。几天后返回昆明，在西双版纳机场，地导阿妹要送我一把葫芦丝，我笑着推辞："我没有音乐细胞，不明珠投暗了！"地导阿妹非常失望，眼泪都差点涌出来，同行的伙伴就笑话我："不懂嗑。"我摊摊手，自嘲道："我又不是'猫哆哩'了，我又没戴眼镜。"飞机起飞了，一切烟飞云散。

言归正传，回到冬瓜与葫芦，丑与不丑都是一碗菜。到了夏秋季节，冬瓜和葫芦是农家的日常菜，葫芦要趁新鲜吃，老了就不能吃了，只能晒干了做瓢。过去农村很多农户家里有葫芦瓢，用来舀水、装东西都可。而冬瓜好储存，可以放到冬季，正好弥补冬天蔬菜不多的困境，天天餐餐吃这个菜也是腻，关键看厨子如何侍弄变换口味了。

冬瓜有带白霜的粗皮，一定要用刀削，削了皮的冬瓜，肉芯肥厚，白里透绿，颜值来了个大逆转。袁枚的《随园食单》认为冬瓜是一个百搭的菜，"冬瓜之用最多。拌燕窝、鱼肉、鳗、鳝、火腿皆可。"

清炒冬瓜片就是最简单的菜，削了皮的冬瓜洗净后切薄片，鲜红椒切丝，炒锅烧热，放油，冒烟时将冬瓜片红椒丝放入，翻炒，加盐，不要放水，不久就会炒出汤汁，熟透后出锅，不用放酱油味精之类，红椒丝主要是为点缀颜色，也可适当调点辣味。不需要的也可不放，味道纯粹，清清爽爽。

冬瓜因为价廉物美，是我们普通人家的当家菜，所以我从小用冬瓜学做菜的机会就多。经过成功失败的千锤百炼，红烧冬瓜是我的拿手菜。冬瓜自身没有什么味道，全靠外在作料改变口味。红烧口感肥厚，可以吃出肉的滋味。在肉食稀罕的那些年代，红烧冬瓜也可以稍稍安慰一下我们充满欲望的嘴巴。

冬瓜削好皮，冲洗干净，切成拳头大的小方块，锅里放水烧开，将冬瓜放入煮几分钟，我们小时候煮饭都要沥米汤的，水放得多，就把冬瓜放到饭锅里煮，煮到筷子轻轻可以插入即捞起，沥干水气，再将小块冬瓜从背部纵横切花刀，纵横的间隔要不大不小，大了不易入味，小了过于零散，不要切断，要保持完整性。炒锅烧热放油，将切好的冬瓜放入，有花刀的背部向下，煎时在冬瓜面上撒点细盐，煎到带焦黄色时翻面，再撒点细盐，煎到两面焦黄，注意不要煎煳，放红辣椒末、粑粑酱，加适量水，使粑粑酱化开，各种作料均匀融合，焖到汤汁渗透充分，接近收干时就可以起锅，先将冬瓜盛起来装盘，花刀面朝上，再将汤汁淋在上面即可。

这是我小时候做红烧冬瓜的基本方法，就用到冬瓜、辣椒、油盐、粑粑酱这几样东西，一定要煎。现在有些人做红烧冬瓜就是酱油变下色，然后是水煮，水腥气太重，味道差了太多。粑粑酱是那时农村家家户户用小麦面粉做成粑粑蒸熟后发酵晒制的一种酱，质感浓稠，黑里透红，酱香醇厚，味道偏甜，也就是有些地方的甜面酱吧，可以替代酱油，粑粑酱炒肉非常美味，可惜那时候吃肉的机会太少。现在做红烧冬瓜，没有了这种粑粑酱，就用酱油、豆瓣酱之类代替，另外加了姜蒜葱末，更加讲究一些，但是好像味道总是不如以前。

葫芦的吃法相对简单。清炒葫芦丝，葫芦切丝，丝不必刻意切得太细，带点粗犷风格更好。炒锅烧热放油将葫芦丝倒入爆炒，不要加水，加点盐，炒出汤汁，熟透后出锅，吃起来带点甜味，可以说是很原生态的吃法。

排骨炖冬瓜、排骨炖葫芦有汤有肉有蔬菜，清清淡淡，在夏日里很受欢迎。排骨剁小段，加姜片加水大火煮开，撇去浮沫，转小火煨到接近烂熟，将冬瓜或者葫芦切小块，焯一下水，加点盐入味，再倒进炖好的排骨汤中继续煨，炖开即成，放点盐、蒜粒，放几滴浅色酱油（生抽），味精根据自己的喜好酌放，撒点葱花。

小时候听大人说葫芦藤浇灌了未腐烂好的人畜尿，结出的葫芦都是苦的，于是调皮的小伙伴们见到葫芦藤扯起鸟儿就屙尿，也不知道结出过苦葫芦没有。后来回到街上，我还真还吃到过味苦的葫芦，苦得下不得口，只好直接倒掉。不知道是不是有人给葫芦藤撒了尿的缘故？后来才知道本来就有"苦葫芦""苦瓠子"之说，天生就苦，也不是谁一泡尿就能左右的，说起来居然有点宿命论的感觉，呵呵，打住。

2018 年 9 月 13 日

津市凤尾盐菜

盐菜，简单点说就是新鲜蔬菜叶子加盐揉制腌渍的菜，过去农村家家户户都要腌制，以供一年中青黄不接时的蔬菜之需，很多人都应该吃过，口味形式各种各样，充分反映了中国老百姓在农耕时代既储存蔬菜，又调节口味的"双赢"智慧。津市就有一种盐菜，曾经风靡一时，名字非常诗意：凤尾盐菜。

津市凤尾盐菜由大蔸萝卜菜腌制而成，20世纪，津市的"金鸡牌"凤尾盐菜，曾经远销新加坡、马来西亚等国家以及我国的香港和澳门地区。改革开放以后，经济发展起来，农副产品开始丰富，人们消费水平逐渐升级，出于健康的考虑，对食品生鲜要求越来越高，腌制的凤尾盐菜销路不断下跌，津市干菜厂也支撑不住最后破产倒闭，一个时代的味道记忆也就逐渐淡薄了。现在津市的菜市场也还有凤尾盐菜，都是农户家庭作坊揉制的，大蔸萝卜已经割去单卖了，剩下菜梗和菜叶，光秃秃的，颜色也多是灰暗发黑，看相不好，我买过一次，用来炒肉，还是有原来老味道的影子。

大蔸萝卜菜叶子茂密，长的大蔸萝卜一般都有拳头大小，表层沟沟壑壑，满目疮痍，一副饱经风霜的模样，这些大蔸萝卜味道辛辣，不能生吃，无论怎样炒、炖都不好吃，好像天生就只是个腌制酱菜的料。人们常常将大蔸萝卜切块切条晒干后腌制酱菜，腌制后的大蔸萝卜味道依旧辛辣，不过很多人就喜欢那股浓郁的刺激劲，大蔸萝卜的叶子也不能直接吃，就用来喂猪或者揉制盐菜。后来津市人干脆将大蔸萝卜果实叶子一起腌制，揉制晒好后的大蔸萝卜和菜叶成为金黄色，长长的有头有尾，宛如一只凤凰，那些菜叶子在阳光下金光闪闪，十分耀眼，微风吹过，飘逸如美人的长发，凤尾盐菜的名字或许因此而来。

大蔸萝卜菜有细花叶和大花叶两种，细花叶的品相要好一些，立春前后都可以收获，立春前的叫冬菜，口感细嫩一些，立春后的叫春菜，春菜的大蔸萝卜皮厚、肉老、生筋，容易空心，口感要比冬菜差。凤尾盐菜一般经过腌渍、清洗、晒干几个程序，晒干之后就可以包装、装坛储存，也可以直接上市，也可以就那么悬挂在屋檐下阴凉通风处，日晒夜露，风味更足。

　　一般家庭腌制凤尾盐菜时对盐的把握全凭个人经验，用盐少了盐菜有长霉的风险，所以一般用盐较足，但是不可过多，过多用盐会使盐菜苦涩无法下口。所以我们吃之前都会将凤尾盐菜泡一下水，挤出一些盐分，口感更好。要注意的泡发又不能太过，过了味道就淡了，再加盐都好像有一股水腥气，所以要拿捏好尺度，尽量保持原汁原味。

　　切凤尾盐菜不是技术活，只需要一点耐心，将大蔸萝卜、菜茎、菜叶三部分分开来切，大蔸萝卜切片、切丝、切丁、剁末，菜茎切寸长段、细段、剁末，菜叶切粗丝、细丝、剁末，怎么切怎么剁，要看配什么菜。

　　最畅快的吃法就是凤尾盐菜炖肉了，大蔸萝卜切片、切丝、切丁都可以，菜叶切细丝，菜茎切段，总之要粗犷一点。猪肉选五花肉最好，肥瘦相间的猪肉切片，下锅炸、炒，放生姜、酱油、干红椒，炒至肉变色溢出香味，下切好的凤尾盐菜、大蒜果、新鲜辣椒，炒匀相互入味，盛到钵子里，用炉子小火煨起。也可直接将凤尾盐菜装入钵子里铺底，再将炒好的肉盛入覆盖，加入大蒜果、新鲜辣椒等作料，保持一定的汤汁，再用小火煨起。吃时可以撒点葱花，是否加味精看个人喜好。煨到最后，汤汁基本就是油汁了，焦香扑鼻，用来拌米饭，绝妙。

　　一般家庭就是简单地用凤尾盐菜来炒肉，肥瘦各半的猪肉切片或者切丝，大蔸萝卜切丝，菜叶切细丝、菜茎切段。先炒肉，放点酱油调色，不用放盐，再放入凤尾盐菜翻炒，加新鲜大蒜、辣椒，翻炒到各种味道互相渗透，可以加点水，炒干水气到油汁呲呲作响，即可出锅，趁热吃最佳，吃冷的也别有趣味。

　　如果不炖肉、不炒肉也无不可，将切细剁碎的盐菜加辣椒、大蒜叶子合炒，多点油或少点油都无所谓，用来拌米饭或者包馒头，味道照样好。将馒头一掰两半，放些凤尾盐菜，再合二为一，咬一口，浓香扑鼻，那是一股窖藏的草本味道，像接触一位有故事的人，特别诱人，特别惬意，听得入神，吃得忘形，可以上瘾。

凤尾盐菜做汤只选取菜叶、菜茎部分，菜叶切细丝、菜茎切细末，汤锅加足量的水烧开，放入盐菜再次滚开，放猪油，撒葱花，不要酱油、味精，汤色清澈，金黄荡漾，翠绿点点，如同一座静谧的湖泊，雾气缭绕，无比美妙，简直是一道仙菜。如果追求厚重，可以加点姜蒜末，将大蔸萝卜切细剁末一同放入，一边喝汤，一边嚼大蔸萝卜，一边想着日常一些美好的故事，当然更是别有生趣。

凤尾盐菜切剁成细末后，加豆豉、辣椒、姜蒜末合蒸，香辣可口，也是下饭神器。也可以作为扣肉的铺底料，蒸扣肉时油汁浸透到凤尾盐菜里面，肉香、菜香、酱香，再加上米饭，真是绝配。但是作为红烧肉的铺底料就有些勉强，红烧肉一般需要用火煨着，翻来覆去，搭配细末盐菜会造成菜的品相凌乱，多少有些煞风景。

当然，凤尾盐菜属于高盐腌制食材，吃多了可能对身体健康会产生不好的影响，不过偶尔吃一餐，解解嘴馋，还是没有什么大问题的。过于讲究、纠结的生活，会给人带来一种压抑感，感觉会累、会疲劳，没有什么意思，吃肉啃骨头或者吃盐菜嚼菜根，王侯将相，三教九流，各有各的滋味，顺其自然，收放自如，山重水复不忧，柳暗花明不喜，倒是一切豁然开朗。

2018 年 9 月 26 日

豆 角

夏秋之际正是吃各种豆角类蔬菜的季节，湘西北农村常见的三种豆角类蔬菜：豇豆、四季豆、蛾眉豆，看上去就有一股浓郁的乡村味道，口感、做法也是大同小异，这些豆角都是非常普通的家常菜。另外还有刀豆、荷兰豆，刀豆肉质纤维较粗，炒食新鲜的较少，腌制酱菜的偏多，荷兰豆基本上是清炒或者炒肉，吃法比较单一。

豇豆，我们这里叫豆荚、豆角，这里荚读音是 gā，有长豆荚，也有尺把长的"懒豆荚"。过去在别人家的菜园子里见过又粗又长的"蛇豆荚"，网上说"蛇豆荚"就是蛇豆角，也叫蛇瓜、蛇豆，属于葫芦科，果实长柱形，两端渐尖细，尾端常弯曲成蛇状，表皮浅绿色，肉鲜绿色，肉质松软，实际上与豆角毫无瓜葛，蛇豆荚我没有吃过，后来我再也没有看到过它的影子，不知道湘西北一带还有没有栽种。

四季豆，我们叫斤豆、京豆、筋豆，不知道该用哪个字，随便用的，取一个音而已，四季豆只有半尺来长，两头尖尖，颜色青绿。

豇豆和斤豆的种植需要打理，菜秧苗长到尺把高就要给它们插竹竿，搭成架子，形成棚子，好让它们沿着竹竿、架子、棚子顺势向上蔓延生长、开花、结豆角。

蛾眉豆，又叫扁豆，大多散种在农户的院墙篱笆边，自由自在地生长，有一种蛾眉豆开的花是紫色的，清晨花开，一些蜜蜂、一些蝴蝶会围绕它们飞来飞去，结的豆角也是紫色的，简直就是一道风景线，在乡下极其惹眼。

辣椒炒豇豆、斤豆、蛾眉豆是家常菜，选择较嫩的豇豆、斤豆、蛾眉豆，不打农药的菜容易长虫，择菜时要将豆角对着光亮透视一下，有虫就要掐掉，小时候随着母亲择菜，觉得这特别有趣好玩，现在很少遇到有虫的豆角了，都知道现在农药用得多。所以择好的豆角要加点盐泡一会儿，泡洗干净后，把豇豆或斤豆切成半厘米左右的小段，蛾眉豆可以不切，也可以切丝。青红椒切末，切点蒜末、姜末。炒法类同：炒锅烧热，放油，冒烟时将豆角、辣椒之类一起倒入，大火翻炒，豇豆、斤豆、蛾眉豆都要炒熟，据说斤豆必须熟透才能吃，否则会中毒，不知道真假，但从口感上来看，熟透的斤豆口感更舒适。断生之后，加盐、生抽，继续炒几分钟再起锅。清炒豆角特别下饭，尤其是蛾眉豆丝放冷了再吃，堪称一绝，津市很多早餐店里有这个菜，配着米粉、稀饭之类吃，十分惬意。

豆角长得快，偏老的豆角就得换个吃法，水煮豆角是不二选择。豇豆、斤豆撕去老筋，掐成寸长小段，蛾眉豆撕去老筋即可，太大的蛾眉豆可以撕成两半，如果蛾眉豆太老只留用豆子，豆壳弃之不要，洗净，沥干水气。三种豆角炒法一样：炒锅烧热，将豆角倒入，翻炒至豆角杀青变色，炒出水气，表皮开始有些焦煳，散发草本香味，将豆角弄到锅边，放油、放盐后再翻炒几分钟，加水，大火煮较长时间，直到豆角变得软烂，没有青草味为止。加蒜末、姜末、香葱、蚝油、青椒丝，青椒丝最好干煸一下。我习惯只放一点油、盐，最多来点蒜末，味道最为纯正，如果是农家自留地的豆角如此就可以了，不需要其他任何东西，如果是大棚豆角外运豆角，当然可能需要其他的添加。在夏秋季节，三种水煮豆角都可以搁置到冷透再吃，风味独特，那个深灰色汤汁满满的草木香味，泡米饭，甚至也可以是冷饭，一泡一拌，简直就是天生一对。

前面提到的"懒豆荚"，筷子长短，颜色紫色、暗红的都有，一般做成水煮豆角，味道比之普通豇豆还要好，在一些餐馆，常常有"懒豆荚"煲，就是这种水煮味道的浓味版，做法基本相似，懒豆荚洗净切寸长段，或者手掐成寸长段，干煸几分钟，再加新鲜辣椒、蒜、姜、酱油翻炒入味，盛入煲内，用小火煨制，上桌吃时可撒葱花、味精。

水煮豆角是素吃，田园风格，天然本真，原汁原味，实际上这些豆角也是配肉的好食材。至于有些餐馆里有茄子炒豆荚这道菜，茄子豆荚一起炒，也就是个噱头，味道并没有什么实质出彩之处。

用腊肉炖斤豆，味道更为醇厚，斤豆掐成寸长小段，炒锅烧热倒入斤豆干煸，接近有些焦煳香味，放一点盐炒，盛起备用。锅烧热倒入腊肉，煎炸几分钟，出油之后，倒入斤豆，加干椒或新鲜辣椒、蒜果，翻炒，盛到钵子里，上桌改用炉子炭火煨起，煨到最后基本上是油汁，腊肉香草本香交融，可以说是香到了极致。过去母亲偶尔会做这道菜，用那种带耳朵的铸铁生锅炖着，足实的大半锅，最后吃得连油汁都不剩，但很奇怪在津市，很少有这样搭配吃的。

倒是牛肉炖蛾眉豆，秋末冬初时节，在津市一些餐馆十分流行。蛾眉豆干煸杀青断生，可煸到有些焦煳，放一点盐，盛起备用。牛肉切片或小块，按照红烧牛肉做法，加干椒、蒜果烧好，倒入蛾眉豆，翻炒均匀，再装到钵子里，用小火煨起，牛肉和蛾眉豆的味道相互渗透，肉香豆香，十分浓郁。有的是将蛾眉豆焯水后放到钵子里铺底，倒入烧好的牛肉，再用小火炖，略欠一点干煸的草本香味。

豇豆用开水焯，捞起来晒几天太阳，切末炒肉丝，荤素搭配，香脆可口，又是一个味道。也有将斤豆、蛾眉豆焯水晒干吃的，做法基本一致。豇豆还可以泡成酸豆角，泡菜酸豆角可以直接吃，酸爽可口，酸豆角炒肉属于经久不衰的下饭神菜，吃津市米粉，如果放几勺炒好的酸豆角，酸脆口感格外不同。豇豆晒成干豆角则是红烧肉的绝配。

在飘雨飞雪的冬天，邀几个无所事事的酒肉朋友，弄一钵红烧肉炖干豆角，干豆角用开水发好，切成寸长小段铺到钵底，将烧制好的红烧肉倒入，用炭火煨起，随着加热，红烧肉油汁融入干豆角，干豆角渐渐舒展、饱满，将红烧肉和干豆角搅拌均匀，热气香味四溢，浑身感觉温暖。吃大块肉，咀嚼满是油汁滋润的干豆角，喝大杯酒，细嚼慢咽，煽正经不正经的经，帅哥靓妹，天文地理，家事国事，咸吃萝卜淡操心，你争我吵，红脸黑脸，不管不顾，嘻嘻哈哈，忘记时间，忘记烦忧，几乎就是醉生梦死。

2018 年 11 月 2 日

天然芳香之莴笋

　　说起莴笋，就感觉有一股天然的芳香扑面而来，在湘西北一带，无论是高档餐馆，还是街边酒肆大排档，又或是家庭小餐桌，莴笋都是常见的蔬菜之一，价廉物美、肉质细嫩、营养丰富，广受食客欢迎，老少咸宜，男女都爱。我也喜欢吃莴笋，这是打小就结下的不解之缘。

　　30多年前，我家住在王家厂镇涔水河边，是街头靠河边最边上的一栋屋，出门右拐十几步就是涔水河，因为修了王家厂水库，大坝将涔水河拦腰截断，涔水河平时并没有多大的水，印象中只发过一次大水，王家厂水库开闸泄洪，浑浊的洪水蔓延到了我家的屋边上，当时的情景还是有些吓人。更多的时候涔水河是风平浪静的，潺潺的流水、葱绿的河滩，是我们嬉戏的好地方。

　　那时小镇的自来水还未在街道上普及，住在河边的居民都到河里挑水吃，涔水河水清清亮亮的，也没有什么污染，我从学校放学回来，首要的事情就是把水缸挑满。那时候有位女同学的家也住在河边的上游位置，放学后经常到河边挑水，她通常穿着一件红衣服，从下游望过去，那点红色特别显眼。我去河边挑水，总是不慌不忙、磨磨蹭蹭的，走一步，歇一会儿，总要忍不住望一望上游，看看有没有那一点飘逸的红色，只要看到了那点红色，挑水都跑得有劲些。30多年之后，高中同学聚会，讲起这些轶事，大家都笑喷了饭。

　　后来，家里要房屋扩建，加房子，砌院墙，围绕屋旁屋后形成了一个曲尺拐的院子，院子颇大，一半作为场坪，一半作为菜园子。父母在菜园子整出了几垄地，每年种一些应季的蔬菜，从春到秋，忙个不停。辣椒、茄子、苦瓜、南瓜（北瓜）、冬瓜、丝瓜、斤豆、豇豆、蛾眉豆、刀豆，应有尽有，还有萝卜、莴笋、大蒜、小葱、芫荽（津市人叫香菜，我们老家却喊作臭菜）、紫苏，还有苋菜、马齿苋、菠菜（扯根菜）、白菜、茼蒿、瓢儿菜、萝卜秧儿、莴玛秧儿（生菜），真是琳琅满目。母亲突发奇想，在院子里栽了一棵花椒树，还真结了许多花椒，满院子都是花椒香气。母亲说花椒树在冬天里要浇灌一些发酵了的肉汤，来年才能结更多更香的花椒，不知道真假。回过头来看，我仅有的一点植物知识，大多来自我家的菜园子。

有一年，家里对厕所进行大清理，小镇那时候厕所都是单家独户设立的，定期要请人进行清理。父亲指导民工将大粪全部浇灌在菜地里，那一段时间，满院子都是大粪的臭气，父亲也没有种植任何蔬菜，沤烂了很长一段时间。到了第二年，父亲才栽了几垄莴笋。不过多久，那些莴笋的长势可以说是呈现出一种疯狂状态，到收获季节，莴笋长得又长又粗，叶子茂密葱绿。家里天天吃莴笋也吃不完，就东家几棵西家几棵地送，人人都夸父亲："辜伯种的莴笋长得真好！"父亲笑眯眯地，连不迭地说："多拿点！多拿点！"就这么忙忙乎乎一季，图个热热闹闹，也十分惬意。那段时间餐餐少不了莴笋，母亲不断地变换口味，吃倒是也吃不厌，只是走路打嗝都带着一股子淡淡的莴笋味道。这次莴笋的大丰收，教科书般地让我明白了土地休养生息的重要性。

莴笋长在菜园地里郁郁葱葱，割下来后，露出粗糙的外表，颜值陡然下滑，但是削去那层粗皮，又是葱绿，如同翡翠，十分养眼。那层皮有人也舍不得丢掉，洗干净剁成末，加辣椒末、浏阳豆豉一起炒，又是一碗下饭菜。记得小时候母亲用热米汤炮制几天，让它自然发酵，就成了酸菜，再和辣椒剁末炒，更是酸爽开胃。

凉拌莴笋是最直接简单的吃法，莴笋切细条、切片、切丝均可，焯水，沥干水气，倒入碗中，只加一点盐，淋一点小磨麻油，拌匀即可开吃，色、香、味、脆，一样不少，口感绝妙，味道纯粹。口味重点就加蒜末、姜末、辣椒、生抽、老醋，还可加味精、葱花。再味重一点，可加花椒油、豆瓣酱，有的用剁椒，拌几下就吃，风格又有所差异。莴笋制作泡菜也是特色，莴笋去皮洗净切长条，嫩姜切片，鲜红辣椒切开，均晾干生水，锅里放水烧开，倒入适量野山椒、泡椒、花椒，煮几分钟后关火冷却，加精盐、白醋，再放入莴笋条、红辣椒条，放入冰箱冷藏，第二天即可开吃。如果有现成的泡菜坛子，可以直接放进去，等几天就好。

一般餐馆里大多是清炒莴笋，莴笋切片、切丝均可，炒锅大火烧热，放油，等到起油烟，将莴笋片或丝倒入翻炒，放盐，炒熟后起锅即可，保持莴笋自然香味，十分脆爽。也可以加蒜末、辣椒丝炒，味道稍微浓郁一点。有些酒家将莴笋叶、莴笋片一起炒，就是特别清爽的一道菜，但称为"片片枫叶情"，感觉有些牵强附会，估计是哪位酸不拉几的文青取的这个名字，不过名字并不影响口感，还算没有大煞风景。

仅仅有莴笋还是不够的，莴笋配肉也是很好的选择。选肥瘦相间的猪肉切片，莴笋切片，如果肉切丝，莴笋也切丝。肉片先炒，倒入莴笋片，翻炒几分钟，熟透调味，即可起锅，也可以用钵子小火煨起，香味特别浓郁。肉丝炒莴笋丝一般色泽清淡，酱色要轻一点，保留莴笋丝的翠绿。

津市人喜欢炖钵子，什么都可以炖着吃，莴笋自然也不例外。老鸭剁块，翻炒红烧，莴笋切滚刀块，焯水多煮几分钟，再捞起放到钵子里铺底，倒入烧好的老鸭，加新鲜辣椒、蒜果之类调味，用炉子炖着就好。也可以换成腊猪脚，猪脚剁小块，莴笋切滚刀块，路数基本一样，只是用腊猪脚，不需要用那么多的作料，让腊猪脚和新鲜莴笋碰撞就好，味道不会偏离。用腊肉也就如出一辙，腊肉切片，莴笋切片，将腊肉先下锅略炸一下，再把莴笋下锅，加点大蒜、辣椒一起炒，再盛到钵子里，莴笋细嫩，经不住炖，只能用小火煨起，片刻之间满屋都是香味。因为莴笋自身含水量高，记得要尽量少放水，始终保持较少的汤汁，几乎是干锅状态，味道才饱满丰盈。

吃不了的新鲜莴笋，可以切片、切条焯水后或者直接放到太阳地里晒，晒干后收藏，可以弥补来年青黄不接时蔬菜的缺乏。吃的时候，莴笋干用开水泡发，改刀为细丝，或者剁末，加辣椒、大蒜炒，或者用来炒肉、炖肉，经历了前世今生，恍然如一个世纪的梦，仿佛早春的苏醒，但是口感依旧爽脆，味道依旧清香。

2018 年 11 月 10 日

远山的地木耳

　　春末夏初，一夜雷雨，第二天清晨，老家屋后山坡的青石岩上、草滩上就长满了地木耳。地木耳也叫雷公菌、雷公屎、地见皮，形状像木耳，口感却比木耳更细嫩，营养更丰富。地木耳是一种蓝藻，低微到尘埃里，乌漆巴黑，黑里透绿，墨绿之中带有金黄的亮色，透露出一股神秘而浪漫的气息。地木耳生命力旺盛，却也是昙花一现，《本草纲目》描述"春夏生雨中，雨后即早采之，见日即不堪。"太阳出来就晒蔫了，憔悴得一塌糊涂。所以捡地木耳要赶早，太阳出来前的地木耳丰腴饱满，正是青春绽放的样子。

　　捡几片地木耳捏在手心是一件有趣的事情，溜溜的、凉凉的、滑滑的、润润的、柔柔的、软软的，让人情不自禁哼起《康定情歌》，"跑马溜溜的山上，一朵溜溜的云哟，端端溜溜地照在，康定溜溜的城哟，月亮弯弯……"歌词里那么多的溜溜，如满山遍野的地木耳，在眼前晃悠。但是要捡一大篓子地木耳可不轻松，弯腰，低头，捡拾，如此反复，累得腰酸背痛。

　　地木耳做菜非常简单，凉拌、炒鸡蛋、炒肉、炖汤都可以，只是吃之前一定要泡洗处理干净，地木耳富含胶质，匍匐生于野外草地、岩石上，尘土渣草粘连，择去渣草，泡去尘土，花费时间，需要耐心，泡洗不到位，嚼起来生沙，就糟蹋东西了。

　　记得小时候在乡下老家，母亲用地木耳来煳鲊辣椒糊，地木耳、鲊辣椒、葱花、油盐，不用其他作料，就能煳一炖钵鲊辣椒糊，简单、快捷、节省。大致做法我还记得，炒锅烧热，放入菜油炸熟，加水大火烧开，倒入洗净的地木耳，煮几分钟后放盐，倒入加水搅拌均匀的鲊辣椒，迅速搅拌，变色成糊后，撒一把葱花就可以开吃，用这热乎乎的地木耳鲊辣椒糊拌米饭，地木耳的鲜脆，鲊辣椒的酸辣，吃起来极其酣畅淋漓。

　　凉拌地木耳是原生态的吃法，极大限度地保留了地木耳的纯粹。将泡洗干净的地木耳下锅焯水，稍煮之后捞起，沥干水气，加少许盐、姜末、蒜泥、胡椒粉、鲜红椒末，用剁辣椒也可，酱油、麻油、陈醋、味精、葱花、拌匀，地木耳自身并没有什么突出味道，需要这些香料来激发。地木耳晶莹剔透，柔软滑溜，用筷子拈起来，摇曳生姿，放进嘴里，舌尖一丝清凉，轻轻咬啮一口，细嫩之中略带一些脆意，甚至听得到那种咔嚓咔嚓的声音，像女人暧昧的呓语，一点点嘶哑，浅浅的，沙沙的，如此质感的山野美味，正是一种无法抵御的迷醉，不亲自品尝一口，可能遗恨终生。

地木耳炒鸡蛋是地道的农家风味，就地取材，土鸡蛋与地木耳，简单的奢华。大火烧锅，放油，冒烟时倒入地木耳，迅速翻炒，加盐，倒入蛋液，摊成饼状煎片刻，等蛋液凝结后戳散，继续炒几分钟，起锅时加入葱花，美味就是如此朴素。有人喜辣，可以加些新鲜青红椒末，增加辣味，点缀颜色，也可以先将鸡蛋摊熟，再炒地木耳，再将鸡蛋倒入混合炒匀，殊途同归，不变的是鲜嫩的味道。

如今在餐馆里吃得较多的是鲜肉丸子地木耳炖汤，小鲜肉配地木耳，荤素搭配，营养丰富，味道鲜美。肉丸子一定要用鲜肉现做，新鲜精肉切细剁成肉糜，加盐、酱油，生姜细末，少许芡粉，搅拌均匀，可以先做成肉丸子。炖锅加水，放生姜粒、蒜粒，大火烧开，下肉丸子，再次炖开，撇去浮沫，加入地木耳，炖开后关火，放炸猪油、淋香麻油，撒胡椒粉、葱花，端到桌上炉用小火煨起，汤菜一体，足以酒足饭饱。

新鲜地木耳晒成干货后可以长时间储存，一年四季随时可以做成一道特色菜。吃的时候用水泡发，吃法和新鲜地木耳没有差别，与肉丸子炖汤，与鸡肉炖汤，可以唤醒远山的味道记忆，勾起心底淡淡的乡愁，仿佛旧情复燃，恍若隔世，却依然还是那么鲜活，那么舒展，那么恣意，满是山野之中放浪形骸的味道。

2020 年 5 月 11 日

"藕 遇"

与莲藕的不期而遇就是一场美食艳遇。莲藕一直是无比暧昧浪漫的话题，文人骚客纷纷歌吟，趋之若鹜，聊之甚欢。"红藕香残，玉簟秋，轻解罗裳，独上兰舟。"李清照如此香艳的诗句，不知道沉醉了多少人。"妾心藕中丝，虽断犹牵连。"苦吟诗人孟郊画风突变，前世姻缘，藕断丝连。莲藕是罗曼蒂克的文学题材，也是人见人爱的食材。

新鲜莲藕，用水冲洗干净，如处子的肌肤，冰清玉洁，白玉无瑕，直接生食，口感爽脆，清凉甜蜜，水分充足，趣味无穷，如同初恋，身在其中，才知其味。

清炒藕片，新鲜莲藕洗净，刮去表层老皮，切薄片，讲究一点的先将藕片泡水，防止藕片氧化变暗，也可泡去一些淀粉，炒出来的藕片更为清爽。大火烧锅，放油，最好用化猪油，藕片下锅，翻炒，煸炒时一边放盐，一边酌量放点水，以便炒出浓汁，可切点青红椒末，作为点缀，起锅时撒点细葱花，粉白、翠绿、艳红，颜值不用说，吃起来清脆甘甜。

酸辣藕丁，将莲藕切指头大小的小丁，青红椒切末，大火烧锅放油倒入藕丁翻炒，加辣椒末、浏阳豆豉，喜欢辣味还可以加干红椒粉，盐、酱油、醋，继续炒，用少许水，焖干后起锅即可。酸辣藕丁，酸、辣、脆一起突袭，几乎没有人可以抵抗。

凉拌藕片，不是拌生藕片，而是将藕先煮或蒸熟，凉透，切片，再拌作料，麻辣、酸辣，口味全凭作料调剂，随心所欲。街头巷尾大排档的卤藕、酱板藕，则是经过老辣酱汁的炖煮浸透，经久入味，而且都是重口味，入口软糯，丝丝连连，味道直抵舌尖，是女人们餐余的零食，男人们用来下酒也是极好，吃的人辣得上蹿下跳，满头大汗，一边不要不要的，一边却还是大呼过瘾，嘴巴极其实诚，这是怎样的冤家姻缘？

腊肉骨头炖藕做法简单，腊肉骨头洗净，剁成小节，选外表锈红的新鲜湖藕，清洗干净，剁成小块，慢火煨炖最佳，现代人没有这个耐心，直接装入高压锅、电饭煲，腊肉骨头自带香味，不需过多作料，用点姜片、干椒段，吃的时候撒点葱花。如果用新鲜肉骨头，可以加点桂皮、八角一起炖煮，吃的时候撒点胡椒粉。街头巷尾常见有人推车卖炖藕，炖得到位的藕颜色暗红，藕汤清澈近淡墨色，隐隐约约，看似幽静，却又炙热，汤鲜、藕粉，非常美味，深受女人们的欢喜。

稍微变化一下可以做香炸藕夹。瘦肉加点肥肉剁成肉末，根据自己喜好添加作料做成馅料，另用面粉、鸡蛋（也可不加）调一碗浓稠的糊，选比较粗的莲藕洗净，切厚薄适宜的片，用肉馅将藕片孔里面灌满，两片一夹，捏紧，挂糊，下油锅炸，炸到颜色金黄时起锅，可以复炸一次，外焦里嫩，藕甜肉香。

再深加工就是做藕丸子，炸藕丸子是津市的特色菜，湖乡风味浓郁，小城各菜市场都有商家卖，现炸现卖，金帆大厦对门有家店子的藕丸子炸得到位，好像开了很多年，生意长盛不衰。过去做藕丸子先要用陶钵将洗净的莲藕搓成茸，那陶钵是专用的擂钵，容量较大，内壁从上到下是一圈圈的槽轮，莲藕放到槽轮上上下搓擦就成茸。鲜藕洗净，刮去表皮，一节一节地手搓，要些体力，有些麻烦，考验人的耐心。现在大批量已经改用电动机器，快速、高效，只是做出来的藕丸子味道总是不如从前手工打磨的，这是找不回来的味道，也是人类进步路上的一些浅浅遗憾。将这些打磨好的原料加盐、葱花等调料，捏成小丸子，入油锅炸到金黄即成。炸好的藕丸子可以趁热直接吃，也可以回锅蒸、烩着吃。有人做藕丸子加入肉糜之类，那是另一种口味。

藕丸子本身就有大量淀粉，糊汤是藕丸子的宿命，所以藕丸子炖着吃的少，但是吃货并不会拘泥，在牛肉汤锅里下一些藕丸子，用小火煨着，汤汁越来越浓郁，藕丸子闻着就香，张嘴一咬，汤汁饱满，口感醇厚，则是绝配，这时候再来点酒就到了极致。美食与美酒从来就是一对神仙眷侣，吃炖牛肉藕丸子这种重口味，若是喝点啤酒，特别是易拉罐装的，这当然没有任何道理，易拉罐方便，一拉，一�](，咕哝咕哝，一口喝完，一捏，然后随手将捏得瘪头瘪脑的易拉罐往身后一丢，看也不看，继续吃，继续喝，如同一种离别，甩一下头发，转身径自走了，头也不回，美食美酒，缠绵人生，就这样相爱相杀，地老天荒。

2020 年 7 月 26 日

一粒豌豆米

中学时读鲁迅的小说《孔乙己》，对孔乙己说的"回"字有四种写法，不得甚解，对孔乙己的下酒菜"茴香豆"却印象深刻。茴香豆是用蚕豆做的，蚕豆在我的老家叫作"大豌豆"，而"豌豆"被叫作"小豌豆"，不过在津澧一带蚕豆普遍就叫豌豆，嫩豌豆被叫作"豌豆米米"，豌豆在人们心目中一直属于小杂粮，所以有"米"的称呼，而"小豌豆"在津市却被叫作"麻啊"，匪夷所思。

谷雨过后，正是新鲜豌豆米上市的时候，人们喜欢买来一大把绿油油毛乎乎的豌豆荚，自己来剥，主要是图一个新鲜。剥好的豌豆米青翠欲滴，捏得出水来，用水稍微冲洗一下即可，锅里加水大火烧开，倒入豌豆米，继续大火煮，一般来说豌豆米煮熟后就变了颜色，暗绿色、乳灰色，带有一缕绯红，这时也就可以吃了，吃起来面面的，粉粉的，口感极好。

豌豆米蛋白质、淀粉含量高，富含氨基酸，能提味，豌豆瓣做成的豌豆酱，也就是大家熟知的豆瓣酱，水平再差的厨师，用豌豆酱炒肉、炖肉也不会失败。因此豌豆米天生美味，怎么做怎么好吃。

做菜吃就要回锅再炒，常见的有豌豆米炒韭菜。小时候在乡下上学要自己带中午的饭菜，这个季节带的菜就多是韭菜炒豌豆米，有的时候没有韭菜，就是青蒜末炒豌豆米，味道也非常好。

袁枚在《随园食单》里记载："新蚕豆之嫩者，以腌芥菜炒之，甚妙。随采随食方佳。"腌芥菜，也就是我们湘西北一带农村常见的酸盐菜。许多店子也有盐菜炒豌豆米这道菜。准备煮熟的豌豆米大半碗、盐菜小半碗，盐菜淘洗干净，捏干水气。大火烧锅，放菜籽油，炸到冒烟时，倒入豌豆米、酸盐菜，迅速翻炒、拌匀，再放适量的盐，可以用一点水，焖炒一下，让豌豆米、酸盐菜更好融合入味，盛到碗里即可，放冷了吃更有风味。有人还放辣椒、蒜米、姜粒、味精，全随个人喜好。一般来说最简单的就是豌豆米、酸盐菜、盐就行了，味道鲜嫩、酸咸，吃饭、喝酒、做零嘴都是恰如其分。

稍老一些的豌豆米只能做汤，剥去外表皮，赤裸的豌豆，两瓣分明，还是那么翠绿。有人用猪肉丸子汤来炖豌豆米，荤素搭配，浑厚与素朴结合，营养更为丰富，很受人追捧。我更喜欢纯朴一点，还是只用豌豆米、酸盐菜。小钵子里放入冷水，加一些姜粒蒜末，大火烧开，倒入豌豆米，煮开，大多数豌豆米就分成了两瓣，豌豆米熟透，颜色变成深深的黄绿、乳白。这时放入少许酸盐菜，继续煮开，加点酱油、化猪油或者色拉油调味，撒些葱花，就成了满是自然风光的豌豆米汤，像一座春天里的湖泊，碧波荡漾、清澈见底、翠绿点点，特别诱人。

豌豆米也可以卤制，用五香粉或者自己配制的卤药，加干红辣椒，将豌豆米放入汤水里煮几分钟，捞起来冷却，香气浓郁，味道醇厚，似乎有些接近孔乙己下酒的茴香豆，只不过卤豌豆米柔软，嚼起来有些面，香味迅速扩散嘴腔，毫无遮拦，茴香豆又绵又硬，嚼劲十足。

有一段时间酒席上流行油酥豌豆米，豌豆米剥去表皮，成为豆瓣，洗净后沥干，用油慢火慢炸，直到有些膨化，起锅控油，装盘、加些椒盐即可，颜色还是保持那么鲜绿，嚼起来酥脆醇香，后来大概因为对油炸食品的顾忌，这道菜就逐渐冷了下来。

一粒嫩豌豆米，虽然素面朝天，依旧风情万种，在这春天里占据着人们的餐桌，无不撩起人们思乡的愁绪。没有关系，你不妨煮一锅豌豆米，盛到碟子里，加一点盐，那股扑面而来的草本香味，还能闻到春天的气息，倒一杯酒，或者就是一杯清茶，坐在屋檐下，一粒一粒，一瓣一瓣，一口一口，作为零食，抿一口酒，饮一口茶，自酌自饮，乡关何处，不过就是一粒豌豆米。

2021 年 5 月 4 日

米汤酸菜

我小时候随父母下放到乡下，母亲煮饭用的柴火灶大铁锅，要将大米"煮开花"，然后舀到筲箕里，沥下米汤，再将米饭坯子倒入锅里焖，添一把柴火烧完就成喷香的大米饭。将米饭盛到筲箕里，锅巴留在锅中，铲到一起，倒入一部分米汤，再次加火煮开，就是浓稠焦香的锅巴粥。剩下的米汤也不会浪费，母亲用来做米汤酸菜。

用来做米汤酸菜的蔬菜不拘，各类芥菜、大小白菜、萝卜缨子、苋菜梗、莴笋皮之类都可以。一般用芥菜的居多，至于芥菜有多少种、芥菜有多少种吃法，这些我都知之甚少，不管是花叶的、宽叶的、粗梗的、细茎的、揪耳朵的，在乡下统称为"青菜"，青菜做的酸菜、盐菜几乎占据我们小时候所吃蔬菜的半壁江山。有人喜欢原汁原味，将青菜切细剁末直接吃的就是"冲菜"，热炒或者凉拌均可，保留一股芥末的辣味冲劲，口感特别，用来拌米饭极其开胃。吃海鲜用的黄芥末主要原料就是芥菜籽，绿芥末则是来自山葵。

米汤酸菜就是用米汤烫蔬菜，其实就是将蔬菜焯水，那时候蔬菜品种极少，有些蔬菜去掉一些草青苦涩味道，口感更好，也是换个口味。焯水在湘西北叫"汩水"，"汩"普通话读"dàn"，在湘西北读作"dǎn"，汩水豆角、京豆很受欢迎，汩水青辣椒晒干后喊做"白辣椒"，白辣椒炒肉是乡下风味独特的家常菜。

青菜择去枯黄叶子，洗净，放入容器内，倒入滚烫的米汤，待其冷却后放置到一边，可以不管不顾，当天、隔天都可以吃。当天吃的就喊做"汩菜"，但是有的地方叫"chuo菜"，不知是哪个"chuo"字，也未去考证根源。有一年澧县同行兄长老谢请我过去吃饭，我说去吃点农家土菜，他便带我去吃一家路边店，特色就是五花肉炖汩菜。我们围着火炉子而坐，服务员在炉子上放了一口不大不小的铁锅，将半筲箕绿油油的汩菜倒进去，足有大半锅，然后将一土钵刚刚现炒还冒着热气的酱汁肉倒进去，满满铺了一层，用大锅铲将肉和泹菜搅拌均匀，不一会儿，香飘满屋，猪肉酱香融合泹菜的那股淡淡的冲劲，吃起来真是过瘾。

隔天之后，气温适宜的话米汤很快自然发酵，那些青菜就由青绿色的泹菜变成了暗灰黄色的酸菜，空气里都有了一股淡淡的酸味。米汤酸菜随吃随做，数量做得不多，不需要装进坛子缸子，几天之内就可以清盘。米汤酸菜是自然发酵，品质得到保证，人们吃起来放心。最简单的吃法就是青红椒末炒酸菜，酸菜漂洗干净，特别是注意洗去那些凝结成块的米汤膜，酸菜切碎剁末，用手揉成团捏一下，去掉一些水分，青椒、红椒切末，用干红辣椒也可，烧锅，放油，下酸菜和辣椒末姜蒜未一起炒，放盐，炒匀即可起锅，酸爽可口。加强版就是用猪肉来一起炒，肉香加上酸菜香，互相作用，营养更加丰富，依然好吃，雪里蕻炒肉可以说是代表作。米汤酸菜炖鱼、炒饭也是绝配，闻到空气中飘荡的那股酸香都让人情不自禁喉结翻滚，口水直流，矜持全无。

最恣意豪华的当然还是要数五花肉炖米汤酸菜，做法和东北的五花肉炖酸菜有一点区别，东北酸菜是大白菜做的，比之南方用芥菜之类青菜做的酸菜口感相差较大，芥菜做的酸菜口感醇厚，酸味纯净，又还保留一丝丝芥菜的冲辣劲头，充满诱惑而回味无穷。将五花肉洗净，没有五花肉就用肥瘦相间的猪肉，切适当大块，一般半厘米厚、五六厘米宽仄，肉片太小找不到感觉，大火烧锅，放入一点打底油，倒入肉片，迅速翻炒到五花肉有些焦煳，炒出油来，香味开始冒出，放姜丝、酱油、豆瓣酱或面酱，炒变色，加入青辣椒片、蒜片，继续炒，加一些盐、一点水，炒匀焖几分钟后盛到钵子里备用。将准备好的酸菜倒入炖钵里铺底，再倒入炒好的肉，慢火煨炖，搅拌均匀，猪肉与酸菜相互激活，咸鲜酸辣，交错渗透，有荤有素搭配，吃得有滋有味，一点也不腻。

菜园子扯来的苋菜大多是连根拔起，择苋菜时剩下的苋菜梗也可以用米汤来烫，泡几天后发酵变酸，酸苋菜梗剁末用青椒末来炒，绯红配青绿，色香味俱全，人见人爱，非常绝妙的一碗下饭菜。如果酸苋菜梗继续多泡几天，就会发出一股臭味，将臭苋菜梗捞起，略微用干净水冲洗一下，切小节或者剁末，用点盐、麻油、酱油之类，凉拌，闻起来臭，吃起来香，特别是臭苋菜梗饱含汁水，那种吸吮，让你味蕾大开，欲罢不能，令人窒息的臭不可闻，却如此酸香，回味无穷，这真是世界上最匪夷所思的事情，可惜有很多狂热的饮食男女都无法消受这种人间至味。

2021 年 7 月 4 日

魔芋的诱惑

　　30多年前在湘西吉首读书，满大街都是凉拌魔芋豆腐，与醋萝卜比翼齐飞，是吉首街头的一大景致，约女生逛大街，吃醋萝卜、凉拌魔芋豆腐是标配，学生食堂也几乎餐餐都有辣炒魔芋豆腐，可看着那灰不拉几满带麻点溜溜滑滑的样子，还是止住了我内心无穷的食欲，那时我一次也没有吃过，结果自然是我也一次没有成功将女生哄到录像厅电影院。直到毕业后来到津市，单位食堂师傅用买来的魔芋粉子做了一批魔芋豆腐，在他的诱导下我才勉强尝试吃了几餐魔芋豆腐，到后来居然逐渐喜欢上了这道看起来灰不拉几吃起来溜溜滑滑的菜，至今自己都很奇怪这段历程。

　　魔芋大多在山里才有种植，湘西地薄，种植较多。魔芋在中国古代称为妖芋，传说是魔鬼撒在大地的种子。可就是这丑陋不堪其貌不扬的魔芋却是有益的碱性食品，口感温润，爽滑细腻，降血糖、降血脂、降血压，独具散毒、养颜、通便等各种功能，是减肥者的好食物，老少咸宜，最受女生喜欢，魔芋噌噌噌成了流量明星，被国际社会公认为十大健康绿色食品。

　　魔芋豆腐只是一个名字，并无豆腐品质，实际就是魔芋凉粉，制作魔芋豆腐的工艺和制作凉粉类似，用魔芋粉加水煮浓稠熟透，舀到器皿里冷却成型，分切成块就是我们常见的魔芋豆腐，现在我们都可以直接从菜市场买到成品的新鲜魔芋豆腐。

　　魔芋豆腐的吃法特别丰富，一般来说魔芋自身并没有什么特别的味道，如同一些木讷的男人，你不给他味道，他就没有味道，需要女人来加以塑造。所以魔芋也需要精心用重口味来包裹，我所见到的魔芋基本上是重口味吃法，凉拌、下火锅、炖肉，都极其酣畅淋漓，极具诱惑力。

　　凉拌魔芋最简单方便，和吃凉粉皮如出一辙。将魔芋用水煮熟透后，泡在冷开水里放凉，随吃随切，切成小块粒、薄片、细条，随心所欲，装入碗里，倒入油辣子，姜末、蒜末汁、酱油、陈醋、小磨香油、葱花，拌均匀即可食用，酸辣清爽，如果喜欢大山的味道，也可以滴几滴山胡椒油，味觉冲击，格外醒脑提神。

用剁辣椒炒魔芋豆腐则是极其下饭的口味菜。魔芋切薄片或小块、粗条、细丝，炒锅放水烧开，放一点盐，将切好的魔芋倒入焯水，去除一些异味，捞起来沥干水。炒锅放菜籽油，放姜末、蒜末、花椒、剁辣椒煸出香味，倒入魔芋豆腐，加酱油，迅速翻炒，可加一点水，起锅时放一些葱花即可。酸辣魔芋豆腐色泽红艳，酸爽麻辣，柔美多姿，回味久远。

魔芋豆腐配肉类自然更为刺激。五花肉炖魔芋、跑山鸡炖魔芋、谷鸭炖魔芋，火锅下魔芋，等等，都是绝配，立马灵魂附体带上魔性，使人百吃不厌，欲罢不能。

一只钱粮湖谷鸭，一块湘西魔芋豆腐，就更是可以做成一钵轰轰烈烈的大菜。新宰杀的谷鸭剁块，下锅焯水，倒料酒去腥味，捞起沥干。魔芋豆腐切粗条，也下锅焯水去些异味，捞起沥干。大火烧锅，放菜籽油，冒烟时下姜片、八角、桂皮、蒜果，姜片用量稍多一些，略炸片刻，倒入鸭肉，翻炒，到粑锅时，加豆瓣酱，继续翻炒，加少许酱油，倒入魔芋豆腐，迅速翻炒，放少许盐，炒到水气渐干，加入适量的水，如果喜欢啤酒鸭味道就加啤酒，大火烧开，改中火焖，再盛到钵子里，加新鲜青红椒、青蒜或葱花，放到桌上炉上用小火煨起。湖乡特色，山野风味，恰如其分地融为一体，满屋飘香，让人一见倾心。魔芋豆腐越炖越出味，也不会糊汤。魔芋豆腐吃起来有一种肥腴的口感，如同吃肥肉，口感滑润Q弹，却又不腻嘴，真是极好的下酒菜。贾平凹说丑到极点就是美到极点，魔芋就是这般魔幻，和饮食男女的爱情故事差不多，美男靓女大都走不到尽头，倒是那些看似普通的婚姻，却能够在平平淡淡之中突破，在磕磕碰碰中稳定，走到地老天荒，谁也说不清这个结局。

2021 年 12 月 12 日

乡愁浓郁的干北瓜皮

在湘西北南瓜被叫作北瓜，一个名字为什么如此南辕北辙，谁也没说清楚过。20世纪，北瓜曾经是湘西北农村的当家菜，而且还可以作为"半边粮"缓解饥荒岁月主食的不足。小时候随父母下放到农村，我家的屋前屋后，总是种满北瓜。北瓜生长性好，挖个北瓜窝，撒些草木灰，点下几颗种子，一点雨露，一点阳光，藤蔓就爬满旮旮旯旯，开花结瓜，几乎可以"望天收"，收获总是满满。

北瓜多了吃不完，老北瓜可以储存，一日三餐总是吃老北瓜，蒸北瓜、炒北瓜、煮北瓜、炖北瓜、北瓜焖饭，口味单调，吃得看到橙黄、橘红颜色就反胃，人们便想尽办法变换花样，调节口味。于是就将稚嫩的子北瓜、长不大的"气死北瓜"，晒干成北瓜皮，储藏到冬季吃。如今很少人还晒干北瓜皮，这是一种被遗忘的乡间美味，那种远去的味道只能在回忆里寻觅。

晒北瓜皮并不复杂，将从地里摘来的子北瓜、气死北瓜洗去表皮的尘泥，用木工刨子一层层刨成薄片，或者用削皮专用的"刮刮"一层层削成薄片，用刀切也无不可，只要耐心一点，不要切得太厚。然后准备冷却了的灶灰，过去农村的土灶烧草把、杂木、粗壳之类，灶灰是含碱丰富的草木灰。将北瓜皮倒入灶灰里，用双手轻轻拌均匀，再将北瓜皮摊到屋前的稻床上，在烈日下曝晒几天，晒到干干索索，看起来灰不拉几，再用塑料袋或陶缸收藏好。草木灰有干燥、防虫防霉变作用，干北瓜皮保存很长时间也不会生虫变质。那时冬天里蔬菜品种缺乏，干北瓜皮就可以闪亮登场大展风采。

吃的时候先将干北瓜皮温水泡发，待北瓜皮舒展开来之后，再用清水反复冲洗，洗净草木灰渣。冲洗干净的北瓜皮变得饱满柔顺，恢复了青翠、黄绿、乳白，带有许多小斑点，灰灰暗暗，若隐若现，如同满天繁星，别有一番诗情画意，打开你的味蕾。

干北瓜皮最简单的吃法是用辣椒清炒，泡发好的北瓜皮可以改刀切细，再稍微铡几刀，不必太细碎，新鲜青红椒或干红椒切末，大火烧锅，放菜籽油，倒入北瓜皮、辣椒一起炒，只需要放一点盐，可以不要其他作料，朴素简洁，绵脆可口，有一种来自底层的陈香，味道隽永，是十分搭饭的一道菜，就着这碗纯粹的素菜，喝一杯酒，淡雅清新，仙风道骨，有滋有味。

干北瓜皮与肉类是天然绝配，炒、炖随意。五花肉或者夹精夹肥的猪肉切片，肥肉不妨多一些。先将肥肉入锅略炸，倒入精肉大火速炒，加酱油、姜丝、蒜粒翻炒，倒入北瓜皮，加盐，炒均匀，加一点水焖片刻收汁，让猪肉和北瓜皮充分融合，彻底入味，即可起锅装盘。也可以盛到钵子里，置于桌上炉用小火煨起，撒一把细细的葱花，注意只需要留浅浅的汤汁，只要不糊锅、不冲淡味道就刚刚好，煨到油汁呲呲作响，香气袅袅，此时味道最足。

最恣意的大餐当然是土鸡炖干北瓜皮。选用一只农家散养的土鸡，宰杀清洗干净剁小块，内脏洗净和鸡血一起备用。选择最简朴的做法，不用过多复杂的香料。大火烧锅，放菜籽油，同时将鸡油切小块倒入锅中炸，炸出鸡油来后，放姜片、干红辣椒段炸香，不要炸糊，立即倒入鸡肉，迅速翻炒，炒干鸡肉水气，加豌豆酱或酱油继续翻炒，直到鸡肉变为酱黄色，有些巴锅时，加足量的水，猛火炖几十分钟后，加入鸡内脏、鸡血，加入泡发洗净的干北瓜皮，加盐、胡椒粉调味，盛到钵子里，加新鲜青辣椒、蒜粒，喜欢的还可以加葱花，端到桌上炉用小火煨起，咕嘟咕嘟，空气中混杂着鸡汤和北瓜的清香，鸡肉柔嫩，汤汁鲜美，北瓜皮饱吸鸡汤，吃一口满嘴爆浆，却又有果蔬的脆爽，略带一丝淡淡的回甘，草本气息浓郁，十足的田园风味，仿佛回到了青涩的年少时代，回到了火热的夏天，回到了广袤的田野，回到了遮风避雨的农舍，回到了乡村的爱情故事。

2021 年 12 月 26 日

野芹菜，水芹菜

十六年前，我刚从信访部门调到交通部门，就被派到花岩溪参加一个会议，下午赶到花岩溪吃晚餐，满桌子的大肉大鱼，但给我留下印象的却是一道干红辣椒段清炒野芹菜，看起来清新爽目，吃起来脆嫩，气味芬芳，十分切合花岩溪幽静的氛围。

野芹菜并不是什么稀罕东西，是老百姓餐桌上的一碟应季小菜。春和日丽，鸟语花香，人们纷纷到野外踏青赏花，拍抖音之余，往往还要带回一些枸杞尖、野芹菜之类，鲜嫩、清香、无污染，正是大好的原生态食材。湘西北地区作为蔬菜食用的"野芹菜"，其实指的是"水芹菜"，另一种"野芹菜"有"毒芹"之称，不能食用。水芹菜——我们还是按照湘西北的习惯称之为野芹菜，野芹菜喜湿润肥沃土地，山涧溪流边，江河湖泊畔，都能茁壮生长。野芹菜的根茎和芹菜根茎不同，大多是空心，有点像小竹节，颜色青绿或紫红色，带有浓郁的草药香气。

野芹菜是历史悠久的菜，《诗经·鲁颂·泮水》中"思乐泮水，薄采其芹"、《吕氏春秋》中"菜之美者，云梦之芹"，指的应该就是野芹菜，看来古人们很早就发现了野芹菜的美妙。野芹菜的蛋白质、脂肪、碳水化合物、膳食纤维、维生素丰富，还含有挥发油、甾醇类、醇类、脂肪酸、黄酮类、氨基酸等物质，食用价值、药用价值都较高。民间药用认为水芹菜气味甘辛、性凉，入肺、胃经，有清热解毒、润肺利湿的功效，对发热感冒、呕吐腹泻、尿路感染、崩漏、水肿、高血压等有辅助疗效。

清人朱彝尊的《食宪鸿秘》中记载："水芹菜肥嫩者，晾去水气，入酱，取出，熏过，妙。拌肉煮或菜油炒，俱佳。"我没有吃到过这种干制野芹菜，不知道味道究竟怎样。新鲜野芹菜炒肉简单，但是对厨艺要求较高，新鲜野芹菜含水量较多，纤维细软，耐不住高温炒，火候把握不好，炒肉会造成一片浑浊，一片凌乱，一片绵软，不好看也不怎么好吃。

为了留住野芹菜的鲜香细嫩，凉拌是可靠的选择。野芹菜掐去叶子，只留下梗茎，用清水浸泡后反复冲洗干净，切成寸段，下开水锅里焯水，加少许盐，断生后起锅，置于凉开水或冰水里浸润一下，捞起沥干水气，倒入碗中，倒入姜蒜末，加酱油、陈醋、小磨麻油即可，吃辣椒的可以放一勺油辣子或者剁辣椒拌匀，浓香扑鼻，脆爽鲜嫩，咀嚼一口，满嘴生津，处处春色，真是无法抵御的诱惑。

清炒野芹菜在餐馆里最为常见，也大受欢迎，平常搭配最多的还是野芹菜炒香干、豆豉炒野芹菜。野芹菜只用梗茎，洗净切寸段，香干切薄片、细丝、小粒均可，干红椒切小段，大蒜、生姜切细剁末。大火烧锅，放菜籽油烧热，加一点化猪油增香，如果是素食者可以不放猪油，放姜蒜末、干辣椒段炒香，倒入香干翻炒，放一点盐、一点酱油，继续炒几分钟，让香干入味，倒入野芹菜，迅速翻炒，根据实际再放一点盐，野芹菜含水量多，一般不用额外加水，很快会炒出汤汁来，炒匀即可起锅装盘，香喷喷的野芹菜炒香干就成了，将香干换成浏阳黑豆豉、农家水豆豉，做法大同小异。

野芹菜炒香干，极简的美食，不需要轰轰烈烈，低调而美好，野芹菜原生态的草本香气混合香干、豆豉的酱香，如同乡野和煦的春风，带着春天万物生长的气息，阵阵拂面而来，刺激着我们的味蕾，春风荡漾，万物萌动，如此惬意之时，值得约一位合适的人，饮一壶温热的茶，喝一杯冷冽的酒，唱一首旧时的歌，跳一曲无序的舞，生活淡淡，诗意满满。

2022 年 3 月 16 日

春天的韭菜

诗圣杜甫在《赠卫八处士》中感叹："夜雨剪春韭，新炊间黄粱。"韭菜让诗圣喜不自禁，可见又嫩又鲜又香的韭菜如何魅力四射。韭菜割了一茬又一茬，一夜春雨，长得疯快，韭菜旺盛的生命力让人目瞪口呆，如此前赴后继，恰如其分地成为大 A 股民自嘲的象征。或者也是因为疯长的特性，或者也是因为"久久"的谐音，使之在民间有了起阳草、壮阳草、太太喜之类暧昧的别名，温暖天下，有的人趋之若鹜。

红梗梗、绿叶叶的韭菜自古以来就极为神奇，《诗经》中有"四之日其蚤，献羔祭韭"的诗句，韭菜用来献祭，可见地位之高，成为人们餐桌上的爱宠也顺理成章，凉拌、清炒、做馅料、配肉食，无一不可。新鲜韭菜择去杂质，用清水冲洗干净，切为寸段，用菜籽油、化猪油来清炒，浓香扑鼻，鲜嫩可口。湘西北将蚕豆叫作豌豆，春天里有了新鲜嫩豌豆米，带皮煮熟，捞起沥干，回锅用韭菜来炒，特别适合放冷了来吃，一粒一粒的豌豆米，沾满变成墨绿的韭菜，咬破薄薄的豌豆皮，沙沙的口感，和着韭菜的香气，特别有味道。小时候上学自己带午饭，春天里最多的菜就是韭菜炒豌豆米，一碗冷饭冷菜总被吃得精光。

韭菜浓香袭人，适合用来做馅，韭菜馅的韭菜合子、饺子、包子、肉饼等各式面点，烙的、煮的、蒸的、煎的，应有尽有。北京冬奥会上中美混血的谷爱凌一飞冲天，比赛之余吃了一个韭菜合子，惊动了全世界，韭菜合子的英文怎么写？各方神仙一脸懵逼。韭菜合子全国通用，大江南北，各地都有自己本土特色的韭菜合子，虽然馅料搭配各有不同，但是韭菜的核心地位牢不可破。韭菜合子从来没有统一标准，韭菜可以搭配很多食材，各具风味，却又从来不会偏离韭菜这个核心。韭菜拌炒鸡蛋、虾仁，这是传统馅料，韭菜拌猪肉、牛肉、鸡肉，韭菜拌苊米、莲藕、香菇、木耳、豆干，等等，因地制宜，风味十足。韭菜可以搭配许多食材，韭菜炒鸡蛋、韭菜配黄鳝、韭菜炒肉，这些菜都几乎没有什么技术含量，却大受欢迎。韭菜剁末加鸡蛋、面粉、盐、胡椒粉、水，搅拌均匀成面糊，平底锅烧热放油，用勺子舀面糊摊到锅里，大小随意，两面煎到带焦黄色，香味四溢，这就是简单、快捷、粗放的韭菜鸡蛋饼，人见人爱。

最为流光溢彩的应该非烧烤韭菜莫属，这是韭菜的最高境界。几乎所有的烧烤摊都有这道烤韭菜，几乎所有吃宵夜的饮食男女都会点这道烤韭菜。韭菜用竹签串联起来，绿油油的看着就有食欲，放到烧烤架上，刷油，烧烤，撒盐，撒烧烤作料，撒一些红椒粉或者剁椒酱，阵阵的香味即刻弥漫城市的夜空，这是不可拒绝的美食。但是韭菜又让人足够尴尬，这是事物的两面性。吃起来齿颊留香，吃了之后不管你漱 N 次口，那股滋味依旧挥之不去，无处躲藏。

多年以前，我们年轻美丽斯文的大学英语女教师，带领我们学习到与韭菜有关的英文：leek, fragrant-flowered garlic，她反复敲着黑板，谜之微笑，提醒我们：约会前千万不要吃带有韭菜的食品。底下立即哄堂大笑，女教师的脸变得绯红，不过还是那样迷之微笑。

韭菜让人尝尽至味，让人风风光光，让人尴尴尬尬，让人欲罢不能，让人缠绵悱恻，人间烟火就是如此生生有趣。韭菜，一道古典的菜，生生不息，长长久久，一直是饮食男女永远的神。

2022 年 3 月 26 日

药山问笋

"人间四月芳菲尽，山寺桃花始盛开。"津市药山古代属于澧州，袁中道称之"山尤疏秀，以其上多芍药，故名"。大唐时的药山古木参天，枝繁叶茂，苍翠一片，芍药丛生，山中有一座慈云寺，大唐高僧惟俨禅师在此传法修行五十余载，药山从此成为信众朝拜的曹洞宗祖庭、佛教圣地。如今，药山的芍药早已无影无踪，改名后的药山寺也几经兴废，往日光景只在人们的传说之中。不过明影大师来到药山寺后，经过艰辛努力，竹林禅院吸引了众多的目光，药山寺也在规划逐渐重建。

春日周末，天气晴好，友人约起去药山听禅学讲座、看竹林风景，却因起起伏伏的新冠疫情，一直未成行。讲座与风景，欲望之内，欲望之外，我的兴趣却只在于药山的春笋。竹笋在古代是和面筋、豆腐、蕈齐名的四大素菜之一，当下正是品味春笋的大好季节。唐代朗州刺史李翱的药山之旅是问道，得到一句"云在青天水在瓶"，千古禅思，万古流芳。我追寻的却是问笋，吃喝一味，美食美酒，人间烟火，人与人的差别也就在此吧。

佛教与竹子总是相伴而生。佛典里有"青青翠竹，总是法身"之说。佛祖释迦牟尼有"竹林精舍"，大慈大悲的观世音菩萨有"紫竹林"。唐朝诗人留有诗句：曲径通幽处，禅房花木深。修篁半庭影，清磬几僧邻。宋朝高僧赞宁则专门撰写了《笋谱》，洋洋大观，还提到了澧州："方竹笋，出澧州西游川、铁冶、辰山之阳。其笋茎方二寸已来，彼封人多为台卓、衣架等。其笋硬不堪食。其竹节平，其性坚，其心实。"只是不知道澧州有不有方竹笋？

《诗经》中说"其蔌维何？维笋及蒲"，可见竹笋端上餐桌的历史悠久。竹笋作为美食，清鲜淡雅十分切合文人雅士的心情与口味。松、竹、梅被称作岁寒三友，竹子成为高雅的象征。苏东坡说：宁可食无肉，不可居无竹；无肉使人瘦，无竹使人俗。诗圣杜甫写道：青青竹笋迎船出，白白江鱼入馔来。

郑板桥对家乡的竹笋念念不忘：江南竹笋赶鲥鱼，烂煮春风三月初。袁枚的《随园食单》不惜篇幅，对笋子也是多有记载：笋十斤，蒸一日一夜，穿通其节，铺板上，如做豆腐法，上加一枚压而榨之，使汁水流出，加炒盐一两，便是笋油。其笋晒干，仍可作脯。

春笋挖回来，处理要及时，才能保持鲜嫩。宋人林洪《山家清供》里称鲜笋为"傍林鲜"：夏初竹笋盛时，扫叶就竹边煨熟，其味甚鲜，名曰傍林鲜。这种烹饪方法返璞归真，还是有些粗糙、有些极端。新鲜春笋剥去外壳笋衣，切开，放入滚开水里焯水，或者用淘米水、盐水、草木灰水泡，主要是为了去除草酸，减少涩口味。

出家人吃笋和俗人不同，只用一点盐、一点素油，简朴之至。将新鲜春笋切丝，用清水加盐煮透，捞起放入凉开水里冷透，增加笋丝的脆爽，捞起沥干水气，倒入盆中，加点盐或酱油、醋，淋几滴麻油。慢慢咀嚼，新鲜、脆爽、甘香，一点苦涩，一点回甘，尽是山野之风。清煮笋片与此类似，焯过水的春笋切薄片，下锅用清水加盐炖煮，熟透后捞起沥干水气，淋几滴麻油。清炒笋片则是将处理过的春笋切薄片，青椒、红椒切片，大火烧锅，放菜籽油，冒烟时倒入笋片、辣椒片，速炒，放盐，可以放一点酱油。倒是油焖笋块味道更为厚重，将春笋切小块，焯水沥干，炒锅烧热放菜籽油，倒入笋块炒，加盐，加略多一点的酱油，使笋块变酱红色，加水焖几分钟，放入青红椒块，继续焖煮到收汁，起锅装盘。吃不完的春笋，可以晒干，可以制作泡菜，和泡辣椒一起制成泡椒春笋，酸鲜、香辣、脆嫩，让人味蕾放飞，吃得忘乎所有。

药山问笋，与肉无关。人间多少滋味，实则满是禅意。这种原汁原味的寡淡、清癯，带有哲学的感悟，仙意神思，一般的人不能理解，也可能无法接受。那么，我们还是回到充满诱惑的尘俗，让内心的欲望得到烟火的抚慰。

最为常见的大概就是五花肉煨春笋、腊肉炖春笋。新鲜春笋切薄片，焯水备用，新鲜五花肉切半厘米左右厚的片，或者将五花肉、春笋都切小方块也可以。五花肉下炒锅翻炒略炸，炸出猪油脂肪香气，放桂皮、八角、姜片、干红椒段，放酱油，倒入春笋片，继续炒，放盐、蒜果、胡椒粉，加水焖煮，使五花肉和春笋相互渗透，充分入味，待到接近收汁，盛入土钵子里，端到桌上炉用小火煨起，吃的时候可以撒一把葱花，不需要放味精，保持春笋的天然之鲜。腊肉炖春笋就简单了，腊肉洗净、笋子焯水，都切薄片，下炒锅一起炒过，再加水炖，喜辣可以放些干红辣椒，无须过多调味，陈年腊香和新鲜青涩相遇，时空交错，彼此辉映，犹如一场惊世骇俗的忘年之恋，缠绵悱恻，所有的元素被激活，所有的激情被张扬，所有的惊艳让世人目瞪口呆，所有的回味像诗一样隽永。

2022 年 4 月 10 日

栀子花开，与美食相伴的艳遇

　　暮春初夏，栀子渐次花开。栀子花雪白如玉，柔软丰腴，芳香袭人，满城都沉浸在浓浓的栀子花香气之中。栀子花并没有国色天香，只是人见人爱的平民花，街边路边到处有一些人叫卖刚采摘来的栀子花，吸引了众多美女驻足。她们手持一朵两朵洁白的栀子花，一路欢笑，一路飘香，与你擦肩而过，留下你痴痴望着她远去的倩影发呆，鼻子里还残留着酽酽的香味，你忍不住多呼吸了几下，朴素洁净的香气直抵心底，瞬息有一丝丝的压抑，却又如此惬意，惹人欢喜，惑人魂魄。

　　花儿之美，沁人心脾，这等美妙尤物自然逃不脱老饕们的舌尖追寻。还是刚参加工作的时候，有个周末我和几位朋友到邻县去野游，中午随意找到公路边一家小餐馆吃饭，一进屋就闻到一股栀子花香。老板是一位年轻女子，看上去比我们大不了多少，店子不大，生意还好，她跑前跑后，忙而不乱，显得十分干练。吧台上有个玻璃花瓶，插满了带绿叶的栀子花，女子发髻上也点缀着一朵栀子花。她一走动，胸部起伏，花瓣晃悠，让人有些迷离。点菜时，女子特别推荐了一道新鲜菜品：栀子花氽汤。我们谁都没有吃过，十分好奇这是带有怎样小资情调的奇葩菜。

　　就在我们等待上菜时，女子趁片刻清闲点燃一支香烟，用食指中指夹着细长的纸烟，送进嘴里轻轻吸了一口，霎时青烟袅袅，突然间她不经意地掸了下手指，一些烟灰飘然而下，如同穿透阳光的尘埃，在半空划了一道弧线，如此惊艳的一瞬，居然让人有些精神恍惚，时空错乱，一时哑然无语。

　　那天最出色的菜自然就是栀子花氽肉汤，精肉氽汤加栀子花，新鲜、细嫩、甘甜、芳香，一点脆、一点滑、一点腻，口感奇妙，真是彻头彻尾的浪漫主义美食。30多年了，那种香气似乎依旧缠绕心头，挥之不去，后来偶尔也在各种场合吃到与栀子花有关的菜肴，多为噱头，并没有留下什么特别的印象。

　　栀子花有清热去火、凉血明目的功效，很早就被人们药食两用，端上餐桌古已有之。宋代美食家林洪《山家清供》里记载："旧访刘漫塘宰，留午酌，出此供，清芳极可爱。询之，乃栀子花也。采大瓣者，以汤焯过，少干，用甘草水和稀面，拖油煎之，名簷蔔煎。"簷蔔煎又名端木煎，就是煎炸栀子花，这与乡下煎炸南瓜花的方法大致相同。裹面糊炸至焦黄，酥脆芳香，用来下酒，吃起来一瓣一瓣，喝起来一口一口，聊起来一句一句，时光漫漫，闲情悠悠，古风古韵，简洁朴实，雅致而有诗意。

不过我吃到过更多的是栀子花汤，栀子花鸡蛋汤、栀子花余肉汤、栀子花炖鸡汤、栀子花煨排骨汤，尤其是栀子花余肉汤风味更足，栀子花的清香和精肉的鲜嫩搭配融合，营养和情调，真是天作之合。刚刚采摘的栀子花，掐去花蕊，放到干净的盆子里，放半盆清水，撒一些细盐，泡数十分钟，去掉虫豸、尘埃，捞起沥干备用。用新鲜猪肉，将肥肉精肉分开，精肉加少许肥肉切细剁末成泥，剁时放细盐、姜末，装入碗里，用一些芡粉、一点凉水，一起拌匀。另用一点肥肉切小丁块，下炒锅炸出油来，猪油溢出焦香时关火，将猪油盛入碗里备用。

汤锅放水、姜末，大火烧开，用筷子下肉泥，一般以拇指头大小为宜，大火煮开，撇去浮沫，下栀子花，再次烧开即关火，淋先前炸好的猪油，放一点点酱油，使汤和栀子花瓣稍稍变色，撒一点胡椒粉、葱花，还可以再滴几滴小磨麻油，白色、翠绿、赭色，交相辉映，那些漂浮的栀子花瓣，明明暗暗，有些像我们平常吃的饺饵面皮。浓郁的猪油脂香，缥缈的芝麻油香，淡雅的栀子花香，彼此融汇，带着某种神秘，若有若无，似是而非，极其诱人。改用排骨汤、鸡汤，又是另一种滋味，先煨好排骨汤、鸡汤，调好味，最后放栀子花煮开。不管采用哪种方式哪种汤，都不改栀子花汤原生的清甜滑润，让人淡淡地痴、迷迷地醉。

艳阳高照，栀子花开，我的思绪仿佛再一次回到遥远的从前。那一家路边餐馆，那一钵栀子花汤，那一位发髻上插着栀子花的女子，起起伏伏的胸部，晃晃悠悠的花瓣，弹指一挥间的烟灰弧线，晕晕乎乎的香气，虚虚幻幻的艳遇，纷纷向我飘来，飘飘忽忽，越来越近，越来越远。

2022 年 5 月 28 日

菱角，菱果

"紫菱亦可采，试以缓愁年。"古代文人骚客们曾经留下一首又一首的《采菱曲》，无论冗长繁复，还是短小精悍，给人深刻印象的较少，倒是南北朝诗人江淹的这两句，有点耐人寻味。湘西北大部分地域是湖乡，水生植物众多，一方水土养一方人，信手拈来，就能成为人们舌尖上的美食，而且是原生态的保健食品，绿色环保，也是许多人儿时深深的记忆，是那些游子心心念念、一生缠绕的乡愁。

菱果品种繁多，早熟的晚熟的，琳琅满目，新鲜菱角带有青绿色、紫红色的外壳，两头尖尖像牛角，果肉白白胖胖，有如腰果、银元宝，在湘西北乡下，角、果读音不分，都读果音，菱角通常被喊作菱果。

菱果幼嫩时外壳质地很脆，咔嚓就可掰开，露出乳白或绯红的果肉，丰盈肥硕，可以直接作为水果生吃，果肉脆嫩，富含水分，回味淡淡的有些涩口，有止渴、醒酒的功效。过去在湖边、塘边长大的孩子大都有过采摘野菱果吃的经历。炎炎烈日之下，一浪一伙，打扑泅划水，个个晒得油光发亮黢麻黑，刺激而危险，回到家里，难免被大人一阵心疼地呵斥，但是小孩子却永远乐此不疲。菱果的味道和戏水的乐趣总是无法抗拒，值得一次又一次地冒险。即使成年人也欢喜鲜嫩菱果的个中滋味，大诗人白居易津津乐道"嫩剥青菱角，浓煎白茗芽"，夏日炎炎，秋高气爽，邀三五位情趣相投的朋友，一篮鲜活稚嫩的菱角，一壶暗香浮动的白茶，正是恰如其分，闲适与禅意，欢悦或苦愁，轻轻拂面。

菱果成熟后外壳变硬，颜色变深，一般用水煮熟、蒸熟后当作零食吃。菱果煮熟后，果肉变粉，直接放嘴里从两角之间一咬，就可挤出果肉，舌尖轻轻一碰，四散开来，满口腔都是粉粉的、香香的。菱果淀粉含量高，可当作粮食的补充，剥去硬壳取出果肉用来煮粥，煮的粥特别香甜，也有人将菱果晒干磨成粉，储存起来，随时可以用来做糕点。

菱果用来煨鸡汤极为新鲜，袁枚《随园食单》记载："煨鲜菱，以鸡汤滚之，上时将汤撤去一半。池中现起者才鲜，浮水面者才嫩。加新栗、白果煨烂，尤佳。或用糖亦可。作点心亦可。"一般家庭制作当然不会如此繁杂，事先将土鸡清炖，或者炒熟之后煨炖，鸡肉将要炖烂时，加入剥去外壳的菱果、蒜粒，继续炖到菱果熟透，再放新鲜青红椒，加盐、酱油、胡椒粉、葱花调味，鲜美的土鸡炖菱果就好了。炖好熟透的菱果有点像煮熟的板栗，香气浓郁，口感粉糯，因此菱角有个别称叫"水栗"。

嫩菱果肉脆嫩细腻，所以做菜以清淡口味的比较好。清炒菱果片，将鲜嫩菱果剥去外壳，洗干净后切片，少许青红椒切末，炒锅烧热，放油，冒烟时，倒入菱果片、青红椒末，迅速翻炒，一点盐，一点水，不需要放其他作料，炒匀即起锅，一盘色泽淡雅的清炒菱果片就好了。十足的湖乡风味，保持一丝脆意，吃起来清新爽口，浆汁饱满，十分舒服。

菱果炒肉也要清淡一点，用肥瘦各半的新鲜猪肉切薄片，菱果切片，青红椒切片，姜蒜切末。大火烧锅，倒入底油，将猪肉下锅煸炒，炒出猪油脂香味时，不用酱油调色，倒入姜蒜末、青红椒、菱果片一起迅速翻炒，放一点盐、一点水，大火炒匀，稍焖片刻，收干水气，起锅前撒一点葱花点缀增香，一气呵成，看似有点浮光掠影，却完美保留了猪肉与菱角的鲜嫩。

做浓味一点的菱果烧肉，最好选用新鲜的五花肉，改刀为小方块，焯水后沥干，炒锅放油放冰糖炒糖色，下姜片、桂皮、八角、干红椒炒出香味，下五花肉，翻炒出油，均匀上色，放盐、酱油、胡椒粉，继续炒均匀后放水炖煮。生菱果剥壳后改刀切为两半，也可不改刀，保留腰果元宝形状，冲洗干净后直接用。猪肉炖到接近酥烂，加入菱果、蒜粒继续煨，直到汤汁收薄，颜色红亮，菱果熟透，撒些葱花，端到桌上炉用小火煨起，即可开吃。菱果烧肉，汤汁浓稠，入味充分，香辣浑厚，荤素搭配，油而不腻，回味深远。此时倒上一杯冷冽的乡村谷酒，热菜冷酒，心旷神怡，真是快意人生。

2022 年 7 月 24 日

第六辑

灶边随记

干 煎

干煎是一种烹调的手法。干煎澧水河里的鲫鱼、翘鱼、桂花鱼、刁带鱼，那个味道，妙不可言。不讲究的叫炒菜，讲究一点的就叫烹调，追求完美的叫艺术。

手法其实很简单。把新鲜的鱼剖开冲洗，不一定要洗得太净，留点血腥或许味道更足，抹少许盐，放在盘中待用。就那么露天放着，千万别放进冰箱之类的地方冷藏，这叫曝腌。不要怕蚊蝇，要让鱼微微带点臭味，其实是有科学道理的，就是让鱼肉带点微生物发酵，鱼肉会更加鲜嫩细腻味美。

生姜切丝或末，大蒜果切片或末，新鲜青红辣椒切丝或末，如果有紫苏，洗净切丝或末，备用。丝或末口感有点区别，味道不会变化，全在于个人的喜好。

把锅烧热，放油，油热后，把鱼放进锅里，干煎就开始了。注意干煎时不要随意乱翻，否则会戳坏鱼皮，鱼就没有了品相。

把鱼干煎到两面焦黄，要毅然决然把火关小，免得干煎得焦煳。把准备好的姜末、蒜末放进去，放点辣酱，放点水，焖干时，把紫苏、辣椒放进去，放味精之类，其他作料这里就秘而不宣了，翻一翻，焖干水分，有油炸出，就成。如果特别喜欢辣味，可以放点红红的干辣椒。如果喜欢豆豉的味道，也可以放点豆豉，既是点缀也是调味，大概是以浏阳的黑豆豉为最吧。

干煎的诀窍在于什么时候加油，什么时候加水。油自然是不用说，干煎也是离不开水的，没有水就不能完全入味。加什么不重要，一切在于时机的把握。

总体来看，干煎鱼肉润色亮，韵味飘香，色香味俱全，令人食欲大增，是极致的下酒菜。如果等它冷后细嚼慢咽，无论是鱼肉，还是那些作料，嗦一嗦沾满鱼冻的鱼骨头，吧嗒吧嗒嘴巴，风味又是别具一格。

干煎是烹调手法。干煎之后余味无穷。彩虹总在风雨后。痛快痛快，痛了之后才有快。其实有时候，干煎是一种人生状态。政坛上，你倾我轧，志大才疏，英雄无用武之地，可望而不可即，有多少干煎状态？情场里，男欢女爱，海誓山盟，有情人未必成得了眷属，又有多少干煎？柳下惠，柏拉图，一江春水向东流，天凉好个秋，多少尴尬无奈事？那是另外的话题，有闲的时候再说吧，呵呵。

2009 年 9 月 21 日

话 鸭

最近，朋友石总的老婆四姐新开了家"四姐家常菜馆"，与后湖茶楼隔湖相望。那天晚上我带几个朋友去吃饭小酌，点菜时我隆重推荐了鸭子钵，说是石总亲自做的，味道不错。酒酣饭饱之后，朋友们都赞不绝口，说那鸭子味道确实独到。去年后湖茶楼开张后，喝茶的闲暇之时朋友袁神要石总在茶楼里做过几次，自己吃的，选料讲究，做得细致，都说好吃。

其实我原先是不大吃鸭肉的，我自小对鸭子就没有什么多的印象。苏轼的诗句"竹外桃花三两枝，春江水暖鸭先知"，花鼓戏《打铜锣》里蔡九癫子的台词："秋收季节，谷粒如金，各家各户，鸡鸭小心"，这些给我的都是些虚的印象。乡下老屋里家家都要喂猪养鸡，但是养鸭子的不多，偶尔看到鸭子就是河滩上的一大群一大群的鸭子，那是专门的养鸭人看守放养的。他们就在河滩边搭建简易的黑棚，不知道是油毛毡子还是什么材料，黑黑的鸭棚就是他们的家，吃饭睡觉都在那里。小孩子们喜欢跟着鸭子追赶，赶得鸭子嘎嘎地满地乱蹿乱扑，水花四溅，泥巴扫天，孩子们个个乐得开怀大笑，惹得放鸭人高举竹竿大声追骂着孩子们，孩子们便一哄而散，逃散之时，有些精明鬼乘机将个把鸭蛋藏进口袋，晚餐就多了个菜。在那个逢年过节或许才有荤吃的年代这些鸭蛋也还是弥足珍贵的。

那个年代我们家的经济条件也不好，不过鸭蛋倒是吃过，吃的是盐鸭蛋和松花蛋，都是奢侈品。记得母亲自己做过盐鸭蛋，盐鸭蛋煮熟对半切开，雪白的蛋清包裹着蛋黄，红红的颜色，沙沙的样子，还流着闪亮的油，就是极好的，一块盐蛋起码要下一大海碗米饭。松花皮蛋拌白豆腐，黑白相间，点缀葱花，看得舒服，吃得爽口，是夏日消暑开胃的佳肴。有时为了解馋也就将皮蛋剥开直接就吃，什么也不加，有那种晶莹透亮，爽滑清凉，就足够了。现在顾虑到皮蛋含铅重，虽然喜好这口，也还是逐渐吃得少了。据说新鲜鸭蛋性味甘凉，有清热下火功效，对牙痛之类有些缓解效果，我后来也吃过炒鸭蛋，总觉得还是赶不上炒鸡蛋回味绵长。

20多年前在吉首读书时，发现每到中秋节时，当地人就要买鸭子，特别喜欢吃鸭子。那时卖方不像现在宰杀一条龙服务周到熨帖，卖鸭的不负责宰杀，买鸭的人们倒提着鸭子回家还得慌里忙里自己处理，于是满街都是鸭子叫。当地最有名气的是乾州鸭，据说是哪朝那代的贡品。乾州是吉首近郊的一座古镇，早些年的军事要冲，现在早已经并入吉首城区的版图，步入了经济发展的快车道。不过我在吉首读书四年并没有吃过鸭子，更不用说那香喷喷的乾州鸭了。除了学生时代囊中羞涩，大概还是因为自小对鸭肉就是感到陌生，本能地有些拒绝。

大学毕业到小城参加工作后在外混吃混喝的机会多了。小城在水之滨，鸭子是人们待客的家常菜，因此我入乡随俗，鸭子也吃过不少，但是每次看到那油腻的钵子，胃口还是调不起来，一直吃得比较少。有时候根本就不往鸭肉钵子里动筷子，这种状态直到有一次我在乡下吃到一餐鸭肉后才有转变。那年我奉命到乡下参加一个月的农村工作队。一次随镇上的包村干部、村干部们走村串户，了解社情民意。村里安排的午饭是在一农户家，那农户家里条件比较好，新修建的楼房，新添置的家具，让人感觉农村里生活水平确实提高了。我们喝茶闲扯工作时，主人家忙前忙后杀鸡宰鸭，又骑摩托赶到村边菜市场砍肉剖鱼，准备了满满一大桌子菜。印象最深的却是那钵鸭子，不油不腻，吃得精光，连汤汁都泡了饭吃。饭后和主妇闲聊，得知她其实也就是非常朴素的做法，一点油，一点盐，一点生姜，一点大蒜，一点酱油，一点新鲜辣椒，炒好再炖，就这么简单，没有任何秘诀。

后来知道汪家桥社区附近有一个叫"老鸭汤"的小钵钵馆，在"黑瓦屋"里面。经过仄仄的巷子进去，不起眼的平房，也没有修缮装饰，几张桌子，几把凳子，就是个小钵子餐馆，主打菜是老鸭汤，整只的鸭子，炖得酥烂，一扯就散，汤鲜肉美，喝汤喝得汗水涔涔，吃肉吃得淋漓尽致。老婆婆介绍，先将整只鸭子剖洗干净，焯水漂去血水，再放到钵子里加水加姜片旺火清炖，中途加上一种特制的泡菜配料，炖好后再加其他佐料。那种配料当时还是从外地买回来的，现在本地超市都有卖的，已经不稀罕了。红的表妹嫁到台湾，每次探亲返台也带几包老鸭汤配料过去，家乡的味道，总是可以解馋，借以消解思乡的愁怀。

谁都知道北京全聚德的烤鸭天下闻名，我却苦于一直没有什么机会去北京，无法现场品尝。有到北京出差的朋友也带回烤鸭之类，但是味道去之千里，已经极其不正宗。2011年秋天，送丫头去东北大学读书，顺路在北京逛了几天，和朋友几个人仅仅在一家小餐馆吃了只烤鸭，没有去吃"全聚德"，至今还感觉浅浅的有些遗憾。就如同外地人到了小城，吃了津市牛肉粉却没有吃津市刘聋子牛肉粉一样。谁知道什么时候会再去京城呢？错过有时候就是永远。

如今，精明的商人将鸭脑壳、鸭脖子、鸭爪、鸭架、鸭肠等之类东西，制成酱制食品，辣乎乎的，满街都有卖的，成为女士的最爱，任何东西经过她们咀嚼就成了天下无敌的美味。那种重口味，我的肠胃受不了，一般是敬而远之，只是看看，流流口水。所谓的酱板鸭更是将这种重口味推向了极致。

也还有更精明的，直接将小鸭子挑到城里来卖，不是卖给大人，而是卖给那些小孩子们。小孩子们天生喜欢小动物，看到这些毛茸茸、嘎嘎叫、走路晃悠、憨态可掬的小东西，没有不拉着大人的衣角叫喊要买的。心硬的大人，随小孩子怎么哭闹也不动声色，看一看就拉走了小孩，空留下小孩子依依不舍的目光。心软的大人，招架不住，就开始和卖主讨价还价，你来我往，直到双方满意，小孩子心满意足，不管不顾，早就带着小鸭子溜达玩耍去了。

改革开放后，美国迪士尼的经典卡通米老鼠与唐老鸭传进大陆，那个唐老鸭风靡一时，大约占据了很多人的童年时光。但是穿衣戴帽的鸭子总有看腻的时候。荷兰艺术家弗洛伦泰因·霍夫曼突发灵感，创作了巨型橡皮鸭艺术品"大黄鸭"，大黄鸭回归本真的纯粹形象，大受欢迎。大黄鸭先后造访过许多国家和地区的城市，所到之处都会引起轰动，也使当地的旅游业零售业赚得盆满钵满。我那年在香港就领教了人们争先恐后和大黄鸭拍照留影的激情。一只假大空的鸭子能给人们带来如此丰厚的收益，不禁让人啧啧不已。

2014 年 11 月 25 日

"余"味无穷

　　自己做过饭的都知道处理各种食材时会留下一些边角余料，其实也可以做成美食，一些人就那么随手废了、丢了，很是可惜。美食和美女一样，不可辜负。食材的边角余料很多，下面仅举几例，如果有幸邂逅到，不妨动手去试一下，这些边角余料做成的美食也是余味无穷。

　　大蒜须：炒菜总是用到大蒜，平时用蒜果，新鲜大蒜上市时就用新鲜的大蒜叶大蒜茎。大蒜是连着根须出售的，择洗大蒜时要把根须切掉。大蒜须要仔细清洗，否则有泥沙，加盐，为保持蒜须白皙品相，不要放酱油，味精鸡精醋之类随自己习惯，吃辣椒就加剁辣椒或者油辣椒，腌制，拌匀，就可以吃了，气味有些冲，口感脆爽，有些路边早餐店时常腌制有这个大蒜须，很受欢迎。家里做菜，大蒜用量少，蒜须也就少，也没关系，多少都可以，何必那么拘泥？

　　辣椒芯：这个菜还是跟康叔学的，那时周末轮流做东，在他家时，他不打麻将，有些准备工作就由他来做。他在切新鲜辣椒时，喜欢把辣椒芯连蒂挖出来，也能装一小碗，加盐、加酱油、加醋、加味精，腌渍到吃晚饭时就可以吃了。淡淡的草本香气，微微的辣味，辣椒芯肉质松软，那些附着的辣椒籽又可咀嚼玩味，风味独到，看着就使人味蕾大开，就多了个下酒菜，那些汁最后还可以泡饭吃。如今，康叔逝世已经五年有余，我们再也没吃到过那么可口的腌辣椒芯。

　　萝卜皮：这个就太熟悉了，洗净，直接用剁辣椒拌匀，就可以吃。或者洗净晾干，甚至在太阳底下晒干，再用剁辣椒拌匀，直接吃或者进陶坛腌制一段时间后再吃都可。也可以直接用陈醋、姜和辣椒炮制，不论怎么制，萝卜皮都是脆脆的。

　　老北瓜皮：湘西北把南瓜叫作北瓜，过去老北瓜是人们充饥的粮食，现在老北瓜是人们渴望健康的希望食品。吃老北瓜必须剐（读 kuā）皮，不剐皮那皮吃起来粗粝，口感不柔和。小时候，老北瓜是我们家亦粮亦菜的主打品，差不多要吃大半年。母亲每次把剐下来的老北瓜皮都收集起来，洗干净，剁成碎末，用青红辣椒末炒，那时也没有其他什么作料，就是加点盐，淋少许酱油，喜欢豆豉的可以放点浏阳豆豉，调味、增色，放点水稍微焖一下，焖干水分，翻炒几下，就可吃了，味道咸中带甜，有些嚼头，特别下饭。

莴笋皮：和老北瓜皮有异曲同工之妙，但是莴笋皮不能直接吃，要炮制成酸菜再吃。过去我们煮饭有米汤，就用米汤泡，现在很少家庭有米汤了，最简单的方法就是用开水焯，然后就那么泡着，几天后就会自然发酵变酸，也有直接加醋加速发酵的，全看个人习惯。吃时洗净、剁末，加辣椒末、姜末、蒜末之类爆炒就好。

莴叶梗：莴叶如果太老了，吃起来口感不佳，不如把莴叶叶子部分全部撕去，只留下叶茎，且叫它为莴叶梗梗，白里透绿，清新靓丽。冲洗干净，沥干水分，切成 1 厘米左右的小段，记住不要太长，也不要太细，适度就好。青红辣椒切成碎末，如果喜辣还可以切点干红椒，姜蒜切碎末，大火烧锅，放油，将姜蒜爆香，放入莴叶梗梗、辣椒末，喜欢豆豉的可以放一些，大火翻炒，出汁收干，起锅即可。该菜颜值颇高，吃起来脆爽，典型的下饭菜。还有更进一步的做法，将梗梗用热米汤或者开水焯，自然冷却，泡几天，自然发酵，成为酸菜梗梗，再如上炒着吃，又是酸辣口味，也是妙哉。

苋菜梗：和莴叶梗梗一样，直接炒，或者炮制成酸菜梗梗再吃，颜色暗红，好看好吃。只是择苋菜梗时要注意老嫩，有的要撕去粗老的表皮。

2016 年 4 月 26 日

删繁就简

读书时学过一篇关于作文要删繁就简的文章，印象深刻，一直记得。自己总是依葫芦画瓢按照这个思路作文，尽量做到不废话，不啰唆，力争达到言简意赅的效果。实际上其他事情道理也是如此，比如美食，有人喜欢花样百出，层层叠叠，色彩斑斓，极尽奢华之能事，但有时候也需要删繁就简，简约就美，简单就美。

春末夏初是新鲜豌豆（蚕豆）蜂拥上市的季节，满菜市场都是卖豌豆荚豌豆米的。逢饭局，总有什么韭菜炒豌豆米、酸盐菜炒豌豆米之类，吃起来，味道就不过如此。其实我们可以简单一点，将新鲜豌豆荚剥开，留下豌豆米，烧一锅水，开了之后，将豌豆米倒入，煮熟即可，加点盐，盛到筲箕里沥干水分，用碗装着，便可吃了。等冷却之后吃味道更好，把手洗干净，用手直接拿着吃，吐皮不吐皮，随个人心情，粉粉的口感，一点咸味，一点甜味，一点豌豆的清新味，仿佛回到了乡下，回到了大自然。我的童年时代是在乡下度过的，这个季节的天空湿润，远处飘来"豌豆巴果，嗲嗲烧火"的鸟叫声，小伙伴们就跑到豌豆地里蹿进蹿出，捉迷藏，玩打仗，口渴了肚子饿了就顺手摘豌豆荚，剥开就吃，水灵甘甜，满嘴豆香，有滋有味，成为童年最美好的回忆。现在人们要先将剥好的豌豆煮熟，再回锅炒，加这加那的，我觉得纯属画蛇添足，多此一举，反而破坏了本真的味道。

有一年陪人去张家界，登山途中有很多卖黄瓜的山民，小背篓里的黄瓜菁绿光亮，长满了刺，有的还带着花蒂，看起来嫩嫩的，感觉舒服，便不讲价钱买来几根，简单用纯净水象征性淋了下，张嘴就啃，咔嚓咔嚓，泠冽清爽，所谓蓑衣黄瓜刀拍黄瓜都不如这个新鲜直截了当。如今餐馆里也有筒筒黄瓜，黄瓜切成小截，装在盘子里，随吃随取，也别有风味，只是一般黄瓜鲜嫩程度有差别，可能影响口感，另外配属的白糖或面酱，对我而言，都是多余。

春天里，枸杞尖能明目清火，是人们的最爱，肉汤、鱼汤什么的下枸杞尖都很受欢迎。我曾经见过一种吃法，大同小异，更为简单。炖锅里放水，放适量的姜末、蒜末、盐、调和油或者纯猪油，烧开，下枸杞尖，稍等片刻就可以吃了。颜色翠绿欲滴，味道清香，没有油腻，没有辛辣，十分纯正，吃完枸杞尖，那个汤，也是带了点淡绿色，如同春水，惹得春心荡漾，趁热喝几口，看似清淡，回味却是隽永。

卤蹄子，有人习惯剁成小块，调些酱汁，夹蹄子蘸着酱汁吃，其实这也是显得多余。那个卤蹄子，不蘸酱汁，没有其他作料，味道更为纯粹。手拿着直接吃，没有扭扭捏捏，撕扯更为方便。我戏称为"裸吃"，什么都不要，一丝不挂，特别刹瘾。卤干子也是如此，大多吃法是要切成薄片，拌蒜泥、姜汁、放辣椒、酱醋，我却喜欢就那么保持原状，直接拿着吃。蘸或不蘸酱汁随心所欲，特别是那些当了太阳西晒的卤干子，硬硬的壳、软软的心，有咬嚼，有味道，慢慢咬着，慢慢嚼着，真是下酒，直到最后眯斜着眼，目空一切。

南方人吃羊肉，总是忌讳羊肉的膻味，因此烹调羊肉总是添加极其繁多芜杂的作料。其实，吃羊肉，如果满嘴作料药香，闻不到那股淡淡的羊肉味道，真是不够，简直是隔靴搔痒。吃牛肉也是如此。津市刘聋子、贺记之类店子远近闻名，可是我总觉得他们的牛肉药味过重，油过厚。倒不如曹记的清炖牛肉，保留了那股牛肉鲜香。那个清汤，原汁原味，恰到好处，每次我在那里吃清炖牛肉粉，都要找老板娘额外讨要一勺汤。

不过话说回来，繁，是给食材增味添色；简，是为了保留食材的原生味道，各有千秋，就看个人喜欢。如同女人，有的喜欢浓妆，有的喜欢淡抹，有的喜欢素面朝天。萝卜白菜，各有所爱，也勉强不得。

2016 年 6 月 1 日

迷人的葱花

葱花，葱绿葱白，对比分明，鲜艳的颜色，浓郁的味道，不折不扣是美食界的天之仙子。装盘上菜的最后时刻飘逸登场，点点绿色，阵阵芳香，诱惑食欲，勾引味觉，让人坐立不安，肠胃骚动，总是精彩的画龙点睛之笔。

葱的多样性会让我眼花缭乱，所以我这里写到的仅仅只是湘西北一带常见的火葱和分葱。火葱比分葱要长得高、长得粗，可以用来煎鸡蛋、煎葱花软饼，火葱头长得如同苹果一样大小，可以炒着吃或者做泡菜、腌菜，而细小的分葱也叫香葱、小葱之类名字，仅供调味之用，葱花多数是用分葱切的，分葱如同江南女子，惹眼的绿色，浓烈的芳香，恰如其分的葱白，切成葱花，精致、婉约、细腻，又奔放、激情。

葱花并不需要特别的刀工，只需要一些耐心，但并不是人人都能那么认真专注地切好葱花。有的敷衍塞责，随意为之，切得太长；有的图省事直接用刀剁，近似于剁盐菜一般，一塌糊涂；有的东一下西一下，长短不齐，搁到菜肴里面虽然添了味道，却没有添色，像是一些野草，横七竖八地躺在田园里，很是败兴，胃口倒了大半。当然葱花也没有唯一的标准，基本应该就是半厘米左右，关键是要切得长短均匀，如果做的菜是比较暴烈的，这个葱可以切长一些，寸长即可，不过，这已经不再是葱花，而是葱段了。有的干脆直接用手掐断长葱，有的用长葱打结搁到菜里炖。总之，怎样用葱并没有定式，都是根据具体食材实际需要来把握，但是，如果是直接上桌的菜品，讲究一点还得是用葱花，葱花用得好，既可以拯救菜的口感，也可以提升菜的颜值。

我的《乡味缭绕》里拉拉杂杂所记录的那些乡里味道农家土菜，满是葱花的倩影。在我的印象中，母亲做菜最善于最喜欢使用葱花。那个年代，由于菜品不丰富，母亲为了我们吃得下饭，总是绞尽脑汁，想方设法，做些可口下饭的菜。价廉、味美、下饭、有营养，这是做菜的基本要求。葱花就成为母亲调节食品菜品花样味道的宝贝，几乎是无处不在，如影相随。葱花给我留下极其深刻、牢固的美食记忆。

有段时间我家有个小院子，里面种了不少蔬菜，那时候没有大棚技术，都是应季而种，其中就有火葱，有分葱。我看到母亲摘菜也是有些讲究，如果是用火葱，就是连根扯起，如果只用分葱，就是选那些鲜嫩的叶子用手指掐断，留下的桩头没几天就会长起来。火葱到最后会开花，地下的葱果也就成熟了，扯上来，可以切丝用青椒炒了吃，也可以洗净晾干做成腌菜。来年做种的火葱果会连葱叶一起捆成小扎，挂在屋檐下，也算是一道风景。

那时要用到葱花的菜，印象中主要是汤菜，比如炖豆酱坨（霉豆渣）、豆豉汤、酸盐菜蛋汤、精肉氽汤，诸如此类，都离不开葱花的神助攻。葱花煎蛋、葱花软饼都是葱花让口感顿时提高了一个层次。在家里下面条，如果放一点葱花，即使是没有码子的"光头面"，你都会吃得格外香。

母亲那时经常晒制一种黄豆豉，用黄豆煮熟拌面粉发酵后晒制而成，和浏阳黑豆豉、腊八豆都有所区别，最大的特点是拌有面粉，所以酱香味道更为醇厚，母亲称之为"臭豆豉"。其实是闻起来臭，吃起来香，用青蒜炒、炒肉、打汤都是下饭的美食佳品。用黄豆豉打汤算是一样奇葩菜：一钵水烧开，最好加点姜末，倒入少许豆豉，大火炖开，汤色带些浑浊的白色，加少许盐、猪油或者调和油，不用酱油之类其他调料，最后撒上一把葱花，即可上桌。有汤有豆豉，易于消化，营养丰富，泡米饭吃绝佳。那汤喝上一口，酱香葱香味道浓烈，回味绵长，可以使你忘掉一切忧愁。

葱的历史悠久，在古代属于"五荤"之列，佛家是有禁忌的，如今也有很多人不吃，在街上早餐店里常常碰到特别交代服务员"不放葱"的食客。红妈就不吃葱，害得我们大家小家一起吃饭时关于葱花，总是碍手碍脚，躲躲闪闪，小心翼翼。辜小丫曾经一本正经地调侃：鲊辣椒糊糊不放葱花，味道就差了一大截。此话其实一点不假，却引来红妈狠狠的白眼。不过，我们还真是为红妈之类不吃葱的人感到万千种可惜，少了一种滋味，总是一种遗憾。

当下全国上下火爆的烧烤，也是离不开葱花。烧烤没得巧，烧好火，刷好油，舍得孜然，撒上葱花，你基本就是零失败。葱花与火的碰撞，石头都可以烤出香味来。葱花需要温度才能激发它的激情芳香，所以烧烤最后撒上葱花，火上一烤，浓烈的芳香就会四散开来，勾引得过路人喉结翻滚涎水直流。很多时候晚上回家路过烧烤大排档，就是因为抵挡不住葱花的诱惑，而闪进去烤半打生蚝、烤几串豆干、烤几串羊肉。兴趣一来，还要来瓶啤酒，不如此，实在无法来平息安慰自己动荡不安的胃。

烧烤生蚝时，淋上调好的蒜汁，架到炭火上，不一会儿就被烤得油汁翻滚，热气腾腾，这时再撒上一点葱花，葱里富含大蒜素和硫化丙烯，硫化丙烯遇热会快速挥发，产生特殊浓香，一股浓郁的芳香在夜空里扑面而来。此情此景，估计神仙也得羡慕。

我只能感叹：葱花，迷人的葱花。这迷人的葱花，为我的脸庞和肚皮不断增长应该是做出了卓越的贡献。不过值得安慰的是，这迷人的葱花也算是拉动了消费，而且独具风味，也就够了。

2019 年 6 月 2 日

后记：只有老家的味道才能让我酒足饭饱

　　到目前为止我 173 厘米的身高，80 公斤左右的体重，应该还只能算是微胖人士。"民以食为天"。我喜欢吃喝，因为家庭原因，从小对吃喝比较讲究，口味要求较高。其实，我小时候国家正处于困难时期，家里的情况就是勉强维持基本生活，但是母亲因为在合作商店系统工作，代销点、南货店、百货店、饮食店之间经常换岗，同事朋友里也有当地赫赫有名的大厨子，耳濡目染，在家做菜也是学模学样讲究色香味俱全，因此过去春节期间也能够在家里待客，大家吃了都觉得有水平。我从小在这种环境下，养成了讲究的习惯。讲究并不是说有多少金贵的食材，有多么高的厨艺水平，只是做得有板有眼，程序到堂，清洁卫生，口味纯正就是，即使炒一个白菜也不能马虎随意。

　　我记录的这些菜品，都是我自己吃过的，大多数小时候母亲做过。这些菜属于湘西北本土菜，更狭小一点属于澧水流域津澧一带，乡里味道，自然色泽，没有任何花架子，也不显得怎么高端。随着母亲年纪越来越大，不再自己做菜做饭，这些味道渐渐消失、同化，时代发展，也是大势所趋，谁也无法阻拦，也没有必要阻拦。但是，老家的味道总是挥之不去，总是让人记忆犹新。我写的并不是作古正经的菜谱，更多的是对当时美食的一种记忆、一点品味的感觉，顺便写一下基本的做法，这也算是用有味道的文字记录下有味道的乡愁。我写下这些文字，也算是对自己吃喝一生的一个简单交代。

　　这些文字打发了我许多的寂寞时光，定稿后分别在自己的新浪博客、微信公众号"老辛的自留地"里推送，自娱自乐，部分朋友阅读过、点赞过，也成为我坚持写了这么多篇文字的直接动力，没有他们的喝彩，这本小册子就不会存在。也感谢《常德晚报》的高玲女士和几位美女帅哥编辑的厚爱，陆续在晚报上刊登了数十篇，让我的吃喝文字顿时添了一圈光彩。

　　感谢家人、文朋诗友、身边的同事，他们或她们的意见建议让我编辑这本小册子的思路越来越明晰。感谢我的大学班主任老师田茂军教授亲自给我提出建议并欣然作序，他从文化的、民俗的角度对我的这些文字给予解读，当然多是溢美之词，让这本小册子亮堂许多。感谢提供出版资金支持的有关人士，这里遵嘱就不一一写他们的名字。最后还是要感谢 30 多年来不时邀请我参加各种饭局酒局的同事、朋友和亲人，正因为在这些饭局酒局吃到一些熟悉的菜肴后勾起我的回忆，才有了这些文字。

最后说明几点：一是因为这些文字还是比较多、比较杂，编辑时简单分了几辑，每辑里的文章按照时间顺序编排，并没有什么严谨的逻辑。更需要特别说明的是，书中有些文字使用了津澧一带的方言俚语，文中有的加了说明，大部分没有说明，懂的自然懂，不懂的根据语境也大致可以猜一个八九不离十，这不是学术文章，姑且就这样吧。二是田茂军老师的序言写于 2021年初，文中提及的一些文章在书中因为删改已经查不到，为保持原貌，未做修改。三是原准备配一些美食图片、民俗剪纸作品，后来由于种种原因放弃了这个方案，十分遗憾。

开始编辑此书稿时，正值外孙子田衍出生，田衍的父亲是张家界人，同饮澧水河水，都是大澧州人，饮食口味差异不大，小田衍应该天生能够适应澧水上游、澧水下游的饮食风格。现在《乡味缭绕》终于编辑完成，他已经两周岁了，这本书也算是我这个做外公的给他的一个小小礼物吧。

辜建格
2021 年 5 月 18 日于津市市雅梦苑小区
2023 年 5 月 21 日修订